CYNTHIA D'APRIX SWEENEY

Unter Freunden

GOLDMANN

Buch

Flora und Julian sind Schauspieler. In New York hatte das Paar alle Hände voll damit zu tun, Julians kleines Theaterensemble über Wasser zu halten. Doch ein Umzug nach L. A. brachte die Rettung: Hier gibt es für beide sichere Jobs in der Filmwelt, und hier lebt Floras beste Freundin Margot, die eine Karriere als Serienstar hingelegt hat. In L. A. können Flora und Julian endlich einen Gang runterschalten und ihrer Tochter Ruby entspannt beim Aufwachsen zusehen. Doch dann findet Flora ausgerechnet am Abend von Rubys Highschool-Abschluss den Ehering ihres Mannes – jenen Ring, den Julian angeblich vor Jahren an einem Sommertag beim Schwimmen verloren hat. Floras Sicherheiten geraten ins Wanken. Wurde ihr neues Leben auf einer Lüge erbaut?

Autorin

Cynthia D'Aprix Sweeney hat in New York als PR-Beraterin gearbeitet, bevor sie zum Schreiben kam. Sie lebt mit Mann und Kindern in Los Angeles. Ihr erster Roman »Das Nest« war ein internationaler Bestseller.

Cynthia D'Aprix Sweeney

Unter Freunden

Roman

Aus dem amerikanischen Englisch
von Nicolai von Schweder-Schreiner

GOLDMANN

Die englische Originalausgabe erschien 2021 unter dem Titel
Good Company bei Harper Collins, New York.

MIX
Papier | Fördert gute Waldnutzung
FSC® C014496
FSC www.fsc.org

Penguin Random House Verlagsgruppe FSC® N001967

1. Auflage
Taschenbuchausgabe Juli 2023
Wilhelm Goldmann Verlag, München,
in der Penguin Random House Verlagsgruppe GmbH,
Neumarkter Str. 28, 81673 München

Umschlaggestaltung: UNO nach einem Entwurf von
Anzinger und Rasp/Klett-Cotta unter Verwendung eines Bildes von
Matthias Holz, Hamburg/Kombinatrotweiss
KN · Herstellung: ik
Druck und Bindung: GGP Media GmbH, Pößneck
Printed in Germany
ISBN 978-3-442-49338-8

www.goldmann-verlag.de

Für Mike, wie alles andere auch

EINS

Flora hatte nicht nach dem Ring gesucht, als sie ihn fand. Sie stöberte gerade in einem alten Aktenschrank in der Garage nach einem Foto aus dem Sommer, als Ruby fünf war, das war dreizehn Jahre her. Lange Jahre? Kurze? Beides, je nachdem, wie sie es betrachtete. Flora war mit dem Gedanken an das Foto aufgewacht, und sie wusste, dass es irgendwo im Haus sein musste. Es war von einer hässlichen braunen Kühlschranktür in Greenwich Village an eine noch hässlichere braune Kühlschranktür in Los Angeles gewandert (»Wie kann es sein, dass wir ans andere Ende des Landes ziehen und wieder einen braunen Kühlschrank haben?«, hatte sie Julian gefragt), bis der zweite hässliche Kühlschrank an einem Augustmorgen seinen letzten Atemzug tat und durch einen neuen ersetzt wurde, der schicker und aus Edelstahl war und an dem keine Magnete hielten. Sie hatte das Bild daraufhin an eine Pinnwand gehängt, in dem kleinen Wintergarten, den sie »das Büro« nannten, aber da die Ränder sich irgendwann wölbten, war es in einer Schublade gelandet, wo es sicher war vor dem Zahn der Zeit und der unerbittlichen kalifornischen Sonne. Als Flora vor ein paar Jahren die Sprecherrolle der frechen Löwin Leona in der Zeichentrickserie

Griffith bekam, hatte sie sämtliche Schubladen ausgeräumt, und dann hatten Julian und sie »das Büro« in »das Studio« verwandelt, damit sie ihre Stimme auch zu Hause aufnehmen konnte. Wo war das ganze Zeug aus den Schubladen bloß geblieben? Sie würde nie ein Foto wegwerfen, vor allem nicht dieses.

»Haben wir nicht schon einen Haufen Geschenke für Ruby?«, fragte Julian, während er in seinem Nachttisch wühlte. Er wollte helfen, verursachte aber im Grunde nur noch mehr Chaos. Ihre Tochter feierte an diesem Abend ihren Highschool-Abschluss, und Flora wollte das Foto einrahmen und ihr schenken. Als kleine Überraschung.

»Das meiste davon können wir eigentlich mal wegschmeißen«, sagte Flora, als sie den Kram betrachtete, den Julian aus der Schublade holte und aufs Bett legte: Lesebrillen, veraltete Computerkabel, leere Aspirinflaschen, ein paar zerfledderte Drehbücher. Er würde ihren Vorschlag wie immer überhören. Nach zwanzig Jahren Ehe waren die Grenzen gezogen, es gab Orte, an denen Flora ihrem Ordnungsdrang nachkommen durfte, und andere, die sie zu ignorieren lernte.

»Hey! Die kann Ruby bestimmt gut gebrauchen.« Julian hielt ein dickes Bündel Euroscheine hoch, aufgerollt und mit einem Gummiband zusammengehalten. Ende des Monats würde Ruby mit der Familie ihres Freundes nach Spanien fliegen und danach Flora und Julian in Upstate New York treffen, in dem Haus in Stoneham, das auf dem Bild von früher zu sehen war.

»Ich wünschte, wir könnten das Foto diesen Sommer noch mal machen«, sagte Flora. »Dafür müssten nur David und Margot kommen.« Zufrieden mit seinem Fund warf Julian das Geldbündel auf Floras Bettseite. Vor drei Jahren hatten sie sich vor der Wechselstube am Flughafen Charles de Gaulle gestritten, ob sie die Euros in Dollar zurücktauschen sollten. Flora erinnerte sich noch genau daran. Es war grauenhaft heiß im Terminal, offenbar gab es ein Problem mit der Klimaanlage. Sie waren alle drei müde und gereizt nach der tagelangen Völlerei – Käse und Baguette, fast jeden Abend Foie Gras, Croissants, Schokolade, Wein. Die fünfzehnjährige Ruby hatte schlechte Laune. »Ich bin nicht undankbar. Ich hab nur gesagt, dass die Pariser ziemlich *snobby* sind dafür, dass nicht mal ihre Klimaanlagen funktionieren. Na und?«

Ruby hatte die Hitze schon als Baby nicht gut vertragen. Die ersten Sommer in Greenwich Village waren ein Albtraum. Ruby wollte nicht auf dem Spielplatz bleiben, sie wollte keine Mütze tragen, ihre Wangen waren knallrot, und zwischen den fleischigen Babyschenkeln brannte ein Hitzeausschlag.

»Können wir bitte nächstes Jahr im Juli an den Strand fahren? Irgendwohin, wo es Klimaanlagen gibt? Wo meine Klamotten nicht schon mittags völlig durchgeschwitzt sind?« Sie hatte den Arm gehoben und genervt auf den Schweißfleck unter ihrer Achsel gezeigt. »Die Bluse kann ich wegschmeißen, Mom. Die ist nagelneu, so eine Silhouette finde ich nirgends in Los Angeles, und jetzt ist sie *ruiniert.*«

»Okay, okay.« Julian hatte Ruby beschwichtigend die Hand auf die Schulter gelegt. »Lass uns erst mal was Kaltes zu trinken holen.« Dann hatte er Flora zugezwinkert, als Zeichen, dass sie auf derselben Seite waren. In dem Moment war ihnen beiden bewusst, dass Ruby wie Margot klang. *Silhouette, snobby* – das war definitiv nicht Rubys Vokabular.

Dass Ruby Floras beste Freundin so gern mochte, um nicht

zu sagen vergötterte, war erst mal gut. Und es war auch kein Wunder, dass Margot, die keine Kinder hatte, und Ruby, das Einzelkind, sich so super verstanden. Besagte *ruinierte* Bluse war ein Geschenk von Margot gewesen, aus einer kleinen Boutique im 6. Arrondissement, in die Flora nie einen Fuß gesetzt hätte. Zu teuer. Zu einschüchternd. Sie hatte deswegen am Abend zuvor beim Essen in einem kleinen Bistro eine leicht gereizte Diskussion mit Margot geführt, wahrscheinlich waren sie ein bisschen zu betrunken und ein bisschen zu laut gewesen. Margot und ihr Mann David waren nachmittags mit Ruby losgezogen und beladen mit Einkaufstaschen zurückgekommen. Ruby strahlte, war bestens gelaunt und beschwerte sich ausnahmsweise mal nicht über die Hitze.

»Das ist zu viel«, hatte Flora gesagt, als Ruby eine Tasche nach der anderen öffnete und ihre Ausbeute vorzeigte – die hauchdünne rosa Bluse, ein Paar weiße Gladiatorsandalen, die Flora grauenhaft fand, ein schwarzes Halstuch mit kleinen Totenköpfen von irgendeinem Topdesigner, eine Wildleder-Fransen-Handtasche. »Ist so was gerade angesagt?«, fragte Flora, während sie mit den Fingern über das braune Wildleder fuhr. »Mom«, sagte Ruby. »Natürlich.«

Alles beeindruckend. Alles teuer. Flora war sauer, dass Ruby die Sachen alle einfach so angenommen hatte, wobei sie auch wusste, wie stur Margot sein konnte und wie sie einen mit ihrer Großzügigkeit förmlich erschlug: *Hier! Nimm das, na los, nimm!* Manchmal konnte man ihr einfach nicht widerstehen.

»Ist doch nicht der Rede wert«, hatte Margot abgewunken und die Taschen unter den vollgepackten Tisch gestellt. »War alles im Angebot.« David zuckte mit den Schultern, was so viel hieß wie: *Wenn Margot etwas will …*

Flora war schon die Ferienwohnung unangenehm gewesen. Wie immer, wenn sie mit Margot und David verreisten, übernahmen die beiden einen Großteil der Kosten. Auf gar keinen Fall betrug Floras und Julians »Hälfte« – die durchaus annehmbare Summe, die Margot ihnen als ihren Anteil nannte – 50 Prozent der Miete dieser atemberaubenden, riesigen Wohnung in der Nähe des Jardin du Luxembourg. »Vielleicht hat sie die auch für ihre ›Meilen‹ bekommen«, meinte Julian beim Auspacken. Margot hatte darauf bestanden, die Flugtickets zu übernehmen, sie müsse noch ihre Meilen aufbrauchen.

An jenem Tag auf dem Pariser Flughafen hatte Flora nicht die Energie gehabt, mit Julian darüber zu streiten, ob sie das Geld eintauschen sollten, das sie eigentlich gut für die Taxifahrt vom LAX nach Hause gebrauchen konnten oder um abends noch Essen zu holen. Sie wollte einfach ihren Frieden. Nach Hause. Die Aufmerksamkeit ihrer Tochter. Denn wenn man mal ehrlich war, hatte Flora vor allem deswegen gereizt auf die Kleiderkäufe reagiert, weil Ruby zehn Tage lang an Margots Lippen gehangen, ihre Gesten und ihren Tonfall imitiert und sie eines Abends – aus Spaß, vielleicht aber auch nicht ganz unpassend? – *ma autre mère* genannt hatte.

Flora ging nach unten und goss sich einen Kaffee ein, dazu, auf Rubys Rat, Mandelmilch statt Sahne. (»Sorry, Mom, aber in deinem Alter sind Milchprodukte Gift.«)

Sie sah aus dem Wohnzimmerfenster. Es war noch früh, die Sonne ging gerade erst hinter der Skyline von Downtown auf und färbte den Himmel in ein wässriges Monet-Blau. Anfang Juni in Los Angeles. Der sogenannte June Gloom. Eine dichte Wolkenschicht lag über den Häusern am

Hügel, die Gegend sah aus wie das versteckte Dorf in einem Märchen.

Julian nahm seinen Rucksack und die Autoschlüssel und gab Flora einen Abschiedskuss. Sein letzter Drehtag vor der Sommerpause. Sie hatte sich noch immer nicht an das längere Haar und die buschigen Koteletten gewöhnt, die er sich für seine Rolle als Cop im New York der 1970er hatte stehen lassen. Der gute Cop natürlich, der Korruption und Vertuschung aufdeckte. Julian war fast immer der *Gute*, er hatte einfach das Gesicht dafür. Seine Serie war gerade verlängert worden, und zum ersten Mal in ihrem gesamten Eheleben hatten sie beide attraktive Engagements, neue Staffeln in Planung und fast zwei Monate frei, ohne sich Sorgen machen zu müssen, was der Rest des Jahres arbeitstechnisch bringen würde. Julian zog Flora zu sich ran und flüsterte ihr ins Ohr: »Tony, Tony, komm mal rüber. Ich hab's verloren und find's nicht wieder.« Das alte Gebet an den heiligen Antonius, das ihre Mutter immer in voller Lautstärke aufsagte, wenn etwas verloren ging, als würde er über ihr wohnen und bei Bedarf kurz runterkommen, um nach ihrer Lesebrille oder einem Handschuh zu suchen.

Obwohl Flora inzwischen weder zum heiligen Antonius noch sonst irgendwem betete, hatte sie in solchen Fällen ihre kleinen abergläubischen Rituale. Zum Beispiel mit dem Daumen über den Ehering ihrer Mutter zu streichen, ein schlichter Weißgoldring, den sie an der rechten Hand trug, seit ihre Mutter gestorben war. Das tat sie auch jetzt. Eine kleine, beruhigende Geste.

Wo konnte das Foto bloß sein? Plötzlich fiel ihr etwas ein. Als aus dem Büro das Studio wurde, hatte Flora einen Haufen Ordner und Papiere in die Garage gebracht, hauptsächlich in den großen Aktenschrank, den Julian und sie vor vielen Jahren in der 23rd Street entdeckt hatten, als es dort noch jede Menge Bürobedarfsläden gab. Flora war gerade schwanger, und eigentlich suchten sie nach Möbeln für das Kinderzimmer.

»Der ist perfekt«, hatte Julian gesagt, als er vor dem weißen Metallschrank stand.

»Fürs Kinderzimmer?«

»Immerhin ist er weiß.«

Flora protestierte. Sie hatten ein altes Gitterbett und einen Wickeltisch, und jetzt wollte sie etwas Neues kaufen, einen Schaukelstuhl, ein Bücherregal oder eine Spielzeugkiste. Das Zimmer war sowieso winzig, da konnten sie nicht auch noch einen Aktenschrank in die Ecke quetschen. Das war Anfang der Nullerjahre gewesen, bevor die Einrichtung des Kinderzimmers den guten Geschmack und die intellektuelle Stringenz der ganzen Familie widerspiegelte, vor dänischen Mobiles, Wandbildern von Märchenwäldern, kuratierten Bücherregalen und diesen kleinen quadratischen Lampen, die Sonne, Mond und Sterne auf die Wand projizieren.

Andererseits konnten sie den Schrank gut gebrauchen, er war praktisch und zugegebenermaßen eine gute Anschaffung gewesen. Ein Hingucker in Rubys »Kinderzimmer« und ständig in Benutzung. Flora und Julian waren mit ihm aus der gemütlichen Wohnung im West Village nach Los Angeles gezogen, wo er angesichts der Größe ihres ersten Hauses zu schrumpfen schien. Als sie dann das Haus in Los Feliz kauften, wanderte das gute Stück in die Garage, die sie sowieso nicht für das Auto brauchten, zumal es nie schneite und in den letzten Jahren auch kaum geregnet hatte.

Der Aktenschrank war ein Kompromiss aus der Anfangszeit ihrer Ehe, ein Ausgleich zwischen Julians Hamster-Mentalität und Floras Freude am Aussortieren. Das »Archiv« nannte Julian den Inhalt nur halb im Spaß. Halb im Spaß, weil er ihr mal gestanden hatte, als kleiner Junge seine Besitztümer geordnet und katalogisiert zu haben, da er sicher war, eines Tages berühmt zu werden. Das überraschte sie nicht, im Gegenteil, sie hatte dasselbe gedacht: Dass sie später mal Schauspielerin werden würde, was für sie ein gewisses Maß an Berühmtheit bedeutete, aber ihr war nie in den Sinn gekommen, irgendwann mal ihr Leben erzählen zu wollen.

Einmal hatte sie sich getraut, ihrer Mutter beim gemeinsamen Abwasch von ihrem Traum zu erzählen. Josephine hatte gelacht. »Jedes Mädchen denkt, dass es irgendwann ein Star wird.« Flora glaubte ihr nicht. Es konnte nicht sein, dass *jedes* Mädchen davon ausging – oder auch nur davon träumte –, später mal berühmt zu werden. Minnie Doolin mit ihrer Rotznase und den ausgeleierten Kniestrümpfen? Rosemary Castello, die in der Vierten von Schwester Demetrius vor der ganzen Klasse ausgeschimpft wurde, weil sie ihren BH ausgestopft hatte, und zwar mit bunten Kleenex, die man durch die weiße Schuluniform-Bluse sah? Das nahm Flora ihr nicht ab.

Dass Josephine geglaubt hatte, *Josephine* würde mal berühmt werden, war nicht nur verständlich, sondern gehörte zur Familiengeschichte und war die Anekdote, die sie am häufigsten aus ihrer Jugend erzählte. Das Vorsprechen, der Casting-Agent, der sie so toll fand und der unbedingt wollte, dass sie nach Los Angeles kam. »Sie wollten die nächste Elizabeth Taylor aus mir machen.« Unter den Teppich gekehrt wurden die Jahre, in denen sie – erfolglos – weiter für Broadway-Stücke, Radio- und Fernsehspots vorsprach. Wie sie

Floras Vater heiratete und die Beziehung dann schnell in die Brüche ging. Die Wohnung, in der Flora aufwuchs, war eine Art Museum ihrer kurzen Theaterkarriere. Wenn man die kleine Zweizimmerwohnung über einer Bäckerei in Bay Ridge betrat, hätte man nie geahnt, dass Josephine nur vier Jahre als Schauspielerin gearbeitet hatte und fünfunddreißig als Telefonistin in einem Hotel.

»Okay, Fräulein Reich und Berühmt, versuch's mal hiermit.« Floras Mutter hatte ihr den Spaghetti-Topf gereicht. »Dafür brauchst du den Spezialreiniger. Der muss glänzen, dass du dich drin spiegeln kannst.«

Im Rückblick fragte Flora sich, ob das der Klassiker war: Kleine Jungs, die berühmt werden wollten, katalogisierten gewissenhaft ihr Leben – ihr Archiv –, und kleinen Mädchen brachte man bei, mit welchem Spülmittel man am besten einen Topf sauber bekam.

◆ ◆ ◆

Flora hasste die Garage. Über die Jahre hatten sich immer wieder Ratten dort eingenistet. Am liebsten tat sie so, als gäbe es die Garage gar nicht. Sie machte sich ein paar aufmunternde Gedanken über die Nachtaktivität von Nagetieren, nahm all ihren Mut zusammen und steuerte auf den freistehenden Bau am Ende der Einfahrt zu. Sie hob mit beiden Händen das schwere Tor an und horchte auf etwaige Lebenszeichen. Bei ihrem Einzug war das ganze Grundstück von Ratten befallen gewesen. Eine ältere Frau hatte dort seit Jahrzehnten gewohnt, und am Ende war sie zu schwach und krank, um sich noch darum zu kümmern. Bevor sie es kauften, war Flora jedes Mal bei ihren Morgenspaziergängen daran vorbeigelaufen. Es sah aus wie aus Grimms Märchen: leicht tudoresk, viel Fachwerk, hoher Schornstein und Bleiglasfenster. Es fühlte sich perfekt für sie drei an, aber verliebt hatte Flora sich vor allem in den außergewöhnlichen Garten. Zwei hoch aufragende Eukalyptusbäume, die schon viel länger als das Haus dort standen, flankierten einen kleinen Innenhof. Um den Rasen wuchsen die schönsten Obstbäume, die sie je gesehen hatte: Feige, Zitrone, Mandarine und Grapefruit. Wie auf einem Bibel-Farbdruck vom Paradies. Als sie das Grundstück das erste Mal sah, stockte ihr der Atem. Und so war es auch jetzt noch. Immer noch glaubte sie, ein fremdes Leben zu betreten, wenn sie nach draußen ging und die herbe Morgenluft roch, den Duft von Eukalyptus, und sah, wie die Spottdrosseln aus der wallenden Bougainvillea schossen und die kleinen Goldzeisige die Samen aus dem Rosmarin pickten.

Und dann waren da die Ratten. Die Früchte boten das ganze Jahr über genug Nahrung für sämtliche Nager aus der Nachbarschaft. Julian und sie hatten einen Zaun errichtet, das Gestrüpp gerodet, Fallen aufgestellt, Löcher in der Garage und im Haus gestopft und das pulsbeschleunigende braune Gewusel schon lange nicht mehr gesehen. Trotzdem fühlte sie sich unwohl. Zum Glück war alles ruhig.

Sie ging nach hinten durch zum Schrank und zog die oberste Schublade auf. Sie war proppenvoll mit Aktenmappen, alle aus der Anfangszeit von Good Company in New York. Ein Wurmloch, für das sie heute keine Zeit hatte, aber dem obersten Programmheft konnte Flora dann doch nicht widerstehen: *Jason und Medea* – eine Produktion, die Julian und sein Partner Ben in einem stillgelegten Schwimmbad in Williamsburg inszeniert hatten, eine Nacherzählung von

Euripides' *Medea* im heutigen Brooklyn. Auf dem Cover prangte eine Zeichnung – die Silhouette einer Frau mit einem kleinen Kind in einem blutigen T-Shirt auf dem Arm, nur das Blut war in Farbe. Sie fand das Bild furchtbar kalt und skrupellos. Die Kritiker waren begeistert gewesen – na gut, die Indie-Kritiker, von der *Voice* und von *Time Out*. Aber niemand hatte Tickets gekauft.

»Das Stück ist so traurig«, hatte Flora eines Abends zu dem enttäuschten Julian gesagt.

»Das Leben ist traurig«, hatte er sie angefahren.

In der zweiten Schublade Bücher über Theater und Schauspiel: Stanislawski, Hagen, Adler, Meisner, Strasberg. Julian hing keiner speziellen Theorie an, in der Beziehung war er Atheist mit der dazugehörigen Portion Bestimmtheit und Verachtung. Er hasste Personenkulte. Er fand, Schauspieler sollten sich an das halten, was funktionierte.

Sie nahm sich die dritte Schublade vor. Rubys sämtliche Schulunterlagen und Arbeitsberichte. Die Kunstprojekte, die Flora aufbewahrt hatte. Früher musste sie den Rucksack und die Spielkiste ausräumen, wenn Ruby schlief, und den Müll noch am selben Abend auf die Straße stellen. Sollte Ruby am nächsten Morgen den Mülleimer aufmachen und etwas von sich darin entdecken – eine kaputte Puppe, eine Zeichnung, einen Rechtschreibtest –, war sie jedes Mal traurig und wütend. »Du willst meine Valentinskarten wegschmeißen?«, fragte sie eines Junimorgens, nachdem Flora versucht hatte, etwas Ordnung in ihre Schultasche zu bringen. »Und meine Valentinsherzen?« Gegen Ende des Schuljahrs hatten die Herzen sich meistens in Staub aufgelöst, aber Ruby tat so, als wollte Flora seltene Bücher oder edle Pralinen wegwerfen.

Flora entschuldigte sich dann: »Oh, Schatz. Das wollte ich nicht. Zum Glück hast du aufgepasst.« Aber Ruby blieb den Rest des Tages über reserviert und passte wochenlang wie ein Luchs auf ihre Sachen auf. Sie vergaß nichts. »Wo ist das Papierschirmchen, das ich im Restaurant bekommen hab?« »Wo ist mein gelber Ball geblieben?« »Was hast du mit meinem Partyhut gemacht?«

Schließlich war Flora bei der letzten Schublade angekommen. Sie zog den roten Metallhocker von Ikea heran, den sie für Ruby gekauft hatten, als sie drei war, damit sie besser an den Küchentresen kam. Er war mit Farbe bespritzt und zerkratzt, aber noch stabil. Sie setzte sich und wühlte die Papiere durch. Ein Durcheinander von Umschlägen, keiner beschriftet. In einem steckten verblichene Rezepte, in einem anderen ein Stapel Postkarten aus diversen Museen und Kirchen, wahrscheinlich als Inspiration, für was, wusste sie nicht mehr – Bühnenbilder oder Kostüme vielleicht.

Unter den Ordnern lag ein großer brauner Umschlag, der Flora bekannt vorkam. Sie zog ihn raus und las in ihrer Handschrift: BEHALTEN. Ah, sie erinnerte sich! Ihre alten Fotos, die sie extra dort deponiert hatte. Als sie den Umschlag öffnete, lag das gesuchte Bild obenauf.

Die Aufnahme war auf dem Anwesen von Bens Familie in Upstate New York entstanden, während der Proben für eine Sommerproduktion, die sie neben ihrer Arbeit in Manhattan organisierten. Ben und Julian hatten Good Company zusammen gegründet, aber Ben hatte sich von Anfang an in den Kopf gesetzt, in Stoneham eine Open-Air-Veranstaltung auf die Beine zu stellen. Als sie eines Abends im April nach diversen Bieren bei Flora und Julian im Wohnzimmer saßen, erzählte er ihnen von seiner Idee. Ein klassisches Stück, auf den Ort zugeschnitten, das nur an einem einzigen Abend aufgeführt würde. Keine Tickets, keine Kritiker. Eine Gelegenheit für alle, die im August keinen Job und kein Vorsprechen hatten, mal aus der Stadt rauszukommen und mit anzupacken, ohne sich von irgendwem reinreden zu lassen. Eine *echte* Gemeinschaftsproduktion.

»Ich weiß nicht«, sagte Julian. »Kommt mir ein bisschen viel vor.«

»Wenn's nicht hinhaut, haut's nicht hin. Einen Versuch ist es wert, oder?«

Was in jenem ersten Sommer in Stoneham als Spaß begann, als Experiment, wurde bald zu einer festen Tradition.

In dem Jahr, als das Foto entstand, hatte einer der Schauspieler die ganze verrückte Woche dokumentiert. Charlie war ein Bär von einem Mann und sehr schüchtern. Die Kamera um den Hals diente ihm offensichtlich als Schutzschild für seine Unsicherheit abseits der Bühne. Als Flora und Margot eines Abends auf der Treppe vor der Veranda saßen und Maiskolben für das »Familienessen« schälten, hatte er Julian und David vom Rasen geholt, sich Ruby geschnappt, die mit einem Geschirrhandtuch auf dem Kopf herumrannte und Prinzessin spielte, und versucht, sie alle auf den Stufen zu gruppieren.

Flora und Julian saßen auf der obersten, Margot und David direkt darunter. Flora hatte es gerade noch geschafft, Ruby neben sich zu platzieren, da sprang sie schon wieder hoch und setzte sich auf Margots Schoß. Rubys Fixierung auf Margot begann in jenem Sommer. Sie folgte ihr überallhin wie ein Entenküken seiner Ersatzmutter. Margot warf ihr einen entschuldigenden Blick zu. »Ist schon okay«, sagte Flora, was nicht stimmte. Julian rückte an sie heran, küsste sie auf die nackte Schulter und hakte sich bei ihr unter. »Hey!« Flora griff über Margots Schulter und tippte Ruby auf den Arm, ein letzter Versuch. »Willst du nicht auf Mamis Schoß sitzen?«

Ruby schüttelte den Kopf, nahm aber widerwillig Floras Hand. Während Charlie am Objektiv herumfummelte, wurde Ruby unruhig, also zählte Flora an ihren Fingern ab: »Dieses kleine Schweinchen ging auf den Markt, dieses kleine Schweinchen ging nach Hause.«

»Nein, Mama!«, rief Ruby und lachte. »Das macht man mit den Zehen.«

»Okay, Leute«, sagte Charlie endlich. »Alle mal hochschauen.«

Was sie wundersamerweise auch alle taten.

Flora und Julian hielten die Köpfe aneinander und lächelten direkt in die Kamera. Unter ihnen saß David leicht nach vorn gebeugt, ein großer Mann, bewusst gekrümmt, die eleganten Chirurgenhände vor sich gefaltet, das Gesicht halb Margot zugewandt, die sonnengebräunt, blond und strahlend die Finger vor Rubys Buddhabauch verschränkt hielt, das Kinn auf Rubys Kopf stützte und mit ihrem Lächeln die Kamera blendete. Rubys Beine mit den schmutzigen Knien steckten zwischen Margots längeren. Rubys Haare ein Wirrwarr aus Locken. Sie grinste scheu, ein Finger zog den Mundwinkel runter, den anderen Arm hielt sie ausgestreckt, ihre Hand umklammerte Floras, ein Verbindungsglied zwischen ihrer Mutter und Margot.

Sie sahen alle so zufrieden miteinander verstrickt aus, so reizend und jung. Eine Familie.

Flora steckte das Foto in die Tasche ihres Sweatshirts und genoss kurz ihren Triumph. Die Arbeitsteilung in ihrer Ehe, emotional, aber auch sonst, sah vor, dass Flora Verlorenes wiederfand. Sie war der heilige Antonius im Haus. Es machte sie stolz (und ärgerte Julian), wenn er etwas für verschwunden erklärte und sie es dann innerhalb von wenigen Minuten wiederfand, indem sie seinen wirren Gedankengängen folgte und herausfand, wo er tatsächlich gewesen war. Funktionierte so irgendwann jedes Paar? Dass man die Denkweisen des anderen so viel leichter erkannte als die eigenen?

Nach und nach legte sie die Ordner und Umschläge, die Notizbücher und die Stifte zurück in die Schubladen und beschloss, ein bisschen auszusortieren, solange Julian nicht danebenstand und unbedingt später selbst noch einen Blick auf die Sachen werfen wollte, was vermutlich nie passieren würde. Das war ein weiteres Fachgebiet von ihr, die Spreu vom Weizen zu trennen und sich selbst zur Richterin und Geschworenen über die Überbleibsel ihrer aller Vergangenheit zu ernennen; zu entscheiden, was jeder behielt und was wegkonnte. Ihr Mann und ihre Tochter waren einfach zu sentimental.

Flora warf einen Blick in die Notizbücher. Das kryptische Gekritzel war bestimmt nicht mehr wichtig. Müll. Sie testete die Filzstifte, die Hälfte davon ging nicht mehr. Sie nahm einen, der noch funktionierte, und schrieb die jeweiligen Bezeichnungen auf die Umschläge (*Postkarten, Familienfotos, Theaterprogramme*). Als sie von ganz hinten aus der Schublade ein altes Kuvert zog, rutschte etwas Helles, Glänzendes heraus und fiel zu Boden. Ein goldenes Funkeln auf dem rissigen Beton. Ein Ring.

Ein Ring?

Flora erkannte ihn sofort als Julians Ehering – *einen* von Julians Eheringen. Zu ihrem Verdruss verlor er sie ständig.

Wie viele bisher? Mindestens drei. Meistens passierte es am Set oder im Theater, weil er ihn da abnehmen musste, wenn er nicht zur Rolle passte, und weil er so zerstreut war. Sie streifte den Ring über den Daumen. Einen in Reserve zu haben, konnte nicht schaden, zumal Julian seinen jetzigen bestimmt auch irgendwann verlieren würde.

Zurück in der Küche nahm sie ihn ab und sah ihn sich genauer an, und erst da stellte sie fest, dass der Ring eine Gravur hatte. Seltsam, der einzige Ring, den sie hatten gravieren lassen, war der erste, wer hatte danach noch Zeit für so was? Sie hielt Julians originalen Ehering in der Hand.

Ein mulmiges Gefühl stieg in ihr auf, ganz langsam und von weit unten. Es dauerte einige Augenblicke, bis ihr Verstand hinterherkam. Julian hatte den Ring in dem Sommer verloren, als das Foto entstanden war. Eines Nachmittags kam er kleinlaut bei ihr an. Er war im Teich schwimmen gewesen, und irgendwie musste er ihm da vom Finger gerutscht sein.

»Oh, na ja«, hatte Flora gesagt. »Dann müssen wir wohl einen neuen besorgen.« Sie wollte nicht, dass er sich deswegen noch schlechter fühlte, also zeigte sie ihm lieber nicht, wie ihr zumute war. Es brach ihr tatsächlich ein bisschen das Herz. Der Ring hatte ihr viel bedeutet, er war zwar viel zu teuer gewesen, aber auch wirklich wunderschön. Breit und flach mit zwei schmalen Milgrain-Bändern an den Rändern. Als sie ihn Julian an ihrem Hochzeitstag über den Finger gestreift und in sein wunderschönes Gesicht aufgeblickt hatte, dachte sie: *Meiner.*

Und jetzt lag der Ring hier in Floras Hand. Er hatte in einem Umschlag ganz unten im Aktenschrank in der Garage gesteckt.

Flora schwitzte anders als vorher, es war ein kalter Schweiß, trotz der Anstrengung und der Sonne, die inzwischen aufgegangen war. Sie hatte plötzlich das starke Verlangen, ihre Mutter anzurufen, die seit mehr als zehn Jahren tot war. Fast konnte sie Josephine neben sich fühlen, wie sie mit finsterem Blick auf den Ring starrte und entgeistert lospolterte: *Flora. Was in Gottes Namen hat das zu bedeuten?*

ZWEI

Während Margot von diesem Mädchen interviewt wurde (Wie hieß sie noch? Maura? Molly?), saß am anderen Ende des Cafés ein wildfremder Mann und fotografierte sie unentwegt mit seinem Handy. Manche Leute versuchten ja, nicht aufzufallen, was selten gelang, da sie nicht nur schwer zu übersehen waren – die leicht zusammengesackte Haltung, der ungelenke Winkel, in dem sie das Handy hielten, die gespielte Lockerheit eines Teenagers, der etwas im Schilde führte –, sondern weil Margot, wie praktisch alle ihre Kollegen, soweit sie wusste, einen sechsten Sinn dafür hatte, wenn jemand sie erkannte, selbst wenn die Person hinter ihr in der Schlange oder draußen vor dem Restaurant oder auf der anderen Straßenseite stand. Manche Schauspieler behaupteten, es sei wie ein Kribbeln im Nacken oder in den Zehenspitzen. Manche, wusste Margot, freuten sich insgeheim wahnsinnig (*Ich bin gesehen worden! Ich existiere!*), obwohl sie sich erst mal beschwerten. Bei Margot war es eine unerklärliche Traurigkeit. Ob beim Einkaufen, im Restaurant, beim Wandern mit einer Freundin, plötzlich überkam sie eine seltsam düstere Stimmung, und sie dachte: *Was stimmt hier nicht?*

Es war immer eine Kamera. Jedes Mal. Und da inzwischen so gut wie jeder eine Kamera in der Hand hielt, kam sie sich ständig beobachtet vor, und die existentielle Traurigkeit wurde zu einem täglichen Kampf.

Was war das bloß für eine Welt. In der an einem ganz normalen Mittwochmorgen in einem kleinen Café in Larchmont jemand sie mit ihrem Glas Zitronenwasser fotografierte. Die Orte, an denen sie sich sicher, weil unsichtbar, fühlte, wurden immer weniger, und dieses Café war in all den Jahren, seit sie in Los Angeles lebte, einer davon gewesen. Unter anderem deswegen mieden David und sie die Westside – Beverly Hills, die Palisades, Santa Monica –, weil sich im Gegensatz zu ihrem Viertel dort alles so nach *Hollywood* anfühlte. Und obwohl Margot die TMZ-Busse mit den Touristen (noch) nicht wirklich störten, empfand sie dieses aktuelle Eindringen in ihre Privatsphäre als extrem unangenehm.

»Das muss echt nervig sein«, sagte das Mädchen, als Margot den Stuhl wegrückte, um nicht weiter fotografiert zu werden. Wie bei jedem Interview ließ Margot das, was sie eigentlich dachte (*Nicht nerviger als mit dir reden zu müssen!*), durch ihren Überlebensfilter laufen und erwiderte höflich: »Klar, manchmal ist es frustrierend, aber das gehört eben dazu, und, na ja, ich kann ja froh sein, dass sich jemand für mich interessiert.« *Zartes Lachen, schüchternes Kopfeinziehen.* Der Typ mit dem Handy hatte sich neu positioniert. Was hatte er mit all den Fotos vor? Sie jemandem schicken? Irgendwo posten? Einen Schrein bauen? Etwas Perverses?

Was war das bloß für eine Welt.

Margot saß hier, weil sie zur Originalbesetzung von *Cedar* gehörte, einer Krankenhausserie, deren neunte Staffel gerade zu Ende gedreht wurde. Sie spielte Dr. Cathryn Newhall – Dr. Cat –, eine, wie damals in der Rollenbeschreibung stand, »Kinderonkologin, die einen Kampf gegen den Krebs führt *und* sich nach Liebe sehnt«. Margots Vertrag sollte verlängert werden, und diesmal – diesmal wirklich, *verdammt* – würde sie darauf bestehen, die gleiche Gage zu bekommen wie ihr Serienpartner Charles Percy, alias Dr. Langford Walker, der zwei Jahre *nach* Margot zum Ensemble gestoßen war und trotzdem mehr verdiente als sie. Charles war Leiter der Chirurgie am fiktionalen Cedar General Hospital in der fiktionalen Stadt Cedar im Nordwesten der USA. Als Charles anfing, hatte Bess, die Erfinderin der Serie, noch ihre gesamte Aufmerksamkeit und Liebe hineingesteckt, hatte sie noch ihr »Baby« genannt, bevor sie ein echtes Baby bekam. Und bevor sie ihr Imperium aus *Cedar*-Spin-offs schuf: *Willow*, eine Serie über ein gerichtsmedizinisches Institut und die mit seiner Hilfe aufgeklärten Verbrechen, und *Cypress*, in deren Mittelpunkt die Unfallstation eines in einer größeren Stadt gelegenen Krankenhauses stand. »*Cedar* ist immer noch mein erstes Baby«, verkündete Bess gern, wenn sie am ersten Drehtag jeder neuen Staffel auftauchte, um vor der gesamten Besetzung und Crew ihre Motivationsrede zu halten. »*Physisch* bin ich vielleicht nicht die ganze Zeit anwesend, aber im Geiste bin ich bei euch, und … ich habe einen Haufen Spione.« Mit dem Satz erntete sie immer die Lacher der Neueinsteiger und ein innerliches Stöhnen der Veteranen, denn die Spione gab es wirklich.

»Charles ist ein echter *Knüller*«, hatte Bess ihr aufgeregt verkündet, nachdem er unterschrieben hatte. »Frisch vom Broadway. Tony-nominiert.«

Margot hatte darauf verzichtet, Bess daran zu erinnern,

dass sie zwei Jahre zuvor für einen Drama-Desk-Award nominiert gewesen war *und* eine erfolgreiche Spielzeit am West End absolviert hatte. Bess hatte ein Gedächtnis wie ein Spatz und behielt immer nur das, was sie gerade brauchte. Abgesehen davon freute sich Margot darauf, mit Charles zusammenzuarbeiten. Sie waren sich in New York regelmäßig über den Weg gelaufen und hatten sogar schon mal zusammengearbeitet. Sie mochte ihn, außerdem verlieh er der Serie ein gewisses Prestige. Sie war froh, dass er ihren Geliebten spielte. Sie wollte nur genauso viel verdienen wie er.

»Jetzt ist der richtige Zeitpunkt«, hatte Margot erst letzte Woche zu Donna, ihrer Managerin, gesagt. Nach ein paar mittelmäßigen Staffeln in den vergangenen Jahren war die letzte für sie wieder relativ stark gewesen. Dr. Cat und Dr. Walker hatten ihren langgehegten Traum vom eigenen Kind wahrgemacht – Zwillinge per Leihmutter –, und Bess hatte Dr. Cat eine postnatale Depression ohne Geburt verschrieben. »Gibt es so was wirklich?«, hatte Margot gefragt.

»Allerdings, ich hatte es nämlich«, hatte Bess ihr feierlich erklärt. Klar. Aus Gründen, die Margot nie so recht verstand, spiegelten Dr. Cats Handlungsbögen normalerweise Bess' Handlungsbögen im echten Leben wider. Wenn Bess sich verliebte, dann auch Dr. Cat. Wenn Bess nicht schwanger werden konnte, dann Dr. Cat auch nicht. Und wenn Bess eine Wochenbettdepression ohne Geburt hatte? Na, dann würde Margot alles geben und genau das spielen, obwohl sie nie schwanger gewesen war und nie ein Kind bekommen hatte und keins von beiden je auch nur eine Sekunde bereute.

»Wir müssen dich ins Rampenlicht stellen, Margot. Wir müssen Bess zeigen, wie viel Dr. Cat den Zuschauern noch bedeutet, und dann nennen wir unsere Bedingungen. Eine Emmy-Nominierung wäre natürlich genial«, hatte Donna wehmütig gesagt, denn die Zeiten waren für *Cedar* leider vorbei. Lange her waren die Sommermonate, als Margot den Sunset Boulevard runterfuhr und ihr Gesicht auf den riesigen Plakaten vor sich aufragen sah. Die Serie lief schon zu lange, sie war zu unmodern. Durchschnittliche Fernsehkost.

Hier saß sie jetzt also beim fünften Interview und erzählte von »Margots Lieblingsmomenten« – Szenen, Filmpartner, Handlungsstränge, Kostüme – aus neun Staffeln im Cedar General. Kein Detail schien zu banal, und um nicht dieselben Fragen wie alle anderen stellen zu müssen, wurden die Themen der Journalisten immer absurder. Erst heute Morgen hatte Margot ihrer Pressefrau Sylvia eine Beschreibung eines ihrer »Lieblingsgegenstände« geschickt, für einen Artikel, der weiß Gott wo erscheinen sollte.

Sie hatte sich für eine Kerze aus einer alten Apotheke in Florenz entschieden, die sie regelmäßig verschenkte, weil sie so hübsch war und nicht so penetrant roch. *Sie duftet wie ein Sonntagmorgen in Italien*, hatte sie geschrieben, *wie frisch gerösteter Kaffee, Zitronenblüten und Pinienhaine.* Sie beschrieb, wie sie als Teenager in den Sommerferien mit ihren Eltern auf den Laden gestoßen war und dass die Kerze sie an die magischen Monate in Italien auf dem Land erinnerte. Die Aufgabe hatte ihr ausnahmsweise Spaß gemacht. Aber dann schrieb Sylvia zurück, in der Zeitschrift würden die Lieblingsgegenstände *sämtlicher Darsteller* der Serie abgedruckt, und die Frau, die ihre kleine Schwester spielte, Kelsey Kennen, eine relativ neue Kollegin, bei der Margot sich Mühe gab, sie nicht zu hassen, hatte sich auch für eine Kerze entschieden, und *Sorry!*, aber Kelseys Kerze sei nicht nur günstiger – *Gibst du tatsächlich siebzig Dollar für eine Kerze aus?* –, sondern wurde außerdem von syrischen Flüchtlingen hergestellt, ob Margot bitte etwas anderes nehmen könne? *Toll wäre*, hatte Sylvia geschrieben, *wenn es etwas aus einem Kriegsgebiet ist. Eine Handtasche vielleicht? Sandalen? Ich will dir natürlich nicht die Worte in den Mund legen.*

Oder Schuhe aus meinem Schrank?, hatte Margot zurückgemailt.

Lol. Aber – mal im Ernst. Vielleicht etwas aus Bosnien? Das von einer Frau, die jede Woche Hunderte von Dollar ausgab, um sich die Haare föhnen zu lassen, und Bosnien nicht für eine Kiste Siebzig-Dollar-Kerzen auf der Landkarte finden würde.

Normalerweise lenkte Margot das Gespräch bei einem Interview immer auf dieselbe abgedroschene Geschichte: wie es war, im Fernsehen eine Ärztin zu spielen und gleichzeitig im wahren Leben mit einem Arzt verheiratet zu sein. Ein wenig amüsanter Zufall, den die Medien aber offenbar unendlich unterhaltsam fanden. Inzwischen kannte sie die Fragen alle: Ließ sie ihren Mann die Drehbücher lesen? Half er ihr beim Proben? Sah/mochte/respektierte er die Serie? Die Antworten konnte sie aus dem Effeff (längere Versionen von nein, nein, ja).

Aber dieses Mädchen (Mia!) hatte ihre Hausaufgaben gemacht, und sie war eine gute Interviewerin, die Margot immer wieder aus dem Gleichgewicht brachte, indem sie zwischen ihren schmeichelhaften Fragen einige tatsächlich interessante stellte. Sie hatte ein paar alte Sachen von ihr ausgegraben, unter anderem ihre erste New Yorker Fernsehserie, in der sie eine kluge, exzentrische, alleinstehende Frau Anfang dreißig – namens Margot – spielte, die sich *nicht* nach

Liebe sehnte, geschweige denn nach einem Mittel gegen Krebs. Schöpfer und Regisseur waren jung und aufregend, aber die Serie sollte zwei Tage nach 9/11 anlaufen, woraus natürlich nichts wurde. Als sie dann ein paar Wochen später ausgestrahlt wurde, interessierte sie keinen mehr, und der unbeschwerte Blick auf Manhattan fühlte sich angesichts der jüngsten Ereignisse irgendwie falsch an. Damit erklärte sie sich jedenfalls, warum *Margot* nicht so gut ankam, selbst bei den Kritikern, die nach etwas Besserem, Intelligenterem als dem üblichen Sitcom-Einheitsbrei schrien. Ursprünglich sollten es zwölf Folgen werden, aber die Einschaltquoten waren so schlecht, dass die Serie nach sechs Folgen abgesetzt wurde. Die letzten bekamen dann nur die Beteiligten zu sehen. Anscheinend lagerten sie im Museum of Television and Radio.

»Ich frage mich, wie es sich angefühlt hat, in New York Theater zu spielen, dann *Margot* zu machen und schließlich eine Krankenhausserie wie *Cedar*. So gut sie auch sein mag«, sagte Mia (jung, aber aalglatt). »Es ist doch ein großer Unterschied zu Ihrer Arbeit in New York.«

Wie Tag und Nacht, hätte Margot am liebsten gesagt. Bevor sie Dr. Cathryn Newhall wurde, war ihre Arbeit interessant, intellektuell und anspruchsvoll, und *Cedar* war eine Soap – kurzweilig, lächerlich und sehr gut bezahlt. Sie sah die Figurenbeschreibung vor sich, als läge sie vor ihr auf dem Tisch: »Cathryn Newhall (Dr. Cat) ist hübsch (*vorzugsweise katzenartig hübsch*) und aufgeschlossen, die Kids lieben sie auf den ersten Blick. Genial, aber ein bisschen unzuverlässig; ob sie wohl heute daran gedacht hat, sich die Haare zu waschen?«

In erster Linie war *Cedar* der Anlass für David und sie, aus

New York wegzugehen, was damals absolut notwendig erschien. Aber sie plauderte hier nicht mit einer Freundin. Das war ein Interview, und ihre Aufgabe bestand darin, sechzig bis neunzig Minuten lang interessant zu sein, ohne etwas wirklich Interessantes zu sagen.

Noch bevor sie Gelegenheit hatte, richtig loszulegen (*hatten genug, wollten unser Leben ändern, Los Angeles lockte*), unterbrach Mia sie, indem sie die Jensen-Sache erwähnte: »Ich weiß, dass Sie unter anderem hergezogen sind, weil Ihr Mann hier eine Schlaganfallklinik eröffnen wollte, aber ich bin auch auf die Geschichte einer Patientin gestoßen, die während einer OP gestorben ist. Abbie Jensen? Und da habe ich mich gefragt, ob das Ihre Entscheidung, aus New York wegzuziehen, mit beeinflusst hat.« (Nicht nur aalglatt, *hinterhältig*.) »Bestimmt ist das ein heikles Thema«, fuhr Mia fort, »aber ich dachte, mit etwas Abstand könnten Sie vielleicht darüber sprechen. Haben Sie noch Kontakt zu den Jensens?«

Jetzt fragte Margot sich doch, ob das Mädchen sie verarschen wollte, denn warum in aller Welt sollten sie noch Kontakt zu den Jensens haben? »Tut mir leid«, erwiderte sie mit einer sanften Stimme, die sie sich für die Szenen antrainiert hatte, in denen sie einer Familie mitteilen musste, dass die Testergebnisse *nicht wie erhofft* ausgefallen waren, »aber ich dachte, es ginge hier um meine Rolle in *Cedar*.«

Mia war so höflich, rot zu werden. »Ich habe über Ihre Zeit in New York recherchiert, und ich hatte das Gefühl, da könnte ein Zusammenhang bestehen.«

Margot saß mit unbewegt freundlicher Miene da und versuchte, sich vorzustellen, welcher Teil der »Recherchen« dieses Mädchen zu den Jensens geführt haben konnte. Das

Krankenhaus hatte die Geschichte erfolgreich aus den Nachrichten rausgehalten, man hatte sich schnell geeinigt, und die Jensens wollten keine unnötige Aufmerksamkeit. Alles war besiegelt. Sie hielt Mias Blick stand. Sie hatte gelernt, wie man peinliches Schweigen ertrug, ein beliebter Journalisten-Trick, der bei ihr nie funktionierte. Sie hielt jedem stand. Es war kein fairer Kampf. Sie starrte Mia an. Sie war hübsch, blond, wahrscheinlich aus dem Mittleren Westen, die Nase ein bisschen zu flach, die Wangen ein bisschen zu breit. Fünfundzwanzig? Sechsundzwanzig? Kein Make-up, aber die Haut spiegelglatt. Sie pflegte ihre Haut, wie all die talentierten, hübschen – häufig beides – jungen Leute, die aus ihren Heimatstädtchen nach Los Angeles strömten, um dann festzustellen, dass die Menschen dort alle gleich aussahen. Margot ließ sich von Mias einstudierter Ungezwungenheit nicht täuschen – die absichtlich tiefere Stimme, die geweiteten Augen. Sie war gekleidet, wie es eine Entertainment-Journalistin in ihren Augen sein musste. Ein geblümtes, fließendes Kleid, das aus einem Revival von *Unsere kleine Farm* stammen könnte, geschnürte Lederstiefel, langer loser Zopf, Bomberjacke. Ein Kostüm. Margot sah Mia an und dachte: *Ich kenne dich.*

Der Kellner kam zu ihnen, und um Zeit zu gewinnen, stellte Margot einen Haufen unwichtige Fragen zur Speisekarte, obwohl sie während Interviews nie aß. Den Fehler hatte sie einmal begangen, vor Jahren, woraufhin der Reporter seinen Artikel mit Beschreibungen aufpeppte, wie sie »wie ein Waschbär« Stücke von ihrem Scone abbrach. Margot sah auf die Uhr, es war fast zwölf. »Ich nehme nicht an«, sagte sie, senkte die Stimme verschwörerisch und setzte ein breites Lächeln auf, »dass ich Sie zu einem Glas Wein überreden kann? Die haben hier einen ganz wunderbaren Gavi di Gavi.«

»Gavi?«, fragte Mia. Die Hand glitt an das schmale Kettchen um ihren Hals. Sie riss die Augen auf. »Was ist das?«

»Oh, ich lade Sie ein. Zwei Gläser«, sagte sie zu dem Kellner und, ganz gegen ihre Gewohnheit: »Stellen Sie uns doch bitte noch einen schönen Antipasti-Teller zusammen, ja?« Dann wandte sie sich wieder an Mia. »Wussten Sie, dass ich als Kind im Sommer immer in Italien war?«

◆ ◆ ◆

»Der ist wirklich wunderbar«, sagte Mia und hob das zweite Glas an die Lippen. Der Wein hatte sie gelöst, und jetzt stellte Margot *ihr* die Fragen, über ihren Job, ihren Freund, den aufstrebenden Schauspieler, ihre Hoffnungen und Träume. »Ich würde so gern mal nach Italien«, erzählte sie Margot, während sie ihr Glas runterkippte.

»Das müssen Sie unbedingt«, antwortete Margot. »Ich gebe Ihnen meine persönliche Restaurantliste mit.« Und dann: »Hey, haben Sie heute Abend schon was vor? Im Hollywood ArcLight ist heute die Premiere vom neuen Clooney-Film, der in Italien spielt. Soll gut sein, hab ich gehört. Ich wollte eigentlich hin, muss jetzt aber eine Party für die Tochter meiner besten Freundin ausrichten. Wenn Sie Interesse haben, kann ich Sie und Ihren Freund auf die Liste setzen.«

»Wollen Sie mich auf den Arm nehmen?« Mia stellte das Glas ein bisschen zu rasant ab. »Ich weiß gar nicht, wie ich Ihnen danken soll. Das wäre fantastisch. Sie sind wirklich *unglaublich nett.*«

Mission erfüllt. Margot hatte das Gespräch in eine andere Richtung gelenkt, ohne Mia die Munition zu liefern, über ihre mangelnde Gesprächsbereitschaft hinsichtlich der Jensen-Sache zu schreiben, denn so etwas konnte durchaus ein Eigenleben entwickeln. Erst las die nächste Reporterin davon, dann noch eine, und bald schon stand irgendwo ein ganzer Artikel, der die dunkle Vergangenheit ans Licht holte – ein Vorfall, der noch zehn Jahre später pikant genug für den bodenlosen Abgrund namens Unterhaltungsjournalismus war.

»Wow.« Margot sah auf die Uhr. »Es ist spät. Ich muss leider los.«

»Oh, Mist«, sagte Mia und griff nach ihrem Notizheft. »Ich hätte noch ein paar Fragen.«

»Eine schaff ich noch.«

»Okay«, meinte Mia erleichtert und warf einen Blick auf ihre Notizen. Sie blätterte in ihrem Moleskine, hielt inne, sah wieder zu Margot hoch und lächelte. »Okay. Letzte Frage. Irgendwas, was Sie bereuen?«

Sie sagte das einfach so daher, wie nur ein derart junger Mensch es konnte. Margot unterdrückte ein Lachen. Wo sollte sie anfangen? Sie wusste es nicht. Obwohl, eigentlich schon: Sie würde mit dem Morgen beginnen, an dem David seinen Schlaganfall hatte, als sie noch in der East 85th Street wohnten. Wie er frisch aus der Dusche in die Küche kam und sie die schimmeligen Himbeeren aussortierte und die guten in eine Schüssel legte. Seine Hände an ihrer Hüfte. »Nein«, erwiderte sie. Das Mädchen war so jung. So unbefleckt. So porenfrei. »Ich habe einen wunderbaren Mann, ich liebe meinen Job, mein Leben ist toll. Ich habe wirklich großes *Glück*.«

Nach dem Interview stand sie draußen und wusste nicht

wohin. Sie hatte Hunger und ein bisschen Kopfschmerzen vom Wein. Sie könnte nach Hause gehen, aber heute Abend war Rubys Abschlussfeier und zu Hause alles voller Catering-Leute. Dazu noch der Florist. Sie könnte ein bisschen nach dem Rechten sehen, aufpassen, dass es nicht zu viel des Guten wurde, sonst würde Flora wieder – na ja, sagen würde sie nichts, aber sie kannte ja ihren Blick, den verkniffenen Mund, die durchgedrückten Schultern. Nicht mal ein kurzes Augenrollen würde sie sich verkneifen. In letzter Zeit ärgerte es Margot, weiterhin so tun zu müssen, als würde sie nicht anders mit Geld umgehen als Flora und Julian, zumal die finanzielle Kluft zwischen ihnen nicht mehr so groß war, seit Flora und Julian beide feste Engagements hatten.

Nach jahrelangen Jobs als Werbesprecherin hatte Flora jetzt eine Hauptrolle in *Griffith*, einer Musical-Zeichentrickserie, die in Los Angeles spielte, nur dass die Figuren – zum Teil gesprochen von der Crème de la Crème Hollywoods – Tiere waren, die entweder im Griffith Park lebten oder im angrenzenden Zoo. Nach der ersten Staffel hatte die Show die nötige Mundpropaganda bekommen und die Zusage für eine weitere Staffel. Margot hatte gestern die letzten Folgen nachgeholt. Flora war phänomenal als Leona, eine Löwin, die Probleme mit dem Älterwerden hatte, nicht mehr so gut aussah wie früher und sich Sorgen machte, dass ihre Gesangsstimme nachließ. Die Serie war lustig, düster und eigentlich für Erwachsene konzipiert – die Käfige im Zoo waren ein perfektes Symbol dafür, wie Schauspieler in Schubladen gesteckt und damit quasi eingesperrt wurden –, aber gleichzeitig auch bezaubernd und optimistisch.

Julian hatte inzwischen eine feste Rolle in seiner Polizeiserie. Er musste gutes Geld verdienen, und sie glaubte nicht, dass er Good Company noch mitfinanzierte. Wozu auch? Er war ja nie da.

Ihr war klar, dass Flora und Julian eingefleischte Gewohnheiten und andere Prioritäten hatten, aber warum musste es ihr deswegen peinlich sein, wenn sie zu Rubys Party Mini-Lobster-Rolls haben wollte? Am liebsten hätte sie ein Team aus ihrem Lieblingsrestaurant in Cape Cod eingeflogen und ein gutes altes Clam Bake am Strand organisiert. Aber dann hatte sie Floras Gesichtsausdruck gesehen, als sie ihr davon vorschwärmte. Picknicktische mit Wachspapier, auf denen das Essen verteilt lag: Muscheln, Hummer, Krebse, Mais, Kartoffeln, Töpfe mit zerlassener Butter, und alle bedienten sich mit den Händen. Letztendlich war es Rubys Party. Die Gäste waren ihre Freunde und Floras und Julians Freunde, also musste Margot eben eine Nummer runterschrauben. Burger (Kobe-Rindfleisch), Hot-Dogs (Wagyu), und mit den Mini-Lobster-Rolls musste Flora dann eben klarkommen.

Sie ging langsam und tat, als sähe sie sich die Schaufenster an. Womöglich saß Mia in ihrem Auto und beobachtete, wie sie sich nach dem Interview verhielt. Die Jensens. Eine ganze Weile lang hatte sie jeden Tag an die Jensens gedacht, sich gefragt, was sie zum Frühstück aßen, ob sie wieder arbeiteten, ob sie versuchen würden, noch mal ein Kind zu bekommen. An Feiertagen und Wochenenden hatte sie an sie gedacht, sich gefragt, ob sie weggezogen waren, in eine andere Stadt. Eine Zeitlang rechnete sie ständig damit, ihnen über den Weg zu laufen, weil es in New York die Regel zu sein schien, dass man vor allem Leuten begegnete, denen man auf keinen Fall begegnen wollte, doch dazu war es nicht gekommen. Manchmal verspürte sie den Drang, im Internet nach ihnen zu suchen, herauszufinden, wie sie jetzt lebten, aber sie hatte Angst, ein Fenster in die Dunkelheit zu öffnen und verschluckt zu werden, die Schatten zurückzuholen, die sich seit ihrem Umzug nach Los Angeles zurückgezogen hatten.

Sie schlenderte die Straße hinunter und betrat einen Buchladen, in den sie regelmäßig ging. Im Seitenflügel standen die Kunst- und Fotobände. Sie hatte Ruby zum Highschool-Abschluss eine Digitalkamera gekauft, weil sie sich für Fotografie interessierte und ein Künstlerauge besaß. Vielleicht fand sie noch ein schönes Buch für sie. Als sie die Tische durchstöberte, entdeckte sie vor dem Laden einen Mann, der sie beobachtete, seine Handykamera auf sie richtete und dann nachsah, ob die Fotos etwas geworden waren. Kameras. Sie entkam ihnen nicht. Sie drehte sich vom Fenster weg und wühlte in der Handtasche nach ihrem Handy, um Flora eine Nachricht zu schreiben. Aus dem Augenwinkel sah sie den bärtigen Mann seine Bilder einer Frau zeigen und dann in Richtung der echten Margot zeigen.

Was war das bloß für eine Welt.

DREI

Der Ring lag auf dem Küchentisch wie ein Stück Kryptonit. Flora starrte ihn an. Wie konnte er nur all die Jahre unbemerkt unter ihrem Dach gelegen haben? Wie konnte sie seine Hitze nicht gespürt, den Gestank des gebrochenen Schwurs nicht gerochen haben, denn warum sonst hätte Julian ihn verstecken sollen? Das verräterische Herz.

Als junges Mädchen hatte Flora versucht, Momente in ihrem Gedächtnis zu »fixieren«. Die Vorstellung, dass Jahre ihres Lebens vergingen und sie sich nur an Bruchstücke, an Sekunden würde erinnern können, ängstigte sie. Sie entwickelte einen Plan. Wenn sie von der Schule nach Hause ging, mit Freunden unterwegs war oder einfach nur am Schreibtisch saß, dachte sie: Das jetzt. Erinnere dich daran. Es ist 1978, 1981, 1993 und die Situation ist die: Du läufst bei glitzernder Weihnachtsbeleuchtung durch die Third Avenue in Bay Ridge; du sitzt im Fort Hamilton Park im Schatten der Verrazzano-Brücke unter einem Baum; Sonntagsessen, der Tisch biegt sich unter Schüsseln mit Spaghetti, überbackenen Auberginen und gefüllten Artischocken. In gewisser Hinsicht funktionierte das, aber das Besondere an dem Moment ging natürlich verloren – die Gerüche, die Geräusche, die Menschen, ihre Stimmung. Zurück blieb eine Handvoll Erinnerungen, darunter ihr eiserner Wille, sie heraufzubeschwören.

Aber dieser Moment? Den würde sie bestimmt nicht vergessen. Wie sollte sie den Ring in ihrer Hand verstehen? Sie hatte Lust auf Kaffee. Komisch, nach der einen morgendlichen Tasse trank sie eigentlich nie noch mehr Kaffee, davon wurde sie immer ganz zittrig. Während sie das Pulver aus dem Kühlschrank holte und in den Filter schüttete, wurde ihr bewusst, was sie da tat. Sie beschwor ihre Mutter und ihre Tanten, ihre Beschützerinnen, die alle längst tot waren. Die sicherste Methode, die Mancini-Schwestern auf sich aufmerksam zu machen – selbst im Jenseits – war Kaffee, in welcher Form auch immer: im Filter, frisch aufgebrüht, abgestanden und verbrannt, aufgewärmt in der Mikrowelle. Die Wohnung ihrer Mutter roch wie der Lebenszyklus einer Kanne Kaffee. Sie wusste nicht, wie sie das machten, diese Frauen. Sie lebten von Kaffee und Zigaretten und kochten den ganzen Tag Essen, das sie kaum anrührten. Sie aßen zwei Gabeln Pasta oder knabberten an einer Piccata Milanese, standen dabei am Herd und stocherten in den Kalbsschnitzeln, die in der gusseisernen Pfanne vor sich hin brutzelten. Sie aßen einen halben Cannolo und tunkten den Knust von einem Laib Brot in die Tomatensauce. Sie *kosteten.* Aber ihr Verlangen nach Kaffee und Zigaretten war unerschöpflich. Sie wollte sie um sich spüren, jetzt, wo …

Tja. Jetzt, wo *was?*

Hätte ihr jemand das Foto aus Stoneham vor die Nase gesetzt und gesagt: »Schnell! Welche Erinnerungen hast du an diesen Sommer?«, wäre Julians verlorener Ehering wohl nicht dabei gewesen. Sie nahm das Bild und betrachtete Julians Hand. Julians ringlose Hand. Als er ihr gestand, den Ring im Teich verloren zu haben, war er so aufgelöst, dass am Ende sie ihn tröstete. Ist doch nur ein Gegenstand, hatte sie gesagt, nur ein goldener Ring. Sie würden einen neuen besorgen. Obwohl sie beide wussten, dass es eine Weile dauern konnte, bis die Finanzen es zuließen. Jedes Mal, wenn sie in jenem Jahr den dünnen Streifen blasse Haut sah, wo vorher der Ring gesessen hatte, wurde sie traurig.

Wenn sie an jenen Sommer dachte, dann auch daran, dass nur wenige Monate danach David seinen Schlaganfall hatte und, was sie damals noch nicht wissen konnten, es das letzte Mal war, dass Margot in Stoneham spielen würde. Ben wollte unbedingt *Hexenjagd* aufführen – trotz des allgemeinen Gejammers, sie seien schließlich nicht mehr in der Highschool –, denn, so sein Argument, es sei die perfekte Allegorie für Guantánamo. Es war das Jahr, in dem Ben ihnen das Little House großzügigerweise den ganzen Sommer lang überließ und Julian und er ein paar Tannen pflanzten, damit sie vorne auf der Veranda etwas Schatten und Privatsphäre hatten. Über die eine direkt vor dem Haus hatte Julian eine Lichterkette gehängt. Ben beauftragte Ruby, sie jeden Abend nach Sonnenuntergang einzuschalten, und da es außerdem der Sommer war, in dem Ruby den Stapel Frank-Sinatra-Platten im Little House für sich entdeckte, zwang sie alle Anwesenden, »That's Life« mitzusingen. »Ihr Mancini-Blut«, erklärte Flora Julian, während sie Ruby ihre Version des Textes schmettern hörten: *I've been a puppet, a parrot, a poem, a popcorn, a pong, and a KINGGGGG.*

Flora erinnerte sich, dass es der Sommer der Siebzehn-Jahres-Zikaden war, die mit ihren ordinären durchsichtigen Flügeln und gruseligen roten Augen an den Baumstämmen hingen und Ruby Angst machten. Es war außerdem das Jahr, in dem sich Unmengen von Laubfröschen um den Teich niederließen (»Was kommt als Nächstes? Eiterbeulen?«, fragte Margot) und jeder, der konnte, einen Frosch fing und in den Händen zu Ruby trug, die alle – erfolglos – in einem großen roten Eimer aufbewahrte. Sie erinnerte sich, wie Ruby in jenem Jahr ihre Angst vor dem Schwimmen überwand, und wenn Flora sie abends ins Bett steckte, vergrub sie die Nase in ihren speckigen Nackenfalten und roch den Teich, rein und grasig, mit einem Hauch von Verwesung.

Jener Sommer war auch der Sommer von Margot und Ruby. Als Flora und Margot eines Nachmittags Ruby mit zwei Puppen auf der Veranda spielen sahen, spitzte Margot die Ohren. »Pst! Was sagt sie?« Sie schlichen näher, lauschten und sahen sich ungläubig an, als sie die fünfjährige Ruby Margots Zeilen aus *Hexenjagd* aufsagen hörten. Von da an der Partygag des Sommers: »›John, ich hab mich so einfach gefühlt‹, sagte die eine Barbiepuppe zur anderen, ›Ich war nur kalt!‹«

Aber dass Julians Ring weg war? Erschien ihr nicht weiter bemerkenswert.

Flora sollte erst sehr viel später erfahren, was dahintersteckte, denn Julian würde direkt von der Arbeit zur Abschlussfeier kommen, und danach würden sie alle zu Margot fahren. Sie wollte ihn nicht am Set anrufen, selbst wenn er ranging und frei sprechen konnte, war das kein Gespräch, das man mal kurz in der Pause führte.

Flora ging nach draußen, es kam ihr vor, als vibrierten in ihrer Küche die Wände, als wäre der Raum durch die Gegenwart des Rings verseucht. Der Raum, in dem sie sich dank der Flügelfenster und der kleinen Essecke sonst so wohl fühlte. Morgens saß sie dort, las Zeitung und machte, je nach Tagesplan, ihre Stimmübungen. Trank ihr heißes Wasser mit Honig. Beobachtete das alberne Schauspiel der Tierwelt direkt hinter der Scheibe. Die zarten gelben Schmetterlinge, die immer als Paar unterwegs waren und kreuz und quer voreinander herflogen. Die lieblichen Honigbienen, die über dem Lavendel am Haus schwebten. Die Zauneidechsen, die angeberisch ihre Liegestütze auf der Mauer absolvierten. Die orangerosa blühende Bougainvillea, der nachbarliche Freigeist, der in jede freie Ecke drängte. Als lebten sie auf einem Studiogelände, nur dass alles echt war und ihr gehörte.

Ihr Handy summte, sie lief zurück in die Küche. Sie wollte Julian nicht absichtlich stören, aber wenn er sie anrief …

Es war eine Nachricht von Margot: *Wo bist du? Du glaubst nicht, wie genervt ich bin.*

Tja, damit sind wir schon zwei, dachte Flora. Sie antwortete nicht. Sie hatte keine Lust, sich anzuhören, wie schrecklich das Interview gewesen war, Margots Gejammer über die Fragen oder das ewige Geschimpfe über Menschen-in-der-Öffentlichkeit-mit-Handys. Margot würde es nie zugeben, weder sich selbst noch anderen gegenüber, aber das Einzige, was sie mehr hasste als Handys, war, in der Öffentlichkeit vollkommen ignoriert zu werden. Flora hatte erlebt, wie sie einen Iced Latte fallen ließ, so tat, als stolperte sie, oder extra die Stimme erhob, damit die Leute sich umdrehten, um zu sehen, wer da so verdammt laut redete – nur für den Moment des Erkanntwerdens, das Zweimal-Hingucken, das überraschte Lächeln, die Kontaktaufnahme.

Flora war nicht in der Stimmung. Sie brauchte einen Spaziergang.

Als sie nach Los Angeles zogen, waren es die Spaziergänge,

die Flora an das Westküstenleben gewöhnt hatten. Die Ironie entging ihr keineswegs. »Los Angeles!«, hatten die Leute alarmiert gerufen, als sie ihren Umzug ankündigten. »Aber der Verkehr! Der Smog! Die geistige Armut!« Es war fast lustig, wie ihre New Yorker Kreise reagierten. »Das wäre nichts für mich«, bekam sie fast täglich zu hören, dabei hätten die meisten ihrer Freunde sofort die Chance ergriffen, in einer Serie mitzuspielen und zur Abwechslung mal etwas Geld zu verdienen. Anfangs fand sie das noch amüsant, aber irgendwann war sie echt genervt. »Merken die nicht, wie respektlos das ist? Würden sie das auch sagen, wenn wir nach London ziehen würden?«, hatte sie Julian gefragt. »Oder nach Chicago? Ich finde das ausgesprochen unhöflich.«

»Da hast du recht. Es ist unhöflich.«

»Wenn ich den Leuten erzähle, dass wir nach *Tulsa* ziehen, würden sie dann auch sagen: ›Das wäre nichts für mich‹?«

»Wenn wir nach Tulsa ziehen? Vielleicht.«

Flora war wütend. »Du weißt genau, was ich meine.«

»Ja, klar. Aber wenn wir mal ehrlich sind, wie oft haben wir hier in unserer Wohnküche gesessen …« Er zeigte mit ausladender Geste auf den kleinen Raum, kaum groß genug für zwei Erwachsene, ganz zu schweigen von ihrer Tochter, der man in letzter Zeit beim Wachsen zusehen konnte. Jeden Morgen wirkten die Arme und Beine ein Stück länger, wenn sie aus ihrem Zimmer kam, das früher ein Teil des Flurs gewesen war. »Wie oft haben wir hier gesessen und uns Margot und David überlegen gefühlt, weil wir in New York geblieben sind? Weil wir so charakterfest waren, nicht zu gehen.«

Flora wusste, dass er recht hatte und auch dass ihr plötzlicher Wandel zur Verfechterin der Westküste der Unfähigkeit entsprang, sich selbst einzugestehen, wie schwer es sein würde, New York zu verlassen, das West Village, ihr Zuhause, ihre Freunde. Der Umzug war anfangs ein Jux gewesen, den sie gerne ausspann, weil er ihr so unwahrscheinlich vorkam. Flora in Los Angeles? Julian in Los Angeles? Sie waren der Inbegriff eines Manhattan-Paars, sie kannten sich aus in dieser Stadt, mit ihrer mietpreisgebundenen Wohnung in einem Viertel mit guter öffentlicher Schule und dem einen Kind, dem sein winziges Zimmer ausreichte.

Jahrelang hatten sie Margot und David besucht und zugesehen, wie ihr Leben eine andere Färbung annahm, gespürt, wie ihre Seelen sich den sonnendurchfluteten Landschaften von Los Angeles anpassten. Sie hatten Ruby über den Rasen laufen sehen, im Pool schwimmen, im Garten Zitronen pflücken. David grillte im Februar Steaks, und nach dem Abendessen saßen sie mit Decken auf dem Schoß ums Lagerfeuer und nippten an dekadentem kalifornischen Rotwein. Morgens gingen sie wandern oder machten einen Ausflug zum Farmers' Market, um frische Erdbeeren, Bohnen und Erbsen zu kaufen. (Im März!)

Auf dem Rückflug nach New York schwiegen sie meist, müde und in Gedanken versunken. Im Anflug dann nahm Julian Ruby auf den Schoß, zeigte ihr die Skyline und fragte – was später zur eingespielten Abbott-und-Costello-Phrase wurde: »Was siehst du, meine Kleine?« Und sie drückte die Nase gegen die eiskalte Scheibe und antwortete, was er ihr beigebracht hatte: »Ich sehe die beste Stadt der Welt, mein Papa!«

Und davon waren sie überzeugt. Auch in dem Jahr, als Ruby den ganzen Weg zum Flughafen in Los Angeles weinte, weil sie die Eidechsen in Margots Garten vermisste. Auch in dem Jahr, als sie nach einer Woche bei Margot die Wohnungstür öffneten und ihnen der Geruch gleich mehrerer toter Mäuse entgegenschlug. Auch in dem Jahr, als sie während eines Frühlings-Schneesturms nach Hause kamen und die Trockner im Haus kaputt waren und Flora ihre nassen Klamotten durch den Schneematsch zum nächsten Waschsalon schleppen musste. Als sie dort stand und die Sachen zusammenfaltete, die monatelang kein Tageslicht mehr sehen würden, stellte sie sich Margot vor, wie sie bei strahlender Sonne durch ihre hellen Zimmer lief. Sie dachte daran, dass David in den Garten gehen und eine Avocado pflücken konnte. Während sie Rubys Hello-Kitty-Socken zusammenlegte und zusah, wie draußen der Schnee zu Eisregen wurde – die frisch getrockneten Sachen würden auf dem Nachhauseweg wieder nass werden –, beneidete sie Margot um den ganz einfachen Luxus, die Tür aufmachen und nach draußen gehen zu können. *Draußen* war keine Exkursion, für die man Mäntel und Stiefel brauchte und die Wohnung abschließen und ein Ziel haben musste. Wie wäre es wohl, Waschmaschine und Trockner *im* Haus zu haben, statt ein paar Straßen weiter oder im gruseligen Keller ihres Gebäudes, wo es immer eiskalt war und nach Schimmel roch und wo mit Sicherheit die ganzen Mäuse herkamen, die sich in ihre Küche verirrten? Wie wäre es wohl, fragte sie sich, praktisch jeden Tag aufzuwachen und zu wissen, dass die Sonne schien, die Zitronen reiften und die Kolibris herumschwirrten, in ein Zimmer im eigenen Haus zu gehen, die Waschmaschine zu füllen und dann vor die Tür zu treten und zum Frühstück eine Mandarine zu pflücken?

Aber auch wenn Julian und sie sich hier und da ein wenig Neid erlaubten, gab es natürlich die andere Seite. Die Laubbläser! Meine Güte, schrecklich. Dieser Krach, wie hielt man das aus? Die Autos, der Verkehr. Und wenn die Sonne jeden Tag durchs Fenster schien, war man das nicht irgendwann leid, würde es einem nicht die Seele und den Verstand ausbleichen? Alle Möbel in Margots Haus waren zur Fensterseite hin verblichen. Das tiefe Blau und Grün auf den so schön bezogenen Sesseln nur noch Weiß- und Grautöne. »Siehst du?«, hatte Julian gesagt. »Diese Sonne raubt einem die Struktur.«

Und wer bitte zog aus einer mietpreisgebundenen Wohnung aus? Das war, als gäbe man den letzten Platz auf dem letzten Flug aus Saigon ab. So etwas bereute man bis ans Ende seines Lebens. Das einzig Konstante an New York war, dass, wenn man losließ, die Stadt sich eben ohne einen weiterdrehte. Wer abstieg, würde es sich niemals leisten können, wieder aufzuspringen. Waren sie dazu bereit? Sie brauchten die Energie und den Frust von New York, es machte sie interessant und schärfte den Verstand. Los Angeles war keine echte Stadt.

Kein Biss, sagte Julian.

Keine Energie, sagte Flora.

Und doch.

Und doch …

Egal, wie oft Flora versuchte, den Moment festzumachen, an dem sich ihr Blickwinkel änderte, es gelang ihr nicht. Denn wie in den meisten Fällen war es nicht ein einziger, sondern eine ganze Reihe von Momenten, und sie fühlten sich an wie eine Spur aus Brotkrumen, die zu etwas Neuem führte. Flora war sich nicht sicher, wie, warum oder wann genau, aber Julians Besessenheit für alles, was mit Good Company zu tun hatte, und seine Unzufriedenheit mit allem anderen ließen irgendwann nach. Je besser die Situation wurde, desto besser konnte er loslassen. Good Company lief endlich einigermaßen – zwar ohne dass wirklich Geld reinkam, aber eben auch ohne große Verluste. Genau wie viele andere Theater in Downtown hatten sie einen Raum für Proben und Lesungen gemietet. Über die Jahre brachten Julian und Ben das Gebäude gut genug in Schuss, um nicht dauernd Geld hineinpumpen zu müssen, das sie nicht hatten. Der mickrige Kredit, den sie einem wohlwollenden Banker aus den Rippen geleiert hatten, war abbezahlt. Mit wachsender Bekanntheit wurden sie regelmäßig zu Gastspielen in größeren Theatern eingeladen und lernten, kostendeckend zu inszenieren. Zwei Jahre hintereinander machten sie sogar ein bisschen Gewinn. Julian hatte sich aus dem Tagesgeschäft zurückgezogen. Er fegte nicht mehr den Boden, kopierte nicht länger um zwei Uhr morgens Programmhefte oder kümmerte sich um die verstopfte Toilette. Er war der künstlerische Leiter, wählte Stücke aus, besetzte Rollen, umwarb Regisseure und versuchte, Bens mitunter erratische Impulse in Bahnen zu lenken, die das Interesse der richtigen Leute weckten und Publikum anzogen.

Irgendwann wollten die jüngeren Mitglieder sich stärker einbringen und verantwortungsvollere Aufgaben übernehmen. Alles, was er noch vorhatte, konnte er von Los Angeles aus erledigen und ab und zu vielleicht auch noch mal an die Ostküste fliegen. Ben widmete sich praktisch nur noch der Sommerproduktion in Stoneham (nach dem ersten Jahr wollte er den Namen in Stoneham Soup ändern, worauf aber niemand ansprang, also blieb es bei Stoneham).

Anfangs wusste Flora nicht recht, was sie von diesem Wandel halten sollte, dem Wegfall ihrer Nemesis. Mochte sie Good Company auch verdammt haben (und *geliebt* –

sie hatte Good Company geliebt wie ein ungezogenes, bevorzugtes Kind, das einen nicht zurückliebt), ohne all das wusste sie nicht, wohin mit ihrer Wut. Und wer waren sie überhaupt ohne Good Company? Wer würden sie sein?

Weniger Zeit für Good Company bedeutete mehr Zeit für Castings, was bedeutete, dass Julian mehr Rollen bekäme, und als die zweite Einladung zum Vorsprechen für eine neue Serie kam, die in Los Angeles gedreht wurde, schien das kein unlösbares Problem zu sein. Meistens war die Einladung schon der Erfolg, und die Chancen, die Rolle zu kriegen, extrem gering. Aber dann kam eine dritte Einladung und noch eine und dann der Anruf von seinem Agenten, dass die Produzenten ihn nach Los Angeles holen wollten, um die Chemie mit einem potentiellen Serienpartner zu testen.

»Das wäre wahrscheinlich der richtige Augenblick, ihnen zu erzählen, dass wir nicht umziehen wollen«, hatte er zu Flora gesagt, als Ruby schlief. Sie saßen in ihrem Fünfzehn-Quadratmeter-Wohnzimmer, das gleichzeitig Küche und Esszimmer war und Bibliothek und Fitnessraum und was sie sonst noch so brauchten außer ihrem Schlafzimmer. Es zahlte sich aus, am Theater zu arbeiten, wenn man eine kleine Wohnung hatte. Lara, die Bühnenbildnerin, kannte mehrere Tischler, die sich gern etwas dazuverdienten. Alles in der Wohnung hatte eine Doppelfunktion. Der hochfahrbare Couchtisch wurde je nach Bedarf zum Ess- oder Schreibtisch. Rubys Schrankbett konnte man hochklappen, damit sie Platz zum Spielen hatte. Der Küchentresen war eingehängt und konnte ebenfalls hochgeklappt werden. Es war ziemlich ausgeklügelt, andererseits fühlte Flora sich die ganze Zeit wie auf einer Bühne, als kämen jeden Moment ein paar Typen in Schwarz mit Headsets angerannt, schnappten sich die Blumen vom Esstisch und verwandelten ihn in eine Parkbank.

Es war ein warmer Frühlingsabend, die beiden Wohnzimmerfenster standen offen, und sie konnte die Geräusche von der Straße hören. Den Verkehrslärm, das ungeduldige Hupen, das Lachen der Menschen, die aus einem Restaurant kamen. Sie roch, dass jemand grillte, obwohl es dafür eigentlich noch zu früh war. Sie dachte daran, wie sie Ruby damals im Babykörbchen hergebracht hatten. Und dass sie vor Rubys Geburt geglaubt hatte, in dieser Wohnung kein Kind bekommen zu können.

»Vielleicht sollten wir umziehen«, hatte sie eines Nachts zu Julian gesagt, als sie nicht schlafen konnte und nicht aufhören konnte zu weinen. »Manchmal glaube ich, mein Körper weiß, dass hier kein Platz für ein Baby ist. Wenn wir mehr Platz hätten …« Sie wusste, dass es irrational klang, aber Julian war so bemüht um sie, darum, dass sie ihr Gleichgewicht wiederfand, dass er einen Termin mit einer Maklerin machte und sie noch am Wochenende diverse Dreizimmerwohnungen besichtigten. Es war lachhaft, was ein Zimmer mehr in ihrer Gegend kostete.

»Sollen wir vielleicht lieber in Brooklyn suchen?«, hatte Flora die Maklerin gefragt.

»Wenn Sie möchten«, erwiderte die Frau desinteressiert. Sie hatte sie schon kritisch beäugt, als sie ihre Reaktion auf die Preise sah. »Da sind Sie nicht die Einzigen in Manhattan. Es ist der reine Wahnsinn.«

»Ich sollte vielleicht nicht nach Kalifornien fliegen, solange ich es nicht ernsthaft in Erwägung ziehe«, sagte Julian und holte sie zurück in die Gegenwart, in ihr Wohnzimmer, ihre Wohnung, ihr Leben. »Flora?«

»Ziehst du es in Erwägung?«, fragte sie, als sie seinen Tonfall bemerkte.

Er zuckte mit den Schultern. »Ich könnte mich überreden lassen, es in Erwägung zu ziehen.«

Zu ihrer eigenen Überraschung sagte sie: »Wir könnten zumindest eine Nacht drüber schlafen.«

◆ ◆ ◆

Flora stapfte den Weg zum Griffith Observatory hoch, was normalerweise eine beruhigende Wirkung auf sie hatte. Sie war früh unterwegs und begegnete den üblichen vertrauten Gesichtern. Der große Mann mit den Sommersprossen, dem rotblonden Haar und den beiden Irish Settern, die aussahen wie ihr Herrchen, als wären alle drei einem Kinderbuch entstiegen. Der elegante Herr in den Achtzigern, der Gregory Peck zum Verwechseln ähnlich sah, Khakihosen trug sowie einen Pullover um den Hals und den Eindruck machte, als sei er durch einen Schlaganfall halbseitig gelähmt. Soweit Flora wusste, lief er jeden Tag hier lang, langsam, aber entschlossen, indem er mit großer Anstrengung den einen Fuß hinter sich herzog. Die Yoon-Schwestern, zwei ältere Damen, die ganz in der Nähe wohnten und stets vor der Sonne geschützt gekleidet waren, einschließlich einer Art Schleier vor der Hutkrempe, wie kleine Imkerinnen. Ihr Freund Lopez, der jeden Morgen oben am Wegesende vor dem Observatorium rumhing, den hübschen jungen Damen Komplimente machte, wie wild mit den älteren flirtete, die Jogger abklatschte und seine überbordende Freude auf dem ganzen Hügel verbreitete. Julian war ein paarmal samstags mitgekommen und jedes Mal ganz perplex über die ausgelassene Stimmung gewesen. »Woher *kennst* du diese Leute?«

»Ich kenne sie nicht. Ich treffe sie nur im Park.« Manchmal, wenn sie früh genug unterwegs war, sah sie die zotteligen Kojoten von der nächtlichen Jagd kommen. Einmal trottete bei Sonnenaufgang einer mit einer schwarzen Katze im Maul an ihr vorbei. Als sie aufschrie, lief er schnell weiter. Erst wollte sie ihn verfolgen, aber wozu? Um das kleine Wildkätzchen aus seinen Fängen zu befreien?

Sie spürte den Ring in der Hosentasche und zog das Baseballcap tiefer in die Stirn. Steckte die Kopfhörer in die Ohren, obwohl sie die Musik kaum wahrnahm. Was sollte sie tun? Am Abend war Rubys Abschlussfeier, danach gingen sie alle zu Margot, das Haus würde voller Menschen sein, unter anderem Rubys Freund und seine Eltern. Ein zusammengewürfelter Bekanntenkreis, Ersatz für die Familie, die sie nicht hatten. Flora war nie gut darin gewesen, ihre Gefühle zu verbergen. Sobald sie durch die Tür trat, musste Margot sie nur ansehen und *Was ist los?* fragen, und schon würde sie zusammenbrechen.

Was du auch tust, Kleines, halt die Augen offen. Die Menschen sind nicht immer das, was sie zu sein scheinen. Manche Mütter hätten vielleicht ein paar ermutigende Worte gesprochen, Ratschläge gegeben oder – selbst auf Floras Hochzeit, vor allem in ihrer katholischen Umgebung – unnötige Beschwichtigungen bezüglich der *Hochzeitsnacht* geäußert. Nicht so Floras Mutter. Josephines Rat ab dem Augenblick, seit sie mit Julian zusammen war, bis zum Tag ihrer Hochzeit konnte man unter der Überschrift zusammenfassen: *Sei misstrauisch.*

Es war also kein Wunder, dass der Ring auch Josephine auf

den Plan rief. Sie hätte genauso gut neben ihr stehen können, dort oben auf dem Pfad, in der Hand eine Benson & Hedges Menthol Light 100. »Er sieht zu gut aus. Ich habe es dir von Anfang an gesagt, das wird noch ein Problem werden. Und Schauspieler! Mein Gott, hast du aus der Geschichte mit deinem Vater denn nichts gelernt? Die können das nicht, mit nur einem Menschen zusammen sein. Es gehört nicht«, – an dieser Stelle klopfte Josephines Geist sich mit dem Finger an den Kopf – »es gehört nicht zur Ausstattung. Die einzige Ausstattung, die bei diesen Idioten funktioniert, sitzt da unten.«

Flora hatte von klein auf gelernt, misstrauisch zu sein, und als sie Julian kennenlernte, empfand sie es als vollkommen normal, ihn hemmungslos auszuspionieren. Sie las seine Mails, hörte die Nachrichten auf der Mailbox ab, checkte seinen Terminkalender und was sie sonst noch in die Finger bekam. Obwohl er sie zweimal erwischte, machte sie weiter, bis ihr klar wurde, was jeder andere sehr viel früher gemerkt hätte: dass sie sich durch ihre Schnüffelei jedes Mal nur noch schlechter fühlte. Nicht weil sie etwas gefunden hätte, sondern weil allein schon der Akt, misstrauisch auf das Leben eines anderen zu schauen, etwas Zerstörerisches hatte.

Als sie verheiratet waren und Ruby geboren wurde und (für Floras Empfinden) ihr Erwachsenenleben und ihre Ehe erst so richtig begannen, glaubte sie nicht mehr an Josephines Worte. Stattdessen glaubte sie allmählich, dass Josephines Schicksal nicht ihres war.

Sie stand an der Brüstung des Griffith-Observatoriums und tastete nach dem Ring in ihrer Tasche. Sie könnte ausholen und ihn den Abhang hinunter ins Gestrüpp schleudern, zwischen den wilden Fenchel und den schwarzen Senf.

Vielleicht schnappte ihn sich ein Habicht oder der Kojote, der so gern Katzen aß. Vielleicht fand ihn ein Park Ranger und hängte an der Info-Station einen Zettel aus: *Ring gefunden, golden, graviert:* J UND F.

Wenn sie ihn wegwarf, würde sie sich nicht der wie auch immer gearteten Wahrheit dahinter stellen müssen. Sie dachte an den Tag, als sie ihn gekauft hatten. Margot und David waren mitgekommen, Margot war für einen anderen, ausgefalleneren Ring, irgendwas aus Platin, gehämmert, aber Julian hatte sich für den goldenen entschieden.

Margot. Normalerweise hätte sie sie längst angerufen. Aber solange sie nicht wusste, was dahintersteckte, konnte sie das nicht. Vielleicht gab es ja auch eine ganz logische, harmlose Erklärung dafür, dass der Ring seit dreizehn Jahren in ihrem Aktenschrank lag, statt dort, wo er eigentlich hätte sein sollen: auf dem Grund eines Teichs in Stoneham, zwischen Zweigen, Schnecken und allem, was sonst noch während der vielen Sommerproduktionen auf Bens Anwesen verloren ging. Irgendwie bezweifelte sie das.

VIER

Draußen vor der Aula, nachdem die unendlich lange Abschlussfeier vorbei war, bahnte Ruby sich den Weg durch die Menge und suchte nach ihren Eltern. Sie versuchte, elegant zu laufen, aber ihre Füße brachten sie um. Sie hatte sich so gefreut, dass Margot ihr die teuren Highheels leihen wollte, aber jetzt konnte sie es kaum erwarten, flache Schuhe anzuziehen. Sie sah sich um und stellte fest, dass sie praktisch alle denselben Fehler gemacht hatten, die Mädchen staksten vorsichtig über das Gras und die Risse im Bürgersteig, hielten sich aneinander fest und sahen aus wie scheue Rehkitze, die Gesichter eine Mischung aus freudiger Erregung und Angst.

Es war eine filmreife Juninacht, die untergehende Sonne tauchte die Welt in ein lebendiges Orangerosa und brachte alles und jeden zum Leuchten, wenn auch nur kurz. Sie sog den berauschenden Duft des Nachtjasmins ein, und selbst das entfernte Knattern eines Hubschraubers erschien ihr romantisch. Ruby hatte nicht damit gerechnet, dass die Zeremonie sie so berühren würde. Auch wenn die Schule ihre religiöse Ausrichtung schon lange verloren hatte, war sie von einem Schotten gegründet worden, und die Dudelsäcke wurden zu jedem feierlichen Anlass abgestaubt und vorgeführt, eine Tradition, über die Ruby und ihre Freunde sich immer lustig gemacht hatten. Doch heute, als sämtliche Familien auf ihren Plätzen saßen, die Dudelsäcke ihren Klagegesang anstimmten und die Mädchen langsam über den dunkelblauen Teppich durch die Gänge schritten, wurde Ruby auf einmal ganz emotional. Die Darrow Academy war immer Teil ihres Lebens in Los Angeles gewesen. Als sie an ihren Eltern und Ivan vorbeikam, konnte sie nicht mal hinsehen, vor lauter Angst, weinen zu müssen, und sie konnte sich nichts Peinlicheres vorstellen. Ruby tröstete gern andere, sie war die Freundin, bei der man sich ausheulen konnte, die immer einen kleinen Scherz parat hatte. Sie machte aus ihrem Kummer keine Show, so wie all die anderen Mädchen, die demonstrativ weinten, mit den Händen vorm Gesicht rumwedelten und sich des hübschen Anblicks ihrer tränenüberströmten rosa Wangen genau bewusst waren.

Während Ruby zwischen den Familiengrüppchen hindurchlief, hatte sie fast ein bisschen Angst, auf ihre Mutter zu treffen, vor allem, weil sie bestimmt weinte. Denn dann würde auch sie sich nicht länger beherrschen können. Der ganze Sommer würde ein einziger langer Abschied werden – das war unvermeidlich –, aber heute Abend wollte sie feiern und nicht melancholisch sein. Ruby fiel es schwer, sich nicht von den Stimmungen ihrer Mutter anstecken zu lassen. Sie infiltrierten sie wie der Morgennebel, der um diese Jahreszeit vom Meer über Los Angeles hinwegkroch.

»Du musst dir keine Sorgen machen«, sagte Julian jedes Mal, nahm ihren Kopf in die Hände und strich ihr mit den Daumen über die Falten auf der Stirn. Aber stimmte das auch? Sie drei waren eine feste Einheit, und wenn einer von ihnen unglücklich war, wie konnten die anderen beiden es dann ignorieren? Flora erzählte Ruby oft, wie ihre Mutter sie immer ermahnt hatte: »Du bist nur so glücklich wie dein unglücklichstes Kind.« Der Witz war, dass Flora Einzelkind war und deswegen nicht unglücklich sein oder es zumindest nicht zeigen durfte. Und auch wenn ihre Mutter es im Scherz sagte und ihr zu verstehen gab, wie sehr sie dieses Gefühl belastet hatte, warum wiederholte sie es immer wieder, wenn sie nicht auch ein bisschen Wahrheit darin sah? Sie musste sich also doch Sorgen machen, wie auch nicht, wenn das Glück ihrer Eltern von ihrem Glück abhing?

Und war es andersrum nicht genauso? Oft hatte Ruby das Gefühl gehabt, nur so glücklich wie ihr unglücklichstes Elternteil sein zu können. In New York hatte sie es stärker gespürt, weil ihr Leben in Kalifornien unbeschwerter war, aber sie besaß noch immer das, was Julian ihre Stimmgabel nannte – dieses Etwas in ihr, das ständig auf die Stimmung im Haus reagierte. »Ruby ist eine alte Seele.« Wie oft hatte sie Flora das zu jemandem sagen hören?

Ruby war ziemlich sicher, dass sie einfach nur ein Einzelkind war, das viel Zeit mit Erwachsenen verbrachte und deren Gefühle kannte, das würde sie Flora gegenüber aber nie so sagen, weil sie die alte Wunde namens *Einzelkind* nicht aufreißen wollte. Nicht dass Ruby sich etwas daraus gemacht hätte (zumindest versicherte sie sich das immer wieder), sie hatte sich nie Geschwister gewünscht. Na ja, manchmal vielleicht. Vielleicht wäre es schön, eine Schwester zu haben, mit der man Klamotten und Schminke tauschen konnte. Oder wenn sie zu Weihnachten ein Gesellschaftsspiel oder mit ihrem Puppenhaus spielen wollte, vielleicht wäre es dann schön gewesen, jemand anderen als ihre Eltern zu haben, die den ganzen Tag im Pyjama rumsitzen und die Bücher lesen wollten, die sie sich gegenseitig geschenkt hatten. Vielleicht wäre es schön, das Gefühl zu haben, dass jemand anderes für das Familienglück verantwortlich war.

Jetzt entdeckte sie David, der ihr mit erhobenen Händen winkte wie ein Schiedsrichter, der ein Foul pfiff. Er war am Vorabend mit Flora beim Preisverleihungsbankett gewesen, weil Julian arbeiten musste. Als Rubys Name als Gewinnerin des Biologie-Preises verkündet wurde, hatte David gejohlt und gebrüllt. Den Rest des Abends hatte er gegrinst und sie »Doc« genannt.

Neben David stand Margot, umringt von Bewunderern. Sie schüttelte Hände und hatte ihre freundliche-aber-nicht-zu-nette Miene aufgesetzt. Heute war wahrscheinlich das letzte Mal, dass Ruby mit Margot angeben konnte. Würde sich auf dem College jemand dafür interessieren, dass sie quasi verwandt mit einem der Stars aus *Cedar* war? Wahrscheinlich nicht. Sie hoffte, nicht. Wenn sie zurück an die Ostküste ging, dann auch in der Hoffnung, dass sich dort niemand für Fernsehen und Kino, für Pilotfilme und Castings interessierte, all das Zeug, über das ihre Freunde in der Schule redeten, als wären sie es, die die Jobs wollten. Wobei das manchmal sogar tatsächlich der Fall war, und das war dann noch mal eine ganze andere bizarre Welt, die Highschool-Mädchen, die schon im Showbusiness waren.

»Moment mal. Du kennst Margot Letta?« Obwohl Ruby jedes Mal genervt tat, wenn jemand sie mit Margot sah und darauf ansprach, freute es sie insgeheim wie verrückt. Ihre Schule fing mit der siebten Klasse an, und Ruby war Anfang der achten nach Los Angeles gezogen. Als sie sich Darrow angesehen hatten, wusste sie sofort, dass sie dort hinwollte, also bewarb sie sich. In New York standen Privatschulen nie zur Debatte, das konnten sie sich gar nicht leisten. Julian und Flora wollten auch erst gar nicht, dass Ruby sich Darrow ansah, aber Margot ermutigte sie, doch wenigstens die Führung mitzumachen. Margot hatte sich umgehört (»Wenn ihr eine unglaublich kluge Tochter hättet, wo in Los Angeles würdet ihr sie zur Schule schicken?«), und Darrow wurde immer wieder genannt. Dass die Schule in Margots Viertel lag, war ein weiterer Pluspunkt. Durch Julians neuen Job hatte sich ihre finanzielle Lage verbessert, doch man musste Ruby nicht zum tausendsten Mal erklären, dass Fernsehen (ihr Vater) und Synchronisation (ihre Mutter) keine planungssicheren Berufe waren. Es konnte sein, dass sie das eine Jahr gut bei Kasse waren und im nächsten schon wieder pleite. Das finanzielle Auf und Ab hatte ihre Kindheit geprägt. Wenn sie nach Darrow wollte, brauchte sie ein Stipendium oder irgendeine andere Art von Unterstützung. Für ihre College-Bewerbungen hatte sie nicht so viel getan wie für Darrow. Ihre Lehrer in Manhattan waren ihr zugetan und halfen ihr, und als sie schließlich samt großzügiger finanzieller Förderung angenommen wurde, gaben Flora und Julian nach. Selbst sie mussten zugeben, dass die Schule einen tollen Eindruck machte und die Mädchen alle so unbeschwert und selbstbewusst wirkten.

In der Anfangszeit war Ruby verunsichert. Alle waren wahnsinnig nett und höflich und erst mal neugierig auf das Mädchen aus New York, aber nach mehreren Wochen wusste sie immer noch nicht, wo sie sich hinsetzen sollte, wenn sie in der Mittagspause einen Salat und einen Apfel auf dem Tablett hatte und vielleicht einen Keks. Sie wartete immer noch jeden Nachmittag ein Stück abseits auf den Bus, hatte den Kopfhörer auf und sah die anderen Mädchen in Gruppen zusammenstehen und reden. Sie konzentrierte sich aufs Lernen und wartete ab, wo sie vielleicht einen Fuß in die Tür bekam. Sie machte bei ein paar Schul-AGs mit, aber auch da tat sich kaum etwas. Bis eines Donnerstagnachmittags Margot in ihrem weißen Jaguar-Cabrio auf den Parkplatz rollte, hupte und winkte. Sie stieg aus und umarmte Ruby. Als sie wegfuhren, wusste Ruby, dass sie beobachtet wurden. In der Highschool-Welt von Los Angeles waren Promis nichts Ungewöhnliches. Einige ihrer Klassenkameradinnen waren Töchter von weit bekannteren Leuten als Margot. Und wahrscheinlich auch erfolgreicheren. Sie wollte Margot gegenüber nicht illoyal sein und sie mit anderen Schauspielern vergleichen – wie die Mädchen, die neulich in der Pause sämtliche Eltern der Schule, die im Showbusiness waren, nach ihrer Berühmtheit eingestuft hatten.

Aber viele von ihnen waren Fans von *Cedar*. Margot holte Ruby jetzt nach Möglichkeit öfter ab, ging mit ihr und ihren Freundinnen Eis essen und beantwortete fröhlich ihre Fragen über die Serie und die anderen Schauspieler, und auch wenn so etwas wie soziale Währung nicht Rubys *Ding* war, konnte sie sich nicht dagegen wehren – jedes Mal, wenn sie Margots Wagen vor der Schule ankommen sah, strahlte sie vor Stolz und Zuneigung.

Rubys *Ding* war es eher, eine gute Schülerin zu sein und auf das College ihrer Wahl zu kommen, ohne ihre Eltern merken zu lassen, wie sehr sie sich darauf freute, zu Hause auszuziehen. Oft stellte sie sich vor, sie sei ein Vogel, der oben am Himmel schwebte, wie die Habichte aus dem Griffith Park, die gemächlich über ihrem Haus kreisten, nur dass sie eine Mission hatte. Sie zog den Kopf ein, drückte die Schultern durch und flog viereinhalbtausend Kilometer in Richtung

Osten, ein Stück nördlich von New York. Sie konnte es kaum erwarten. Sie wünschte sich so sehr, dass endlich ihr Leben begann, sie konnte kaum noch lange genug stillsitzen, um zu lesen oder auch nur fernzusehen.

»Was machst du da?«, fragte Flora oft, wenn sie im Haus herumstrich. »Alles okay bei dir?«

Es war alles okay. Es war eigentlich immer alles okay. Aber sie langweilte sich auch und platzte regelrecht vor Ungeduld. Sie wusste, dass Flora und Julian stolz auf sie waren, wenn auch etwas irritiert über ihre erklärte Absicht, Ärztin zu werden, wovon sie vielleicht auch selbst nicht wirklich überzeugt war; aber sie glaubte, sich in der Schule am besten hervortun zu können, wenn sie ein MINT-Mädchen wurde, also stürzte sie sich auf Mathe und Naturwissenschaften. Alle anderen wollten offenbar Schauspielerinnen werden. Die Theater-AG war derartig überfüllt, dass ein weiteres Stück gespielt werden musste, weil sonst die reichen Eltern ausflippten, wenn ihre Töchter keine Rolle bekamen.

Ruby hatte ihr ganzes Leben unter Theatermenschen verbracht, und die Mädchen aus der Theater-AG – die *Mimen*, wie sie und ihre Nicht-Theater-Freundinnen sie nannten – waren ihr einen Tick zu viel mit ihren Tränen, dem Gesinge in den Fluren, dem Gezitter und Gejubel und den überschwänglichen Umarmungen. Ruby war das alles zuwider. Und wenn sie auch keine alte Seele war, so doch auf jeden Fall ein Mädchen, das ein Leben lang die Höhen und Tiefen ihrer Eltern und deren Freunde miterlebt hatte. Die Castings, die Absagen, das ganze Melodrama. Es war faszinierend, aber Ruby hatte schon in jungen Jahren beschlossen, so nicht leben zu wollen. Sie wollte kein Leben, das so viel Ablehnung versprach und in dem Erfolg und Versagen so flüchtig waren.

Damals in der Wohnung in New York, wo es praktisch keine Privatsphäre gab, wo sie jedes Wort hörte, das ihre Eltern hinter der dünnen Rigipswand ihres provisorischen Zimmers redeten, bekam sie zwangsläufig mit, wie viel Angst die Arbeit der beiden mit sich brachte. Sie gaben sich Mühe, Ruby davor zu beschützen, aber ihr entging natürlich nicht, dass in der Ehe ihrer Eltern Flora die Opfer brachte, während Julian keine Zugeständnisse machte. Bis sie nach Kalifornien gingen. Sie erinnerte sich an das überraschte Gesicht ihrer Mutter an dem Tag, als Julian nach Hause kam und bekanntgab, dass man ihm die Rolle angeboten habe und sie vielleicht überlegen sollten, ein Weilchen nach Los Angeles zu gehen. Ein Weilchen. Sie mochte das Wort.

»Wirklich?«, hatte Flora gefragt, offenbar nicht ganz sicher, ob sie sich freuen oder traurig sein sollte.

So einfach ging das natürlich nicht, denn ihre Eltern waren in allem absolut gründlich, und so gab es viele Gespräche über das *Für und Wider*, einige mit Ruby, andere, die sie mit anhörte. Sollten sie die Wohnung untervermieten? Wo würde Ruby zur Schule gehen? In welches Viertel sollten sie ziehen? Sollten sie Margot um Rat bitten oder abwarten? Denn wenn Margot sich erst mal in die Angelegenheit vertiefte, könnte man es ihr nicht mehr ausreden. Würde Julian es bereuen? »Bist du sicher«, hatte Flora eines Abends gesagt, »bist du sicher, dass du bereit bist, die *Company* zu verlassen?«

Die *Company!* Wahrscheinlich war das eins der ersten Wörter, die Ruby gelernt hatte. Eines Tages kam sie aus dem Kindergarten nach Hause und meinte zu Flora, die Eltern ihrer Freundin Liza müssten Daddy kennen.

»Das glaube ich nicht, Schatz«, sagte Flora.

»Doch, bestimmt.«

»Warum glaubst du das?«

»Liza kann sich morgen nicht mit mir verabreden, weil sie *Company* haben.«

Die *Company* – Good Company – war das oberste Gesetz in ihrem Leben. Ob Julian bei einem Stück mitspielte oder inszenierte oder nur bei der Organisation mithalf oder über das nächste Stück und die nächste Spielzeit nachdachte. Praktikanten einstellen, Dramaturgen, Schauspieler. Unterricht geben.

»Warum bist du nicht in der Company?«, hatte Ruby Flora gefragt, als sie endlich alt genug war, um zu kapieren, dass ihre Mutter auch Schauspielerin war, nur nicht vor der Kamera oder auf der Bühne.

»Für mich war es nicht so wichtig wie für deinen Vater«, antwortete Flora. »Außerdem wollte ich lieber mehr Zeit mit dir verbringen. In Rubys *Company*.«

Ruby wusste, dass Flora sie mit ihrer Arbeit über Wasser hielt. Es gab viel zu tun als Synchronsprecherin – kleine Jobs vor Ort, Industriefilme, hin und wieder ein landesweit ausgestrahlter Werbespot –, aber selten genug, um bis Jahresende problemlos das Minimum der Screen Actors Guild für die Krankenversicherung zu erreichen. Ab September musste sie oft doppelt so viele Castings machen und konnte Ruby nicht mehr von der Schule abholen. Dann stand Mrs. Packer, eine ältere Dame, die bei ihnen im Haus wohnte, um halb vier zwischen den anderen Müttern und Kindermädchen, und auch wenn sie nett war, hasste Ruby diese Nachmittage, weil es bei Mrs. Packer nach Mottenkugeln, Campbell's-Suppen und Katzenstreu roch.

»Hast du den Job bekommen?«, fragte sie ihre Mutter in

der Hoffnung, nicht noch einen Nachmittag bei Mrs. Packer und ihrer Katze Grace verbringen zu müssen.

»Vielleicht. Ich hab für einen Burger-Laden, einen Baumarkt und zwei Banken vorgesprochen.« Manchmal las sie Ruby die Zeilen mit verstellter Stimme vor, um sie zum Lachen zu bringen. »Drück mir die Daumen bei den Banken, Rubilein.«

In den Jahren, in denen Flora vor Dezember das Minimum erreichte, gingen sie groß feiern, und Ruby durfte das Restaurant aussuchen. In anderen Jahren erinnerte Ruby sich an die besorgten Gespräche ihrer Eltern, ob sie für alle drei eine Versicherung abschließen sollten oder nur für Ruby, die ständig Streptokokken hatte. Dann versuchte sie, besonders vorsichtig zu sein, und trug immer Mütze und Schal, um nicht krank zu werden.

Wenn sie nachts das angespannte Timbre ihres Vaters aus dem Schlaf holte und sie das Ohr an die Wand hielt, sprachen sie fast immer über Good Company. Wenn es Allgemeines betraf, Finanzen, Zuschauerzahlen oder Rollenvergabe, schlief Ruby wieder ein. Aber ging es speziell um Julian, seine Karriere, seine Zukunft, seine Enttäuschungen – dann hörte sie zu. Und machte sich Sorgen. Und nahm sich zwei Dinge fest vor: 1. Sollte sie jemals ein Kind haben, würde sie in einem Haus wohnen, das groß genug war, damit das Kind nicht alles mit ansehen und anhören musste, einschließlich Sex. Julian und Flora waren vorsichtig, sie bekam nicht viel mit, aber als sie alt genug dafür war, wusste Ruby, was passierte, wenn die Tür zum Schlafzimmer zu war. 2. Sie würde niemals Schauspielerin werden.

Genau genommen konnte Ruby gar nicht sagen, wer von beiden es besser getroffen, wer das beneidenswertere Leben hatte: Julians Arbeit war offensichtlich befriedigend, wenn auch zermürbend und, vor Los Angeles, nicht sehr lukrativ gewesen, nicht so *bekannt*. Sie erzählte ihren Eltern von den Mädchen in der Schulkantine, die die anderen Eltern bewerteten, ließ aber aus, wie eine von ihnen gesagt hatte: »Ist Ruby Fletchers Vater nicht Schauspieler?«, woraufhin eine andere erwiderte: »Ja, aber kein berühmter.« Sie war den ganzen Tag sauer gewesen. Flora hatten sie nicht mal erwähnt, dabei hatte die sie ihr ganzes Leben lang ernährt – mit Schauspielerei! Ein bisschen hob es ihre Laune, wenn sie an Floras Job bei *Griffith* dachte. Nach der ersten Staffel wurde in den Zeitungen darüber berichtet, und sogar ihre Freundinnen sahen die Serie. Ruby hoffte so sehr, dass Flora endlich die verdiente Anerkennung bekam. Vielleicht würde sie zu ein paar Quizshows eingeladen, vielleicht sogar interviewt, so wie Margot. Ein Emmy! Während sie sich innerlich darauf vorbereitete, bald aufs College zu kommen, wollte sie, dass ihre Mutter Erfolg hatte. Sie wollte, dass sie glücklich war.

Ruby lief zu David und Margot, winkte hier und da jemandem zu oder umarmte kurz die Eltern von Freundinnen, bei denen sie schon mal übernachtet hatte, auf Poolpartys gewesen war oder vorgeglüht hatte. Ruby war nicht sentimental, aber sie würde diese leuchtende Enklave von größtenteils klugen, wohlmeinenden und vielversprechenden Mädchen vermissen.

Sie versuchte, ihre Eltern zu entdecken, bevor sie sie entdeckten. Vorfühlen, wie die Stimmung war, sozusagen. Ihr Vater unterhielt sich mit einem Mann, den sie noch nie gesehen hatte, wahrscheinlich jemand, den er von der Arbeit kannte. So gut wie alle Eltern an der Schule hatten irgendwie durchs Showbusiness miteinander zu tun. Eine kleine, inzestuöse Gruppe. Es galt fast als exotisch, wenn jemand Arzt war oder ganz normaler Manager. Sie entdeckte ihre Mutter, die, untypischerweise, nicht nach Ruby suchte, sondern Julian beobachtete. Etwas an ihrer Haltung ließ Ruby innehalten. Julian drehte sich zu Flora um und zwinkerte ihr zu. So subtil, dass nur Ruby es bemerkte, versteifte sich Flora und wandte sich langsam von ihm ab, und in den wenigen Sekunden, bevor ihre Mutter sie entdeckte, erhaschte Ruby einen Blick auf ihr Gesicht, das – entgegen ihrer Erwartung – weder verweint noch traurig oder melancholisch aussah, sondern deutlich aufgebracht. Ihre Mutter war wütend.

FÜNF

Flora wäre fast nicht zu der Party gegangen, an dem Abend, als sie Julian kennenlernte.

Sie wäre fast nicht hingegangen.

In all den Jahren danach sagte sie hin und wieder – neugierig, aber auch ängstlich: »Was, wenn ich nicht zu deiner Party gekommen wäre?«

»Es war einfach nur zufällig das erste Mal, dass wir uns gesehen haben«, erwiderte er dann, in der Gewissheit, dass sie sich bestimmt ein andermal irgendwo begegnet wären, dass das Schicksal es bestimmt gut mit ihm gemeint hätte, was sie betraf.

Sie wäre fast nicht hingegangen, weil sie auf der Party nur einen Menschen kannte, und zwar ihre Mitbewohnerin (und *Freundin* – zu Floras Verwunderung und Freude wurden Margot und sie tatsächlich Freundinnen), die erst später von einem anderen Treffen käme. Flora würde allein hingehen müssen, und sie ging nicht gern irgendwohin, wo sie niemanden kannte und alle in Gruppen zusammenstanden. Sie fühlte sich unwohl und unerwünscht, ob zu Recht oder nicht, war egal. Vielleicht gingen andere Frauen mit Mitte zwanzig dauernd allein auf Partys, aber nicht Flora, die erst neun Monate zuvor die Verlobung mit ihrem ersten und einzigen Freund aufgelöst hatte. Sie kannte Patrick, seit sie beide im Alter von sieben Jahren Seite an Seite vor dem Altar gekniet und die Erstkommunion empfangen hatten (Flora Mancini und Patrick McGuire, das Alphabet war ihre Kupplerin). Allein auf eine Party zu gehen, war neu und beängstigend, und Margots Freunde – genau wie Margot – hatten ganz im Gegensatz zu Flora alle den richtigen Background vorzuweisen: Juilliard (Margot), Yale School of Drama, Tisch School of the Arts oder Treuhandfonds. Flora war zwei Jahre aufs Hunter College gegangen, bis sie kein Geld und keine Lust mehr hatte und von einem Musical-Casting zum nächsten lief, und soweit sie es beurteilen konnte, waren Margot und ihre Freunde – na ja, jedenfalls hatten sie nichts mit Musicals am Hut. Eher mit Tschechow, Ibsen, O'Neill, Albee und vielleicht den Davids (die, wie sie irgendwann herausfand, Hare, Mamet und Rabe hießen). Sie *akzeptierten* Musicals. Ab und zu konnte sie sich mit jemandem auf Sondheim einigen, aber insgesamt fühlte sie sich in ihrer Gesellschaft oft allein und überfordert. Als sie das letzte Mal mit Margot und ihren Freunden ausgegangen war, saß sie an einem Ende des Tisches zwischen zwei Männern, die den Großteil des Abends über Brechts Theorie der Entfremdung und die aristotelische Logik diskutierten. »Du musst unbedingt mal *Poetik* von ihm lesen. Zum Reinkommen«, hatte einer der beiden zu ihr gesagt, als sie ihre Mäntel anzogen.

»Ah, das sind beides Idioten.« Margot hatte es auf dem Nachhauseweg mit einem Lachen abgetan. »Die würden alles geben, um deinen Job zu haben, glaub mir.«

Oh ja! Ihr wunderbarer neuer Job als Fee im *Sommer-*

nachtstraum. Flora musste sich immer noch kneifen. Sie war eine gute Sängerin und eine passable Tänzerin, aber keine klassisch ausgebildete Schauspielerin. Niemand hätte sie je mit Shakespeare zusammengebracht, nicht mal sie selbst. Sie hätte auch gar nichts von dem Casting mitbekommen, hätte Margot sie nicht bei der Arbeit angerufen und gesagt, sie solle sich während der Mittagspause dort melden. »Ich kann nicht. Ich hab eben schon Pause gemacht«, antwortete Flora. »Außerdem, Shakespeare? Das ist nichts für mich.«

»Natürlich ist das was für dich, das ist Shakespeare im Park – lockerer, lustiger. Du warst doch schon mal im Delacorte, oder?«

Leider nicht. Flora war noch nie im Delacorte gewesen. Natürlich hatte sie schon von Shakespeare im Park gehört. Manchmal las sie die Kritiken in der *New York Times*, aber sie war noch nie da gewesen. Sooft sich ihre Mutter über die Preise am Broadway beschwerte, so knauserig sie auch sein mochte, wenn es darum ging, sich ein Stück anzusehen, hatte nicht mal der freie Eintritt Josephine dazu bewegen können, sich stundenlang anzustellen, um dann auch noch draußen zu sitzen. *Die Mücken! Die Feuchtigkeit!* Open Air war nicht ihr Stil. Josephines Stil war ein hübsches Kleid, gute Schuhe, eine passende Handtasche und ein Parkettplatz in der Mitte.

»Einmal vielleicht«, log Flora. »Als ich klein war, glaube ich. Ich weiß nicht mehr. Die wollen doch bestimmt einen Monolog hören. Ich hab keinen klassischen Monolog drauf.«

»Kein Problem«, sagte Margot. »Morgen casten sie ein paar Stunden lang freie Schauspieler. Ich schreib deinen Namen auf die Liste. Heute Abend arbeiten wir an einem Monolog. Flora, der Feen-Chor ist ein *echter Chor*.«

»Ich dachte, die Feen sind normalerweise Kinder.«

»Nicht immer. Diesmal nicht. Und alle Feen müssen singen. Das Setting ist ein Nachtclub in Las Vegas oder so ähnlich. Rat Pack. Ella. So in der Art.« Na gut, okay. Die Songs in ihrer Casting-Mappe waren die Standards aus dem American Songbook: Porter, Berlin, Gershwin, Arlen, ihre Lieblingsstücke.

Später zu Hause blätterte Margot in ihrem Buch mit Shakespeare-Monologen und murmelte vor sich hin. Flora hatte Margot in ein paar kleineren Produktionen gesehen, ein Einpersonenstück in Downtown, eine Nebenrolle in einer Neuinszenierung von *Agnes of God* in Connecticut, aber an jenem Abend – in ihrem Wohnzimmer bei Pizza und Cola Light – sah sie, was man wahrscheinlich auf der Juilliard in ihr gesehen hatte. Alle paar Seiten hielt Margot inne und ließ den Namen einer Rolle oder eines Stücks fallen.

»Hier, Beatrice aus *Viel Lärm*, aber ich hasse das Stück. Adriana? Katherina aus der *Widerspenstigen?*« Sie gab sich selbst die Antwort. Nein. Nein. Nein. Zu vorhersehbar, zu romantisch, zu irgendwas. Manchmal las sie ein paar Zeilen, brach ab und las sie noch mal leicht verändert oder in ganz anderer Haltung. Ihre Stimme wurde kräftiger, erfüllte den Raum, und ihr Gesicht und Körper drückten Ärger, Unglauben oder Sorge aus. Es war bemerkenswert, wie sie mit nur einer Geste, einer Pose oder der Art, wie sie ein Wort aussprach, majestätisch oder niedergeschlagen wirken konnte. Im echten Leben war Margot rastlos, zappelig und ungeduldig. Aber auf der Bühne, selbst wenn die Bühne die kleine Nische im Wohnzimmer war, aus der nachts ihr Zimmer wurde, war sie konzentriert und unwiderstehlich. Ein Star. Flora hätte ihr stundenlang zusehen können.

»Ich glaube, das ist es«, sagte sie. »Hermione aus dem *Wintermärchen*. ›Spart Euer Drohn: Das Greu'l, womit du schrecken willst, erbitt' ich‹« Sie wechselte wieder in den normalen Gesprächston: »Kurz und hübsch. Was meinst du?«

»Ich meine, dass du mal sehr berühmt werden wirst.« Margot sah hoch, überrascht und erfreut. »Du bist so gut. Ich kann so was nicht.« Flora zeigte auf Margot. »Ich hab es nicht in mir.«

»Natürlich hast du das«, sagte Margot, setzte sich aufs Sofa und klopfte auf das Kissen neben sich. »Setz dich, wir gehen es durch. Ist nicht schwer.«

Aber es *war* schwer. Sie arbeiteten stundenlang an der Szene. Flora war erst zu wütend, dann zu schwach. »Hermione verteidigt sich, aber sie schämt sich nicht, und es tut ihr auch nicht leid. Sie ist stark. Versuch's noch mal.« Sie arbeiteten bis fast zwei Uhr morgens, und am nächsten Tag war sie zu müde, um nervös zu sein. Sie ging zum Casting – es kam ihr alles so unwirklich vor! – und spielte, was sie am Abend davor geprobt hatten. Gut genug, um nicht nach zehn Minuten mit dem gefürchteten *Danke, das reicht* unterbrochen zu werden.

Dann musste sie singen. Sie hatte eine klassische Altstimme, hell und klar, und als sie anfing, mit den Fingern zu schnippen, mit dem Fuß den Takt zu klopfen und sich ein bisschen in den Hüften zu wiegen, während sie »Fly Me to the Moon« sang, sah sie, wie der musikalische Leiter den Regisseur ansah und lächelte. Tage später, nach unzähligen Durchgängen, standen Margot und sie und noch fünf andere auf der Bühne und hörten den Regisseur sagen: »Glückwunsch, liebe Feen. Nächste Woche fangen wir an.«

Flora war überglücklich und dankbar, aus ihrer Kanzlei in Downtown gerissen zu werden, wo sie fünf Tage die Woche von drei bis elf Uhr abends als Schreibkraft arbeitete, und in einer Gruppe junger, begieriger Unbekannter mit hauchdünnen Feenflügeln zu landen. Die Proben in den Shetler Studios begannen in der Woche darauf, im Mai würden sie ins Delacorte umziehen. Wenn das Ganze vorbei war, hätte sie gute Chancen, in die Gewerkschaft aufgenommen zu werden. Ihre Welt schien zu erblühen. Zum ersten Mal seit Monaten grübelte sie nicht vor sich hin oder litt unter einer unglücklichen, beengenden Beziehung. Aber alleine zu einer Party gehen? Lieber blieb sie zu Hause und las.

»Komm schon, Flora«, drängte Margot sie. »Die beiden Jungs, die die Party veranstalten, sind Freunde von mir. Und beide sind Single.«

»Nein, danke. Kein Interesse. Ich gebe mir mindestens ein Jahr, bevor ich mich wieder mit jemandem treffe. Mindestens!«

»Was spricht gegen ein bisschen Ablenkung? Als Übergang? Eine kleine Liebesaffäre.« Aus Margots Mund klang so ein altmodischer Ausdruck gar nicht so seltsam – eine *Liebesaffäre* –, das klang richtig romantisch. »Ein paar Leute vom *Sommernachtstraum* sind auch da. Wäre doch gut, wenn du die kennenlernst. Soweit ich weiß, kommt Oberon.«

Flora lachte. »Oberon und ich haben bestimmt viel zu besprechen.« Der Schauspieler, der Oberon spielte, war die zweitbekannteste Person in der Produktion. Die bekannteste war die Frau, die Titania spielte und die kürzlich einen Oscar bekommen hatte, für einen Film über Kleinbauern in den Südstaaten der 1930er Jahre. Die Plakate mit ihrem verschwitzten, schmutzigen Gesicht hatten wochenlang an allen Bussen gehangen. »Ich bin gegen zehn da, und wenn ich durch die Tür komme, dann will ich dich da stehen sehen. Enttäusch mich nicht, Flora. Enttäusch vor allem *dich* nicht.«

♦ ♦ ♦

Flora roch die Erdbeeren, bevor sie sie sah. Sie lief den Broadway entlang und wollte etwas zu essen besorgen. (Sie würde *nicht* zu der Party gehen.) Aber dann roch sie diese Erdbeeren, die so unverschämt dufteten und schön aussahen, wenn man bedachte, dass März war und sie aus Kalifornien quer durchs ganze Land gereist waren, über eine Brücke oder durch einen Tunnel, bevor sie schließlich hier ausgeladen und draußen vor dem Fairway Market angeboten wurden. Passanten standen vor den Körben und grinsten blöd, als blickten sie auf einen Wurf Welpen, und ihre Finger schwebten über grünen Kisten mit rot gefleckten Böden.

»Sechs Dollar?«

»Bei Pioneer hab ich grad welche für zwei Dollar gesehen.«

»Aber nicht solche.«

»Wie sind die denn?«, fragte eine Frau und setzte ihre Lesebrille auf, die ihr an einem Stück Schnur um den Hals baumelte. »Sind die aus Gold?« Sie steckte sich eine Erdbeere in den Mund. Alle sahen zu, wie ihre Miene sich erhellte und sie gnädig nickte. »Die schmecken nach Sommer«, erklärte sie und packte gleich mehrere Schalen in ihren Plastikkorb.

Sommer. Im Sommer würde Flora im Central Park auf der Bühne stehen. Sie sah sich auf eine Party kommen, auf der sie niemanden kannte, und beiläufig sagen: *Diesen Sommer?*

Spiele ich im Delacorte. Erdbeere? Auch wenn sie das Haus nicht verlassen hatte, um auf die Party zu gehen (hatte sie wirklich nicht!), trug sie ihre gute Jeans, die schwarze, die lange Beine machte, und eine neue hellrosa Bluse, die bei Bolton's herabgesetzt gewesen war. Die Farbe brachte ihre olivfarbene Haut und die dunklen Haare zum Leuchten, und okay, sie hatte ein bisschen Make-up aufgetragen und die widerspenstigen Locken gebändigt, und vielleicht wäre es Verschwendung, die Erdbeeren alle allein aufzuessen. Vielleicht sollte sie kurz auf der Party vorbeischauen. Konnte ja nicht schaden, mal Hallo zu sagen, oder?

◆ ◆ ◆

Flora stand vor dem Haus, in dem die Party stattfand, und hielt zwei Schalen Erdbeeren in den Händen. Sie hatte die Hälfte des Geldes ausgegeben, das sie im Portemonnaie hatte und das eigentlich mindestens für die nächsten fünf Tage hätte reichen sollen. Sie hoffte, es gäbe etwas zu essen, das als Abendessen durchging. Nicht nur Snacks. Sie hatte Hunger.

Aus einem Fenster im ersten Stock kamen Musik und lautes Stimmengewirr. Während sie zögernd nach oben blickte (noch hätte sie die Erdbeeren nach Hause tragen, sie allein essen und dabei ein Buch lesen können), lehnte sich ein Typ im Karohemd aus dem Fenster und warf ein Stück Pizza in die Luft. Hinter ihm hörte sie eine Frau lachen. »Julian! Du bist verrückt.«

Er sah zu Flora runter. »Hey!«, brüllte er. Etwas in ihr, sie war nicht sicher, ob ihr hungriges Herz oder ihr hungriger Magen, war wie gebannt von dem Stück Pizza, das da durch die Luft geflogen kam. »Freund!«, rief der Typ am Fenster.

»Pass auf!« Sie hörte etwas durch die Äste auf sich zusausen, wich zurück und sah die Pizza vor ihren Füßen landen. Salami. Na gut. Wenigstens hatten sie etwas zu essen.

Flora stieg die zwei Treppen zur Party hoch. Die Stufen knarrten unter dem abgetretenen Teppich, der früher mal beige gewesen sein musste. Das Holzgeländer war verblichen und stumpf von all den Händen, die daran entlanggefahren waren. Im ersten Stock stand eine der Wohnungstüren weit offen, die Party war in vollem Gang. Von der Tür aus konnte sie durch das vollgestopfte Wohnzimmer bis in die winzige Küche sehen. Bei dem Gedanken, sich an all diesen Leuten vorbeidrängen zu müssen, blieb sie wie angewurzelt stehen. Sie spürte, wie ihr der Schweiß von den Brauen tropfte und ihr Dekolleté und Hals rot anliefen. Jeder schien jeden zu kennen. Sie konnte sich nicht vorstellen, zu irgendwem hinzugehen und ein Gespräch zu unterbrechen, um sich vorzustellen.

Ach, es war ein Fehler gewesen. Sie drehte sich um, ging ein paar Stufen die Treppe hinunter und dachte kurz nach. So leicht sie zu Apartment 2B (*to be or not to be!*) hochspaziert war, so leicht konnte sie auch wieder runterlaufen. Niemand hatte etwas mitbekommen, niemand würde sie vermissen. Margot gegenüber konnte sie später Kopfschmerzen oder einen verstimmten Magen vorschieben (was sie ihr allerdings nicht abkaufen würde). Sie hörte Margots Stimme, als stünde sie neben ihr. *Wovor hast du solche Angst? Das sind doch nur Menschen. Künstlervolk. So wie wir.*

Aber Margot bewegte sich vollkommen anders durch die Welt als Flora, vor allem durch die Welt des *Künstlervolks*. Sie gehörte dazu und war entsprechend locker. Die personifizierte Frohnatur. Wie oft war Flora mit Margot bei einem

Casting oder im Theater gewesen und hatte beobachtet, wie sie innerhalb von Minuten eine Verbindung zu einem vollkommen fremden Menschen aufbaute? Vielleicht waren sie sich schon mal auf der Juilliard über den Weg gelaufen oder zusammen in einem Workshop gewesen, oder die- oder derjenige kannte ihre in der Theaterwelt berühmte Mutter, oder sie waren alle Stammgäste beim selben Thanksgiving-Parade-Brunch an der Upper West Side, den sie alle *so liebten.* Margot hatte schon als Kind geschauspielert, jedes Jahr hatte sie ihre Mutter zu irgendeiner Sommerproduktion begleitet. Sie kannte Kostümbildner, Inspizienten, Regisseure und Musiker. Es konnte einen verunsichern. Außerdem kam Flora sich manchmal vor wie Margots Maskottchen, jemand, der ihr noch mehr Glaubwürdigkeit verlieh, gerade weil sie keinen Stallgeruch hatte oder wenn, dann – wie sie Margot einmal zufällig hatte sagen hören – den einer *echten Vorstadtbraut.*

Als Flora Margot kennenlernte, war sie froh, dass sie beide italienische Wurzeln hatten, bis sich herausstellte, dass Floras italoamerikanische Tradition (Sunday Sauce, einmal die Woche zur Messe, eine Statue des Unbefleckten Herzens Mariens vorn und in der Mitte des Esszimmertischs) sich wesentlich von Margots unterschied (Freitagabend bei Elio's an der Second Avenue, wo Margots Vater lässig in tadellosem Italienisch bestellte, Sommer in der Toscana, Schul-Einkäufe in Rom).

»Hey!« Flora sah hoch, und der Typ vom Fenster, der Pizzawerfer, stand in der offenen Tür. »Du bist das.«

Sie lächelte und zuckte mit den Schultern. »Da bin ich.«

»Da bist du.« Er hatte ein nettes Lächeln. Er ging auf Flora zu. Er war größer als sie, aber nicht viel. Er hatte breite Schultern, ein langes Gesicht und ein kräftiges Kinn. Er sah sie erstaunt an. »Warum stehst du da unten?«

»Ich überlege noch«, erwiderte Flora.

»Ah. Okay.« Er kniff die Augen zusammen. »Ich kenne dich. Woher kenne ich dich?«

»Von vor ein paar Minuten auf dem Bürgersteig?«

»Ach, das, ja. Vorsicht vor der fliegenden Pizza. Wir haben gewettet, wie weit ich komme, und ich hab verloren. Pizza ist offenbar schwerer, als sie aussieht. Nein, ich kenne dich von woanders. Hab ich dich in irgendeinem Stück gesehen?«

Flora hätte in diesem Moment so gern Ja gesagt, vielleicht hatte er sie tatsächlich gesehen, aber es war eher unwahrscheinlich; außerdem kannte sie das schon, es passierte nämlich dauernd. Trotzdem.

»Kann sein«, hörte sie sich antworten. Seine Miene hellte sich auf. »Vielleicht letztes Jahr im Kindertheater in der Bronx bei *Peter Pan?* Da durfte ich als einer der Lost Boys in gestreifter Strumpfhose brillieren.«

Er lächelte und schüttelte den Kopf. »Hab ich leider verpasst.«

»Dann vielleicht letzten Dezember in meiner Hauptrolle als wandernde Weihnachtsliedersängerin bei Bloomingdale's? Grüne Samthaube und Muff.« Sie sang ein paar Zeilen aus »Joy to the World«. Mein Gott. Sie flirtete. Und wie!

»Bei Bloomingdale's hab ich keinen mehr Fuß reingesetzt, seit meine Mutter da mit mir nach der Achten einen Anzug kaufen war.«

»Du hast nichts verpasst. Ich heiße Flora Mancini.« Sie trat zögernd einen Schritt vor. »Ich bin eine Freundin von Margot.«

»Ist Margot hier?«

»Noch nicht. Sie kommt später.«

»Dann kenne ich dich daher.«

»Nein, wir sind uns noch nicht begegnet.« Daran hätte sie sich erinnert. Sie hätte sich an sein Lachen erinnert, den Lockenkopf, so dunkel und glänzend, dass sie ihn am liebsten angefasst hätte. Die glatte Haut, die roten Wangen, die haselnussbraunen Augen. »Ich hab wohl so ein Gesicht«, sagte sie.

»Was für ein Gesicht denn?«

»Eins, bei dem die Leute denken, sie hätten es schon mal gesehen. Passiert mir dauernd.« Während sie redete, schaute er ihr die ganze Zeit in die Augen.

»Es ist ein gutes Gesicht«, sagte er. »Eins, bei dem man sich wohlfühlt.« Flora hoffte, dass er nicht sah, wie sie rot wurde. »Okay, Flora vom Bürgersteig.« Er hielt ihr die Hand hin. »Ich bin Julian Fletcher, und das ist meine Wohnung, und ich finde, du solltest mit reinkommen. Ist viel netter als hier draußen im Flur.« Sie konnte sich ein dümmliches Grinsen nicht verkneifen. Seine Hand fühlte sich gut an. »Wie lautet das Urteil, Freund? Bist du dabei?«

Sie war dabei. Sie konnte sich nicht erinnern, sich jemals so *dabei* gefühlt zu haben. Sie nickte, und er ließ ihre Hand los. Das Flurlicht ging aus. »Diese Lampen«, sagte er und sah nach oben. Er sprang hoch und schlug leicht gegen die lange Neonröhre. Es wurde wieder hell. »So ist es besser. Gehen wir?«

Stunden später, als Margot endlich kam, war die Party genau das, was man sich von einer Party erhofft: die Gäste auf ähnlichem Level betrunken und alle wild am Flirten. Die Pizzaschachteln wurden durchsucht und die übrig gebliebenen Stücke ins Tiefkühlfach gelegt. Es gab eine zweite

Essens-Welle, jemand hatte Chinesisch bestellt, und der Bote bahnte sich den Weg durchs Wohnzimmer, wo die Hälfte der Gäste jetzt begeistert irgendwas im Chor sang. War das aus *A Chorus Line?* Margot kannte nie die Songs, die alle anderen kannten. *Künstlervolk*, dachte sie müde. Sie warf kurz einen Blick auf die Gruppe, um zu sehen, ob Flora dabei war, aber das war unwahrscheinlich. Eine von Floras Qualitäten war, dass sie keine Lust hatte, ständig überall dabei zu sein. Ohne Flora wäre Margot wahrscheinlich gar nicht auf die Party gegangen. Sie war müde und genervt und wollte nach Hause, aber wenn Flora tatsächlich da war und Margot sich nicht hätte blicken lassen, hätte sie ihr das ewig vorgeworfen. Das Abendessen, von dem sie kam, war ein totaler Reinfall. Sie hatte die Einladung nur angenommen, weil ein bestimmter Regisseur, mit dem sie wahnsinnig gern zusammenarbeiten würde, da sein sollte, was er aber nicht war, also hatte sie den ganzen Abend die Avancen eines unbekannten Produzenten abgewehrt, der behauptete, sie sei *genau der Typ*, den er für die lächerlich klingende Produktion brauche, an der er gerade arbeite. Außerdem war Margot sauer, weil Anton, der beim Casting für Shakespeare im Park arbeitete und auch bei dem Abendessen war, sich unhöflich über Flora geäußert hatte. »Wer war das noch mal?«, fragte er, als Margot ihm erzählte, dass sie ihre Freundin gecastet hätten und sie ein wirklich toller Fang sei.

»Flora Mancini. Tolle Stimme, rötliches, lockiges Haar.« Sie hob die Hand ans Kinn. »Ungefähr so groß.«

»Ah, richtig. Flora. Die Kurvige.«

Margot runzelte die Stirn. »Flora hat einen vollkommen normalen Körper.«

»Ah, entspann dich. Wir haben uns gefreut, dass mal jemand ein bisschen Fleisch auf den Knochen hat nach dieser Parade von gertenschlanken Blondinen. Ist nicht böse gemeint. Sie hat ein lustiges Gesicht. Wir brauchten ein bisschen was Komisches in unserer Feen-Truppe.«

»Lustig? Flora sieht aus wie aus einem Botticelli-Gemälde.«

»Hmmm«, meinte Anton, spießte mit einem Zahnstocher einen Käsewürfel auf und musterte ihn, bevor er ihn mit kritischem Blick zurück auf die Platte legte. »Vielleicht aus der Botticelli-*Schule.*«

Margot ging durchs Wohnzimmer und winkte ein paar Bekannten zu. In der Küche sah sie den Oberon-Darsteller Hof halten – er war also gekommen! –, neben ihm stand erstaunlicherweise die Oscar-Gewinnerin und lachte über irgendeine Geschichte, mit der er die kleine Gesellschaft unterhielt – er war Ire, und man hörte ihm gerne zu, er wusste, wie man die Leute kriegte.

Margot sah sich nach den Getränken um. Zu ihrer Rechten tanzten ein paar Leute auf dem abgewetzten Holzfußboden. Als Erstes sah sie Julian. Er hatte ihr den Rücken zugewandt, aber sie erkannte ihn an seinem eleganten Schritt – er war ein guter Tänzer. Sie bewegte sich ein Stück vor, um zu sehen, zu wem er sich hinbeugte, wem er zuhörte und mit wem er lachte. Als das Lied endete, taten er und seine Tanzpartnerin, als ließen sie sich fallen. Dann kamen sie wieder hoch. Margot traute ihren Augen nicht. Flora.

»Wer ist *das?*« Margot drehte sich um – Sydney Bloom. Margot war nicht in der Stimmung, mit Sydney zu reden.

»Julian?«, sagte Margot, obwohl sie wusste, dass Sydney nicht ihn meinte.

»Nein, ich weiß, wer Julian ist. Wir …« Sydney wedelte

mit dem Finger zwischen sich und Julian hin und her. »Wir hatten mal was.« *Du und wahrscheinlich zehn andere in diesem Raum*, hätte Margot am liebsten gesagt, tat es aber nicht. Sydney war einfach nur anstrengend. Dauernd nervte sie Julian und Ben wegen irgendwelcher Jobs. Sie war wahnsinnig vereinnahmend. Immer musste sie ihre Finger irgendwo drin haben. »Ich meine, wer die Frau neben ihm ist.«

Margot sah, wie Julian Floras Hand nahm und sie küsste. Sie musste lachen. »*Das* ist meine Mitbewohnerin. Flora.«

»Puh.« Sydney stürzte schnurstracks auf die beiden zu. Julian war offenbar nicht glücklich, sie zu sehen. Er wirkte resigniert. Er verschränkte die Arme und trat einen Schritt zurück, hörte mit halbem Ohr zu, was Sydney zu sagen hatte, behielt aber Flora im Blick, die inzwischen Margot entdeckt hatte und mit strahlendem Lächeln auf sie zueilte.

»Da bist du ja.« Flora schwankte leicht, als sie Margot umarmte. Sie war betrunken.

»Ja«, antwortete Margot. Sie hatte Flora die meiste Zeit traurig und voller Schuldgefühle erlebt und freute sich, sie jetzt so zu sehen. Es war fast ansteckend. »Du scheinst dich ja gut zu amüsieren. Offenbar hast du jemanden kennengelernt.«

Flora hielt sie ein bisschen zu fest. Ihr Haaransatz war feucht. »Du hattest recht«, flüsterte sie Margot ins Ohr. »Einen von ihnen mag ich.«

◆ ◆ ◆

Am Morgen nach der Party verschlief Flora. Sie war viel länger aufgeblieben als sonst, normalerweise ging sie immer peinlich früh ins Bett. Margot nannte sie Cinderella, weil sie in Bars oder auf Partys meistens verschwand, ohne sich zu verabschieden. Nicht so letzte Nacht. Letzte Nacht war sie bis zum Ende geblieben und hatte unruhig geschlafen, wie man eben schläft, wenn man zu viel Alkohol im Blut und eine gesunde Vorahnung hat. Um zehn war sie erst aufgewacht! Sie konnte sich nicht erinnern, wann sie das letzte Mal so lange geschlafen hatte, meistens stand sie mit der Sonne auf.

Ihr Kopf dröhnte. Sie brauchte Wasser und Aspirin. Sie horchte an ihrer Tür, hinter der die eine Hälfte des passenderweise L-förmigen Vorkriegs-Wohnzimmers lag. Die andere Hälfte war Margots Zimmer. Als Flora dort einzog, hatte sie Margot angeboten, in das Zimmer zu ziehen und selbst die Bettnische zu nehmen, aber Margot fühlte sich total wohl in ihrer kleinen Ecke unter einem der beiden Fenster mit Blick auf die West 76th Street. Die drei schwarzen orientalischen Lackwandschirme sorgten für ein wenig Privatsphäre, die restlichen Möbel stammten noch von Margots Eltern: ein Messingbett, ein runder antiker Tisch mit eingelegter Holzarbeit, den sie als Schminktisch benutzte und der immer mit Lotionen und Make-up übersät war. Darüber hing ein großer alter Spiegel mit silbernem Rahmen. Auf dem Fußboden lag ein von Motten zerfressener, ausgeblichener rosa-grüner Orientteppich. Dank der alten Möbel, Margots ganzem Krimskrams und dem Stapel von Manuskripten mit Post-its wirkte der eigentlich banale Raum irgendwie glamourös, so wie auch Margot eine natürliche Schönheit ausstrahlte. Wenn Margot schlief – und sie schlief wie eine Tote, Flora könnte wahrscheinlich mit einem Spielmannszug durch die Wohnung laufen, und sie würde nicht aufwachen –, war Flora so rücksichtsvoll, in ihrem kleinen Kämmerchen zu bleiben. So zwanglos elegant Margots Nische war, so tadellos sauber war Floras. Weiße Wände, ein ordentlich gemachtes Bett mit weißer Bettwäsche und Decke. Ein paar wenige Besitztümer auf einem kleinen Schreibtisch. Die einzigen Farbtupfer waren die Bücher in einem raumhohen Regal, das der Vormieter gebaut hatte.

Flora öffnete die Tür. Niemand da. Margot war letzte Nacht nicht nach Hause gekommen. Bevor sie Zeit hatte zu überlegen, was sie an einem Sonntagmorgen allein in der Wohnung anfangen konnte, hörte sie den Schlüssel im Schloss und sah die Tür aufgehen. Margot kam rein, sie wirkte ein wenig grün um die Nase. »Frag nicht«, sagte sie und marschierte direkt auf ihr Bett zu.

»Brauchst du irgendwas?«

»Eine Zeitmaschine? Eine Pille, die mich die letzten zwölf Stunden vergessen lässt?« Margot warf die Handtasche in die Ecke, griff nach einer Bürste und zog sie durch das verfilzte Haar. Sie zuckte zusammen.

»Was ist passiert?«, fragte Flora. Normalerweise wirkte Margot am Morgen danach immer eher selbstzufrieden. Flora war es nicht gewohnt, sie so fahrig und gereizt zu sehen.

»Frage«, sagte Margot, zog sich das Kleid über den Kopf, machte den BH auf und warf beides auf einen Haufen. Ihre Ungezwungenheit war ungewohnt für Flora, die inmitten von Frauen aufgewachsen war, aber nie eine nackte Brust außer ihrer eigenen gesehen hatte. Sie versuchte angestrengt, nicht auf Margots Brüste zu starren. Sie hatte kleine, perfekt geformte Kugeln (was sonst), aber mit unverhältnismäßig großen, braunen Warzenhöfen. Irgendwie hatte Flora geglaubt, alles an Margot wäre rosig. »Als ich gestern Abend auf die Party kam ...« Margot wühlte in einem Stapel schmutziger Wäsche, ihre Stimme klang gedämpft. Sie zog ein Sweatshirt raus, schnupperte unter den Ärmeln und zog es an. »Hab ich da nicht zu dir gesagt: ›Egal, was passiert, lass mich nicht mit Quinn mitgehen‹?«

»Quinn war da?« *Quinn*, der Mann, über den sie so oft gesprochen hatten, und immer ging es darum, dass er nicht gut für Margot war, dass er eitel, arrogant und egoistisch war, aber gut aussehend, *verdammt* gut aussehend, und talentiert, *unglaublich* talentiert. »Hätte ich doch bloß gewusst, dass er da war. Was hatte er an?«

»Einen Schafspelz.« Margot ließ sich theatralisch aufs Bett fallen und stöhnte auf. »Das tat weh.« Sie hielt sich die Hand an die Stirn. »Ich hätte euch gern vorgestellt, aber du warst ja anderweitig beschäftigt, Flora.«

»Willst du Wasser oder Aspirin?«, fragte Flora auf dem Weg in die Küche. Noch vor einer Minute hatte sie gehofft, Margot wäre da, damit sie mit ihr reden konnte, aber jetzt wurde ihr klar, dass sie keine Lust hatte, über letzte Nacht zu sprechen. Noch nicht.

»Beides«, sagte Margot. »Vier Aspirin bitte.«

Flora brachte ihr ein großes Glas Eiswasser und Aspirin. »Setz dich«, sagte Margot. »Ich weiß jetzt schon, dass ich nicht schlafen kann. Ich habe Fragen, Florentina.«

»Ich kann nicht«, sagte Flora zu ihrer beider Überraschung. »Ich muss in die Kirche.«

»Florentinaaaaa.« Margot klang enttäuscht. »Es ist Sonntag. Lass uns einfach abhängen und Grilled Cheese oder so bestellen.«

Flora hätte einiges für Grilled Cheese oder so gegeben. Sie hatte keine Lust, Schuhe und Mantel anzuziehen und in die Kirche zu gehen, aber sich Margot anvertrauen wollte sie auch nicht. Als sie fertig angezogen war, hörte sie Margot leise schnarchen. Flora betrachtete sie eine Weile. Sie hatte sie wirklich gern, aber sie hörte lieber auf ihren Instinkt und behielt den letzten Abend und Julian für sich.

Was Flora an jenem Morgen aus dem Haus trieb, war dasselbe wie jeden Sonntag, eine Gewissheit in ihrem Leben: Wochen, die mit der Sonntagsmesse begannen, waren qualitativ besser als andere. Wenn die Kirche ihr an schlechten Tagen Kraft gab, dann nicht aufgrund dessen, was in der Messe gesagt wurde – sie hörte kaum zu, und nach all den Jahren an einer katholischen Schule kannte sie das sowieso alles –, nein, was ihr guttat, waren die Gerüche und Geräusche in der Kirche, egal in welcher. Der wohlige Duft von brennenden Kerzen und Weihrauch, das Holz der Kirchenbank, das Knarren des Betpults, die aufsteigenden Töne der Orgel. Und ihr gefiel der Auftritt als solches – eine Gruppe von Menschen, die sich nicht kannten und die einmal in der Woche zusammenkamen und jeweils einen Part übernahmen. Als sie aus der Wohnung ging, dachte sie zum hundertsten Mal, dass genau das das Geheimnisvollste und Ausgefallenste an ihr war – dass sie jeden Sonntag in einem Kirchenchor an der Upper West Side sang.

Flora hatte im vergangenen Jahr mehrere Herzen gebrochen. Sie hatte sich von dem einzigen Leben, das sie gekannt hatte, abgekapselt, von Vertrautheit und Behaglichkeit. Sie mied ihre alte Umgebung, weil mit jeder Subway-Station in Richtung Bay Ridge die neue Flora ein Stück weit verloren ging und sie sich wieder in Florentina Rose zurückverwandelte. Aber die gemeinsame Sprache war noch da. Die Lieder, die Rhythmen, das Call and Response, *Lieber Gott, wir bitten dich* – sie verbanden sie mit dem, was sie zurückgelassen hatte, wovon sie sich nicht ganz, aber doch ein wenig lösen wollte.

Beim Eckladen in ihrer Straße holte sie sich einen Kaffee und eine Banane und lief in Richtung Uptown. Bis zur Kirche war es nicht weit, und draußen war es noch frühlingshaft warm. Sie kam zu früh und setzte sich auf die Stufen, nickte den anderen Gemeindemitgliedern zu und sah die Schar der größtenteils wohlhabenden Katholiken an ihr vorbeiziehen, die rein äußerlich, aber auch im Auftreten so anders wirkten als in Bay Ridge, wo ihre Mutter jetzt wahrscheinlich alleine saß.

Sie wollte an Julian denken (*Julian!* Allein der Gedanke an seinen Namen versetzte sie in leichte Erregung, vor allem als ein Mädchen, das mit lauter Patricks, Johns, Marks und Christophers aufwuchs), an ihre klugen Wortwechsel, daran, wie sie ihn zum Lachen gebracht hatte und wie, wenn andere Leute (Frauen!) sich zu ihnen stellen wollten, er sie diplomatisch weggeschickt oder das Gespräch zwischen ihnen beiden wieder aufgenommen hatte. Sie dachte daran, wie sie seinen Blick gespürt hatte, als sie mit ihrer Schale verzauberter Erdbeeren durchs Zimmer spaziert war, sie, die Überbringerin der Beeren, die Färberin der Lippen. Am Ende der Nacht, als sie betrunken war und entflammt und willig, war Julian ihr in sein Zimmer gefolgt, wo sämtliche Jacken der Gäste auf dem Bett lagen. Flora suchte nach ihrer Jacke und fragte sich, was sie jetzt tun, wie sie sich verabschieden sollte. Sie wollte ihn wiedersehen, aber wie sollte sie ihm das klarmachen, ohne sich zu blamieren? Konnte sie ihn einfach fragen? Ihm ihre Telefonnummer aufschreiben? Sich zum Essen verabreden? Sie hatte keine Ahnung, wie man so was machte.

»Es war ein toller Abend«, sagte sie schließlich, während sie ihre Jeansjacke anzog, mehr fiel ihr nicht ein. »Das freut mich«, antwortete Julian. Sie standen sich gegenüber und lächelten, und kurz dachte sie, er würde sie küssen. Sie hielt seinem Blick stand und versuchte, ihm ihr Einverständnis zu signalisieren, ihre Lust. Aber dann hörten sie eine Stimme an der Tür. »Sorry! Störe ich euch?« Eine Frau, deren Namen Flora nicht kannte, die aber den ganzen Abend um Julians Aufmerksamkeit gebuhlt hatte. Sie fand, dass er genervt aussah, vielleicht hoffte sie das auch nur.

»Natürlich nicht«, sagte Julian und trat einen Schritt zurück. Zum zweiten Mal an diesem Abend reichte er Flora die Hand und schüttelte sie. »War mir ein Vergnügen, Ms. Mancini. Ein großes Vergnügen.«

Als sie jetzt hier auf den Stufen saß und an ihrem abgestandenen Kaffee nippte, fragte Flora sich, was genau das zu bedeuten hatte – *ein Vergnügen*. Klang es erwartungsvoll oder desinteressiert? Würde er sich melden? Sie wollte so sehr, dass er sie küsste, sie hatte das Verlangen im ganzen Körper gespürt. Drinnen spielte sich die Orgel warm, die ersten Akkorde von »Be Not Afraid« – ihr Solo heute. Sie schloss die Augen und dachte daran, wie sie gestern mit Julian getanzt hatte, wie sicher er war, wie selbstbewusst er sich bewegte. Es war ganz anders als mit Patrick, der zu groß war und zu gehemmt und ihr ständig auf die Füße trat. Julian und sie passten perfekt zusammen. Er hatte ihr ins Ohr gesummt, sie herumgewirbelt, fallen gelassen und wieder hochgerissen. Flora verstand endlich, was das Wort *Herzklopfen* bedeutete, denn ihr Herz tat etwas, was sie noch nie zuvor gefühlt hatte. Sie hätte Julian gern geküsst, gleichzeitig wollte sie, dass er sie auszog, ihr mit der Hand über den Körper fuhr, einen Finger in sie hineinsteckte ... Sie wurde rot, als Mr. und Mrs. Vincenzo die Stufen hochkamen und ihr zuwinkten. Bestimmt stand ihr das Verlangen ins Gesicht geschrieben, die Sünde der Wollust. Zum ersten Mal im Leben konnte sie sich vorstellen, sinnlich, lustvoll bei jemandem zu sein. Sie sah sich gelassen ihren BH aufmachen, so wie Margot, und vor Julian stehen, sah, wie sein bewundernder Blick über sie wanderte und er einen Ständer bekam. Was war bloß in sie gefahren?

Sie stand auf, stieg die Stufen hinab und warf den Kaffeebecher und die Bananenschale in den nächsten Mülleimer. Sollte doch jemand anderes »Be Not Afraid« singen. Zum Beispiel Edith Connelly, die immer unbedingt wollte, aber leider kein gutes musikalisches Gehör hatte. Sie würde sich freuen, Floras Platz einzunehmen.

Flora war fünf Blocks von Julians Wohnung entfernt, und irgendwie wusste sie, dass sie nur die Straße hinuntergehen musste, um ihn zu treffen. Sie wusste es genauso sicher, wie sie wusste, dass es Sonntagmorgen war. Und klar, als sie in seine Straße einbog, saß er da, auf der Treppe vor seinem Haus, und sah in die andere Richtung. Sie blieb stehen und war kurz davor, wieder umzudrehen. Wie sollte sie ihm erklären, was sie hier zu suchen hatte? Aber warum musste sie es überhaupt erklären? Das hier war New York, es war auch ihr Viertel, sie konnte rumlaufen, wo sie wollte. Die Straße gehörte ihm nicht. Sie ging nur spazieren. Daran war schließlich nichts auszusetzen. Sie drückte die Schultern durch und lief weiter, und ihre Nervosität verschwand in dem Moment, als er sich umdrehte und sie entdeckte, und sie seinen Gesichtsausdruck sah – pure Freude.

»Flora Mancini«, sagte er und stand auf. Er trug dieselben

Sachen wie am Abend zuvor. Er sah müde aus, aber glücklich. »Du bist es.«

»Da bin ich«, sagte sie, zuckte leicht mit den Schultern und musste sich beherrschen, ihm nicht um den Hals zu fallen und sein wunderbares Gesicht zu küssen. »Ich bin da.«

SECHS

Flora musste sich noch ein paar Stunden zusammenreißen, aber sie fühlte sich schwach, als könnte sie jeden Moment zusammenklappen. Die Abschlussfeier war unerwartet schön gewesen. Sie hatte damit gerechnet, dass es sie berühren würde – wie auch nicht, bei einem so bedeutsamen Ereignis? Aber nicht damit, dass das ganze Drumherum sie so gefangen nahm. Flora saß in der neuen Aula, die nach einer Spendenkampagne zur Erweiterung des Campus gebaut worden war, zum Glück bevor Ruby dort anfing (Ruby wurde von den Bauarbeiten verschont, ihre Eltern von dem aggressiven Fundraising), und dachte darüber nach, wie sehr Rubys Leben sich doch von ihrem unterschied. Dieses Gefühl war nicht neu, aber an dem Abend besonders präsent. Sie erinnerte sich an die erste Besichtigung, als sie ihren Umzug planten. Sie kam einfach nicht über diese Mädchen hinweg. Eine Ansammlung von strahlenden, hübschen Dingern, die in der Gewissheit lebten, die Welt würde sich weiter in ihrer ganzen Schönheit entfalten, nur weil sie selbst so hübsch strahlten. Ihr Optimismus und ihr ballerinenhaftes Auftreten gingen ihr auf die Nerven – sie huschten ständig von hier nach da und blieben höchstens kurz stehen, um sich zu *präsentieren.*

»Wo haben sie wohl die ganzen peinlichen Mädchen versteckt?«, fragte Flora nur halb im Spaß. »Die mit den struppigen Haaren und der unreinen Haut? In einer Hütte hinter dem Ballettstudio?«

Aber Ruby hatte sich davon nicht beirren lassen, im Gegenteil, sie war hin und weg, und das freute und beunruhigte Flora zugleich. Sie wollte, dass ihre Tochter sich überall wohlfühlte. War es nicht das, was Julian und sie immer gesagt hatten? Waren sie nicht deswegen so lange in Manhattan geblieben? Sie waren so stolz auf ihre Intelligenz, ihre Neugier, ihr gewinnendes, feines Benehmen. Immer wieder erzählten sie einander Geschichten von Ruby, obwohl sie beide dabei gewesen waren: Wie sie als Siebenjährige vorne auf der Stuhlkante saß und fasziniert die Abendvorstellung von *Guys and Dolls* verfolgte. »Ich bin das einzige Kind hier«, hatte sie gesagt und sich mit großen Augen umgesehen. Als Julian sie auf dem Nachhauseweg in der U-Bahn fragte, wie es ihr gefallen habe, antwortete sie: »Ich fand's gut, aber die Mädchen waren keine Puppen. Warum nennen die Jungs sie Puppen?«

Sie staunten, wenn sie mit ihr in egal welches Restaurant gingen und Ruby alles Mögliche probierte, Oliven, Kapern und Stinkekäse verschlang und herzallerliebst an einer Scheibe Zitrone nuckelte. »Das ist köstlich!«, sagte sie dann oder: »Mehr nicht, danke.« Ihre Liebe zu Büchern war unglaublich, vor allem, wie emotional verbunden sie mit ihrer jeweiligen Lektüre war. Als sie zehn war, fand Flora ein Buch mit den Märchen von Hans Christian Andersen unter einem Stapel Töpfe und Pfannen in der Küche. Als sie es aufschlug, sah sie, dass Ruby im Inhaltsverzeichnis *Die kleine Meerjungfrau* durchgestrichen hatte. »Warum hast du das gemacht?«, hatte sie gefragt, als Ruby von der Schule kam. Es war eine besonders schöne alte Ausgabe, die Flora bei Strand gekauft hatte, und es ärgerte sie, dass Ruby darin rumgekritzelt hatte.

»Von der Geschichte werde ich ganz traurig, Mama«, hatte Ruby entgegnet. »Die Meerjungfrau hat alles aufgegeben und nichts zurückbekommen. Deswegen hab ich den Namen durchgestrichen, aber dann hat mich das Durchgestrichene an die Geschichte erinnert. Ich hab das Buch in der Kommode versteckt, aber immer wenn ich die Kommode gesehen hab, musste ich an die kleine Meerjungfrau denken. Also hab ich es an einen Ort getan, wo ich nicht hinschaue.«

»Hat es funktioniert?«, hatte Flora gefragt und überlegt, wie sie dem Mädchen, das seine Freiheit und seine Stimme für einen Mann aufgab, der ihre Liebe nicht erwiderte, ein Happy End bescheren konnte. Es war wirklich eine schreckliche Geschichte.

»Nein«, hatte Ruby geantwortet. »Irgendwie steckt sie immer noch in der Kommode.«

Rubys Entwicklung in Los Angeles mitzuerleben, war so etwas wie ein erzieherischer Triumph. Jetzt war sie mit der Highschool fertig und würde zu Hause ausziehen, noch nicht endgültig, aber das war nur eine Frage der Zeit. Flora saß in Margots Garten, nippte an einem Glas Wein und spürte, wie der Gedanke daran sie an der Gurgel packte. Sie musste schluchzen. Auch ohne den Ring hätte es ihr halbwegs das Herz zerrissen, aber jetzt – bei all dem Gerede über Neuanfänge, den Weg, der vor einem lag, all die Möglichkeiten, die strahlende Zukunft, die Welt gehört dir, da fragte sie sich doch, wie *ihre* Zukunft aussah. Wie ging es weiter?

»Scheiße«, hörte Flora ihre Freundin Samantha sagen und

sah im selben Moment Samanthas Ex-Mann Margots Küche betreten. Sie stand auf. Das war kein gutes Zeichen. Auf Samanthas Bitte hin hatte sie Edward nicht zur Party eingeladen. Sie steckten mitten in einer erbitterten Scheidung, und Samantha hatte Flora versichert, dass es für ihren Sohn Logan okay war, wenn er seinen Vater später traf, nach Rubys Party.

»Tut mir leid«, sagte Flora mit gesenkter Stimme, da Logan nur wenige Schritte entfernt stand. »Ich hab ihn nicht eingeladen. Keine Ahnung, warum er hier ist.«

»Weil er ein totales Arschloch ist, deswegen.«

Flora sah die Panik in Logans Gesicht, als seine Mutter in die Küche stürmte. Die hitzige Diskussion, die dort entbrannte, bekamen nur wenige mit. Flora schnappte ein paar Fetzen auf: *mein Sohn, kein Recht, hab es so satt* – ihr wurde ein wenig mulmig.

Julian kam dazu und legte ihr die Hand auf den Rücken. »Soll ich mal rübergehen und sehen, was ich tun kann?«

»Was willst du sagen?«

»Ich weiß nicht. Mir fällt schon was ein.«

»Ich komme mit.« Auch wenn die Party bei Margot stattfand, waren Julian und sie die Gastgeber. Auf dem Weg in die Küche blieb Julian kurz stehen, beugte sich zu Flora und fragte: »Wie heißt er noch mal? Ihr Mann?«

»Im Ernst?« Flora warf Julian einen Blick zu. »Wie oft waren wir bei ihnen zu Besuch, sieben Mal?«

Julian wunderte sich über ihren Tonfall. »Tut mir leid. Ich kann mich nicht erinnern.«

»Weil es dir egal ist. Er heißt *Edward*.«

»Hey, was ist denn los mit dir?«, fragte Julian, und dann hörten sie beide Margots Stimme durch das angespannte Gegrummel in der Küche dringen. »Edward! Was für eine Überraschung. Wie schön, dich zu sehen.«

Natürlich kannte Margot Ed. Er war als Fernsehproduzent verantwortlich für *Cedar* und alle anderen Projekte von Bess. Margot hatte ihn Flora gegenüber mal als stumpfen Egomanen mit dem Urteilsvermögen eines notgeilen Teenagers beschrieben. »Nicht dass ihn das von irgendwem unterscheiden würde.«

Flora sah zu, wie Margot Ed geschickt zur Außenbar führte, auf die sie bestanden hatte, obwohl keiner der Jugendlichen alt genug war, um Alkohol zu trinken. Sie hatte sich einen alkoholfreien Drink ausgedacht, der mit Trockeneis serviert wurde, sodass die jungen Leute überall im Garten standen und aussahen, als würden sie Rauchzeichen aus ihren Händen aufsteigen lassen.

Logan, der sich für seine Eltern schämte, hielt den Kopf in den Händen. Ruby und Ivan knieten vor ihm. Ruby guckte ernst. Sie hatte die Hand auf Logans Arm gelegt. Ihr liebes, mitfühlendes Kind. Bestimmt sagte sie gerade etwas Beruhigendes zu ihm.

In der Küche saß Samantha allein zusammengesackt auf einem Barhocker.

»Wie geht es dir?«, fragte Flora und reichte Samantha ein randvolles Glas Wein.

Sam nahm einen gierigen Schluck. »Danke dafür«, sagte sie und stellte das Glas ab. »Ich schätze, mir geht's gut. Keine Ahnung.« Sie sah aus dem Fenster. »Logan wird stinksauer sein. Natürlich nicht auf Ed – sondern auf mich.«

»Das tut mir leid.«

»Meine Güte, Flora. Ich weiß nicht, wie oft ich das schon von anderen gehört habe, aber jemanden anzusehen, den man geheiratet hat, den man *geliebt* hat, und nichts als Hass zu verspüren – das kann man sich nicht vorstellen.«

Das Schwindelgefühl, gegen das sie schon den ganzen Tag ankämpfte, ergriff sie jetzt mit voller Wucht. Sie versuchte, sich nichts anmerken zu lassen. »Ich kann es mir nicht vorstellen.«

»Wie auch? Du und Julian. Ihr beide macht alles richtig, stimmt's?«

»Ja?« Flora wusste, dass ihr Lächeln unsicher wirkte. »Da bin ich mir nicht so sicher.«

»Das Schlimmste ist«, fuhr Samantha fort, »dass ich mich nach dem ersten Mal wieder auf ihn eingelassen hab. Ich hab ihm geglaubt.«

»Das ist schon mal passiert?«

»Direkt nach Logans Geburt. So was von berechenbar. Ich hatte ein Baby, mit dem ich mich rumschlagen musste. Er hatte eine verständnisvolle Freundin aus College-Zeiten, bla, bla, laaaangweilig. Eines Abends rief die Frau mich zu Hause an und meinte, sie liebe Edward, und ich solle ihn gehen lassen.« Sie lachte verbittert. »*Ihn gehen lassen.* Als würde ich ihn jeden Abend an die Spülmaschine ketten. Wir haben geredet. Wir haben eine Therapie gemacht. Wir haben Logans kleinen Bruder bekommen. Ich dachte, na ja, schwere Zeiten, aber wir haben's geschafft. Wir haben es durchgestanden. Weißt du, was so richtig widerlich ist?« Flora wusste es nicht, und sie wusste auch nicht, wie sie sich unverfänglich aus der Affäre ziehen konnte. »Die Neue? Ist die Alte. Die Frau vom College. Sie sind Freunde geblieben, und jetzt sind sie *mehr als Freunde*, wie unsere Kinder sagen würden.«

»Das tut mir wirklich total leid, Sammy.«

Sam zuckte mit den Schultern und goss sich Wein nach. »Man muss gut aufpassen, bei diesen alten Ex-Freundinnen – den Camilla Parker-Bowles des Lebens.« Sie lachten beide. Flora stellte sich Ed mit einer Engländerin mit ausgefallenem Hut am Arm vor. »Die sind gefährlich. Die haben es schon mal geschafft.«

»Ich werde es mir merken.« Flora drehte sich der Magen um.

»Ach, bitte.« Samantha winkte ab. »Erinnerst du dich an die Spendenaktion letztes Jahr? Mit dieser schrecklichen Beach-Boys-Coverband? Unser ganzer Tisch hat dich mit Julian tanzen sehen. Ihr saht aus wie in der Highschool. Ich weiß noch, wie Sophie Levin meinte: ›Die beiden sind das perfekte Paar.‹ Ich bin mir sicher, dass selbst zu unseren besten Zeiten niemand mich und Ed gesehen und die Worte ›das perfekte Paar‹ in den Mund genommen hat. Ich fand nie, dass wir perfekt sind. Ich glaube nicht an ein *füreinander bestimmt.* Aber ich dachte immer, dass wir umeinander kämpfen würden.« Samantha nahm ihr Weinglas und kippte es runter. »Jetzt mag ich ihn nicht mal mehr. Ich glaube, ich ruf mir ein Taxi.« Sie küsste Flora auf die Wange. »Du hast es gut.«

♦ ♦ ♦

Nachdem sie Samantha wohlbehalten in ein Uber gesteckt hatte, zog Flora sich in Margots Schlafzimmer zurück. Sie ging hoch, um nach Pflastern für die Blasen an ihren Zehen zu suchen, und fand sie schließlich in dem begehbaren Wäscheschrank, der so groß wie ein kleines Schlafzimmer war und in dem neben der imposanten Erste-Hilfe-Ausrüstung stapelweise ordentlich gefaltete weiße Bettwäsche lag, jedes Set mit einem andersfarbigen Satinband umwickelt. An einem der Regale hing eine eingeschweißte Karteikarte mit dem Farbschlüssel: Das blaue Band war für California King Size, Grün war King und Rosa Queen Size. »Hast du das gemacht?«, hatte Flora Margot gefragt, als sie sie zum ersten Mal in ihrem frisch renovierten Haus besucht hatte. An ihrem Gesichtsausdruck – war es Mitleid oder Verlegenheit? Vielleicht beides – erkannte sie, dass natürlich nicht sie die Satinbänder um die Bettwäsche gebunden hatte. Sie hatte jemanden dafür bezahlt.

Flora nahm die Packung mit den Pflastern, spezielle Blasenpflaster für die Zehen, fragte sich, seit wann es so spezielle Pflaster gab, und ging damit in Margots Schlafzimmer, weil es ruhig und dunkel und weit weg von der Party war. Julian und sie waren sich einig, dass Margots Häuser umso braver wurden, je größer sie waren. »Fifty Shades of Café au Lait« nannte sie es, als sie Julian nach dem ersten Besuch die Einrichtung beschrieb. Das Haus sah aus wie die meisten renovierten Villen, in denen Flora in letzter Zeit war, als wäre an alle Innenausstatter der Stadt ein Memo rausgegangen, doch bitte dieselben Mid-Century-Messinglampen, französischen Bistrostühle und Sisalteppiche zu verwenden und diese dekorativ platzierten Kissen, die jedem Zimmer einen Tupfer Türkis, Grün oder Rosa verliehen. Das Haus war wunderhübsch und perfekt, aber irgendwie leblos, ohne Persönlichkeit. Das Schlafzimmer gefiel ihr allerdings, sie hätte den restlichen Abend auf Margots silbernem Samt-Schlafsofa verbringen können. Flora war müde. Bestimmt bekam es keiner mit, wenn sie einfach die Augen zumachte und sich zwanzig Minuten ausruhte, aber nach zwei Minuten stellte sie fest, dass sie nichts weniger gebrauchen konnte, als allein mit ihren Gedanken zu sein.

Sie stand auf und schlenderte in Margots begehbaren Kleiderschrank, der ungefähr so groß war wie Julians und ihr Schlafzimmer. Wahrscheinlich war es tatsächlich mal ein Schlafzimmer gewesen, als das Haus gebaut wurde, damals in den 1920ern, bevor die Menschen von Kleiderschränken träumten, die so groß waren wie ein ganzes Zimmer. Flora war immer noch beeindruckt vom Anblick all der Dinge darin, obwohl sie Margots Garderobe fast so gut wie ihre eigene kannte. Es war etwas anderes, alles auf einmal zu sehen, die Regale mit den Kaschmirpullovern, die Reihen von Seidenblusen, die Schubladen, von denen sie wusste, dass sie voller Spitzen- und Seidenwäsche waren. Die Kleider, die Blusen, die Jeans, die Handtaschen, die Schuhe, mein Gott, die Schuhe. Sie entdeckte die Stelle, an der normalerweise wahrscheinlich die Schuhe standen, die sie Ruby geliehen hatte, neben einem Dutzend fast identischer nudefarbener High Heels. Wenn sie sich umsah, erkannte sie genau, was zu Margot gehörte – was sie sich selbst ausgesucht hatte – und was eher zu Dr. Cathryn Newhall. Nicht zum ersten Mal dachte sie, wie merkwürdig es sich anfühlen musste, so lange dieselbe Figur in derselben Serie gespielt zu haben, dass sie fast so etwas wie ein Alter Ego war.

Flora ging zum Schlafzimmerfenster und sah hinunter in den Garten, wo das Fest in vollem Gange war. Margots Leute (ah, kein schönes Wort, aber was sollte sie stattdessen sagen? Personal? Caterer? Aushilfskräfte?) hatten tolle Arbeit geleistet, und Flora war erleichtert, dass Margot es nicht übertrieben hatte. Ihre ursprüngliche Idee, für ein klassisches New England Clam Bake eine Crew aus Cape Cod einzufliegen (*einfliegen* – allein der CO_2-Fußabdruck!), war absurd gewesen. Sie hatte Flora Fotos gezeigt, mit Wachspapier ausgelegte Picknicktische, auf denen sich das Essen stapelte: Hummer, Kartoffeln in Meersalzkruste, Muscheln, Mais. Es sah aus wie auf einem Renaissance-Gemälde: *Vor dem Untergang des Römischen Reiches.* Wobei sie anfangs ehrlich gesagt nicht ganz abgeneigt war. Manchmal wusste man nicht, wo man bei Margot die Grenze ziehen sollte. Flora war sicher oft zu dickköpfig, wenn es um ihren Standpunkt ging, oft musste sie um Rubys willen aber auch darauf bestehen. Angesichts der vielen extrem reichen Familien an ihrer Schule achteten sie und Julian sehr darauf, dass Ruby bodenständig blieb, und Margot verwöhnte sie schon genug.

Von hier oben herabzuschauen, fühlte sich in diesem Moment wie der perfekte Blick auf die Welt an. Es kam ihr vor, als hätte sie den ganzen Tag irgendwo hoch oben geschwebt und sich selbst beobachtet. Flora erinnerte sich deutlich an die Spendenaktion in der Schule. Wie sie mit Julian von Tisch zu Tisch gezogen war und sie über die Angebote lachten: eine Woche in einem Privathaus in San Miguel de Allende für »nur« dreitausend Dollar (Flugkosten nicht inbegriffen!), Abendessen für sechs Personen in einer privaten Weinhöhle für fünftausend Dollar (sechs Gänge!), Mittagessen mit Margot Letta am Set von *Cedar* (unbezahlbar!). Als die Band »God Only Knows« anstimmte, hatte Julian ihre Hand genommen, und sie tanzten, und obwohl ihr damals nicht bewusst war, dass Samantha und ihre Freundinnen ihnen zusahen, war ihr bewusst, *dass* sie beobachtet wurden, und es gefiel ihr. Sie war sich ihrer selbst und ihrer Ehe so sicher gewesen. Julian und sie waren an diesem Abend leicht angetrunken nach Hause gegangen und hatten bis spät in die

Nacht darüber gesprochen, wie ihr Leben aussehen würde, wenn Ruby aufs College kam, was sie alles unternehmen würden, wo sie überall hinfahren könnten. Dann hatte Julian ihr langsam das Hemd aufgeknöpft und sie auf seinen Schoß gezogen, und sie hatten Sex im Wohnzimmer, auf dem Sofa, bei voller Beleuchtung. »Vielleicht sollte ich lieber die Vorhänge zuziehen«, hatte Julian gesagt. »Nein, lass«, hatte sie erwidert. »Bleib hier.«

Am nächsten Morgen dachte sie zufrieden, dass Samantha recht hatte: Sie hatte es gut.

Sie wusste nicht, auf welches Gefühl es hinauslief, Angst oder Hoffnung. Ob alles anders würde oder nichts, ob sie sich an diesen Tag als gerade noch mal gutgegangen erinnern würde, als dummes Missverständnis oder als ersten Tag vom Ende ihrer Ehe. Ruby hatte sie nach der Feier auf dem Parkplatz zur Rede gestellt. »Mami?« Wenn Ruby sie *Mami* nannte, war sie entweder sehr gut oder sehr schlecht gelaunt. »Mami, warum warst du vorhin so wütend?«

Ah, es war das Auflockerungs-*Mami*, sie wollte etwas wissen. Flora ging hektisch die letzten Stunden durch: Sie hatte aufgepasst, dass sie nicht allein mit Julian war, und möglichst nicht an das Gespräch gedacht, das sie später haben würden. »Wann vorhin?«

»Draußen vor der Schule, als Dad mit jemandem geredet hat. Du sahst total wütend aus!«

»Wirklich?« Flora schüttelte den Kopf und lachte. »Keine Ahnung.«

Ruby sah sie kritisch an. »Okay«, sagte sie schließlich. »Ich wollte nur sichergehen.«

Von hier oben aus betrachtet, verspürte sie einen unverdienten Stolz auf Rubys Freunde, es gab im Grunde niemanden, gegen den wirklich etwas einzuwenden war. Sie mochte sogar Ivan, ihren Freund (*der Schreckliche* nannte Julian ihn immer, wenn Ruby nicht dabei war, was Flora jedes Mal zum Lachen brachte, weil sie eigentlich nur eins an Ivan auszusetzen hatten, nämlich, dass er immer so wahnsinnig leise sprach; tatsächlich schien er ein bisschen Angst vor Julian und ihr zu haben). Ruby hatte die albernen Schuhe gegen Flipflops eingetauscht. Sie saß mit ihren Freunden am Lagerfeuer. Ein paar hatten Gitarren, sie sangen ein Lied, das Flora nicht kannte, aber es klang sehr schön. Ein bisschen schmalzig, aber herzerwärmend und jung.

Sie konnte immer noch nicht fassen, dass sie Ruby erlaubt hatte, mit Ivan für einen Monat nach Spanien zu reisen. Als Ruby nach Hause kam und mit der Neuigkeit herausplatzte, sie sei eingeladen, nach *Madrid! Barcelona! Mallorca!*, war Flora im Gegensatz zu Julian erst dagegen gewesen. Der Sommer würde sowieso so schnell vorbeigehen, bevor sie sie dann Ende August aufs College brachten. Flora freute sich darauf, zum ersten Mal seit Jahren zu dritt nach Stoneham zu fahren und unten im Little House zu wohnen. Aber Ruby und Julian hatten sie so lange bearbeitet, bis sie zustimmte. Julian fand, sie sollten ihr diese Gelegenheit nicht nehmen – sie mochten Ivan und auch seine Eltern, es waren verantwortungsvolle, vernünftige Menschen. Ivans Mutter hatte Flora angerufen, um zu sagen, dass Ruby sich ein Zimmer mit ihrer Tochter Rachel teilen konnte, falls Flora das wollte, aber Flora bestand nicht darauf, da Ruby sonst jede Nacht in Spanien von einem Zimmer ins andere hätte schleichen müssen. Ruby war keins dieser Kinder, die jedes Detail ihres Lebens ihrer Mutter anvertrauten (Gott sei Dank), aber niemand nahm ernsthaft an, dass die beiden keinen Sex hatten, und das war auch gar nicht der Grund, warum Flora dagegen war.

»Sie ist doch schon lange zu alt für Stoneham«, erklärte Julian zu Recht – unter anderem deswegen waren sie seit Jahren nicht dort gewesen. »Außerdem ist sie rechtzeitig zur Aufführung wieder da, zum lustigen Teil. Perfektes Timing.« Also hatte Flora Ja gesagt.

Auf der anderen Seite des Gartens saßen Margot und Julian nebeneinander auf einem der Outdoor-Sofas. Margot hatte die Füße untergeklemmt und hörte Julian zu, der sich gestikulierend nach vorn beugte. Bestimmt redeten sie über die Arbeit. Seine oder ihre. Vielleicht erzählte er von ihren Plänen für den Sommer in Stoneham, dass sie den *Kirschgarten* inszenieren und er Lopachin spielen würde. Flora wusste nicht mehr, wann Margot seine wichtigste Vertraute in Arbeitsdingen geworden war. Nach Ruby? Nachdem Flora nicht mehr bei Good Company mitmachte und auch sonst nichts tat, was die Gruppe als seriöses Theater betrachtete? Obwohl sie in erster Linie erleichtert war, sich ausklinken zu können, ärgerte es sie – nein, es *kränkte* sie –, wie selbstverständlich ihr Abschied aufgenommen wurde. Sie wartete darauf, dass Julian verzweifelt nach Hause kam und ihre Hilfe vermisste: die Notizen während der Proben, die Terminpläne, die sie sorgfältig ausarbeitete und per E-Mail verschickte, das ausgeklügelte System, das sie für die Katalogisierung der unverlangt eingesandten Skripte entwickelt hatte, um sicherzugehen, dass alles mindestens einmal gelesen wurde (bis sie merkten, dass die meisten Einsendungen so furchtbar waren, dass niemand sie lesen musste). Aber nein, kaum war sie weg, interessierte das keinen mehr.

Eine Gruppe junger Mitarbeiterinnen – natürlich alles Frauen – formierte sich wie eine perfekt abgestimmte Balletttruppe. Eine wurde seine Assistentin, eine andere selbsternannte Sekretärin des Hauses, eine dritte hielt ihnen kleine Ärgernisse vom Leib. »Hast du das organisiert?«, hatte Flora gefragt, obwohl sie wusste, wie unwahrscheinlich das war. »Nein, ist einfach so passiert«, hatte er geantwortet, verwundert und gleichzeitig amüsiert. »Es ist ganz bestimmt nicht einfach so passiert«, blaffte Flora – er konnte einen wirklich rasend machen! War das etwas, fragte sich Flora, was charismatischen Männern – oder vielleicht allen Männern – *einfach so passierte*, dass die Welt um sie herum sich ihren Wünschen und Bedürfnissen anzupassen schien? Er lachte freundlich, ohne sich seines Glücks bewusst zu sein. »Doch, wirklich.«

Flora beobachtete, wie Margot aufstand und Julian die Hand auf die Schulter legte. Er hielt sie kurz fest. Nicht zu lang, nicht so, dass es unangemessen gewesen wäre. Trotzdem. Sie hörte Sams Stimme: *Man muss gut aufpassen, bei den alten Ex-Freundinnen.* Aber Margot war keine Ex-Freundin. Sie hatte sich nie für Julian interessiert. Oder doch? Sie sprach eins ihrer gelegentlichen kleinen Gebete an Josephine: *Was auch immer hinter dem Ring steckt, bitte mach, dass Margot nichts damit zu tun hat.*

Flora saß auf Margots Bett und verarztete vorsichtig zwei Zehen, die von ihren unbequemen Sandalen Blasen bekommen hatten. Eines Tages würde sie ihre Eitelkeit vergessen und aufhören, sich künstlich größer machen zu wollen. Vielleicht mit fünfzig? Wäre das nicht schön, von all den Angewohnheiten befreit zu sein, die ihre vermeintlichen körperlichen Unzulänglichkeiten wettmachen sollten: die zu hohen Absätze, die schlank machenden schwarzen Sachen, die Shapewear-Unterwäsche. Wie konnte es sein, dass man Frauen erzählte, es sei nicht mehr in und auch nicht nötig, Nylonstrümpfe zu tragen, wenn gleichzeitig eine ganze Bondage-Industrie erblühte. Ein atemberaubendes Spektrum von Schläuchen, die einen von den Brüsten bis zu den Knien einquetschten.

»Wie soll ich mit so was auf die Toilette gehen?«, hatte Flora gefragt, als sie zum ersten Mal so ein New-Age-Korsett zu sehen bekam, das ihre Hüften um zwei bis drei Zentimeter zu schmälern versprach. »Kein Problem«, hatte die Verkäuferin geantwortet, es umgedreht und mit den Fingern den schmalen Schlitz im Schritt dieses mehrschichtigen Albtraums auseinandergezogen. »Hinhocken und pinkeln. Ist das nicht genial?«

Flora hatte verblüfft die Öffnung betrachtet. Es dauerte ein bisschen, bis ihr einfiel, woran sie das erinnerte. Als sie vor ein paar Jahren mit Margot und David in Italien waren, hatten sie in Venedig ein altes Gefängnis besichtigt und dabei eine grausige Sammlung von eisernen Keuschheitsgürteln entdeckt. Diese mittelalterlichen Folterinstrumente hatten unten genau so einen furchterregenden Schlitz, nur mit eisernen Zähnen. Das Kleidungsstück in ihren Händen schien demselben Ansatz entsprungen zu sein. Trotzdem. Sie hatte es gekauft. Und eines Tages vor einer Preisverleihung war Julian ins Bad gekommen und hatte sie erwischt, wie sie vornübergebeugt dastand und versuchte, das Ding über ihre Speckröllchen zu ziehen.

»Bist du verrückt geworden?«, hatte er gefragt. »Zieh das Ding aus.« Sie hätte es direkt verbrennen sollen. Julian hätte applaudiert.

»Da bist du!« Margot kam ins Zimmer und machte das Licht an. »Ich hab überall nach dir gesucht. Warum sitzt du hier im Dunkeln rum? Ist alles okay?«

»Mir geht's gut.« Sie zeigte auf ihre Zehen und lachte gekünstelt. »Die Schuhe machen mich fertig.«

Margot ging ans Fenster und sah hinunter. »Sieht aus wie ein Film von hier oben, oder? Die Jugendlichen ums Lagerfeuer. Sind die echt? Ich hätte nicht gedacht, dass Jugendliche noch zusammen singen und Gitarre spielen. Ich dachte, die starren den ganzen Tag auf ihre Handys.«

»Das machen sie auch.«

Margot setzte sich zu Flora aufs Bett. »Ich hatte so einen aufwühlenden Tag. Ich hab dir eine Nachricht geschrieben.«

»Ich weiß. Tut mir leid. Ich war unterwegs.« Flora versuchte, sich nicht darüber aufzuregen, dass Margot der Meinung war, sie müsse jederzeit erreichbar sein.

»Ich hatte so ein nerviges Interview.«

»Wieso?«

»Dieses Mädchen. Die Interviewerin. Sie war ungefähr vierzehn und hatte mein komplettes Leben in New York ausgegraben.«

»Klingt erst mal nicht so schlimm.«

»Na ja, unter anderem wusste sie auch von den Jensens.«

Flora drehte sich zu Margot um. Sie hätte vielleicht nicht unbedingt davon ausgehen sollen, dass Margot sich ständig wegen nichts beschwerte. Die Jensens. »Oh, das tut mir leid. Wie furchtbar.«

Margot stöhnte und ließ sich aufs Bett sinken, sodass ihr Haar sich fächerförmig ausbreitete und die Beckenknochen über der Jeans hervortraten. Wie Flora stand auch Margot an der Schwelle zur Fünfzig, und ihr Bauch war noch flach wie ein Brett. »Ich bin es so leid. Ich hasse das alles, dieses ewige Positionieren, das Verstellen, die Interviews. Der ganze Quatsch. Ich hätte einfach zu Bess ins Büro gehen und sagen sollen: ›Bess, wenn ich in der Serie bleibe, will ich soundso viel Geld, und das hab ich auch verdient. Schluss, aus, vorbei.‹«

»Warum hast du es nicht gemacht?«

»Weil«, – sie imitierte Donna, indem sie mit rauer, tiefer Stimme sprach – *»›So läuft das nicht, Kleine!‹«* Sie stand auf und ging wieder ans Fenster. »So läuft das nicht, weil sie ihre zehn Prozent braucht.«

»Du bekommst das Geld. Oder zumindest ein *bisschen* mehr.«

»Wahrscheinlich«, sagte Margot. Sie drehte sich zu Flora um, die die Augen geschlossen hatte und Daumen und Zeigefinger auf die Lider drückte. »Alles in Ordnung?«

»Nur etwas Kopfschmerzen. Du weißt schon, war ein langer Tag …«

»Ah, jetzt sieh dir unser Mädchen an. Komm her.« Flora stand auf und ging zu Margot. Margot legte ihr den Arm um die Hüfte. »Also wirklich, *sieh sie dir an*. Ihr geht's gut. Wir werden sie vermissen, aber das schaffen wir schon.« Sie öffnete mit einem leichten Ruck das Fenster, das alte Holz knarrte, ein paar Kids sahen zu ihr hoch und winkten. Flora war ziemlich sicher, dass ihre Stimmen, einschließlich Rubys, alle ein bisschen heller und lauter wurden, seitdem sie wussten, dass Margot ihnen zuhörte.

»Ist das ›Landslide‹, was sie da singen?«, fragte Margot.

Der Gesang trieb zu ihnen hoch, und Flora konnte die Worte hören. *Can I sail through the changing ocean tides? Can I handle the seasons of my life? Oh-ohhhh …* Sie lachte.

»Diesen Text so inbrünstig singen kann man auch nur als Achtzehnjährige.«

»Die wissen gar nicht, wie traurig das ist.«

»Oder sie glauben, sie wüssten, was traurig sein bedeutet.«

»Ruby hat eine wunderschöne Stimme. Sie klingt wie du!«

»Erzähl ihr das bitte auf keinen Fall. Ich hab sie gefragt, ob sie diesen Sommer in Stoneham mit mir zusammen singen will, woraufhin sie zusammengezuckt ist, als hätte ich eine Nacktschnecke nach ihr geworfen.«

»Ich vermisse Stoneham«, sagte Margot. »Ich wünschte, ich könnte diesen Sommer auch kommen.« So standen sie ein paar Minuten da und hörten das Lied ausklingen. Die Mädchen sangen mehrstimmig. »Danke«, sagte Flora zu Margot. »Danke für diese Party. Es ist wirklich schön. Danke für alles, was du für Ruby getan hast, und für uns.« Dankbarkeit und Scham überkamen sie, nachdem sie zuvor so schlecht über ihre Freundin gedacht hatte. Margot hatte mehr für ihre Familie getan, als sie sich eingestehen mochte.

Unten versammelten sich alle um die große Tafel mit der Torte und den Geschenken. Ruby war fast fertig mit Geschenke auspacken, als David ihr ein kleines Kästchen überreichte. Sie hob den Deckel an und holte eine goldene Kette mit einem kleinen Modell von einem Herzen als Anhänger heraus.

»Das ist unglaublich«, sagte Ruby und drehte es in der Hand herum. »Sieh mal hier.«

»Das ist ein Medaillon«, sagte David schüchtern und zeigte auf das Herz. »Man kann es an der Lungenvene aufklappen.« Margot beobachtete, wie er sich daran zu schaffen machte. Sein Wunsch, dass Ruby in seine Fußstapfen trat – na ja, vielleicht war es irgendwie niedlich, aber auch ein bisschen seltsam, wenn man bedachte, wie das Ganze ausgegangen war. Er reichte Ruby das aufgeklinkte Herz, und sie klappte es auf.

»David!« Sie drehte es so, dass alle es sehen konnten. »Da ist ein kleiner Rubin drin.«

»Wo hast du das her?«, fragte Margot erstaunt. Er hatte ihr den Anhänger nicht gezeigt, hatte ihr nicht mal erzählt, dass er ein Geschenk gekauft hatte. Typisch David, dass er allein loszog und am Ende das perfekte, einzigartige Geschenk entdeckte.

»Ein Laden in der Nähe vom Krankenhaus. Ich konnte es kaum glauben, als ich das Ding gesehen hab.«

»Es ist fantastisch. So schön.« Flora half Ruby mit dem Verschluss. »Was für ein toller Tag«, sagte sie und warf einen Blick in die Runde ihrer Freunde und Familie. Das kleine Herz baumelte an ihrem Hals.

»Noch mehr?«, fragte Ruby, als Flora ihr ein kleines Päckchen gab, eingewickelt in hellblaues Seidenpapier mit einer smaragdgrünen Satinschleife – Rubys Lieblingsfarben.

»Eine kleine Erinnerung für deine Studentenbude.«

Ruby packte es vorsichtig aus. Sie löste die Schleife und legte sie auf den Tisch. Sie faltete das Papier an den Ecken auf, bis sie die Rückseite eines Bilderrahmens erkennen konnte. »Mom. Muss ich jetzt gleich weinen?« Rubys Augen glänzten schon vor Tränen, ihre Lippe zitterte, wie damals als Kleinkind, wenn sie weinte, weil sie noch mal mit dem Fahrrad um den Block fahren, noch einen Keks haben, noch eine Gutenachtgeschichte vorgelesen bekommen, noch mal huckepack in ihr Zimmer getragen werden wollte.

»Ich glaube nicht«, sagte Flora.

Fast ängstlich drehte Ruby das Foto um, bis sie das Bild sah und es sofort erkannte und ihr Gesicht vor Freude erstrahlte. »Das hab ich seit Ewigkeiten nicht gesehen.« Sie drückte es erst an die Brust, drehte es dann um und hielt es hoch, sodass alle am Tisch es sehen konnten.

»Du hast es gefunden«, sagte Julian. »Das hast du mir gar nicht erzählt.«

»Überraschung!«, antwortete Flora. Es klang schroffer als beabsichtigt. Julian sah sie verwirrt an.

»Oh, Flora.« Margot nahm Ruby das Bild ab, und jetzt war sie es, die unerwartet in Tränen ausbrach. Sie versuchte, sich zusammenzureißen, aber ach!, es gab so vieles, was die vier Menschen auf diesem Bild nicht wussten. »Mein Gott, war ich dünn«, sagte sie schließlich, um die Stimmung aufzulockern. Als hätte sie seitdem zugenommen. Als könnte sie nicht noch immer problemlos eine Caprihose von Old Navy und ein schulterfreies Top von Gap tragen.

David blickte über Julians Schulter. »Ich finde, wir sehen heute besser aus.« Wenn David etwas gelernt hatte während seiner Ehe mit einer Schauspielerin und umgeben von all den anderen Schauspielern, dann ihren Egos zu Hilfe zu eilen. »Das meine ich ernst«, sagte er. »Wir sehen alle aus, als könnten wir ein bisschen zulegen. Gebt dem jungen Mann hier mal ein ordentliches Hähnchen.« Er zeigte auf Julian auf dem Foto.

»Das ist toll, Mami«, sagte Ruby. Sie nahm Margot das Bild ab, stellte es in die Mitte des Tisches und lächelte. *Mami.* Das glückliche.

SIEBEN

Als die Party vorbei war und die Gäste gegangen waren, schnappte Margot sich eine halbe Flasche Wein von der halb abgebauten Bar, um sie mit ins Schlafzimmer zu nehmen. Wenn der Partyservice aufräumte, wusste sie nie so recht, was sie machen sollte, was von ihr erwartet wurde. Sie war müde und hatte keine Lust auf Smalltalk mit einem Haufen zwanzigjähriger aufstrebender Soundsos. Um nicht unhöflich zu erscheinen, blieb sie noch ein bisschen, tat interessiert, nahm ein paar Teller und brachte sie lustlos in die Küche, bis jemand kam und sagte: »Wir kümmern uns darum.« Sie machte ein paar Scherze, bedankte sich überschwänglich, gab allen Umschläge mit zu viel Geld und bat sie, sich an den Resten zu bedienen, damit, wenn sie in ihrem Catering-Bus über sie redeten, während sie wohin auch immer mit all dem übriggebliebenen Hummer fuhren, sie sich einig waren, wie super es gewesen sei. So landete sie auf der Liste der »guten« Promis – großzügig und angenehm.

Margot wollte nicht, dass zu Hause mehr als ein Foto von ihr an der Wand hing, sie fand das geschmacklos. Manche ihrer Kollegen von *Cedar* hatten die Wände mit Fotos von sich im Arztkittel tapeziert. Vor allem Charles war ganz verliebt in seine Pressefotos, besonders das, auf dem er blutüberströmt versuchte, in der Notaufnahme einen bewaffneten Mann zu überwältigen. Er hatte sich einen Abzug in Filmplakatgröße in die Eingangshalle gehängt, unter einen Kristallleuchter.

Das einzige Foto, das Margot bei sich hängen hatte, stammte aus der dritten Staffel, aus dem Jahr, als sie für einen Emmy nominiert und auf dem Cover von *Variety* war, mit der Überschrift: »Ist Margot Letta die netteste Frau in Hollywood?«. Sie hatte das Cover eingerahmt und vorne im Flur aufgehängt, ein bisschen aus Spaß, zumal jeder, der Margot kannte, wusste, dass sie natürlich nett war, aber auch sehr gut darin, nett zu spielen, weil sie gern so gesehen werden wollte. Und alle, die sie nicht kannten, wussten auch gleich Bescheid: War sie die netteste Frau in Hollywood? *Ja.*

Als der Partyservice weg war, machte sie den Kühlschrank auf. Die Torte war säuberlich aufgeteilt in Tupperware-Dosen verstaut. Sie schnitt sich ein Stück ab, kleiner als sie wollte, aber größer als gut für sie war. Es war ihr peinlich, vor Rubys Freunden geweint zu haben, obwohl sie wusste, dass das albern war. Mit siebzehn, kurz davor, zu Hause auszuziehen, voller Erwartungen und Ängste, waren ihnen Tränen, ob fremde oder eigene, wahrscheinlich nie so unpeinlich wie jetzt. Alle hatten sich auf sie gestürzt, um sie zu trösten.

Das Foto hatte ihr einen Stich versetzt. Doch, ja. Sie hatte kein Bild von David vor dem Schlaganfall mehr, weil sie sein altes Lächeln nicht mehr sehen konnte, dieses breite, strahlende Lächeln ohne den leicht hängenden Mundwinkel, der sie ständig daran erinnerte, was sich in ihrem Leben geändert hatte. Und wenn sie jetzt ihr jüngeres Ich betrachtete, musste sie daran denken, dass alles Schöne und Gute schon hinter der Frau auf dem Foto lag, ohne dass sie es damals wusste.

»Ich gehe nach oben«, sagte sie zu David, der in seinem Arbeitszimmer am Schreibtisch saß.

»Okay«, erwiderte er, ohne von seinem Computer hochzusehen. Sie blieb eine Weile stehen und beobachtete ihn. Er runzelte konzentriert die Stirn. »Hey, die Kette war perfekt.«

Er blickte hoch und schien erfreut. »Eine geniale Konstruktion ist das. Ich weiß nicht, ob du es gesehen hast, aber die Kette läuft durch die obere Hohlvene und die linke Lungenvene, deswegen hängt das Herz leicht angewinkelt, genauso wie in echt.« Er formte mit den Händen ein Herz und hielt es sich vor die Brust.

»Nein«, sagte sie und lachte. »Ist mir nicht aufgefallen, mir ist nur aufgefallen, dass Ruby sich wahnsinnig gefreut hat. Gut gemacht.«

»Ich komm auch gleich hoch.« Er wandte sich seinem Computer zu und tippte weiter. Auch ohne hinzusehen wusste sie, dass er Scrabble spielte. Nach dem Schlaganfall hatte er angefangen, sich mit Spielen zu beschäftigen, die die Nervenbahnen im Gehirn anregten, das Gedächtnis ankurbelten und den Wortschatz vertieften. Er spielte sie immer noch gewissenhaft.

Oben zog sie ihre Jogginghose an, band sich die Haare hoch und schrubbte sich brav das Gesicht mit einem lächerlich teuren Peeling, bevor sie die lächerlich teure Feuchtigkeitscreme auftrug, die Bess ihr aufgeschwatzt hatte. Bess hatte kurz nach Luft geschnappt, als Margot ihr erzählte, dass sie zum Abschminken Noxzema Cold Cream benutzte, aber Margot liebte den Geruch – er erinnerte sie an ihre Jugend. An Backstage und muffige Garderoben, Sommerproduktionen, Premieren und Nächte, in denen sie völlig erschöpft aus dem Theater kam, aber nicht schlafen konnte, weil sie zu aufgedreht war. Das leichte Brennen, wenn sie die Creme auftrug, gab ihr ein Gefühl von Zuhause. Sie nahm das Weinglas mit ins Schlafzimmer und setzte sich aufs Bett. Es war Frühsommer, sie hörte die Kinder vom Haus nebenan im Pool. *Marco? Polo! Marco? POLO!*

Eine Zeitlang hatte sie dauernd an den Morgen des Schlaganfalls gedacht und sich gewünscht, sie könnte die Zeit zurückdrehen und etwas anders machen. David war am Abend von einer Konferenz in London zurückgekehrt. Dank Jetlag war er in aller Frühe aufgewacht und am East River joggen gegangen. Sie war zusammen mit ihm aufgestanden und zu der kleinen französischen Bäckerei um die Ecke gegangen, um Croissants und Brioche zu kaufen und Kaffeebohnen, die bestimmt um einiges besser waren als die von Gristedes. Sie hatte ein paar Himbeeren in eine hübsche Porzellanschüssel gelegt, die sie zur Hochzeit geschenkt bekommen und nie benutzt hatten. Sie hatte Blumen gekauft, riesige Pfingstrosen, und in einem Wasserkrug auf den Tisch gestellt.

»Gibt es einen besonderen Anlass?«, wollte David wissen, als er frisch geduscht in die Küche kam, nach Lavendelseife und Zahnpasta roch und den Raum mit seiner guten Laune und Energie erfüllte, obwohl er nur ein paar Stunden geschlafen hatte.

»Ein kleiner Willkommensgruß, um dir zu zeigen, wie sehr ich dich vermisst habe.«

Er trug ein neues Hemd, das er in der Jermyn Street gekauft hatte. Egal, wie beschäftigt er war, Zeit zum Shoppen fand er immer. David liebte Klamotten, und sie liebte es an ihm, seine eitle Ader, die lebhaften Farben, die er trug.

Das neue Hemd war elfenbeinfarben mit breiten violetten Streifen, die seinem Teint schmeichelten. Er küsste sie, kein Gute-Morgen-Kuss, ein Kuss mit Absicht. Er sah auf die Uhr. »Ich habe noch ungefähr eine Stunde.«

Sie würde es immer bereuen, nicht auf seine Einladung eingegangen zu sein, statt auf die Leckereien auf dem Tisch zu schauen und zu beschließen, sich lieber hinzusetzen und zu essen, das Frühstück zu genießen, denn hatten sie nicht alle Zeit der Welt für Sex? Ein ganzes Leben? Sie hasste diese banalen Gedanken, das ewige Gequatsche von dem Moment, der alles verändert, aber wie sonst sollte man sich daran erinnern? Sie sah zu, wie er ihnen Kaffee eingoss. Für sich mit Milch und Zucker, für sie schwarz, nur dass ihr Becher es nicht bis in ihre Hand schaffte – er zersprang auf dem Boden, und der heiße Kaffee spritzte in alle Richtungen. »Ups«, rief sie, griff nach einer Rolle Küchentücher und wischte die Porzellanscherben und den Kaffee auf. Als sie hochblickte, sah sie ihn regungslos dastehen, er hielt sich den Arm und wirkte durcheinander.

»David?« Sein Gesicht verzerrte sich, so hatte sie ihn noch nie gesehen. »David?« Sie stand auf. »Ist alles okay?« Die seltsame Folge von Konsonanten und Vokabeln, die als Nächstes aus seinem Mund kam, war so verwirrend, dass Margot sie später den Ärzten nicht ansatzweise wiedergeben konnte. »Es war Nonsens«, erklärte sie. »Babygebrabbel.« Sie hatte dafür gesorgt, dass er sich setzte, und sich dann vor ihn hingekniet. »David, rede mit mir.« Als nichts kam, nahm sie das Handy und wählte die 911, erst da fing er an zu sprechen.

»Warte. Gib mir eine Minute.« Seine Stimme klang jetzt etwas kräftiger und vor allem klarer. Er setzte sich an den Tisch, machte die Faust auf und zu. »Ich glaube, es geht wieder«, sagte er, zuckte dann aber zusammen. Er stand auf und ging ins Bad. Sie wollte hinterher, hatte aber auch Angst. »Kann ich dir helfen?« Er schloss die Tür hinter sich, sie hörte das Wasser laufen und das Arzneischränkchen aufgehen. Sie fragte sich, ob sie den Krankenwagen rufen sollte. Sie hörte die Toilettenspülung. Er kam raus, lächelte und beruhigte sie. »Mir geht es gut. Ich glaube, ich kriege so eine Art Migräne vom Jetlag.«

»Bist du sicher?«

»Ja, ich hab das schon beim Joggen gespürt. Dieses Gefühl, durch Wasser zu waten. Alles fühlt sich wahnsinnig anstrengend an, zum Beispiel, dir einen Becher Kaffee zu reichen.« Er lachte. Sie musterte sein Gesicht. Er wirkte okay. »Wahrscheinlich bin ich auch dehydriert. Ich hätte vor und nach dem Laufen mehr Wasser trinken sollen.«

Er hatte tatsächlich immer wieder Migräneanfälle vom Jetlag. Als sie in London lebten und er quer durch Europa und Asien reisen musste, hatte er oft mit Kopfschmerzen zu kämpfen. Manchmal dauerten sie tagelang an, sodass er sich zwischendurch in einen dunklen Raum zurückziehen musste. Ihr Herz beruhigte sich allmählich wieder. »Vielleicht sollten wir Doug anrufen«, sagte sie. Doug war einer seiner Partner in der Praxis, älter als David und sein Mentor.

»Alles okay. Mir geht's wieder gut.«

Aber das stimmte nicht, seine Faust ging immer noch auf und zu. Das war der Moment, als sie nachgab, obwohl sie wusste, dass es falsch war. Warum hatte sie nicht weitergebohrt? Warum hatte sie nicht auf ihr Gefühl gehört, dass etwas ganz und gar nicht in Ordnung war, statt sich von David beschwichtigen zu lassen? Aber er wirkte so überzeugt. Er lachte. Er habe wohl einen kleinen Aussetzer gehabt. Oh, Mann, er brauche dringend Schlaf. Irgendwie klang es einleuchtend. Außerdem wollte Margot glauben, dass er recht hatte. Ein Bote hatte gerade ein Skript für ein neues Stück gebracht, und sie konnte es kaum erwarten, irgendwo zu sitzen und es in Ruhe durchzulesen. Nachdem sie aus London zurückgekommen war und den Sommer in Stoneham verbracht hatte, wollte sie endlich wieder arbeiten. Sie suchte nach etwas Neuem, etwas, das nicht ihren üblichen Rollen entsprach – die hübsche, schnippische Ehefrau, die wissende große Schwester, die für ihr Alter ziemlich weise Freundin. Sie wollte nicht in eine Schublade gesteckt werden, und ihre Agentin meinte, das hier sei genau das Richtige: eine etwas derbe Komödie einer neuen Autorin, gewagt und anders, und man habe sie für die Hauptrolle im Auge. Sie wartete ungeduldig darauf, dass David ging, sie wollte sich den Text vorknöpfen und sich Gedanken machen, wie sie die Rolle anlegen würde. Und jetzt räumte er pfeifend die Spülmaschine ein und war ihr David, lebendig und stark.

Warum hatte sie nicht den Krankenwagen gerufen? Warum hatte sie nicht dafür gesorgt, dass er zu Hause blieb und jemand anderes seine OPs übernahm? Warum hatte sie ihn nicht weiter nach seinen Symptomen befragt? Warum hatte sie nicht Doug angerufen und gesagt: *Hey, kleine Vorwarnung. Kannst du ihn mal untersuchen?*

Warum. Warum. Warum.

Hätte sie doch nur ahnen können, dass das, was er hatte, ihr später als *leichter* Schlaganfall beschrieben werden würde – ein Vorbote des schwerwiegenderen Vorfalls nur wenige Stunden später, als er mit Handschuhen im OP stand und gerade einen Einschnitt am walnussgroßen Herz der zehn Monate alten Abbie Jensen vornahm.

Auch wenn jeder ihr versicherte, dass sie es wahrscheinlich nicht hätte verhindern können (*wahrscheinlich*, das war der Haken), wenn doch, dann wäre ihm womöglich alles erspart geblieben: die Operation, der Kunstfehlerprozess, das Ende seiner Karriere als Kinderherzchirurg, die folgende Depression und die irreversiblen Persönlichkeitsveränderungen durch den Schlaganfall.

»Warum wusste *er* denn nicht, was los war?«, hatte sie Doug gefragt. Sie besaß nicht die Kraft – oder die Grausamkeit –, diese Frage David zu stellen. »Ärzte«, hatte Doug erwidert. »Während des Studiums sind sie die größten Hypochonder, und danach halten sie sich dann für unbesiegbar. Vor allem Chirurgen. Vor allem David. Er hat sich eingeredet, es sei alles gut.«

Die Ärzte entdeckten schließlich einen Geburtsfehler: ein persistierendes Foramen ovale. Als er auf die Welt kam und seinen ersten Atemzug tat, schloss sich das winzige Loch, das jedes Neugeborene zwischen den oberen Herzkammern hat, nicht so, wie es sollte. Manche Menschen lebten ihr ganzes Leben lang mit einem PFO, ohne es zu wissen, manche bekamen einen Schlaganfall. Mit dem Moment, als David seinen ersten Atemzug machte, war der Tag im OP-Saal vorherbestimmt, und ausgerechnet, als er Abbie Jensens Herz in den Händen hielt, ließ ihn sein eigenes im Stich. Sie hätte der Symmetrie der Geschichte durchaus etwas abgewinnen können, ginge es hier nicht um ihr eigenes Leben.

Das Krankenhaus hatte alles übernommen, sie würden nicht vor Gericht müssen. Bei allem Unglück hatten sie in einer Hinsicht Glück, nämlich dass die Jensens es nicht auf David abgesehen hatten. Kein Prozess, keine schrecklichen Tage im Gerichtssaal mit Blick auf Abbie Jensens Eltern, die ihr Baby verloren hatten. Die Entschädigung, die das Krankenhaus ihnen anbot, konnte nicht hoch genug sein – wie hoch war der Preis für ein Kind? –, aber es war viel Geld, und die Jensens wollten nach vorn schauen.

David hatte New York nie so geliebt, wie Margot es sich gewünscht hätte. Er liebte *sie*, und er liebte seine Arbeit. Während er sich langsam erholte, gestaltete sich das Leben in der Stadt immer schwieriger. Er war ständig verwirrt. Der Lärm, der Verkehr, allein die vielen Fußgänger überforderten ihn. Während ihre Freunde im August nach Stoneham pilgerten, um Ibsens *Nora* aufzuführen, flog sie mit David nach Los Angeles zu seiner Familie. Davids Brüder waren genauso ehrgeizig, wie David es gewesen war (*und noch wäre*, wie sie sich immer wieder sagte), und konzentrierten sich voll und ganz auf seine Genesung. Wenn sie nicht gerade arbeiteten – beide waren ebenfalls Ärzte und Koryphäen auf ihrem Gebiet –, hielten sie David auf Trab, stellten einen Tagesplan für den Physiotherapeuten auf und trainierten mit ihm Gedächtnis, Sprache und Feinmotorik.

Sie wurde in seinem Elternhaus wie eine lange verschollene Tochter aufgenommen und sie genoss die Aufmerksamkeit, die man ihr schenkte. Die *Zeit*. Aber es war auch nicht immer leicht. Eines Nachmittags hörte sie draußen lautes Gelächter und ging in den Garten, um zu sehen, was für ein Spiel sie spielten. David johlte und klatschte seine Brüder ab. »Er hat schon nach wenigen Anläufen alles abgeräumt, und das, obwohl er es erst heute Morgen gelernt hat.«

»Toll«, sagte Margot, ging zu David und gab ihm einen Kuss auf die Wange. Als sie einen Blick auf das Spiel warf, stockte ihr kurz das Herz. Es war Memory, David hatte es Ruby erst im vorigen Sommer beigebracht. Sie lief eine Stunde lang durch die brütend heißen Straßen von Pasadena, bevor sie sich wieder unter Kontrolle hatte.

Seine Genesung verlief in jeder Hinsicht beeindruckend. Er reagierte immer noch schnell frustriert, verlor die Beherrschung oder – was Margot viel schlimmer fand – fing an zu weinen, aber er war sich wieder dessen bewusst, was er sagte, und schockierte die Leute nicht mehr mit unhöflichen Bemerkungen über ihren Kleidungsstil oder ihre Essmanieren oder blamierte seine Frau vor anderen mit unpassenden Kommentaren. »Hat Margot Ihnen erzählt, wie sexbesessen ich bin?«, fragte er die Hauspflegerin eines Morgens vor Flora und Ruby, stolz wie ein Casanova. Sie hatten darüber gelacht – was hätten sie sonst tun sollen? Aber innerlich zuckte sie zusammen, als sie hörte, wie Ruby draußen vor dem Fahrstuhl von Flora wissen wollte, was »sexbesessen« bedeutete.

Er gab sich wirklich große Mühe und machte auch Riesenfortschritte, aber er war nicht mehr der willensstarke, bedachte, *arrogante* Mann, den sie geheiratet hatte. Er war wieder da, aber er war ein Anderer. Er war, wie sie sich in ihren schwächsten Momenten eingestand, David-*artig*. So wie der Mann, den sie geheiratet hatte, aber eben nicht der Gleiche.

Aber nicht nur David war etwas genommen worden, auch Margot hatte ihre Zuversicht verloren. Ihr ganzes Leben lang fühlte sie sich behütet, umgeben von Glück und Frieden, und als sie David kennenlernte, glaubte sie, dasselbe auch in ihm zu sehen. Jetzt wurde ihr klar, dass es idiotisch gewesen war anzunehmen, privilegiert zu sein bedeute auch, behütet zu sein. Privilegiert zu sein für eine Gnade zu halten.

Als sie in jenem Sommer sah, wie die Sonne Kaliforniens

ihn heilte, wurde ihr bewusst, dass er nie darüber gesprochen hatte, welch ein Opfer es für ihn war, ihretwegen in New York zu bleiben. Als sie also die Einladung zum Casting für *Cedar* bekam, ging sie hin. Und als man ihr die Rolle anbot, nahm sie sie an.

»Ich weiß nicht, wie ich dir danken soll«, hatte David gesagt. Sie hatte ihn nie so dankbar erlebt, so abhängig, so weich. Es gefiel ihr nicht.

Als *Cedar* mit zweiundzwanzig Folgen an den Start ging, holte Davids Bruder ihn in seine Privatpraxis, und sie gründeten ihr Schlaganfallzentrum. David arbeitete als Facharzt und Dozent und setzte sich für Schlaganfallpatienten und ihre Ärzte ein. Es war eine wichtige Arbeit, und wenn es um Fundraising ging, war Margot fast jedes Mal involviert. Ob Gala, Abendessen oder Tagung, wenn sie konnte, stellte sie ihn vor, indem sie die Geschichte vom Morgen seines Schlaganfalls erzählte. Was für eine Angst sie hatte. Wie leichtfertig sie beide die Warnzeichen abgetan hatten. Und dann erzählte David seine Geschichte, sprach über die Forschung, die sie betrieben und unterstützten, hob die neuesten Fortschritte in der Reha hervor, bat um Spenden. Sie stand an seiner Seite, lächelte für die Kameras und ging jeden Tag zur Arbeit, wo sie eine Ärztin spielte. Genau (so dachte sie manchmal) wie David.

◆ ◆ ◆

Irgendwas, was Sie bereuen?

Margot wünschte, Flora hätte das Foto heute Abend nicht mitgebracht, morgen würde sie hoffentlich nicht mehr daran denken. Unten hörte sie David die Alarmanlage anstellen. Er drehte den Wasserhahn auf und goss sich ein Glas Wasser ein. Schloss die Haustür ab. Sie schüttete schnell den Rest Wein hinunter und machte das Licht aus. Dann legte sie sich ins Bett, wandte sich von der Tür ab und stellte sich schlafend.

ACHT

Flora wollte, dass die Party vorbei war, und gleichzeitig wollte sie es auch nicht. Angesichts dieses Zwischenzustands, Julians Ehering gefunden zu haben, aber nicht zu wissen, was das bedeutete, zog sie ihren Abschied bei Margot absichtlich in die Länge.

Josephine war ihr schon den ganzen Tag über in Abständen erschienen und so auch jetzt, als die letzten Gäste gingen. *The party's over*, hörte sie ihre Mutter singen, während sie durch den Raum schwebte und Teller mit Kuchenresten und Weingläser einsammelte, *let's call it a day!* Eins der vielen Dinge, die sie mit ihrer Mutter gemeinsam hatte, war die Freude daran, wenn etwas abgeschlossen war. Gegen diesen Hang kämpfte sie schon ihr ganzes Leben lang an. Das Schönste an einer Party war für sie, wenn sie vorbei war und alles aufgeräumt und sie sich hinsetzen, die Stille genießen und den Abend noch mal Revue passieren lassen konnte. Zu oft freute sie sich mehr darauf, dass etwas zu Ende ging – und sich dann daran zu erinnern –, als auf die Sache selbst. Sie fühlte sich am besten, wenn sie sich bedankte und verabschiedete, fröhlich und unbeschwert, weil der Abend jetzt endlich ausklang. Mit am meisten schätzte sie an Julian, dass er immer im Hier und Jetzt war. Sie wusste, dass ihr Drang, etwas hinter sich zu bringen, statt den Moment zu leben, ihn manchmal wütend machte. Heute Abend wünschte sie, die Party würde nie zu Ende gehen.

Auf dem Heimweg unterhielten sie sich über den Tag, die Abschlussfeier, die »Wahnsinns«-Lobster-Rolls. Zurück zu Hause zog Ruby sich um und fuhr dann mit Ivan zur nächsten Party, es würde eine lange Nacht werden. Julian brachte die beiden zu Ivans Auto. Sie hörte ihn, wie er sich auf der Straße von Ruby verabschiedete und dann das Tor zuschlug. Sie ging ins Arbeitszimmer und holte den Ring, den sie im Umschlag ins Bücherregal gesteckt hatte. Dann lief sie zurück in die Küche und räumte den Stapel mit Rubys Geschenken von der Kochinsel auf den Esstisch.

Floras Liebe zu ihrer Marmor-Kücheninsel war fast schon unanständig. Sie konnte sich nicht sattsehen an der grauweißen Maserung und dem porösen Stein, der wie eine Leinwand für das Leben in ihrer Küche war, den diversen Flecken und Verfärbungen, die zwar in den Stein einzogen und verblassten, aber immer noch Spuren von Partys und Abendessen hinterließen. An ein paar erinnerte sie sich noch. Der Abend, als sie die Zitronenhälfte liegen gelassen hatte und die Stelle neben dem Wasserhahn ausgebleicht war. Julian hatte Margaritas gemacht, während sie kochte, aber zum Essen kam es dann nicht mehr, weil sie erst mal zu einer Runde tequilabefeuertem Sex nach oben verschwanden und dort einschliefen. Der Rotweinfleck von dem Abendessen, als David ein Glas Cabernet umgekippt hatte und es stundenlang niemand merkte. Die kleinen Flecken, wo Ruby und sie immer den Plätzchenteig ausrollten.

Als sie das Haus kauften, war Flora gleich begeistert von

der Küche gewesen. Eine Kochinsel! Gab es ein sichereres Zeichen dafür, dass das Blatt sich gewendet hatte? Das gute Stück – für Los Angeles gar nicht mal so groß – hätte im West Village kaum ins Wohnzimmer gepasst, ganz zu schweigen von der Einbauküche. Sie erkannte ihre Träumereien als das, was sie waren: Hinhaltetaktik. Wie würde all das am nächsten Morgen aussehen?

»Hey.« Julian stand in der Tür und lächelte zufrieden. »Ab ins Bett?«

In dem Augenblick hätte sie den Ring am liebsten vergessen. Sie hätte *Ja! Ab ins Bett* gesagt, wäre hochgegangen und hätte getan, was sie meistens taten. Ein bisschen über den Tag reden. Über die diversen Pläne, die in nächster Zeit anstanden, angefangen mit dem Elterntag in Rubys College im Oktober. Vielleicht konnten sie danach noch irgendwo anders hinfahren. London? Paris? So etwas wäre endlich möglich, jetzt wo sie zum ersten Mal in all den Jahren beide gleichzeitig gute Jobs hatten, und der Gedanke, es kaputtzumachen, bevor es überhaupt richtig angefangen hatte, war kaum zu ertragen. Aber was für ein Leben würde das sein?

Sie öffnete den Umschlag und nahm den Ring heraus. »Den hab ich heute gefunden.« Sie legte ihn auf die Marmorplatte. »Als ich im Aktenschrank nach dem Foto gesucht hab. Er ist aus dem Umschlag gefallen.« Julian stand wie angewurzelt da. Er nahm den Ring und sah Flora an, und obwohl sie danach suchte und so sehr darauf hoffte, konnte sie nichts Fragendes in seinem Blick erkennen. Eine kalte, dunkle Ahnung stieg in ihr auf.

Er seufzte, legte den Ring hin und ging zu einem der Küchenschränke. Sie dachte kurz, er würde ihr eine Art Gegenbeweis zeigen, etwas, das den Ring erklärte und ihr Misstrauen albern erschienen ließ. Stattdessen nahm er ein Glas, goss sich Wasser ein und trank es in einem Schluck aus. Dann füllte er es wieder auf und trank noch mal.

»Julian?«

Er fuhr sich mit den Fingern durch die Haare – seine wunderbaren schwarzen glänzenden Locken, bis auf ein, zwei graue Strähnen vom Alter kaum berührt –, schloss die Augen und verzog das Gesicht, und da sah sie, was all die Casting-Agenten in ihm sahen, wenn sie ihn als Sozialarbeiter, als Therapeuten, Priester und zweimal tatsächlich als den Messias besetzten. Er war ausnehmend schön, wenn ihn etwas quälte. Bedrückt, aber selig. »Flora«, sagte er. »Ich liebe dich. Du weißt, wie sehr ich dich liebe.«

»So schlimm?« Sie versuchte, die Tränen zurückzuhalten. Sie wollte nicht schon anfangen zu weinen, bevor sie überhaupt wusste, was los war.

Er machte einen anderen Schrank auf und holte eine Flasche Whiskey raus, den er vor Jahren aus Irland mitgebracht und für einen festlichen Anlass aufbewahrt hatte. Er setzte sich an den Tisch und forderte sie mit einer Handbewegung auf, sich ebenfalls zu setzen. »Jedenfalls nicht gut«, sagte er.

NEUN

An seinem ersten freien Tag seit Ewigkeiten war David früh aufgestanden und hatte in seiner kleinen New Yorker Wohnung ein bisschen saubergemacht – drüberwischen nannte seine Mutter das, weil es in seinem Elternhaus immer eine Putzfrau gab, die zweimal die Woche kam, zwischendurch holte seine Mutter, falls nötig, die Flasche mit dem Fensterputzmittel raus und wischte alles einmal ab. Nach dem flüchtigen Hausputz hatte David überlegt, ins Metropolitan Museum of Art zu gehen, einer der wenigen Orte (vielleicht der einzige?) in New York, wo er ab und zu hinging. Der Anblick der Gemälde beruhigte ihn, machte ihm den Kopf frei und ließ ihn das Krankenhaus vergessen. Es war absurd – aber nicht ungewöhnlich –, dass er kurz vor Ende seiner Facharztausbildung zum Chirurgen außer dem New York Hospital und den umliegenden Straßen kaum etwas von der Stadt gesehen hatte.

»New York!«, staunten die Verwandten in Kalifornien jedes Mal, wenn sie hörten, wo er jetzt lebte. »Wie ist es da so?«

»Keine Ahnung«, lautete normalweise die Antwort. Er schmiedete jedes Mal große Pläne für seine freien Tage, die meistens damit endeten, dass er so viel wie möglich schlief und vielleicht hin und wieder mit ein paar Bekannten ins Kino ging und danach in die immer selbe Bar an der East 79th Street, wo es einen Kicker, Tischbowling und irische Barkeeper gab. Sie alle – die Neuankömmlinge, die Durchreisenden – versuchten von ihrem komfortablen Barhocker im Flanagan's aus herauszufinden, wie sie einen so unüberschaubaren und vielfältigen Ort wie New York erobern sollten. Aber als er jetzt in Richtung Metropolitan lief, lenkte ihn der Park ab. David hatte die schwüle Hitze im Sommer nie etwas ausgemacht. Er war im staubtrockenen Südkalifornien aufgewachsen. Während er die Fifth Avenue hochschlenderte, sah er die Banner vor dem Metropolitan in der leichten Brise flattern. Er wurde langsamer und bog links auf einen der Wege in den Central Park ab. Scheiß drauf. Er mochte lange Spaziergänge, vielleicht reizte er seinen Verdauungstrakt mit einem Hotdog, vielleicht trank er sogar ein Bier am Boathouse, falls er es fand.

Während er sich vom Lärm der Fifth Avenue entfernte und den gewundenen Wegen über märchenhafte Brücken und Bäche folgte, genoss er es, durch die Pseudo-Natur zu laufen und den Gedanken freien Lauf zu lassen. Da sich seine Assistenzzeit dem Ende näherte, fragte er sich, was als Nächstes käme. Sein Mentor drängte zur Weiterbildung in Kinderherzchirurgie, was er in Betracht zog, klar zu denken fiel ihm zurzeit allerdings schwer, dafür hatte er zu viel Arbeit, zu viel Druck und zu wenig Schlaf. Letztendlich hätte er auch nichts gegen ein etwas leichteres chirurgisches Fachgebiet gehabt. Aber wann war er jemals den leichten Weg gegangen? Außerdem wusste er, dass er einen guten Herzchirurgen abgeben würde. Er besaß genau die Eigenschaften, die man dafür brauchte. Seine Finger waren lang und schmal, und er hatte eine gute räumliche und Auge-Hand-Koordination. Seine Beine waren aus Stahl, er konnte stundenlang im OP-Saal stehen. Es faszinierte ihn, wie bei einer Herzoperation alle Rädchen ineinandergriffen, die Logik dahinter, der Gedanke, dass das Herz eine Maschine war, die man reparieren konnte. Er arbeitete gern am Kern einer Sache, am Motor.

Andererseits wollte seine Freundin weg aus New York und zurück an die Westküste, wo sie aufgewachsen war, um sich dort ein Leben mit ihm aufzubauen. Er verstand nicht ganz, wie es mit Patricia und ihm so weit kommen konnte, außer dass das Krankenhaus eine Welt für sich war, in der sie sich logischerweise kennenlernten und miteinander schliefen, und dann waren sie ein Paar, und nach vier Jahren gingen wohl irgendwie alle davon aus, dass sie zusammenblieben. Wie war das bloß passiert?

»So kompliziert ist das nicht«, hatte sie am Abend davor zu ihm gesagt, als er von den »nächsten Schritten« schwafelte, als ginge es um medizinische Untersuchungen. Sie war gerade im Park joggen gewesen und saß verschwitzt und mit rotem Kopf auf dem Wohnzimmerfußboden. Die Beine weit gespreizt wie eine Turnerin, beugte sie sich mit ausgestreckten Händen vor, hob die Arme und neigte sich erst nach links, dann nach rechts. Sie war beängstigend gelenkig, eine Athletin, und als solche plante sie, Orthopädin zu werden. Zu Recht zog es sie an die Westküste, wo die Menschen das ganze Jahr über Sport trieben und generell aktiver waren. Mit entwaffnender Leichtigkeit sprang sie hoch und griff mit der rechten Hand nach dem rechten Fuß, um ihren Oberschenkelmuskel zu dehnen. Sie zuckte kurz zusammen. »Was *willst* du denn?«, fragte sie.

Er war ausgewichen. Eigentlich aber hätte er sagen sollen (dass er es nicht aussprechen wollte, war wahrscheinlich kein gutes Zeichen, jedenfalls kein Kreuz in der »Pro«-Spalte), dass die Frage nach dem *Wollen* vor allem eins war: kompliziert. Für sie schien es ganz einfach zu sein, man wollte etwas, also machte man es, aber ihm ging es da anders. Er wollte vieles. Vieles, was sich widersprach: aus New York weggehen, in New York bleiben; anfangen, als Chirurg zu arbeiten, weiter studieren, um Herzchirurg zu werden; sich die Gemälde im Met ansehen, im Park spazieren gehen; sich an Patricia Casey binden, eigene Wege gehen.

Verlangen war nichts anderes als Impuls und Möglichkeit, das konnte in unterschiedliche, aber womöglich gleichermaßen befriedigende Richtungen führen. So wie er jetzt mitten im Central Park vor der Frage stand: links oder rechts? Wer wusste schon, wohin beide Wege führten, aber sich für einen zu entscheiden, hieß, auf den anderen zu verzichten. Woher wusste er, welchen er nehmen sollte? Links sah er einen Haufen Kinder auf einem Schulausflug, sie hatten blau-weiße Uniformen an und zeigten aufgeregt auf etwas am Wegesrand. Einen Vogel oder ein Eichhörnchen.

Rechts ein älteres Ehepaar, Arm in Arm, fast im Partnerlook. Beide trugen etwas zu weite Jeans mit Ledergürteln und ausgeblichene Poloshirts – seins war hellgrün, ihres strahlend türkis. Sie waren ungefähr gleich groß und schlenderten gemütlich durch den Park, bis der Mann etwas sagte und seine Begleiterin stehen blieb, ihm auf den Arm schlug und lachte. *Wie schön*, dachte er, *bis ins hohe Alter zusammen zu sein und sich immer noch zu überraschen und zum Lachen zu bringen.*

Er entschied sich für rechts.

David setzte sich auf eine Bank, mit gleich zwei Hotdogs in der Hand, womit er natürlich Sodbrennen riskierte. Dafür schmeckten sie gut, ausgesprochen lecker sogar. Als er fertig war und sich die senfverschmierten Hände an einem Brunnen wusch, aus dem kaum Wasser kam, hörte er jemanden seinen Namen rufen: »Pearlman! Pearlman!«

Wie konnte es sein, dass er nach New York zog, keinen Menschen kannte und trotzdem nicht einmal die Wohnung verlassen konnte, ohne jemandem aus dem Krankenhaus zu begegnen? Oder schlimmer, einem Patienten, der sich an ihn erinnerte und erwartete, dass David ihn erkannte, was selten der Fall war. Er hetzte von einem Fall zum nächsten, von Patient zu Patient, und konnte sich leider weder Namen noch Gesichter merken. Im jeweiligen Moment nahm er sie wahr, aber danach wurde die Information aus seinem Gehirn gelöscht, um Platz für anderes zu machen.

Er drehte sich um und entdeckte Sandra, eine Assistenzärztin aus der Urologie. Sie kam langsam auf ihn zugejoggt und war ein bisschen außer Atem. »Hey, Pearlman. Hast du heute Abend schon was vor? Ich hab nämlich nach drei Stunden Anstehen eine Karte für den *Sommernachtstraum* ergattert« – sie wedelte mit dem Ticket – »und jetzt hat mich Rosen angepiepst, und ich muss mich für eine OP vorbereiten.« Jeder andere Theatergänger wäre wahrscheinlich frustriert gewesen, aber sie, wie alle Assistenzärzte in der Chirurgie, freute sich. *Sich für eine OP vorbereiten müssen* war beliebter als ein freier Tag. Sie hielt ihm das Ticket hin. »Kannst du haben.«

Es hörte nicht auf: wieder eine Entscheidung treffen, auch wenn sie nicht wichtig war. Wollte er es haben? »Wo ist das? Am Broadway?«, fragte er, wobei er nur eine vage Ahnung hatte, wo dieser »Broadway« vom Central Park aus gesehen lag.

»Nein, direkt hier im Park. Da vorne.« Sie zeigte auf eine Baumgruppe hinter einer Anhöhe, die erst mal nicht wie ein Theater aussah.

»Da ist ein Theater?«

»Das Delacorte«, antwortete sie geduldig. Er glaubte sich zu erinnern, dass sie in New York aufgewachsen war, wie viele der anderen Assistenzärzte, die teilweise für ihn unverständliche Codes für die Stadt benutzten. Er sah sie fragend an. »Du hast schon mal von Shakespeare gehört, oder? Diese Tickets sind heiß begehrt. Hinter mir in der Schlange standen jede Menge Leute, die keins bekommen haben.«

Das war die Gelegenheit, sich wie ein New Yorker zu verhalten. »Klar. Was schulde ich dir?«

»Ist umsonst, Dummkopf.« Sie gab ihm das Ticket und schüttelte den Kopf. »Shakespeare. Im Park. Meine Güte, Pearlman, wie lange wohnst du jetzt schon hier?«

»Ich komm offenbar nicht so oft raus.«

»›Oh, die tollen Sterblichen‹«, zitierte sie genüsslich. Wenigstens das kannte er. »Ich verpasse das wirklich sehr ungern, obwohl ich die Komödien gar nicht so super finde. Bin mehr so der Tragödientyp. *Othello*, *Hamlet*, *Lear*. Okay, ich langweile dich. Viel Spaß. Der Regisseur ist genial. Und pass gut auf! Ich will einen vollständigen Bericht.«

Er steckte das Ticket ein, bedankte sich und ging in die Richtung, in die sie gezeigt hatte, damit er nachher wusste, wo er hinmusste. Hinter der Kasse konnte er die Sitze und die Scheinwerferreihen erkennen. Aus irgendeinem Grund war er aufgeregt. Er war eigentlich kein Theaterfan, aber das hier sah nett aus, davon konnte er seiner Familie zu Hause erzählen. Bis dahin waren es noch ein paar Stunden. Vielleicht dann doch ein Bier im Boathouse.

⬩⬩⬩

Da die Geschichte nach diesem Abend noch so oft erzählt wurde, konnte Margot sich manchmal nicht mehr genau daran erinnern. David und sie waren sich jedes Mal uneins, was den genauen Ablauf betraf, aber immerhin wusste sie, dass ihre Version – wenn auch nicht die richtigste – zumindest doch die beste war.

Akt 2, 1. Szene. Margot stand auf der Bühne und wartete auf ihren großen Feen-Auftritt, ihr *über Berg, über Tal* an Puck, gespielt von Theodore Best, einem alten Freund der Familie. Er war etwas älter als der typische Puck, aber so elfisch, schelmisch und quirlig auf der Bühne – und so beliebt beim Publikum –, dass er allen die Show stahl. Gegen Ende Juli waren die Schauspieler es gewohnt, mit den Geräuschen der Stadt im Hintergrund zu spielen, dem Verkehrslärm, dem Hubschrauberrattern, dem Plärren eines Radios oder dem Heulen einer Sirene. Penetranter waren die Parkgäste: Kinder, die um einen Ball stritten, kreischende Teenager und hin und wieder eine Bierflasche, die in tausend glitzernde Smaragde zersprang.

Aber an jenem Abend, als Margot ihren Text aufsagte, sah Theo alias Puck sie an, als wäre etwas nicht in Ordnung. Oder bildete sie sich das ein? Sie wusste nicht, wie sie reagieren sollte, nur so, wie man es ihr beigebracht hatte, sich konzentrieren und weitermachen, aber während sie noch darauf wartete, dass Theo seinen Text sprach – *Der König will hier feiern heute Nacht* –, fiel er auf die Knie.

»Er war schrecklich blass backstage. Er meinte, er sei müde«, erklärte später einer der Handwerker – die Schauspieler, die das Stück im Stück aufführten –, der glaubte, ein Vorzeichen darin gesehen zu haben. Schauspieler waren die unzuverlässigsten Erzähler, weil sie im Nachhinein die Fakten ausschmückten und allem übertriebene Bedeutung beimaßen. Mindestens fünf Leute berichteten Margot an jenem Abend, wie Theo hingefallen war, und jedes Mal klang es anders: Er habe sich die Brust gehalten oder den Arm, er habe *Hilfe* gerufen oder *Fuck* oder gar nichts, er habe flehend die Hand ausgestreckt, seine Augen seien nach hinten weggerollt oder er habe wild umhergeblickt und nach jemandem gesucht. Nichts davon stimmte. Sie stand direkt daneben!

»Ich kann nicht fassen, dass ich nicht für ihn da war«, verkündete die Darstellerin der Titania später in Tränen aufgelöst. »Ich stand am Bühnenrand, und er sah mich an, als wollte er fragen: *Was passiert hier mit mir?*« Bei der Geschichte blieb sie für den Rest der Spielzeit und wahrscheinlich den Rest ihres Lebens, obwohl sie in dem Moment unmöglich backstage gestanden haben konnte und außerdem jeder wusste, dass Theo sie nicht ausstehen konnte, sie und ihr Hollywood-Gehabe, wie er es nannte.

Unbestreitbar war, dass der Schauspieler, der den Oberon spielte und zwischen den Kulissen auf seinen Auftritt wartete, als Erster begriff, dass Theo Hilfe brauchte. Er kam auf die Bühne, wandte sich ans Publikum und brüllte – theatralisch, wenn man das in dem Setting so nennen konnte: »Gibt es hier einen Arzt? Ist irgendjemand Arzt?«

Der Grund dafür, dass Margot den Rest der Geschichte relativ akkurat wiedergeben konnte, angefangen damit, dass

David aufstand und so laut, dass Margot es hören konnte, sagte: »Ich bin Arzt«, war nicht – wie sie später behauptete –, dass sie auf der Bühne stehen blieb, um potentiellen Helfern den Weg zu weisen, sondern dass sie vor Angst wie gelähmt war. Sie war nie der Typ, der sich vordrängelte, wenn es Schwierigkeiten gab. Stattdessen lief sie lieber in die andere Richtung und suchte nach jemandem, der sich besser auskannte und weniger zartbesaitet war. In dem Moment traute sie sich nicht mal, Theo anzusehen, den sie in ihr Herz geschlossen hatte, seit ihre Eltern sie zum ersten Mal zu einer Delacorte-Produktion mitnahmen. Ihre Mutter war mehrmals zusammen mit ihm aufgetreten. Als sie am ersten Tag zu den Proben vom *Sommernachtstraum* erschien, hatte er sich aufgeplustert, als wäre sie seine Tochter. Seine Zuneigung verschaffte Margot eine Anerkennung, die sie über die anderen Neuankömmlinge erhob. Sie hätte sich hinknien und seine Hand nehmen sollen, ihn beruhigen, sehen, ob er noch atmete. Aber sie konnte sich nicht rühren. Die Zuschauer waren teilweise aufgestanden, manche gingen schon, die meisten saßen auf ihren Plätzen und starrten gebannt auf das echte Drama, das sich dort auf der Bühne abspielte. Und dann kam ein großer, schlaksiger blonder Mann die Treppe herunter und nahm immer zwei steile Stufen auf einmal. Als er vor der Bühne stand, sah er zu Margot hoch und sagte: »Ich bin Arzt.« Sie trat nach vorn, reichte ihm die Hand, und er nahm sie und sprang elegant hoch, gefolgt von Julian, der frisch verliebt war und das Stück – und Flora – zum fünften oder sechsten Mal sah.

»Warum bist *du* überhaupt auf die Bühne gekommen?«, hatte Margot Julian später gefragt.

»Ich liebe Theo. Ich dachte, ich könnte vielleicht helfen.«

Er hatte mit den Schultern gezuckt. »Ich hab mal einen Erste-Hilfe-Kurs gemacht.«

David behauptete immer, er sei *nicht* als Erster auf der Bühne gewesen, er sei einer jungen Frau hinterhergelaufen, einer Krankenschwester, und *die* habe sich zuerst um Theo gekümmert. Aber daran konnte Margot sich nicht erinnern. Sie erinnerte sich, dass jemand David mit einem Verfolger den Weg geleuchtet hatte. Sie erinnerte sich, wie David mit einem Ruck sein Sweatshirt auszog und beiseite warf, so wie Clark Kent, der sein weißes Button-Down-Reporterhemd aufriss. Wie er sich hinkniete und sein Ohr auf Theos Brust legte und die Backstagecrew rauskam und einen Kreis um die beiden bildete. Margot verstand sofort, was sie da taten, und sie winkte Flora und die anderen Feen rüber, damit sie sich bei den anderen unterhakten und so eine Mauer formten, um Theo vor den Blicken zu schützen. Inzwischen hatte der Inspizient das Licht anschalten lassen. Das Publikum blieb still sitzen.

David und die Krankenschwester versuchten, Theo wiederzubeleben, David saß rittlings auf ihm und drückte auf sein Herz, zählte die Schläge und hielt dann inne, damit die Krankenschwester ihn beatmen konnte. Margot fühlte sich in dem Augenblick gleichzeitig machtlos und quicklebendig. Ein Leben ging womöglich zu Ende, zwei Menschen versuchten, den Tod zu verhindern, und das alles vor einem Publikum, das einen Abend mit leichter Unterhaltung erwartet hatte. Von Weitem hörte man den Krankenwagen, kurz darauf sah sie das rot blinkende Licht vor dem Kassenhaus. Dann ein Keuchen, ein Husten und die Krankenschwester: »Er atmet.«

David hörte auf zu pressen und hockte sich neben Theo,

der versuchte, sich aufzurichten. Margot beobachtete, wie David Theos Hände in seine nahm und mit tiefer, beruhigender Stimme zu ihm sprach. Er redete so lange, bis die Sanitäter auf die Bühne kletterten und übernahmen. Innerhalb von Minuten lag Theo auf einer Bahre und wurde in den Krankenwagen geschoben. David stand auf, nahm sein Sweatshirt und sah sich um, erst jetzt schien er zu bemerken, dass er auf einer Bühne umgeben von Schauspielern stand.

Margot ging als Erste auf ihn zu. »Danke«, sagte sie und fasste ihn an den Händen. »Vielen, vielen Dank.« Die Zuschauer applaudierten. Was für ein seltsamer Moment. Menschen in einem Theater, die zusehen, wie ein Mann einen anderen zurück ins Leben holt, und es auf die in diesem Moment einzig denkbare Weise würdigen, mit respektvollem Applaus. Niemand wusste, was aus der Krankenschwester geworden war. Niemand kannte ihren Namen. Sie verschwand einfach in der Dunkelheit des Central Parks.

Ebenso wenig einigen konnten die vier sich darauf, wie es dazu kam, dass sie in einem chinesischen Restaurant landeten, nachdem Theo außer Gefahr und auf dem Weg ins New York Hospital war. Julian behauptete, *er* habe David gefragt, ob er nicht auf ein Bier mit ihnen mitkommen wolle (»Das sind wir dir schuldig.«). David beharrte darauf, es sei Margot gewesen. Für Flora war alles von Theos Zusammenbruch bis zu dem Augenblick, als sie an einem Tisch vor gebratenem Reis mit Schweinefleisch und Nudeln mit Shrimps saßen, nur eine verschwommene Erinnerung. Wie auch immer, Margot, David, Flora und Julian kamen in dieser Nacht zum ersten Mal zusammen, bestellten zu viel Essen und rekonstruierten den Abend immer und immer wieder, wie wenn man weiß, dass eine Geschichte noch oft erzählt werden wird – sie vertieften sich in die Details, polierten die besten auf, ließen die banalen weg, hoben die dramatischen hervor. Flora erinnerte sich an Davids eleganten Sprung an Margots Hand. Julian daran, wie die Krankenschwester sagte: »Ich kann seinen Puls spüren«, und wie David schweißgebadet auf Theo saß. »Ich dachte, gleich müssen wir *dich* wiederbeleben«, meinte er zu David.

»Hast du das schon mal gemacht?«, fragte David. »Das ist harte Arbeit.«

Margot würde sich immer daran erinnern – erleichtert, aber auch furchtbar beschämt –, wie sie sich endlich neben Theo hinkniete, als er wieder bei Bewusstsein war und ruhig dalag. Sie nahm seine Hand. »Alles wird wieder gut«, sagte sie und betete, dass es stimmte. Er hatte sie angesehen, die Sauerstoffmaske zur Seite gezogen, matt gelächelt und gesagt: »Vielleicht hat das törichte Herz genug gehabt.« Sie hatte Tränen in den Augen. »*Wird* alles wieder gut?«, fragte sie David.

»Wahrscheinlich«, sagte er und reichte den Teller mit den Shrimps herum. Er klärte sie kurz auf, wie ein Herz funktionierte und was Theo mitten im Stück umgehauen haben konnte. Mit seinen grazilen, geschickten Händen skizzierte er die Aorta und diverse auf- und absteigende Klappen auf der Rückseite einer Papierunterlage und zeigte auf die Stellen, wo die Arterien verstopfen und einen Herzinfarkt auslösen konnten. »Seinem Aussehen nach zu urteilen«, erklärte David ein wenig zaghaft, »schätze ich, dass sein Blutdruck und Cholesterinspiegel nicht optimal sind. Je nach Stärke der Blockade müssen sie vielleicht operieren – Angioplastie oder Bypass. Beides verläuft normalerweise erfolgreich.«

»Wie fühlt sich das an?«, wollte Julian wissen und zeigte auf die Zeichnung, »jemandem die Brust aufzuschneiden und das Herz klopfen zu sehen?«

David dachte eine Weile nach und trank einen Schluck Bier. »Ein bisschen, als würde man eine Motorhaube aufmachen und nach dem Problem suchen. Man überlegt, wie man es reparieren kann.«

Julian sah ihn skeptisch an. »Echt? Als du das erste Mal vor einem offenen Herzen gestanden hast, dachtest du an dein *Auto?*«

»Nein«, sagte David und grinste. »Als ich das erste Mal jemanden einen Menschen aufschneiden sah und dann das schlagende Herz, dachte ich: *Das will ich auch machen.*«

Julian nickte und prostete David zu. »Klingt schon besser.«

»Das klingt erschreckend«, sagte Flora.

»Klingt romantisch«, sagte Margot.

Die vier saßen stundenlang zusammen, aßen, tranken und lachten. Flora sah ein paarmal zu Margot rüber und signalisierte ihre Zustimmung. Er war wirklich sehr nett, der Doktor. Julian erzählte von seiner Arbeit mit der Theatergruppe, und David zeigte aufrichtiges Interesse, wollte wissen, wie sie die Stücke auswählten, wie sie entschieden, wer mitmachen durfte, wie sie das Ganze finanzierten. Was für eine Art Theater? Avantgarde? Musical?

»Ah, kein Musical«, sagte Flora, etwas vehementer als beabsichtigt.

»Stimmt nicht«, sagte Julian. »Bei dem richtigen Musical wären wir sofort dabei.« Flora rollte mit den Augen. »Hey«, sagte er. »Musicals sind ein Haufen Arbeit. Und kosten sehr viel mehr Geld.« Er wandte sich an David. »Wir kennen uns hauptsächlich aus der Uni und von irgendwelchen Jobs. Wir schreiben normalerweise keine eigenen Stücke, wir suchen lieber nach welchen, die zu uns passen, aber wenn jemand in der Gruppe etwas schreiben will, helfen wir natürlich. Was sonst?« Er kratzte am Etikett seiner Bierflasche. »Wir sind ständig damit beschäftigt, Geld aufzutreiben. Unsere Räumlichkeiten sind klein und nicht besonders toll.« Er zuckte mit den Schultern. »Wir sind immer auf der Suche nach guten Sachen. Und nach guten Leuten.«

»Ist das lukrativ?«, fragte David. Julian und Margot prusteten beide los.

»Lukrativ ganz bestimmt nicht«, antwortete Margot.

Julian trank sein Bier mit einem Schluck aus. »Im Grunde ist es so was wie gemeinnützige Arbeit«, fügte er hinzu.

»Und warum macht ihr es dann?«

Flora und Margot sahen sich an. »Weil es Spaß macht«, sagte Julian. »Wenn es funktioniert, ist es der beste Job, den es gibt.«

»Hat die Gruppe einen Namen?«

Jetzt lachte Flora. Julian seufzte übertrieben. »Im Moment noch nicht.«

»Ich finde Hester Street gut«, sagte Margot zu David. »Die neuen Räume sind in der Hester Street.«

»Ich hoffe, wir bleiben da nicht für immer.«

»Er wartet auf ein Zeichen«, erklärte Flora.

»Nein, kein Zeichen. Ich glaube nicht an Zeichen. Ich weiß, dass es der richtige ist, wenn ich den Namen höre.«

David bekam jemanden im Krankenhaus ans Telefon und berichtete, dass Theos Zustand stabil sei. Sie würden eine Angioplastie vornehmen, er könne zwar nichts versprechen, aber wenn der Eingriff normal verlief, ginge es Theo bald wieder gut.

Das Personal im Restaurant fing bereits an zu staubsaugen und zu wischen. Sie stellten die Stühle auf die Tische und räusperten sich. Flora nahm Davids Zeichnung und hielt sie sich vor die Brust. Mit der Hand imitierte sie den Herzschlag und blinzelte dabei Julian zu. Der Kellner stellte einen Teller mit Glückskeksen auf den Tisch, jeder nahm einen, und sie lasen nacheinander vor. David kam als Letzter. Er knackte die dröge, zuckrige Schale auf, holte den schmalen Zettel heraus und las erst für sich. »Okay …« Er räusperte sich und lachte kurz. »Da steht: ›Sie befinden sich in guter Gesellschaft.‹«

»Echt?« Margot nahm ihm den Zettel aus der Hand. Sie las, lächelte und schob ihn über den Tisch zu Julian.

◆◆◆

»Auf Good Company!« Sie prosteten sich zu. »Auf Theo! Auf Shakespeare! Auf den Central Park! Auf die moderne Medizin und die Ärzte im Delacorte!«

Erinnere dich daran, dachte Flora und nahm Julians Hand. Erinnere dich daran, wie es sich anfühlt, mit diesen Leuten an diesem klebrigen Tisch zu sitzen, an diesem besonderen Abend in der außergewöhnlichsten Stadt der Welt, zu spüren, wie viel Leben vor dir liegt, und in diesen Mann verliebt zu sein. Widerwillig griffen sie nach ihren Jacken und Taschen.

»Wartet«, sagte David. »Wie endet es?«

»Wie endet was?«, fragte Julian. »*Das hier?*« Er zeigte auf den Tisch.

»Ich weiß hoffentlich, wie *das hier* endet«, sagte David und suchte Margots Blick. Flora war sicher, dass sie Margot zuvor noch nie hatte erröten sehen. »Ich meinte das Stück«, sagte David. »Wie endet das Stück? Gut oder schlecht?«

»Schlecht«, sagte Margot.

»Nein, das stimmt nicht«, widersprach Flora. »Es endet gut.«

»Eigentlich keins von beiden.« Jetzt nahm Julian die Zeichnung, faltete sie zusammen und steckte sie in die Jackentasche. »Am Ende war alles nur ein Traum.«

ZEHN

Davids und Margots Hochzeit war klein, aber aufwendig. Die Zeremonie fand in der Bibliothek ihres Elternhauses statt. (»Und das ist die Bibliothek«, hatte Margot ohne eine Spur von Bescheidenheit gesagt, als Flora zum ersten Mal bei ihren Eltern zu Besuch war. Flora hatte noch nie so viele Bücher bei jemandem gesehen – es war der einzige Anflug von Neid, den sie an dem Tag verspürte, abgesehen von dem Platz am Wohnzimmerfenster, von dem aus man das Wasser schimmern sah, der perfekte Ort zum Lesen.) Empfangen wurden die gerade mal fünfzig Gäste auf dem Rasen unter einem strahlend weißen Baldachin an einem malerischen Maitag in Connecticut. Es gab weder Brautjungfern noch Platzanweiser. Davids Nichte und Neffe waren Blumenmädchen und Ringträger. Margot hatte Flora gebeten, den Abend vor der Hochzeit mit ihr zu verbringen, um ihr bei den Vorbereitungen zu helfen und ihre Nerven zu beruhigen, obwohl sie beide wussten, dass Margot so ruhig war wie der spiegelglatte Long Island Sound an jenem Tag.

Wochen vor der Hochzeit hatte Margot darauf bestanden, mit Flora ein Kleid kaufen zu gehen – die erste von vielen Gelegenheiten, bei denen Flora verunsichert in einer kleinen Boutique stand, während Margot mit der Verkäuferin plauderte, Kleider rauszog, die Flora anprobieren sollte, und über ihre Figur sprach, als wäre sie gar nicht da. »Flora hat wunderschöne Brüste, aber sie versteckt sie, das müssen wir ändern«, verkündete sie zum Beispiel und legte ihr ein Kleid nach dem anderen über den Arm.

Eins von denen, die Margot ihr in die Ankleidekabine brachte, wollte sie gar nicht erst anziehen. Es war blassrosa (es würde sofort Flecken bekommen, und was, wenn es an dem Tag heiß war und sie es durchschwitzte?), hatte einen tiefen Ausschnitt (zu tief), war in der Hüfte weit geschnitten (sie hatte Probleme mit ihrer Taille) und war aus Leinen (Falten). Aber Margot bestand darauf, und als Flora es endlich anzog und sich im Spiegel betrachtete, war sie wie verwandelt, das Kleid machte sie irgendwie größer und schlanker und auf eine Art eleganter, wie sie es bisher nicht für möglich gehalten hätte. Eine Spielzeit am Broadway lag hinter ihr, sie war also gut in Form, schlank und muskulös, nach monatelangem Singen und Tanzen als Mitglied des Ensembles (und Zweitbesetzung für Louisa Von Trapp) in einer Tony-nominierten Neuinszenierung von *The Sound of Music.* Sie hatte jede Minute genossen. Und am letzten Abend geweint.

»Das ist es«, sagte Margot ein bisschen zu selbstzufrieden. Flora stand da, während eine Frau mit einem Haufen Stecknadeln im Mund und einem Nadelkissen ums Handgelenk vor ihr kniete und den Saum absteckte. »Nur zwei Zentimeter«, wies Margot sie an. »So dass es direkt über dem Knie abschließt.«

»Wie teuer ist das?«, fragte Flora die Verkäuferin, die ihr daraufhin das Preisschild reichte, das in der Kabine abgefallen war. Es kostete ein Vermögen. Flora ging wieder zum

Vorsprechen und musste jeden Cent sparen, wer wusste schon, wann der nächste Job kam? Margot war mit David zusammengezogen und hatte Flora die Wohnung überlassen, also zahlte sie jetzt doppelt so viel Miete, und sie wollte keine neue Mitbewohnerin – oder, noch schlimmer, nachts juristische Unterlagen abtippen. »Ich kann das nicht«, sagte Flora und gab der Frau zu ihren Füßen ein Zeichen, damit aufzuhören. »Ich kann das Kleid nicht nehmen.«

»Ist schon erledigt«, erklärte Margot. »Das ist mein Geschenk.«

»Dein Geschenk wofür?«

»Dafür, dass du meine Pseudo-Brautjungfer bist. Dass du mich dazu gebracht hast, noch mal mit David auszugehen, nachdem ich ihn erst zu spießig fand. Dass du die beste Mitbewohnerin bist und die beste Freundin. Bitte, Flora«, sagte Margot, als sie Floras Gesichtsausdruck sah, den sie nur allzu gut kannte, eine Mischung aus Begehren und Ablehnung. »Bitte lass mich dieses Kleid kaufen. Die Hochzeit kostet mich so gut wie nichts. Ich trage das Kleid meiner Mutter. Ich hab mir nicht mal neue Schuhe gekauft, ich hatte noch passende. Bitte. Du würdest mich wirklich glücklich machen.«

Flora sah die Verkäuferin an und die Schneiderin, alle lächelten sie an und warteten gespannt auf ihre Entscheidung. Himmel, sie wollte das Kleid. Sie blickte in den Spiegel und sah sich selbst, wie sie aussehen könnte, wenn sie etwas mehr Geld hätte, wenn sie die Mittel gehabt hätte, hochwertige Sachen zu kaufen, die ihren Kurven schmeichelten. Margot sah aus wie ein kleines Mädchen, die Hände vor der Brust gefaltet. *Bitte*, sie formte die Silben mit den Lippen. *Bitte, bitte, bitte.*

»Als Leihgabe«, sagte Flora. »Ich geb dir das Geld, sobald ich einen neuen Job habe.«

»Klar«, sagte Margot, und Flora verdrängte das Gefühl, nicht einem Moment nachgegeben zu haben, sondern einer Dynamik. Sie wusste, sie würde Gründe finden, Margot – die es nicht brauchte – das Geld nicht anzubieten. Sie wusste, dass diese Rechtfertigung weitere Geschenke zur Folge haben und Margot ihre Position ausbauen würde. Obwohl Margots Großzügigkeit sicher von Herzen kam, zeigte sie doch auch ihre Lust an der Kontrolle – diejenige zu sein, die genau wusste, in welchem Laden man das perfekte Kleid fand, immer *so viel* zu geben, dass sich aus lauter Dank zwangsläufig eine eiserne Treue ableitete. Margot hatte gern alles im Griff. Flora wusste das, und manchmal hasste sie es. Aber dann sah sie in den Spiegel und dachte daran, dass sie Julian bei der Hochzeit nach Monaten zum ersten Mal wiedersehen würde, und zwar in diesem Kleid, und sie gab nach.

◆ ◆ ◆

Julian und Flora hatten sich im Winter getrennt, und diesmal richtig, da war sie sicher. Die ersten beiden Male waren von kurzer Dauer gewesen, aber diesmal waren Monate vergangen, und ihr letztes Gespräch hatte aus Verletzungen, Vorwürfen und Tränen bestanden. Es war *so schwer*, als Paar neben David und Margot zu bestehen, bei denen alles wie am Schnürchen lief. Als stünden sie auf einem dieser Laufbänder am Flughafen, rollten die beiden ohne ins Schwitzen zu geraten an allen anderen vorbei, während sich Julian und Flora vorankämpften, in schweren Jacken, den falschen Schuhen und mit zu viel Gepäck. Viel zu viel Gepäck.

Wenn sie sich gut verstanden, dann wirklich extrem gut, und das war das, was Flora nicht begreifen konnte: Wie sie so wahnsinnig glücklich sein, tollen Sex haben, stundenlang reden und Spaß miteinander haben konnten, und plötzlich legte sich eine dunkle Wolke über sie, etwas, das Flora nicht hatte kommen sehen und gegen das sie nicht ankam.

Meistens fing es damit an, dass Julian nicht schlafen konnte. Sie wachte nachts auf und hatte Durst oder musste aufs Klo oder einfach nur die Kissen zurechtrücken, und er lag hellwach da und starrte an die Decke. Anfangs glaubte sie ihm, wenn er sagte, seine Schlaflosigkeit habe nichts mit ihr zu tun, zumal ihrer Meinung nach zwischen ihnen alles in Ordnung war und sie beide ansonsten relativ viel Stress hatten. Die Arbeitssituation war unsicher, die Castings aufreibend. Julian und Ben versuchten ständig, Gelder für Good Company aufzutreiben. Wenn es in der Hester Street nicht eiskalt war, kamen die Ratten, und wenn sie keine Ratten hatten, fiel der Strom aus, und wenn es nicht der Strom war … die Liste schien endlos. Als das mit der Schlaflosigkeit anfing, wurde es noch schlimmer. Julian schlief immer weniger und wurde immer unausstehlicher. Er fing wegen nichts Streit an – ob es heiß genug sei, die Klimaanlage anzustellen, in welchen Film sie gehen sollten, ob besagter Film gut oder unerträglich gewesen sei. Flora merkte es immer gleich, wenn er auf Streit aus war.

»Ich hab dich gewarnt, dass es nicht leicht werden würde«, meinte Margot nach der ersten Trennung. »Hat er dir von seiner Familie erzählt? Seiner Mutter?«

Flora gab vor, mehr über seine Familie zu wissen, als sie es in Wirklichkeit tat. Nach ein paar Bieren sprach Julian über seine Kindheit, machte Witze über seine verrückte Mutter und erzählte lustige Geschichten über ihre alkoholisierten Eskapaden, aber wenn sie zu direkt nachfragte, machte er dicht. Er weigerte sich, sie Constance vorzustellen (»Mir ist die Ironie ihres Namens bewusst.«), was Flora kränkte, bis er eines Abends genervt zu ihr sagte: »Flora, ich *schütze* dich.« Was die Details anging, musste sie sich mit seinen Enthüllungen zufriedengeben, und die waren eher mickrig. Bis eines Abends, zwischen den beiden Trennungen, die Dämme brachen. Sie lagen im Bett, froh, wieder zusammen zu sein, ein bisschen erschöpft vielleicht, aber vor allem dankbar. Vorhin hatte sie ihn mit seiner Mutter telefonieren hören, er klang kurz angebunden und frustriert. Sie wartete auf einen postkoitalen schwachen Moment. »Willst du mir ein bisschen über Constance erzählen?«

Was er tat. Die Trinkerei, die Pillen, die Diagnose einer bipolaren Störung, an die sie nicht glaubte und die sie dementsprechend auch nicht behandeln lassen wollte. Die Stimmungsschwankungen, die sie an Julian und seiner kleinen Schwester Violet ausließ, häufig spätabends, wenn sie schon schliefen. Wie er seine Mutter unten Klavier spielen hörte (»Ich wusste, dass es gefährlich wird, wenn es lauter und schneller wurde und das Stück nicht mehr zu erkennen war.«) und in Violets Zimmer ging, sie weckte und mit in sein Zimmer nahm, um sie zu beschützen. Constance tat ihnen nie körperlich weh. »Nicht, weil sie es nicht versucht hätte«, erklärte Julian, »wir waren schneller.« Aber sie terrorisierte sie. »Andererseits«, sagte Julian, »und ich weiß, das klingt verrückt, aber wenn es ihr gut ging, konnte sie toll sein. Lustig, zärtlich und interessant. Sie … verliert nur manchmal den Verstand.«

Flora war Julians Schwester einmal begegnet. Violet war

höflich, aber zurückhaltend, interessiert, aber vorsichtig. Sie war Sozialarbeiterin in Portland, Oregon – also quasi so weit wie möglich weg von zu Hause, ohne das Land zu verlassen. Obwohl Violet und Julian dauernd telefonierten, kam sie selten an die Ostküste, sie sahen sich also kaum. Mit Constance versuchte sie es erst gar nicht, sie hatten sich seit Jahren nicht gesprochen. Constance hatte Violets beide Söhne, ihre einzigen Enkelkinder, nie gesehen. »Und das wird sie auch nie«, sagte Violet.

»Warum kannst du nicht ein bisschen mehr wie Violet sein?«, hatte Flora Julian dummerweise mal gefragt, als er nach Uptown gefahren war, um nach Constance zu sehen und Einkäufe für sie zu erledigen. Wie üblich hatte sie ihn gar nicht erst reingelassen. Wie immer kam er extrem schlecht gelaunt zurück. »Sie will nicht, dass ich sehe, wie dreckig die Wohnung ist«, sagte er, verstaute die Dosensuppen und packte die Tiefkühllasagne in den Kühlschrank. Das Pistazieneis, das keiner von beiden mochte. Ohne ihre Kinder hatte Constance aufgehört zu putzen und angefangen zu horten.

»Wenn sie keine Hilfe annehmen will, warum lässt du sie dann nicht in Ruhe?«, fragte Flora. »Warum kannst du nicht ein bisschen mehr wie Violet sein?«

Julian stand regungslos da, mit mahlendem Kiefer, die Hände in den Hüften. Sie hatte eine Grenze überschritten. »Weil«, sagte er schließlich, »wenn ich mehr wie Violet wäre, Violet mehr wie ich sein müsste.«

Nach ihren Trennungen bemerkte Flora erst, wie sehr sie in Julians Leben verstrickt war – willentlich, *mit Haut und Haar*. Sie hatte nie einen selbstgewählten Freundeskreis gehabt. Die ganze Highschool-Zeit über gab es nur sie und

Patrick und ihre Familien, all die Cousins und Cousinen, die Tanten und Onkel und die Freundinnen aus der Grundschule, da war wenig Platz für Veränderung. Sie war stolz auf sich, wie schnell sie sich ein neues Leben aufgebaut hatte, nachdem sie ihre Verlobung aufgelöst hatte und nach Manhattan gezogen war.

Ihre neuen Freunde unterhielten sich nicht nur gern über Theater, sondern auch über Kunst, Bücher und Reisen, sie waren klug, lustig und ehrgeizig, mutig und unerschrocken. Aber als Julian sich von ihr trennte, musste sie sich eingestehen, dass sie sich im Grunde nur an Julians Leben rangehängt hatte. Wenn sie nicht arbeitete oder zu Castings ging, hatte sie bei Good Company mitgeholfen. Geputzt, Requisiten und Kostüme organisiert. Sie fand es toll, auf den unbequemen Klappstühlen in den schmuddeligen Räumen in der Hester Street zu sitzen und zuzusehen, wie Julian mit den Schauspielern arbeitete. Er war unglaublich konzentriert bei der Sache, ging aber sanft und freundlich mit den Leuten um – lenkte vorsichtig ihre Impulse und Entscheidungen oder gab konkrete Ratschläge, wenn jemand nicht in seine Rolle fand, unter anderem mit einem regelmäßigen Hinweis, den sie sich zu Herzen nahm: »Du musst dich selbst täuschen, bevor du das Publikum täuschen kannst.«

Wenn sie bei den Proben zusah, drehte er sich oft zu ihr um und fragte sie nach ihrer Meinung. Sie wurde immer sicherer in ihren Antworten – sie erkannte, ob jemand zu leidenschaftlich oder zu unbeteiligt las oder aus dem Rhythmus kam. Sie war froh, dass er nicht so gekünstelt von seiner Arbeit sprach (dass er nie *die Arbeit* sagte). »Es macht Spaß, wir spielen den Leuten etwas vor«, sagte er. »Das soll keine Quälerei sein.« Julian war das perfekte Publikum, weil er etwas wirklich mögen wollte. Er wollte, dass alle mit sich zufrieden sein konnten. Sie schätzte seine freundliche Art, wie er zum Beispiel, als sie Bens erstes (und letztes) eigenes Stück mit dem Ensemble lasen, ein paar vorsichtige, rücksichtsvolle Anmerkungen gemacht hatte. Als sie später nach Hause liefen, hatte sie gesagt: »Aber das Stück war doch schrecklich, oder?«

»Es war nicht gut. Aber manchmal besteht meine Aufgabe darin, den Leuten bei dem, was sie machen, ein gutes Gefühl zu geben.«

Sowohl Julian als auch Flora wurden mehrmals versehentlich »Florian« genannt, und irgendwie blieb der Name hängen. Wenn Flora also mit ein paar Wasserflaschen und Snacks und einem warmen Pullover ankam und ihren Ehrenplatz neben Julian einnahm, verkündete zwangsläufig irgendwer, *Florian* sei im Haus.

In solchen Zeiten sah sie sich beide als Partner, sah ihrer beider Leben ganz deutlich als eins. Aber dann: die Schlaflosigkeit, das Ausweichen, die Streitereien, wohin sie essen gehen, was sie essen, welchen Film sie sehen sollten, hinter denen in Wirklichkeit immer etwas anderes steckte. Wie gereizt er jedes Mal reagierte, wenn sie mehr Zeit oder mehr Aufmerksamkeit einforderte. Flora kam sich vor wie in einem endlosen Stepptanz; sie sollte eine Stütze sein, aber nicht fordernd, unterhaltsam, aber nicht bedürftig.

Eines Abends verspätete er sich, und während sie in seinem Wohnzimmer saß und auf ihn wartete, hörte sie eine raue weibliche Stimme, offenbar dicht am Hörer, auf den Anrufbeantworter sprechen: »Ich muss ziemlich stark sein, dich so gehen zu lassen.«

Als er die Tür aufschloss, stand sie da und erwartete ihn bereits. Erst versuchte er, alles abzustreiten, knickte dann aber schnell ein. Es war eine Schauspielerin, was sonst. Nicht aus der Gruppe, eine Frau, die er bei einem *Law & Order*-Dreh kennengelernt hatte. Beide spielten Geschworene vor Gericht, die während der Sequestration miteinander geschlafen hatten. Sie hatte die Folge gesehen, hatte gesehen, wie sie sich küssten und sich in ihrem Fernsehbett mit nackten Schultern in den Armen lagen. Die Szene war nur ein paar Minuten lang, und sie wusste, dass sie darunter hautfarbene Sachen trugen, aber es hatte unangenehm intim und verstörend echt gewirkt. Als es vorbei war, hatte sie nur gesagt: »Glückwunsch. Ich fand es schrecklich.«

Er hatte gelacht. »Gut. Dann hab ich ja alles richtig gemacht.«

Nachdem sie ihm die Nachricht auf dem AB vorgespielt und er gestanden hatte, entschuldigte er sich überschwänglich, aber es schien ihm nicht wirklich leid zu tun, was er getan hatte, sondern nur, dass er erwischt worden war.

Am nächsten Morgen machte sie sich einen Kaffee, setzte sich an seinen kleinen Küchentisch und sah sich in seiner Wohnung um. Ihr fiel auf, wie wenig Spuren sie darin hinterlassen hatte, obwohl sie seit zwei Jahren zusammen waren. Sie wohnte zwar nicht dort, aber man merkte nicht mal, dass er eine Freundin hatte, solange man nicht den Badezimmerschrank aufmachte, wo sie Tampons, Nagellackentferner und ein Fläschchen Parfüm aufbewahrte. Sie brauchte ganze zwanzig Minuten, um ihre Habseligkeiten – Haarbürste, Zahnbürste, Föhn, Bademantel, ein paar Kleidungsstücke – in zwei Papiertüten von Food Emporium zu packen. Als Julian aufwachte und in die Küche kam und sie in ihrer Jacke am Tisch sitzen sah, wusste er Bescheid. Er sah völlig verschlafen aus, und er sah so gut aus. Wie ein Zwölfjähriger stand er in seinem Pyjama vor ihr (er trug Pyjama!), den Abdruck vom Kissen noch im Gesicht. »Ich weiß nicht, warum ich mich dir gegenüber so ambivalent verhalte«, hatte er abends zu ihr gesagt – was sie sehr verletzte, aber sie hatte es geschluckt. Eine bittere Pille, die noch nicht aufgelöst war.

»Ich bin es leid, Julian«, sagte sie und nahm mit leichter Genugtuung wahr, wie er die Schultern hängen ließ und sein Gesicht ein wenig zusammenfiel. »Ich denke«, sagte sie, »wir sollten aufhören, uns gegenseitig unglücklich zu machen. Ich weiß nicht mehr, wie ich dich glücklich machen soll.«

»Flora.« Er zog einen Stuhl heran, nahm ihre Hände und fing an zu weinen. Von allem, was sie sich erhofft hatte, wenn sie endlich den Mut aufbrachte, von sich aus Schluss zu machen, hätte sie nie damit gerechnet, dass er anfing zu weinen. Sie hatte ihn nur einmal im Theater weinen sehen, aber eher vor Rührung, und das hier war heftiges Schluchzen. »Es tut mir leid, Flora. Ich bin ein Idiot.« Er wiederholte die Worte mehrmals, und obwohl sie ihn trösten wollte, ihn aufrichten, ihm verzeihen, ihm sagen, er sei kein Idiot, dachte sie in Wirklichkeit doch: *Er ist ein Idiot.* Und: *Pass auf dich auf.*

◆ ◆ ◆

Flora war stolz auf sich. Sie stand die Zeremonie stoisch durch. Es war Margots und Davids Tag, und sie wollte ihn genießen, dabei sein, ohne dauernd an Julians Anwesenheit zu denken, und das tat sie auch. Es schien ihr ein gutes Zeichen zu sein. Sie würde über Julian hinwegkommen. Bald ginge es ihr wieder gut. Nachdem sie sich drinnen an der Bar ein Glas

Champagner geholt hatte, lief sie ihm auf dem Weg ins Zelt in die Arme. Er lächelte, sie lächelte, so standen sie sich eine Weile gegenüber.

»Du siehst toll aus«, sagte er.

»Dank Margot. Sie hat es ausgesucht.« Sie zeigte verlegen auf ihr Kleid.

»Ich meine nicht das Kleid«, sagte er. Er streckte die Arme aus, sie ging auf ihn zu, und sie umarmten sich. Er fühlte sich so selbstverständlich und vertraut an. »Ich vermisse dich«, sagte er und zog sie an sich. Bevor sie den Kloß im Hals hinunterschlucken und etwas erwidern konnte, bevor ihr überhaupt einfiel, was sie hätte sagen können, erklang das Klimpern eines Löffels an einem Champagnerglas. Die Jazzband hörte auf zu spielen, und die Gäste schoben sich in Richtung Tanzfläche. Theodore Best bat um allgemeine Aufmerksamkeit. Theo, der ein paar Jahre zuvor auf der Bühne des Delacorte kollabiert war und Margot und David damit praktisch zusammengebracht hatte. Er sah elegant aus in seinem etwas altmodischen Anzug und dem zurückgegelten Haar. Der Herzinfarkt hatte ihm einen ziemlichen Schrecken eingejagt. Seitdem hatte er stark abgenommen und angefangen zu walken, sieben, zehn, manchmal fünfzehn Kilometer am Tag. Er war schlank und wettergegerbt und wirkte zufrieden und verschmitzt wie Puck. Margot und David hatten ihn gebeten, eine kleine Hochzeitsansprache zu halten. Flora und Margot hatten gewettet, was er zitieren würde – auf jeden Fall etwas von Shakespeare. Aus dem *Sommernachtstraum*? Ein Sonett? Etwas anderes? Aber als die Gäste verstummten, nickte Theo Margot und David zu, und statt zu einer Rede anzusetzen, gab er der Band ein Zeichen, nahm das Mikro in die Hand und sang »My Foolish Heart«.

Die Gäste lachten anerkennend. Jeder kannte die Geschichte vom Abend im Delacorte und Theos *törichtem Herzen*. Flora beobachtete, wie David Margot ungelenk über die Tanzfläche schob. Er würde immer den perfekten Hintergrund für ihre Eleganz abgeben, und Flora sah, wie Margot geschickt die Führung übernahm, sodass David fast eine gute Figur machte. Sie dachte, nicht zum ersten Mal, dass Margot ihr Herz dem Richtigen schenkte, jemandem, der schon mal ein Herz in der Hand gehalten, es aufgeschnitten hatte und sein Innenleben kannte, wenn nicht sogar seine Widersprüche. Flora blickte zu Julian, der die Hand nach ihr ausstreckte. Er fasste sie um die Hüfte und sang ihr leise ins Ohr:

The night is like a lovely tune,
Beware my foolish heart.

Während Julian und sie sich zur Musik bewegten, schwebte Theos heller Tenor über ihnen und erfüllte das Zelt mit Romantik und Sehnsucht. Sie sah David und Margot aus dem Zelt auf den Rasen treten, perfekt umrahmt vom sanften Nachmittagslicht, der goldenen Stunde. Sie sah, wie sie sich vor dem saftigen Grün umarmten und küssten, der Beginn eines Märchens. Sie konnte sich nicht beherrschen und weinte leise, aber bitterlich an Julians Schulter. »Shhhh«, machte er. »Es wird alles gut, Flora. Alles wird gut. Ich weiß, du glaubst mir nicht, aber es stimmt.« Sie überlegte wegzugehen. Ihm einen kleinen Schubs zu geben und auf dem Absatz kehrtzumachen, aber viel lieber wollte sie ihn küssen. Sie hatte nicht gewusst, wie schön Küssen sein konnte, bevor sie Julian kennenlernte. Als hätte er ihre Gedanken gelesen, nahm er ihre Hand und ging mit ihr hinters Zelt, und dann küssten sie sich. Sie hatte nie jemanden so geküsst wie Julian, und jetzt, hier im nassen Gras, umweht von romantischer Musik, küsste sie ihn, als hinge ihr Leben davon ab, lange und innig, wie eine Unterhaltung, die nicht enden durfte. Wie hätte sie da gehen können? Sie hatte das Gefühl, als würde Theo für sie singen, für sie alle, all die törichten Herzen. Wie seltsam zuversichtlich sie auf einmal war. Wie bereit, verletzt zu werden. Wie töricht ihr Herz.

◆ ◆ ◆

Flora hätte fast die Hochzeit abgesagt, an dem Tag, als sie die Ringe kauften. Es war nicht nur eine Sache gewesen, an der es lag. Wenn sie darüber nachdachte, was für eine Panik sie an jenem Nachmittag beim Juwelier gehabt hatte, fragte sie sich, ob jemand sie mit einem Fluch bedacht hatte, dem bösen Blick, eine Vorstellung, über die sie sich bei ihrer Mutter und ihren Tanten immer lustig gemacht hatte. *Il malocchio*. Sie waren alle so abergläubisch in der Familie, griffen sich bei jeder Gelegenheit an die roten Glücksbringer-Hörnchen aus Koralle oder Gold um ihren Hals, Mitbringsel aus Neapel oder Sizilien von den wenigen Angehörigen, die es wagten – einmal und nie wieder –, ins Land ihrer Vorfahren zu reisen.

»Die hat den bösen Blick«, hörte Flora regelmäßig bei Familientreffen. Nicht ganz unbemerkt blieb ihr, dass alle Frauen, denen Floras Tanten einen bösen Blick unterstellten – und damit die Fähigkeit, jemandem Unglück zu bringen –, schön waren. Die Stimmung, die Flora an jenem Tag beim Juwelier so plötzlich überkam, war ihr so fremd, dass es sich tatsächlich übernatürlich anfühlte. Es fühlte sich an wie eine Warnung. Und die Botschaft war klar – *heirate nicht*. Oder vielmehr: *Julian will gar nicht heiraten*.

»Der ist schön«, hatte Margot gesagt und auf einen Ring aus Platin gezeigt. David und sie waren mitgekommen, danach wollten sie alle zusammen mittagessen gehen. Flora wurde schwindelig, sie hatte Angst, ohnmächtig zu werden. Ihr war irgendwie klar, dass Margot nicht Julians Ehering aussuchen durfte, aber sie hatte Bauchschmerzen und kalte Schweißausbrüche. Sie fragte die Verkäuferin nach der Toilette und verschwand, ohne jemandem Bescheid zu sagen. Die anderen bekamen es noch nicht mal mit. In der kleinen Kabine holte sie ein paarmal tief Luft. Was war los mit ihr? Genau das hatte sie sich doch immer gewünscht, eigentlich seit dem Abend, an dem sie Julian kennengelernt hatte. Aber wollte er es auch? Oder wollte er sie nur nicht verlieren und gab deshalb klein bei? War das dasselbe wie heiraten zu wollen?

»Ich könnte das nicht«, hatte Margot nach der ersten Trennung gesagt, als Flora Julian ein Ultimatum gestellt hatte, das letztendlich nicht funktionierte. »Wer will sich denn unter Zwang verloben?« Und das von Margot, die nur mit dem kleinen Finger winken musste, damit David fröhlich vor ihr auf die Knie ging.

Den Grund für die zweite Trennung hatte sie Margot nie verraten. Es war ihr peinlich. Sie wusste, dass Margot ihre Versöhnung nicht gebilligt hätte, nachdem er mit dieser Schauspielerin geschlafen hatte. Aber als sie danach wieder zusammengekommen waren, hatte Julian ihr in die Augen gesehen und ewige Treue geschworen.

»Das war mir eine Lehre. Für mich gibt es niemanden außer dir, Flora.«

»Es ist das Einzige, was ich dir nie verzeihen würde«, hatte sie gesagt. »Ich weiß«, erwiderte er. Und dann fragte er sie, ob sie ihn heiraten wolle, und sie sagte Ja. Natürlich sagte sie Ja. Sie hatte beschlossen, ihm zu glauben.

»Flora? Flora?« Sie hörte Julian nach ihr suchen. Sie spritzte sich Wasser ins Gesicht und auf die Handgelenke und richtete sich die Haare. Oh Gott, machten sie einen Fehler? Sie würde ihn beiseitenehmen und fragen: *Bist du absolut sicher?* Sie würde sagen: *Wir können auch noch warten.* Sie würde sagen: *Ich will, dass du dir sicher bist.*

»Da ist sie ja«, rief er, als sie um die Ecke kam. Er strahlte sie mit seinem schönsten Lächeln an, die Welt renkte sich wieder ein, und ihre kurze Panikattacke löste sich in Luft auf. Er hielt ihr den Ring hin. »Was hältst du von dem hier?«, fragte er. Der Ring war perfekt, dick, massiv und aus Gold. Seine Hand wirkte damit noch stärker. »Gefällt er dir, meine Frau?«

ELF

Es war Sydney.

»*Sydney?*«, fragte Flora. Sie musste den Namen erst verarbeiten. Sie stand am Küchentresen und hielt den Ring noch in der Hand. Kurz kam ihr der Gedanke, vielleicht lieber in einen anderen Raum zu gehen oder in den Garten, da sie ihre geliebte Küche nicht mit diesem Gespräch vergiften wollte. Draußen konnten die Worte sich in der Abendluft verflüchtigen, vom weiten kalifornischen Himmel aufgesogen werden, und nur die Eule, die vor dem Fenster rief, wäre ihr Zeuge. Die freie Natur würde ihr Kleid abstreifen, und im nächsten Sommer wüssten die Blumen und Blätter nicht mehr, was sie soeben erfahren hatte – sie hätten den Namen nie gehört. *Sydney Bloom?* Sie dachte immer noch, er müsse eine andere Sydney meinen, oder dass sie die Silben falsch verstanden hatte, denn Sydney Bloom konnte es doch unmöglich sein.

»Es tut mir schrecklich leid.«

Flora lachte. Ein unpassendes Lachen, das eher einem verwirrten Bellen glich. Sydney war immer irgendwie da gewesen. Sydney war vor Flora da gewesen, sie war auf der Party gewesen, an dem Abend, als sie sich kennenlernten. Sie gehörte zu den Gründungsmitgliedern von Good Company und spielte anfangs in mehreren Produktionen mit, bis sie sie letztendlich rauswarfen, weil sie dauernd Streit anfing, ihre Autorität untergrub und generell als »schwierig« galt, was gerne mal von Frauen behauptet wurde, die Ansprüche stellten, sich in Sydneys Fall aber auf ein schrittweises Demoralisieren bezog, das allem widersprach, wofür Good Company stand, allem, was Good Company Julians Meinung nach sein sollte: nämlich *gut*, und damit war nicht nur die Kunst gemeint, sondern auch der Umgang untereinander und mit anderen. Flora erinnerte sich vage daran, dass es ein großes Drama um ihre Kündigung gegeben hatte und dass Ben sich darum kümmern musste, weil Sydney besonders Julian die Hölle heiß machte. Er hatte sie von da an Unglückspenny genannt. »Weil sie immer dann aufkreuzt, wenn man denkt, sie sei endgültig weg«, hatte er genervt erklärt.

»Flora«, flehte er sie an. »Das ist so lange her. Es war das Dümmste, was ich je getan habe. Es ist lange, lange vorbei.«

»Aber ich verstehe es nicht. Wann hat es angefangen?« Er sah sie nicht mal an. Er saß auf einem Barhocker an der Kücheninsel und hielt den Kopf in den Händen. »Nachdem wir verheiratet waren?«

»Ja.« Seine Stimme klang gedämpft.

»Nach Rubys Geburt oder davor?« Sie wusste nicht, warum Rubys Existenz so einen Unterschied machte, aber so war es. »Danach«, sagte er und sah endlich zu ihr hoch. Die Sätze, die aus ihm heraussickerten, waren so banal wie langweilig, wären sie nicht so verheerend gewesen. Julian trug sie vor, als hätte er sie auswendig lernen müssen.

Es ging nicht lange, vielleicht ein Jahr.

Es bedeutete nichts, es war nur Sex.

Immer in ihrer Wohnung.

Er war endlich zur Vernunft gekommen.

»Hat sie dir etwas bedeutet? Hast du sie geliebt?«, wollte Flora wissen.

»Sie *geliebt?* Nein, nein …« Sein Gesicht verzerrte sich zu einer hässlichen, untypischen Fratze. »Ich kann sie nicht ausstehen. Ich hab sie gehasst.«

»Du hast sie *gehasst?*« Für Flora ergaben die Worte, die aus seinem Mund kamen, kaum noch Sinn. »Aber warum dann?«

»Ich weiß es nicht.«

»Du weißt nicht, warum du ein Verhältnis mit *Sydney* angefangen hast?«

»Es war kein Verhältnis.«

»Julian, bitte.«

Er seufzte und beugte sich flehend vor. »Sie ist einfach eines Tages aufgetaucht, und – ich weiß nicht, was passiert ist. Ich weiß es nicht. Sie war so offensiv, und da war immer so eine *Chemie* zwischen uns.«

Flora spürte, wie das Wort – *Chemie* – in ihr schwelte. Wie es in ihr brannte und aus dem Bauch die Kehle hochstieg. »Chemie?«

»Ja. Und ich kannte sie ja schon, bevor ich dich kannte, und …« Julian sah Floras Gesichtsausdruck und verstummte. Sie saß stocksteif da, so blass hatte er sie noch nie gesehen.

»Du meinst, das gilt nicht, weil sie schon vorher da war?«, fragte Flora. »Die Regel kannte ich noch nicht.« (*Pass auf die alten Ex-Freundinnen auf*, hatte Samantha sie gewarnt.)

Flora ging zum Schrank und holte sich ein Glas. »Wer noch?«, fragte sie.

»Was meinst du?«

»Ich meine, wen du sonst noch gevögelt hast, seit wir verheiratet sind? Bestimmt nicht nur die eine.«

»Niemanden sonst.«

Flora atmete langsam ein und dann wieder aus. »Julian, ich bitte dich. *Bitte.* Lass dir nicht alles aus der Nase ziehen. Ich will jetzt alles wissen.«

»Ich weiß, du hast keinen Grund, mir zu glauben, aber ich verspreche dir, ich schwöre dir, es gab sonst niemanden. Das ist die Wahrheit. Und Flora, es ist schon so lange vorbei.«

»Wie lange?«

»Jahre.«

Jahre. Mein Gott. Was sollte sie damit anfangen? Flora machte die Flasche Whiskey auf und goss sich ein Glas ein. Es würde eine lange Nacht werden.

◆ ◆ ◆

Sie blieben bis nach drei Uhr morgens auf und drehten sich endlos im Kreis. Flora war endlich auf dem Sofa eingeschlafen und aus dem Schlaf hochgeschreckt, als es draußen hell wurde. Es dauerte einen Moment, bis ihr einfiel, warum sie hier unten lag, dann sah sie die leere Flasche Whiskey, und ihr Magen drehte sich um, und sie erinnerte sich, dass ihr Leben sich über Nacht in ein müdes, widerliches Klischee verwandelt hatte, angefangen mit dem Klischee, dass man aufwacht und sich erst an nichts erinnert und als Nächstes dann gleich an das *Es hat nichts bedeutet. Es war nur Sex.*

Die abgedroschenen Ausreden vom Abend davor waren wie Pfeile auf sie eingeprasselt – einer in den Kopf, einer in die Schulter, die Hüfte, den Hals –, bis sie sich vorkam wie ein wandelnder Sankt Sebastian. Und da war auch schon das nächste Klischee: Märtyrertum.

Nachdem sie eingeschlafen war, hatte Julian sie mit der Afghan-Decke zugedeckt, die ihre Mutter ihnen zur Verlobung gestrickt hatte. Sie erinnerte sich, wie sehr sie sich über die weiße, mit Ranken und Blumen verzierte Decke gefreut hatte. So schön sie auch war, egal, wo sie sie hinlegen wollte – erst in ihrer Wohnung, dann in Julians –, sie wirkte immer etwas fehl am Platz, als käme sie aus – na ja, aus Bay Ridge. Nachdem Josephine gestorben und Ruby etwa zur selben Zeit in ein Jugendbett gezogen war, hatte Flora die Decke aus ihrer Plastikhülle geholt, und Ruby hatte sich in sie verliebt. Sie schlief nur noch damit. Sie fuhr mit den Fingern über die aufgenähten Ranken, zählte die Farben der verschiedenen Rosen auf und versuchte, ein Muster zu entdecken.

Wenn die Mütter von Rubys Freundinnen die Decke sahen, wollten sie meistens wissen, woher sie sie hatte, wo man so etwas bekam, und es machte Flora jedes Mal absurd glücklich zu sagen, dass ihre Mutter sie gestrickt hatte. Ruby behielt sie, bis sie nach Los Angeles zogen, seitdem lag sie im Flurschrank und wurde hin und wieder für ein Nachmittagsschläfchen rausgeholt. Irgendwann glaubten sie, die Decke müsse besondere Kräfte besitzen, weil darunter jeder wie ein Toter schlief, einschließlich Flora, einschließlich letzter Nacht. Erstaunlich, dass sie überhaupt geschlafen hatte. Sie stand auf und sah aus dem Fenster. Wie anders die Welt aussah im Vergleich zum Morgen davor, als ihre Sorgen so viel prosaischer waren, so überschaubar. Warum hatte sie nach dem Foto gesucht? Warum hatte sie nicht gewartet, bis Julian nach Hause kam? Warum wühlte sie wie ein Terrier im Dreck, wenn sie etwas wollte? *Warum, warum, warum*?

Demnächst würde Ruby von Ivan kommen, und dann? Am besten, sie machte erst mal Kaffee.

Flora hatte sich die Szene schon öfter ausgemalt – den Tag, an dem Julian nach Hause kam und eine Affäre gestand oder sich trennen wollte oder erklärte, er sei unglücklich. Wer tat das nicht, wenn man schon so lange zusammen war? Wenn man nicht ganz dumm war? Wenn man auch nur die leiseste Ahnung hatte, wie die Welt tickte? Sie dachte an ihre Freundin Mona, die eines Tages in der Küche stand, genervt die soundsovielte Ladung Bio-Fischstäbchen auf ein zerbeultes Backblech schob, sich fragte, warum die Kids immer noch die Fischstäbchen von Dr. Praeger's aßen, die angeblich gesünder waren, aber viel ekliger schmeckten als die ungesunden, und sich heimlich ein Glas Weißwein nachschenkte, und dann klingelte das Telefon, und ein fremder Mensch erzählte ihr, sie solle schnell ins Krankenhaus kommen, ihr Marathonläufer-Mann sei von einem Auto angefahren worden und ringe mit dem Tod. Sie dachte an Nadia, deren Mann auf der Terrasse beim Würstchen-Grillen zusammenklappte und an einem Aneurysma starb. Und sie dachte an Margot und David, bei denen immer alles super lief, die sich so schön eingerichtet hatten in ihrer Erfolgsblase, und dann saust ein winziges Blutgerinnsel durch die Kammern eines Herzens und haut einen Riss in dein Leben.

So was kann passieren. Die Menschen, die einem am nächsten standen, überraschten und enttäuschten einen immer wieder.

Flora *wusste* das. Sie hatte jahrelang auf so einen Moment gewartet, diesen Moment, der ein Leben bestimmt, denn hatte nicht jeder Mensch nicht nur eines, sondern mehrere? Aber irgendwann dachte sie, dass sie womöglich davor gefeit war (oh, törichtes Herz), weil Julian und sie schon mehrere kleinere Momente dieser Art erlebt hatten. Die Geisteskrankheit seiner Mutter und ihr kurzes, aber böses Ringen mit der Demenz, bevor sie starb. Josephines plötzlicher, schlimmer Kampf mit dem Lungenkrebs, als die lebenslange Raucherei ihren Tribut forderte. Ihre Fehlgeburten. Die ständigen Geld- und Jobsorgen. Sie hatte sich eingeredet – hörten die Klischees denn nie auf? –, all das habe sie als Paar stärker gemacht. Zusammengeschweißt.

Als Ruby im Kindergarten war, gingen um sie herum die Ehen in die Brüche, offenbar überlebten sie das Kinderkriegen und die damit verbundene Verlagerung der Prioritäten nicht. Es war wie eine Epidemie. Als hätten alle, die das Kleinkindalter ihres Nachwuchses überstanden hatten, den Blick gehoben, tief Luft geholt und festgestellt, dass sie unzufrieden waren. Julian und sie wunderten sich: *Könntest du dir das vorstellen? Die Kinder verlassen? Jemand neues kennenlernen!*

»Ich würde mein Sprecherband verschicken«, hatte Flora gescherzt. »Vier Minuten, in denen ich über Reinigungsmittel, Tampons, Klopapier und Finanzdienstleistungen rede. Für ein Date rufen Sie meine Agentin an.«

Immer wenn sie damals kurz etwas besorgen ging, sagte Julian mit gespielt ängstlicher Stimme: »Du kommst aber wieder, oder?« Sie musste jedes Mal lachen. Und sie fühlte sich geliebt. Und stolz. *Ihr* Mann wollte, dass sie zurückkam. Ihr Mann hatte *Angst*, dass sie wegging.

Julian und Flora war ihr Leben nicht in die Wiege gelegt worden, sie hatten es sich aus dem Nichts aufgebaut – ein wunderbares, manchmal beängstigendes, meistens berauschendes Leben, das nichts mit ihrer Kindheit zu tun hatte.

Sie glaubte, es hätte sie unbesiegbar gemacht, alles allein auf die Beine gestellt zu haben, statt ausgetretenen Pfaden zu folgen. Mit der Zeit verlor sie die Angst davor, dass ihre Ehe, die nie ein festes Fundament hatte außer dem Gefühl, *sie* habe eben einfach Glück gehabt, irgendwann in die Brüche gehen könne. Vergaß die Sorge, dass, weil sie auf die Hochzeit gedrängt und Julian nachgegeben hatte, sie eines Tages dafür bezahlen müsse, sich ihrer so sicher gewesen zu sein und so stur daran geglaubt zu haben, ihre Leben gehörten irgendwie zusammen.

Hier stand sie jetzt also, hier standen sie. Flora war gleichzeitig entsetzt und erleichtert. Entsetzt, weil sie sich fragte, wie sie jetzt weitermachen sollten. (*Sydney!* Warum musste es jemand so Unwürdiges sein? Diese Frau war eine Beleidigung.) Und erleichtert, weil sie aufhören konnte zu warten. Das Unheil war eingetreten.

Sorry. Es tut mir so schrecklich leid. Julian hatte es letzte Nacht wahrscheinlich hundertmal gesagt, aber »sorry« war seine Masche, seine Standardantwort auf so gut wie alles. Schon immer gewesen. Er entschuldigte sich für Dinge, mit denen er gar nichts zu tun hatte, und auch wenn sie in klaren Momenten erkannte, dass seine Entschuldigung eine Form von Mitgefühl war, fühlte es sich auch ein bisschen wie ein Trick an, um ihre – oder wessen auch immer – Einwände oder Kritik zu entkräften. Jetzt sah sie all die Sorrys in einem anderen Licht. Er entschuldigte sich nicht, weil sie die Rolle nicht bekommen hatte, oder weil Ruby den ganzen Nachmittag über unerträglich war oder weil der Schweinebraten angebrannt war, während Ruby unerträglich war – es waren seine Sünden, für die er sich entschuldigte. *Sorry, sorry, sorry!* Es war ein Tanz, in den sie hineingezogen worden war, ohne ihn zu verstehen. »Du entschuldigst dich zu oft«, hatte sie manchmal gesagt. Ha.

Leider fiel es Flora auch noch schrecklich leicht, sich Julian und Sydney zusammen vorzustellen. Dass Julian begehrt war, sowohl innerhalb von Good Company als auch sonst, hatte Flora immer gefreut. Er war viel offener und aufgeschlossener als die meisten Menschen. Er legte den Leuten gern den Arm um die Schulter oder umarmte sie stürmisch. Julian war ein Tröster, jemand, der andere anspornte. Schon oft hatte sie andere Frauen – und Männer – mit ihm flirten sehen und war immer wieder erstaunt über seinen Charme, seine Fähigkeit, lange genug auf jemanden einzugehen, damit sie oder er sich nicht zurückgewiesen fühlte, aber auch nicht zu lange, um nicht missverstanden zu werden. Oder sah sie nur, was sie sehen wollte?

Sorry. *Sorry.*

Sie hörte Julian die Treppe herunterkommen und versuchte, ihre Gefühle zu ordnen. Sie vermisste ihn und sie hasste ihn. Sie wollte, dass er ging, und brauchte ihn. Ihr war nicht bewusst gewesen, wie viel sie in den Mythos ihrer Ehe investiert hatte, bis letzte Nacht alles zu Staub zerfiel. Ihr ganzes Erwachsenenleben über hatte sie ein Bild vor Augen gehabt: Flora und Julian hatten sich kennengelernt und ziemlich schnell ineinander verliebt, Julian unbeabsichtigt, Flora mit dem Eifer eines Hundes, der hinter einem roten Ball herjagt. Julian wehrte sich noch, Flora gab nicht nach, am Ende siegte die Liebe. Oder so ähnlich. Es war nicht immer leicht gewesen, aber dafür echt. Manchmal taten sie sich schwer damit, ihr Leben miteinander in Einklang zu bringen, aber die kleinen Schwierigkeiten ließen sie aus, wenn sie ihre Geschichte erzählten. Wie gute Schauspieler reduzierten sie sie auf einige wenige symbolische Momente, aus denen sich die Legende von Florian entspann. Nach ihrer Heirat war Flora den Namen bald leid. Letztendlich zog sie dabei meistens den Kürzeren, während Julian nicht verstand, was ihr Problem war. »Ist doch schön. Jeder sieht, dass wir ein Team sind. Zwei Teile eines besseren Ganzen.«

»Nein«, sagte sie. »Jeder sieht mich als deinen verlängerten Arm, das ist nicht schmeichelhaft, sondern entwürdigend.« Aber die Diskussion war sinnlos, denn Julian wirkte tatsächlich gekränkt, wenn sie damit anfing, und Flora würde ihn nie davon überzeugen können, dass alle ihn verehrten und sie nur als perfekte Beilage betrachteten. Also blieben sie eben *Florian*, nicht irgendein Paar, sondern das Paar, das alle gern sein wollten. Das Paar, das es geschafft hatte. *Das perfekte Paar*, wie Sam am Abend zuvor gesagt hatte. In schwachen Momenten gab sie zu, dass der Name wahrscheinlich vor allem liebevoll gemeint war, also würde sie wohl damit leben müssen – Florian.

Aber ging das so einfach?

Flora merkte, dass da noch etwas anderes war als der Schmerz und das Gefühl des Verrats. Etwas, das sie lange unterdrückt hatte, löste sich in ihr, es fühlte sich gar nicht so schlimm an, eher warm und flüssig, und wenn dieses Gefühl eine Form hätte annehmen sollen, dann wäre es ein riesiges leuchtendes Fragezeichen.

Musste sie einen Namen akzeptieren, den sie hasste, und darüber lachen?

Liebte sie Julian noch?

Musste sie mit ihm verheiratet bleiben?

Wollte sie das?

ZWÖLF

Warum hatte er es getan? Julian wurde klar, dass es keine befriedigende Antwort auf die Frage gab. Keine einzige. Nichts, womit Flora sich besser gefühlt hätte, nichts, das ihn entlastete, nichts, das für sie irgendeinen Sinn ergäbe. Er traute sich nicht, es Flora zu sagen – sie kochte vor Wut und Herzschmerz, alles, was nicht auf *Es tut mir leid* hinauslief, brachte sie nur noch mehr auf –, aber er hatte seit Jahren nicht an den Ring gedacht. Er hatte ganz vergessen, dass er dort unten im Schrank in der Garage lag. Als er ihn vor Jahren wiederbekommen hatte – und, oh Gott, sie hatten noch gar nicht darüber gesprochen, wie er ihn wiederbekommen hatte –, wollte er ihn aufbewahren, weil es sein Trauring war. Was sollte er denn tun? Ihn wegwerfen?

Er hörte, dass Flora unten wach war. Er hatte die ganze Nacht kein Auge zugetan. Er saß im Bett und lauschte den üblichen Morgengeräuschen: laufende Wasserhähne, Kaffeemaschine, das dumpfe Zuschlagen der Kühlschranktür, die Milchschaummaschine, die er Flora zum Geburtstag geschenkt hatte und die sie über die Maßen liebte. Er saß da und dachte, dass die letzten zwölf Stunden sein gesamtes Leben komplett auf den Kopf gestellt hatten. Wie konnte es sein, dass Flora und er gestern noch vor Rubys Abschlussfeier in diesem Zimmer standen und alles so verheißungsvoll aussah? Das Bündel Euroscheine lag noch auf Floras Nachttisch, als Zeuge ihrer letzten Diskussion, bevor Flora beschloss, in einer Schublade in der Garage rumzuwühlen, und aus Versehen die Vergangenheit ausgrub, die er für längst vergessen hielt.

Nein, da musste er sich korrigieren, so ganz stimmte das nicht. Es war an der Zeit, der nackten Wahrheit ins Gesicht zu sehen, dass er nämlich immer ein bisschen damit gerechnet hatte, Sydney in ihren Doc Martens vor der Tür stehen zu sehen. Sie war gefährlich, unberechenbar. Jahrelang tauchte ihr Name als eingehender Anruf auf seinem Handy oder im Posteingang von Good Company auf. Er war nie rangegangen, hatte die Mails ungelesen gelöscht. Er hatte keine Ahnung, wo sie wohnte oder was sie machte. In den letzten Jahren war alles ruhig gewesen, also hatte er sich erlaubt zu glauben, dass sie auf die eine oder andere Art aus seinem Leben verschwunden war. Je nach Laune schwankte er zwischen zwei konkurrierenden Fantasien: Im ersten, dem edleren, aber selteneren Tagtraum hatte sie endlich jemanden gefunden, der sie glücklich machte, und ihn vergessen. In der zweiten, der häufigeren und zu seiner Schande befriedigenderen Variante war sie tot. Begraben. Verbrannt. Für immer verstummt. Er machte sich nie die Mühe herauszufinden, ob eins von beiden wahr war. Lieber keine schlafenden Lügen wecken.

Die letzte Nacht hatte ihn ziemlich mitgenommen, aber er wusste, dass es nur so was wie ein Amuse-Bouche war. Flora hatte sich gestern noch im Schockzustand befunden. Er hatte damit gerechnet, dass sie mit Tellern warf, ihn an den Haaren zog oder gegen seine Brust trommelte, aber dazu würde es nicht mehr kommen. Flora war nicht hysterisch, sie war eine Grüblerin, und noch bevor sie auf dem Sofa eingeschlafen war, hatte sie eins und eins zusammengezählt und festgestellt, dass seine *Geschichte* mit Sydney parallel zu ihrer Paartherapie bei Maude Langstrom lief. In dem einen Jahr also, in dem er nicht nur die Gelegenheit, sondern die *Pflicht* gehabt hätte zu gestehen, was er hinter ihrem Rücken trieb.

»Maude wusste davon?«, hatte Flora letzte Nacht gefragt und ihn dabei entgeistert angesehen.

Wie durch ein Wunder rief in dem Moment Ruby an, um zu sagen, dass sie bei Ivan übernachtete. Er verwickelte sie in ein Gespräch, hielt sie hin, fragte, wie die Partys waren, ob es ihr gut ginge. Als sie endlich auflegten, war Flora auf dem Sofa eingeschlafen. Er hatte sie mit Josephines Decke zugedeckt, sich noch ein Glas eingegossen und war nach oben gegangen.

Er hatte Flora nicht angelogen, ihr aber auch nicht die ganze Wahrheit erzählt. Den zweiten Teil der Geschichte – dass die einzige andere Person, die von dem Ring wusste, die von Sydney wusste, Margot war. Ihre beste Freundin.

◆ ◆ ◆

Die Liste an Dingen, denen Julian die Schuld an seinem Verhalten gab, war lang. Angefangen mit dem strömenden Regen und der bitteren Kälte an jenem Mittwoch, enthielt sie so ziemlich alles außer seiner eigenen Schwäche. Er war spät dran, weil Ruby ihre Regenjacke und ihre Stiefel nicht anziehen wollte und es ewig dauerte, sie aus der Wohnung zu kriegen (Ruby stand nicht auf der Liste, so weit ging er nicht).

Dann wurde der F-Train (immer ein guter Sündenbock) wegen eines kranken Fahrgasts angehalten, und er musste in den A oder C nach Downtown umsteigen. Da an der Haltestelle West 4th Street das Wasser durchs Dach kam, wartete er nicht wie immer am Ende des Bahnsteigs, sondern bei den Drehkreuzen. Als der Zug endlich hielt und er in den Wagen direkt vor ihm einstieg, sich setzte, die Regentropfen von seiner beschlagenen Brille wischte und hochsah, stand sie da – das vertraute Gesicht, dieses freche Grinsen. Sydney Bloom.

Julian fand es nicht schlimm, Sydney an diesem Tag in der Subway zu treffen, aber er freute sich auch nicht unbedingt, zumal man nie wusste, mit welcher Sydney man es zu tun bekam. Mal war sie fröhlich und zufrieden, mal mürrisch und unsicher, mal laut und manisch, mal neugierig und neckisch. Manchmal sprang sie innerhalb einer kurzen Unterhaltung zwischen all diesen Zuständen hin und her. Aber an jenem Tag in der U-Bahn war sie die gute Sydney. Sie arbeite seit ein paar Monaten in einem Bürojob, es sei langweilig, aber gut bezahlt, und sie habe Krankenversicherung, also … Sie ging dauernd zu Castings, aber er wisse ja, wie das sei, das Jahr lief bisher etwas schleppend, sie habe aber ein gutes Gefühl, dass es bald voranging. Sie habe eine tolle neue Schauspiellehrerin, Julian kannte sie, sie hatten letztes Jahr zusammen ein Stück in SoHo gespielt (begeisterte Kritiken, keine Zuschauer, das Übliche), und Julian wusste nur Gutes über sie zu sagen. Sydney erkundigte sich nach Ruby (nach Flora nicht, das war ihm aufgefallen), er zeigte ihr ein paar Fotos, die er immer dabei hatte, und sie sagte genau das Richtige – wie schön sie sei, dass sie seine Augen habe und klug aussähe.

»Dir scheint's gut zu gehen«, sagte Julian, als sie ausstiegen. Er umarmte sie und sagte, es sei schön gewesen, sie zu treffen, und das meinte er auch so. Sydney lächelte und winkte und hüpfte die Treppe hoch. Das Versprechen, in Kontakt zu bleiben. Demnächst mal einen Kaffee zu trinken.

Als er die Canal Street überquerte, dachte Julian, wie normal Sydney gewirkt hatte. Bevor er Flora kennenlernte, hatten Sydney und er gute zwei Jahre lang, wenn auch mit einigen Unterbrechungen, na ja, wie sollte man es nennen? Eine Liaison? Miteinander geschlafen? Sich gegenseitig wahnsinnig gemacht? Einen katastrophalen Monat lang hatten sie versucht, ein Paar zu sein. Julian arbeitete damals als Barkeeper, und sie kam regelmäßig vorbei, um ihn zu »überraschen«, saß auf einem Barhocker, nuckelte am grauenhaften Hauswein und starrte wütend jede Frau an, die mit ihm redete. Sie hatte immer eine Rolle Vierteldollar-Münzen dabei, nahm stundenlang die Jukebox in Beschlag und sang und tanzte, obwohl das in dem Laden gar nicht angesagt war. Sie bestand darauf, mit zu ihm zu kommen, wenn er früh ins Bett wollte, um sich für ein Casting am nächsten Tag vorzubereiten. Sie rief ihn hysterisch aus der Notaufnahme an, wo sie mit diversen eingebildeten Symptomen saß. Während manche Menschen zu Beginn einer Beziehung versuchten, sich von ihrer besten Seite zu zeigen, schien Sydney genau das Gegenteil zu wollen: ihre Verrücktheit rauszukehren und zu sehen, wie weit über den Abgrund er bereit war, für sie und mit ihr zu gehen.

Anfangs funktionierte das sogar, denn wenn Julian in seiner Kindheit eins gelernt hatte, dann mit Verrücktheit umzugehen, den emotionalen Retter zu spielen. Im Angesicht der Hysterie war er die Ruhe selbst, und obwohl er wusste, dass es nicht gesund war, fühlte sich der Akt der Rettung, das Adrenalin, das die Tränen und das vorgespielte Drama hervorriefen, irgendwie tröstend an, wie eine alte Jacke, die ein bisschen muffig roch, aber zu gemütlich war, um sie wegzuwerfen.

Sydney stammte aus einem ähnlich schwierigen Elternhaus wie er. Die Verachtung für jeden, der eine glückliche Kindheit hatte, verband sie. An dem Abend, als sie sich kennenlernten, sagte sie: »Wenn eine Frau mir erzählt, ihre beste Freundin sei ihre Mutter, nehme ich sofort die Beine in die Hand.« In einer Welt, in der man nicht über ein zerrüttetes Familienleben sprach, nahmen Sydney und er kein Blatt vor den Mund. Er konnte ihr erzählen, wie sehr er sich gewünscht hatte, seine Mutter käme nach einem ihrer Streifzüge nicht mehr nach Hause, wie er zu Hause saß, auf die Uhr sah und sich vorstellte, sie läge tot im Straßengraben, niedergestreckt von einem Schlaganfall oder Herzinfarkt oder, was wahrscheinlicher war, Leberversagen.

Sie konnte ihm erzählen, dass sie mit dreizehn mit einem Brecheisen unterm Bett schlief, damit sie, wenn ihr Vater seine betrunkenen Tiraden nicht mehr gegen ihre Mutter richtete, sondern gegen sie und ihre Schwester (noch etwas, das sie verband), sich verteidigen konnte. Sie erzählte ihm, wie sie eines Nachts auf die Wand hinter dem Kopf ihres Vaters eingeprügelt hatte und er so betrunken war, dass er glaubte, sie habe ihm den Schädel eingeschlagen, und schluchzend zu Boden fiel und sie anflehte aufzuhören. »Ich muss oft daran denken«, sagte sie. »Wenn ich Angst habe oder nervös bin, denke ich daran, wie ich die Eisenstange in meinen Händen halte, und dann weiß ich, dass ich zu allem fähig bin.«

Er verstand sie.

Nach dem kurzen Wiedersehen in der U-Bahn musste er den ganzen Tag an sie denken, und dabei schlugen seine Gedanken eine gefährliche Richtung ein. Hin zu Bildern, in denen es gut zwischen ihnen lief, nämlich beim Sex. Wie Sydney langsam ihren BH aufmachte und mit den Händen vor den Brüsten vor ihm stand. Wie sie auf allen vieren kniete, damit er sie von hinten nahm. Die schmutzigen Dinge, die sie zu ihm sagte, damit er kam. Wie sie sich selbst anfasste.

Er zwang sich, damit aufzuhören und an Flora und Ruby zu denken, an all das Gute in seinem Leben, die klugen Entscheidungen, die er getroffen hatte. Doch dann, als hätte sie seine Gedanken gelesen, tauchte Sydney eines Abends in der Bar in der Hester Street auf, wo er und die anderen von Good Company abends oft hingingen. Anfangs waren sie eine große Gruppe, aber bald schon saßen nur noch Sydney und er da und bestellten den nächsten Drink. Und dann noch einen. Dann Sydney und er auf der Rückbank eines Taxis. Dann Sydney und er in ihrer Wohnung, nackt, am Vögeln. Ihre Gespräche waren immer eine Art Vorspiel gewesen. Er wusste genau, was passieren würde, als sie an jenem Abend ins Taxi stiegen.

Flora und Ruby schliefen schon lange, als er nach Hause kam, und dann saß er im Wohnzimmer und suhlte sich in seinem schlechten Gewissen. Er schwor sich, es nie wieder zu tun, aber während er sich Vorwürfe machte, dachte er daran, wie Sydney ihn aufs Bett gedrückt, sich das T-Shirt vom Leib gerissen und mit den Fingern ihre Brustwarzen umkreist hatte, und wie gern er ihr noch mal dabei zusähe.

Sydneys Entschlossenheit brach seinen Widerstand. Wenn er bei Good Company aus der Tür kam, saß sie gegenüber im Fenster eines Diners und wartete auf ihn. Manchmal schaffte er es, sie zu ignorieren und nach Hause zu gehen, treu zu sein. Manchmal gingen sie zu ihr. Er blieb nie lange und schwor sich jedes verdammte Mal, dass es das letzte Mal war.

In jenem Frühling fegte die Paartherapie wie eine besonders ansteckende Form von Bindehautentzündung über die Spielplätze im West Village. Julian hatte das Gefühl, dass Flora jeden Tag mit einer neuen Geschichte von einer gefährdeten Ehe nach Hause kam. Erst war es Lexy Garcia, die eines Morgens ihren Zwillingsbuggy auf den Spielplatz schob und berichtete, dass am Abend zuvor, nachdem ihr Mann Harry ihren Töchtern viermal hintereinander *Gute Nacht, Gorilla* vorgelesen und beide Kinder durch den Flur trampelnd und grunzend ins Bett getragen hatte (ein Moment, sagte Lexy, in dem sie dachte: *Was habe ich für einen guten Mann und guten Vater geheiratet*), er sich ein Glas teuren Rotwein eingoss (»Einen Châteauneuf-du-Pape – da hätte ich wissen müssen, dass jetzt eine sehr gute oder sehr schlechte Nachricht kommt«) und verkündete, er könne nicht länger mit ihr verheiratet sein.

»Einfach so«, erzählte Flora Julian, die Wangen rot vor Empörung. »Er sagte: ›Lex, ich glaube, ich will nicht mehr mit dir verheiratet sein.‹ Kannst du dir das vorstellen? Als wollte er seine Mitgliedschaft in irgendeinem Fitnessstudio kündigen.«

Wenige Tage später erwischte es die Nachbarn in der Wohnung unter ihnen, Nick und Billie, denn wie Flora berichtete, ertrug Billie es keine Sekunde länger, dass Nick jeden gottverdammten Moment seines Lebens in sein BlackBerry starrte – auch wenn er eigentlich auf seine drei Kinder aufpassen sollte. »Nicht nur, um ihnen zu essen zu geben oder mit ihnen zu spielen, sondern *damit sie am Leben blieben.*« Billie sagte, das BlackBerry sei wie eine Geliebte, und soweit sie wusste, war es tatsächlich die Verbindung zu einer Geliebten, denn wer bitte war *nicht* verlockender als eine Frau, die den ganzen Tag zu Hause mit dreijährigen Zwillingen saß, die immer noch nicht im eigenen Bett durchschliefen und nur gelbe Nahrung zu sich nahmen?

Dann fand eine Frau von der Musikschule heraus, dass ihr Mann seiner Sekretärin Blumen schickte. Dann erwischte es Rubys Erzieherin Lill, was alle Mütter besonders hart traf, denn Lill war während der Eingewöhnung im Kindergarten ihre große Stütze gewesen, Nachbarschaftsguru und kluge Ratgeberin, die ihnen immer wieder predigte, sich keinen Kopf zu machen, dass die Kinder zu viel Zucker aßen oder nach dem Abendessen fernsahen oder nicht gebadet hatten, denn: »Das ist kein Pappenstiel, Ladys. Ihr müsst da durch, also macht das Beste draus.« Als Lill also eines Morgens vor dem Kindergarten stand und Flora zufolge aussah, als wäre sie eine Woche auf Sauftour gewesen, und sie den Müttern bei der Übergabe der Kinder erzählte, ihr Mann hätte seine Sachen gepackt und sei am Freitagabend ausgezogen, waren die *Ladys* schockiert. Und wie sich herausstellte, konnte Lill ziemlich vulgär werden, wenn man sie betrog, denn offenbar waren so einige Kinder mit den Worten »gottverdammte Scheiße« nach Hause gekommen.

»*Alle* sind in Therapie«, hatte Flora eines Abends zu Julian gesagt.

»Wir leben in New York.«

»Ich bin nicht in Therapie.«

»Würdest du es denn wollen?«, hatte Julian entgegnet,

aber nicht damit gerechnet, dass sie Ja sagte. Von ihnen beiden war Julian derjenige, der eine Therapie gebraucht hätte. Er war der mit der kaputten Kindheit und der emotional fordernden Aufgabe, einen Haufen zerbrechliche Egos zu hüten. Flora war die Stabile, der Fels in der Brandung. Ohne hochzusehen schrubbte sie weiter den mit Makkaroni und Käse verkrusteten Topf, ein bisschen zu kräftig vielleicht. Nach ein oder zwei Minuten, lange genug jedenfalls, um das Gefühl zu haben, dass keine Antwort auch eine Antwort war, drehte sie sich zu ihm um und sagte: »Das können wir uns nicht leisten. Sowas kostet einen Haufen Geld, den Babysitter nicht mitgerechnet.«

»Das war nicht die Frage. Würdest du es *wollen?*«

Sie wischte sich die Hände ab, ging zum Sofa, setzte sich und sah aus dem Fenster. Die Tage wurden länger, nach dem Abendessen war es noch hell. Sie klang fast verlegen. »Seit Ruby im Kindergarten ist, fühle ich mich manchmal ein bisschen einsam. Irgendwie verlassen. Bleibe ich jetzt wirklich für den Rest meines Lebens die Klopapier-Stimme?«

Julian verkniff sich zu sagen: *Ich hoffe es!* Die Soft'n'Tuff-Spots, die optimale Hygiene versprachen, hatten sie über Wasser gehalten, während er an einer vielversprechenden neuen Inszenierung für Good Company arbeitete, ein Stück, das Sponsoren, erfolgreiche Produzenten und interessante Schauspieler anlockte. Sie hatten ein begehrtes Gastspiel an Land gezogen. Es fühlte sich an, als würde endlich mal alles stimmen.

»Ich bin manchmal so deprimiert«, sagte Flora. »Ich weiß nicht genau, warum.«

»Du vermisst deine Mutter, Schatz.«

Dass sie ihre Arbeit vermisste, schien für ihn kein Thema

zu sein. »Ja, ich weiß. Aber damit komme ich klar. Ich rede von etwas anderem. Außerdem habe ich manchmal das Gefühl, wir leben auf zwei verschiedenen Planeten.«

Julian beobachtete Flora, wie sie auf dem verschlissenen Sofa saß, Rubys Sachen ordentlich zusammenfaltete, die Socken zu kleinen Knäueln aufrollte, so wie er es nie richtig hinbekam. Flora war deprimiert? Warum hatte er das nicht mitbekommen? Aber jetzt sah er die Spuren der Müdigkeit unter ihren Augen, ihre erschöpfte Haltung. »Ich will nicht eines Abends nach Hause kommen und hören, dass du nicht mehr mit mir verheiratet sein kannst.«

»Das wird nie passieren«, sagte er, während sich ein winziges Fünkchen Angst in seinem Herzen einnistete. War er verantwortlich dafür, dass sie sich so fühlte?

Eines Abends, als Julian in Sydneys Bett lag und überlegte, wie lange er noch bleiben müsse, um sie nicht zu kränken und einen Wutanfall auszulösen, hatte sie seine Hand in ihre genommen und mit seinem Ehering gespielt. Mit einem flauen Gefühl im Magen tat er, als machte es ihm nichts aus, obwohl der Anblick sich wie ein schlimmeres Vergehen als der Sex anfühlte. Als er ging, schwor er sich (erneut), nie mehr zurückzukommen, und obwohl er den Schwur natürlich brach, nahm er den Ring von nun an ab und steckte ihn in die Hosentasche, bevor er ihre Wohnung betrat, denn mit dem Ring brachte er auch Flora mit hinein, und das war eine Grenze, die er nicht überschreiten konnte. Keine sehr ehrenvolle Einstellung, aber eine, an der er festhielt.

* * *

Auf dem Weg ins Erdgeschoss fragte er sich, ob Flora ihn zu Hause wohnen lassen würde. Ruby zu erklären, was er getan hatte, war genauso undenkbar wie die Vorstellung, seine Sachen zu packen und zu gehen.

Flora saß auf einem Barhocker vor der Kücheninsel. Der Ring war noch da, wo sie ihn gestern hatte liegen lassen. Ihre Augen waren geschwollen und rosa an den Lidern. Plötzlich verspürte er eine große Traurigkeit. Er ging auf sie zu und nahm sie in die Arme, und sie war zu müde und verwirrt, um sich zu wehren.

»Ich bringe das in Ordnung«, sagte er. »Ich werde dich nicht verlieren, Flora.«

Sie machte sich von ihm los und lächelte ihn matt an. »Das liegt aber leider nicht in deiner Hand, oder?« Sie goss zwei Becher Kaffee ein und hob den Ring auf. »Fangen wir am besten hiermit an.«

DREIZEHN

Wenn Margot gewusst hätte, was Donna ihr gleich erzählen würde, wäre sie nicht ans Handy gegangen. Unter anderem, weil sie gerade im Maskenmobil saß. Schauspieler hatten generell ein komplexes Verhältnis zu ihren Maskenbildnern. Sie waren ihnen gewissermaßen schutzlos ausgeliefert. Margot glaubte nicht, dass David die Konturen und Besonderheiten ihres Gesichts so gut kannte wie das Maskenteam von *Cedar*. Sie sahen sofort, ob jemand geweint hatte, nicht geschlafen, zu viel getrunken oder bei der Arbeit getrunken oder die Sonnencreme vergessen hatte. Es hieß, dass Gwyneth, die Chefin, mal zu einem Schauspieler gesagt hatte, er solle einen kleinen schwarzen Punkt im Nacken von einem Arzt untersuchen lassen, woraufhin sich herausstellte, dass es Hautkrebs in einem frühen Stadium war und sie dem Mann ganz klar das Leben gerettet hatte. Da die Maskenbildner außerdem gelernt hatten, so gut wie unsichtbar zu sein, schnappten sie oft Dinge auf, die sonst niemand mitbekam. Sie waren praktisch jederzeit über die soziale Dynamik innerhalb der Serie im Bilde: Wer Streit hatte, wer zufrieden war, wer zu gehen drohte, wer die Kollegen sabotierte, wer mit wem schlief. Hinter den Kulissen ging es fast so melodramatisch zu wie in der Serie selbst. Irgendwer wollte immer mehr Geld. Irgendwer wollte immer mehr Bildschirmzeit. Die Produzenten achteten nur auf die Zahlen und darauf, dass die Story »leicht verdaulich« blieb. Schauspieler waren nie zufrieden.

»Was ist das Gegenteil von gutem Fernsehen?«, hatte Kelsey, Dr. Cats Schwester, Margot vor ein paar Wochen gefragt, worauf sie ziemlich gereizt reagierte. Kelsey war seit der siebten Staffel dabei, und als sie zu ihrem ersten Arbeitstag erschien, traute Margot ihren Augen nicht. Sie verstand ja, dass ihre Schwester ihr ähnlich sehen musste, aber so sehr? Und musste sie dann auch noch so viel jünger sein? Die Ähnlichkeit war irritierend, und Kelsey machte es nicht besser, indem sie ein zehn Jahre altes Bild von Margot aus der Zeitschrift *People* mit sich rumschleppte, es neben ihr Gesicht hielt und fragte: »Ist das nicht irre?«

Also verteidigte Margot *Cedar*, wann immer Kelsey sich beklagte, was oft genug vorkam. *So* schlecht fand Margot *Cedar* nämlich nicht. Auf jeden Fall waren sie nicht das *Gegenteil* von gutem Fernsehen, sie arbeiteten nur in einer anderen Kategorie. Okay, die Figuren waren gut oder böse, kluge Entscheidungen waren mehr wert als egoistische, und die Liebe siegte fast immer, aber es gab durchaus interessante Handlungsstränge und sie behandelten auch schwierige Themen wie Date Rape, Leihmutterschaft, AIDS, Euthanasie, Depressionen und Sucht.

Margot hatte ihre Bekannten aus anderen Serien darauf angesprochen, inwiefern die Maskenbildner die größten Lästermäuler seien und ob sie wohl alle demselben bösen Hexenzirkel angehörten, und auch wenn die Antworten unterschiedlich ausfielen, waren sich in einem Punkt alle einig:

Man durfte es sich mit der Make-up-Crew nicht verscherzen, immerhin waren sie dafür verantwortlich, wie man aussah. Gwyneth – die »*nicht* nach Paltrow benannt« war, wie sie sich bemühte, jedem zu erklären (»Meine Mutter hatte noch nicht mal von Gwyneth Paltrow gehört, als ich geboren wurde.«), was definitiv nicht stimmte, Make-up-Gwyneth wurde in dem Jahr geboren, als Spielberg die Schauspielerin Gwyneth als junge Wendy in *Hook* besetzte – hielt Margot fast täglich über den neuesten Klatsch auf dem Laufenden. Und zwar erschreckend genau. »Ich glaube, bei Nikki und ihrem Mann kriselt es«, hatte sie ihr vor ein paar Wochen verraten und dabei verschwörerisch die Stimme gesenkt, obwohl außer ihnen niemand im Wagen war. »Wenn sie in letzter Zeit mit ihm telefoniert, heißt es immer: *Äh, okay, gut, bis später, egal.* Früher war es noch: *Ich lieb dich! Vermiss dich! Ciao, Liebling!* Außerdem hat sie zweimal einen Anruf von einem Anwaltsbüro bekommen und ist extra rausgegangen.«

»Woher weißt du, dass es ein Anwalt war?«

Gwyneth gab Margot ein Zeichen, nach oben zu sehen, trug ihr die Wimperntusche auf und zuckte mit den Schultern. »Ihr Handy liegt immer da vorne auf dem kleinen Tisch, und ich hab den Namen auf dem Display gesehen. Da war meine Mutter auch schon.« Als Nikki ein paar Wochen später in der Presse ihre Scheidung bekanntgab, war Gwyneth völlig aus dem Häuschen. »Ich hab's dir doch gesagt. Ich hab's dir doch gesagt.« Sie sang ein kleines Liedchen und tanzte um Margot herum wie die Hexen aus *Macbeth*.

Deswegen ging Margot vor den Maskenbildnern prinzipiell nicht ans Telefon, man wusste ja nie, aber an jenem berüchtigten Tag, als Margot Donnas Nummer auf dem

Display sah, glaubte sie, nichts zu befürchten zu haben. Bei schlechten Nachrichten mailte Donna ihr normalerweise zuerst. Fröhlich ging sie beim zweiten Klingeln ran.

»Sitzt du?«, fragte Donna, so laut, dass Gwyneth es hören konnte, was Margot daran erkannte, dass ihre tadellos gezupften und getönten Augenbrauen emporschnellten und die Lippen ein *Oh-oh* formten.

»Ich bin in der Maske. Können wir später sprechen?«

»Die wollen dich umbringen«, schoss es aus Donna heraus.

»Wegen des Geldes?«, fragte Margot und warf alle Diskretion über Bord. Alle wollten dauernd mehr Geld, das konnte es nicht sein.

»Nein. Ich meine, sie wollen dich buchstäblich umbringen.« Margot war kurz verwirrt, denn wenn Donna *buchstäblich* sagte, meinte sie normalerweise das Gegenteil. »Tut mir leid, Schatz. Aber Cat Newhall ist erledigt.«

»Warte mal«, sagte Margot zu Gwyneth, die ihren absichtlich ausdruckslosen *Ich-hab-nichts-gehört*-Blick aufgesetzt hatte, den sie wie auf Kommando an- und ausknipsen konnte.

»Du bist fertig!«, rief Gwyneth ein wenig zu beflissen, riss ihr den Papierlatz weg und scheuchte sie von ihrem Stuhl hoch. »Viel Erfolg, bis später!« Noch bevor Margot aus der Tür war, konnte sie sehen, wie Gwyneth nach ihrem Handy griff.

»Danke«, sagte Margot, trat ins Freie und fragte sich, wem Gwyneth wohl zuerst schrieb. »Donna, was soll der Scheiß?«

»Ich weiß. Hör zu, ich darf es dir eigentlich nicht sagen. Bess ruft dich demnächst an, aber ich wollte dich schon mal vorwarnen. Du musst geschockt tun.«

»Ich *bin* geschockt.«

»Okay, dann bleib so, ich will, dass du überrascht wirkst.«

»Ich kann dir versichern, dass ich überrascht bin. Ich verstehe es nicht. Wann?«

»Bald, glaube ich. Du bekommst demnächst das Drehbuch, wahrscheinlich hast du noch zwei oder drei Folgen. Vielleicht ein Unfall oder so was. Bess hat sich nicht näher geäußert. Mit so was kennst du dich besser aus als ich.«

Margot lehnte fassungslos am Wohnwagen. Eine Gruppe von Komparsen lief vorbei, alle in lavendelfarbenen Kitteln, die allgemeine Uniform bei *Cedar*. In der ersten Staffel waren die Kittel noch weinrot, aber Brooke Reed, die die Direktorin spielte und auf der Dispo ganz oben stand, beschwerte sich derart lautstark bei Bess, die Farbe würde sie blasser aussehen lassen, dass sie auf Lavendel umgestiegen waren. Ein paar der Komparsen winkten ihr zu. Sie winkte verhalten zurück. »Ich bin nur … Dürfen die das? Das ist, weil ich mehr Geld wollte, oder?«

»Zu dem Thema hat Bess nichts gesagt. Ich meine, wer weiß, aber ich hatte nicht den Eindruck. Und ja, die dürfen, wozu sie Lust haben. Es sei denn, du bist schwanger. Bist du schwanger?«

»Ich bin *achtundvierzig*.«

»Heutzutage vollkommen irrelevant.«

Das stimmte, dachte Margot, aber wie oft hatten Donna und sie darüber gesprochen, wie dankbar sie waren, keine Kinder zu haben – wie froh sie sein konnten, keine Kinder *gewollt* zu haben? »Nein, ich bin nicht schwanger. Ich … ich hab nicht damit gerechnet.«

»So was kommt vor«, erwiderte Donna, jetzt wieder unbekümmert wie immer. Margot hörte sie auf dem Computer herumtippen. Die schlechte Nachricht war überbracht, wahrscheinlich dachte sie schon wieder an das nächste Thema, das Leben ging schließlich weiter.

»Sie hat dir *keinen* Grund genannt?«

»Du kannst sie ja fragen, aber es klingt nach dem Üblichen – sie braucht irgendwas, um die Einschaltquoten anzukurbeln.«

Margot schwieg einen Moment. Wut stieg in ihr auf. »Weißt du noch, als sie Kelsey in die Serie holten und ich zu dir meinte, sie würden den Weg für meinen Abschied ebnen? Indem sie eine jüngere Version von mir dazuholten, die nicht so viel Schminke und spezielles Licht brauchte? Ich hatte recht.«

»Margot, ich weiß, das ist jetzt echt Mist.« Margot biss sich auf die Zunge. *Echt Mist?* »Aber wenn du dich erinnerst, wolltest du bei der letzten Verhandlung ganz aussteigen.«

»Richtig. Und sie wollten mich nicht gehen lassen.«

»Also, dann sehen wir es doch jetzt so, dass du mit etwas Verspätung das bekommst, was du vor zwei Jahren wolltest. Lass uns diese Woche zum Lunch treffen. Die nächsten Schritte besprechen. Du musst dir keine Sorgen machen.«

»Nein?«

»Natürlich nicht. Du bist Margot Letta. Das ist eine Chance. Überleg dir schon mal, was du als Nächstes machen willst. Wo du hinwillst.«

Margot sah auf die Uhr. Eine Stunde, bis sie am Set sein musste. »Eine letzte Frage«, sagte sie und musste unfreiwillig an Mia denken, die Interviewerin von letzter Woche. »Weiß Charles Bescheid?«

»Keine Ahnung«, sagte Donna. »Gute Frage.«

Margot warf eine der vielen Strickjacken über, die sie in ihrem Wohnwagen liegen hatte, weil es am Set immer eiskalt war und sie wegen der Haare keinen Pullover anziehen konnte. Als Kinderärztin liebte Dr. Cat natürlich ihre langen Haare, was sowohl nervig als auch unpraktisch war. Sie konnte sich zwischen den Szenen nicht hinlegen, aus Angst, ihre Frisur zu ruinieren, nochmal in die Maske zu müssen und den Zorn der Hairstylisten auf sich zu ziehen. Wenn sie müde war, musste sie sich mit Kissen so abstützen, dass ihr Haar über die Sofakante hängen konnte. Dann verschränkte sie die Arme vor der Brust wie eine Leiche und versuchte, ein bisschen zu dösen. Sie sah sich nach Charles um. Freitags gab es immer das Lunch-Buffet, da war er vielleicht, nicht um zu essen, aber um Hof zu halten. Es gab niemandem am Set, der so auf sein Gewicht achtete wie Charles. Oder besser, er genierte sich nicht, auf sein Gewicht zu achten, was als Mann ja erlaubt war. Die Frauen passten auch die ganze Zeit auf, taten aber so, als wäre es kein Thema. Sie aßen nichts, weil sie keinen Hunger hatten – weil sie »gerade gegessen« oder »ausgiebig gefrühstückt« hatten –, oder sie nahmen zwei Bissen und waren »pappsatt« oder sie luden sich den Teller mit Essen voll, nahmen es mit in den Wohnwagen und warfen es weg, beziehungsweise kotzten es aus. So wie Lauren, die eine Radiologin spielte und bekanntermaßen Bulimikerin war. Niemand ging gern nach ihr auf Toilette, es sei denn, man stand auf den Geruch von Erbrochenem.

»Hast du sie mal drauf angesprochen?«, hatte Margot irgendwann Bess gefragt, als sie noch bei ihr im Büro rumhingen, Tequila tranken, tratschten und über die Serie redeten, damals, als sie beide noch versuchten, den Job ernst zu nehmen.

»Angesprochen? Du meinst, das Thema in die Serie reinschreiben?«

»Nein. Ich meine, ihr vielleicht helfen? Sie zum Arzt schicken?«

»Auf keinen Fall. Ich misch mich bei niemandem ins Privatleben ein«, erwiderte Bess. Margot unterdrückte ein Lachen, zumal Bess nur allzu gern ihrer aller Privatleben in ihre Drehbücher einbaute und genauso gern die schwierigen Fälle ignorierte, wenn sie keine Unannehmlichkeiten wünschte.

Margot hatte Glück. Sie hatte immer so ziemlich alles essen können, obwohl die Röcke in letzter Zeit doch etwas eng geworden waren. Sie wusste, dass Mavis, die Gewandmeisterin, es durchaus fertigbrachte, heimlich ein paar Sachen abzunähen, wenn sie fand, jemand achte nicht genug auf seine Ernährung. Mavis führte ein strenges Regiment, knapp und direkt. Sie hatte eine eigene Sprache aus Seufzern – eine regelrechte Sinfonie. Sie behielt die Catering-Tische stets im Auge und zögerte auch nicht, sich hinter eine Schauspielerin, die sich gerade den Teller vollud, zu stellen und zu sagen: »Ach? Brot *und* Nudelsalat?«

Als sie zum Buffet kam, stand Charles vor einem Tisch unangerührter Miniburger, und in dem Moment, in dem er sie entdeckte, wusste sie, dass er es wusste. Charles und sie hatten sich mal nahegestanden, aber inzwischen hatten sie außerhalb des Sets keinen Kontakt mehr. Er hatte jetzt eine Familie, zwei Kinder mit seinem Lebensgefährten, dem nicht berufstätigen Vater. Aber sie spielten seit so vielen Jahren Mann und Frau und hatten einiges zusammen durchgemacht. Sie verstanden sich blind und standen (meistens) füreinander ein. Margot war eine von Charles' »Brautjungfern« gewesen, als er Nathaniel heiratete, und sie hatte die Babyshower ausgerichtet, als sie ihr erstes Kind adoptierten. Er nahm sie in den Arm und tätschelte ihr den Rücken, ein kleiner Trost- oder Ablenkungsversuch, sie war sich nicht sicher. Wenigstens machte er ihr nichts vor. »Lass uns in deinen Wohnwagen gehen«, sagte sie, als sie merkte, dass die Leute sie beobachteten.

◆ ◆ ◆

»Wie lange weißt du es schon?«, fragte sie und setzte sich.

»Ein paar Stunden. Falls das hilft, sie klang wirklich mitgenommen.«

»Bess hat *dich* angerufen?«

»Heute Morgen.«

»*Mich* hat sie noch nicht angerufen. Ich weiß es von Donna.«

»Bess ist ein Feigling. Sie überbringt nicht gern schlechte Nachrichten. Wenigstens hast du es nicht aus dem Drehbuch erfahren.« Im Monat davor hatte eine andere Schauspielerin, die eine Physiotherapeutin spielte, eines Abends ihr Skript bekommen und darin gelesen, dass sie von einem ehemaligen Patienten erschossen wurde, der bei ihr einbrach, um Opiate zu stehlen. Der nächste Tag war ihr letzter. Es war die Strafe dafür gewesen, dass die junge Dame sich in der *Entertainment Weekly* beschwert hatte, sie wünschte, die Serie wäre weniger Soap und ein bisschen authentischer – ein bisschen mehr Leben und Tod. »Sie will mehr Leben und Tod?«, hatte Bess gesagt, als sie die Zeitschrift in den Papierkorb warf. »Kann sie haben.«

»Was hast du zu ihr gesagt?«, fragte Margot Charles.

»Du kennst doch Bess. Ich hatte gar nicht die Möglichkeit, groß etwas zu sagen. *Es ist gut für die Story, bla, bla, nichts Persönliches.*«

Nichts Persönliches. Natürlich war es persönlich. »Hast du … protestiert?«

»Margot. Natürlich habe ich protestiert.«

»Ein bisschen protestiert oder *richtig* protestiert?«

Er setzte sich ihr gegenüber und sah sie streng an, der Blick des Chefchirurgen, der seine Untergebene herausforderte, ihn ruhig weiter auszufragen. »Ich habe entschieden protestiert, auch wenn es nichts gebracht hat. Seit wann haben wir beide hier irgendwas zu sagen?«

»Ich weiß.« Sie wollte es sich verkneifen, schaffte es aber nicht. »Ich denke nur, wenn es andersrum gewesen wäre, würde ich vielleicht einen richtigen Aufstand machen. Deinetwegen. Haltung zeigen.«

»Wirklich?«

»Ja. Wirklich.«

»Würdest du nicht. Bess würde sagen, dass es ihr leid täte, und dann würdest du hier sitzen und mir erzählen, dass du nichts tun könntest. Und das wäre die Wahrheit.«

Charles stand auf und machte ihnen einen Tee, er hatte eine gut bestückte Miniküche. Sein Wohnwagen war so viel gemütlicher als ihrer. Familienfotos, eine hübsche Vase mit Rosen, die aussahen, als kämen sie aus seinem Garten, die omnipräsente Duftkerze. Nach der fünften Staffel hatte sie nichts Persönliches mehr angeschleppt, außer Büchern. Ihr Wohnwagen war die Leihbücherei auf dem Set, vor allem für die jüngeren Kollegen. Erst letzte Woche war Kelsey zu ihr gekommen, um sich ein Buch zu leihen. Margot war begeistert – vielleicht hatte sie Kelsey unterschätzt –, aber dann sagte sie: »Ich geb's dir morgen wieder. Ich hab heute Nachmittag ein Interview.«

»Du brauchst es als Requisite?«, fragte Margot.

»Warum nicht? Das machen doch alle. Um, na ja, belesen zu wirken.« Sie nahm ein dünnes Taschenbuch und hielt es hoch. »Was ist mit dem hier?« Es war *Die Fahrt zum Leuchtturm*. »Ich liebe Maine.«

»Das hier spielt nicht mal in den USA, Kelsey.«

Kelsey las den Text auf der Rückseite. »Okay, super. Schottland liebe ich auch.«

»Dann nimm es mit«, sagte Margot und hoffte, dass die Interviewerin Virginia-Woolf-Expertin war und Kelsey nach ihrer Lieblingsstelle fragen würde.

Charles reichte ihr eine kleine Kanne Darjeeling und ein Töpfchen mit Honig und einem kleinen Löffel, alles auf einem Korbtablett. In diesem Moment fiel ihr auf, wie geerdet Charles war, wie präsent. Sein Wohnwagen spiegelte perfekt seinen Geschmack wider, alles hier waren Sachen, die er gern um sich hatte. Ihr fiel auf, dass, so viel sie beide sich auch beschwerten – über Bess, die Arbeitszeiten, die Handlung, die Kollegen –, Charles hier glücklich war. Sie schlürften ihren Tee, und Margot beschloss, es dabei zu belassen. Lieb zu sein. Aber dann fiel ihr noch etwas anderes ein: dass Charles allen Grund hatte, gelassen zu sein. Sie stellte ihre Tasse und Untertasse ab, und er schob schnell einen Untersetzer darunter, um den Abstelltisch zu schützen, der nicht mal sein eigener war. »Für dich ist das gar nicht mal so schlecht«, sagte sie.

»Wie?«

»Na komm, Charles. Du verlierst deine geliebte Frau, Cat? Der Chefchirurg als Witwer und alleinerziehender Vater? Das gibt extra *Folgen*, nicht nur ein paar tolle Szenen. Du stehst die ganze Staffel über im Mittelpunkt. Das ist doch gut.«

»Du meinst also, ich hätte *kündigen* sollen?«

Das Handy in Margots Tasche klingelte, sie wartete, bis die Mailbox anging. Sie saß da und spielte mit dem Gedanken, Stunk zu machen. Herauszustürmen und melodramatisch die Tür zuzuknallen, stattdessen seufzte sie nur und sackte auf ihrem Sitz zusammen. Nicht mal dafür hatte sie die Energie. Charles stellte seinen Tee ab und setzte sich neben sie. »Ich weiß, dass es Scheiße ist, gefeuert zu werden. Den Serientod zu sterben. Was auch immer. Aber Margot, wenn du mal ehrlich bist, bist du doch schon seit Jahren mit einem Fuß aus der Tür. Ich habe eine Familie zu ernähren. So. Jetzt weißt du's.«

Auf dem Weg zu ihrem Wohnwagen dachte sie darüber nach, was Charles gesagt hatte. Stimmte das? Na ja, irgendwie schon. Beim Pilotfilm hatte sie sofort Ja gesagt, aber nie damit gerechnet, dass die Serie so gut angenommen würde. Noch eine Krankenhausserie? Sie sollte gleichzeitig mit zwei anderen laufen und war dazu noch die konventionellste. Es war ihr tatsächlich nie in den Sinn gekommen, dass sie sich für zehn Jahre oder länger verpflichtete. Als sie damals nach Los Angeles kamen, als es David nicht gut ging, nahm sie an, sie würden für ein paar Monate abhauen. Sie dachte, zum Labor Day wären sie zurück und das Leben ginge weiter wie bisher.

Hier stand sie jetzt, zehn Jahre später. Nicht unbedingt schlechte zehn Jahre, aber nicht die, die sie erwartet hatte. Vielleicht war es gut so. Vielleicht standen ihr jetzt Möglichkeiten offen, die sie vor zehn Jahren nicht gehabt hätte, als sie noch taufrisch war, strahlend vor Optimismus, sich aber noch nicht die Sporen des mittleren Alters verdient hatte, noch nicht *reif* genug war, um ein Wort zu benutzen, das sie hasste und das mit Sicherheit von Männern erfunden worden war, die ja so gern trocken *gereiftes* Rindfleisch aßen und in Holzfässern *gereiften* Whisky tranken.

Echt Mist.

Ihr Handy klingelte, sie kramte es aus der Tasche und ging ran, in der Erwartung, Bess' Stimme zu hören. Es war aber nicht Bess. Es war Julian.

»Margot? Wir müssen reden.«

VIERZEHN

Ruby saß allein im riesigen Frühstücksraum eines noblen Hotels im Zentrum von Madrid. Es war eher ein Hof neben der Lobby mit glänzendem Marmorboden, Mosaiktischen und eleganten schmiedeeisernen Stühlen. Kleine Vögel flogen umher und hüpften von einem leeren Teller zum nächsten auf der Suche nach Krümeln. Sie trank den besten Orangensaft, den sie je getrunken hatte, mit Fruchtfleisch, schaumig und leuchtend. Ambrosia, *ambrosisch*, dachte sie, falls es das Wort gab. Falls nicht, war es an der Zeit.

Sie aß allein, weil wie bisher jeden Morgen in diesem längsten Urlaub ihres Lebens der Rest von Ivans Familie – einschließlich Ivan – um zehn Uhr morgens noch schlief. Trotz der tollen Hotels und des wunderbaren Orangensafts machte das Reisen mit Ivan sie wahnsinnig, dabei hatten sie noch nicht mal die Hälfte ihres Trips hinter sich. Ivan und sie zickten sich den ganzen Tag an. Ihr war klar, dass sich die Spannungen zwischen ihnen auch auf die anderen übertrugen, und sie fühlte sich schrecklich deswegen, aber sie konnte nichts dagegen tun. So vieles nervte sie! Früh aufzustehen und allein zu frühstücken war ein Versuch, die aufkeimende Abneigung gegen ihren Freund zu verdrängen, und um Längen besser, als im Hotelzimmer im Bett zu liegen, Ivan schlafen zu sehen und immer wütender zu werden, weil sie den schönsten Teil des Tages verpassten. Spanien im Juli. Es war *heiß*. Ruby hasste die Hitze. Sie hatte alles Mögliche probiert, um ihr Leid zu lindern – Hüte, breitkrempigere Hüte, langärmlige Blusen, Flüssigkeitszufuhr –, aber spätestens gegen Nachmittag war sie vollkommen nassgeschwitzt und fühlte sich elend. Jeder, der nicht völlig bescheuert war, hatte sie Ivan dummerweise ein paar Tage zuvor vor seinen Eltern vorgeworfen, stand früh auf und sah sich die Sehenswürdigkeiten an, bevor die Hitze unerträglich wurde.

»Niemand hindert dich daran, früh aufzustehen«, hatte er erwidert, eher verletzt als wütend. Dass er ihrer Ungeduld immer mit Geduld begegnete, brachte sie noch mehr auf die Palme. Aber sie hatte genau das getan: Sie stand früh auf, zog mit ihrer neuen Kamera los, die Margot ihr geschenkt hatte, und erkundete in den frühen Morgenstunden die Gegend. Ivan schrieb ihr eine Nachricht, wenn seine Eltern, seine Schwester und er bereit waren, in den Tag zu starten.

»Da ist ja unsere Frühaufsteherin«, trällerte seine Mutter jedes Mal, wenn sie sich am verabredeten Ort trafen. Ruby gab sich alle Mühe, gut gelaunt, unkompliziert und dankbar zu wirken und – wie ihre Mutter sie ermahnt hatte, als sie ins Taxi zum Flughafen stieg – ein guter Gast zu sein. Aber, *mein Gott*.

Sie hätte nicht herkommen sollen. Sie hätte es wissen müssen. In den letzten Monaten war ihr Ivan zunehmend auf die Nerven gefallen. Sie hatte gehofft, die romantische Atmosphäre in Madrid, Sevilla und Barcelona würde sie davon ablenken. (Und wenn seine Mutter noch mal *Barthhhelona* sagte und dabei das th in die Länge zog, als wäre es die lustigste Sache der Welt, knallte Ruby ihr eine.) Es fing praktisch direkt an, als ihr Flugzeug von der Startbahn am LAX abhob, dann ein Stück weit über den Pazifik stieg und sich nach rechts legte, um zurück in Richtung Osten und Europa zu fliegen, was sie bisher erst dreimal im Leben gemacht hatte – war *erst* das richtige Wort? Sie war noch nicht mal neunzehn. Aber verglichen mit ihren Mitschülerinnen, die jeden Frühling und Sommer in Europa, Australien, Tahiti oder Südafrika verbrachten, kam ihr *drei* wie nichts vor. Aus Los Angeles rauszukommen war normalerweise immer aufregend, aber als sie neben Ivan saß und er besitzergreifend ihre Hand umklammerte, hatte sie ein Kratzen im Hals, so wie wenn sie aus Versehen eine Walnuss aß.

Er zeigte auf all die Wahrzeichen von Los Angeles, als hätte sie noch nie etwas davon gehört. Die Ölfelder in der Nähe des Flughafens mit den Pumpen, die aussahen wie diese gläsernen Vögel, die ständig den Schnabel ins Wasser tauchten, die kleine Anhöhe von Baldwin Hills, die lange Bergkette der Santa Monica Mountains, das Griffith Observatory in der Nähe ihres Hauses. Um ihre Zuneigung zu Ivan heraufzubeschwören, die offenbar in dem Augenblick erloschen war, als sie ihr Zeugnis in der Hand hielt, erzählte sie ihm, wie sie als kleines Kind, wenn sie Margot und David besucht hatten und zurück nach New York flogen und sie sich dann Manhattan näherten, von ihrem Vater ans Fenster gehoben wurde und er sie fragte, was sie sah, und sie jedes Mal antwortete, was er ihr beigebracht hatte: »Ich sehe die tollste Stadt der Welt.«

Ivan tat, als hörte er die Geschichte zum ersten Mal, was

sie freute, aber dann sagte er: »Mal sehen, wie du New York findest, wenn du vier Jahre dort lebst.«

Sie zog ihre Hand weg und drehte sich wütend zum Fenster. Sie hatte ihm schon so oft gesagt, dass ihr College nicht *in* der Stadt war. Aber er weigerte sich hartnäckig zu kapieren, wo das kleine Städtchen lag, das in den nächsten vier Jahren ihr Zuhause sein würde. Er würde derweil wohlbehalten in Stanford sitzen, seiner Traum-Uni, und er hatte mehr als einmal angedeutet, dass Ruby nach dem ersten brutalen Winter im Nordosten bestimmt wieder zurück nach Kalifornien kommen wollte. Ivan liebte Kalifornien. Sie auch! Aber sie brauchte das Abenteuer, eine klare Abgrenzung von zu Hause. Sie wusste, dass es Ivan um ihre gemeinsame Zukunft ging und er sich nicht eingestehen wollte, was für sie glasklar war: dass sie sich bald trennen würden, wahrscheinlich sobald die Reise vorbei war, weil Ivan zurück nach Los Angeles flog und sie nach New York (Nimm *das*, Ivan!), um ihre Eltern in Stoneham zu treffen und bei der Sommerproduktion vom *Kirschgarten* dabei zu sein.

Später würde sie ihn irgendwann liebevoll als ihren Highschoolfreund bezeichnen. *Ivan*, würde sie den Leuten in einer nicht näher definierbaren Zukunft erzählen, wenn sie in dem Teil von New York lebte, wo die jungen Leute alle gerade in Scharen hinzogen, wahrscheinlich in Queens, und wahrscheinlich würde sie dann rauchen und auch nach ein paar Martinis noch stehen können – *Kannst du dir mich mit einem Ivan vorstellen?*, würde sie sagen, ihr bezauberndes Lachen lachen, die Zigarette ausdrücken und den Kopf schütteln. *Aber er war süß. Ein guter Typ für den Anfang, der Ivan.*

Ruby trank ihren Saft aus und stand von ihrem kleinen Ecktisch auf. Es war ihr dritter Tag in Madrid und man hatte ihr schon zweimal gesagt, dass das Frühstück inklusive war und sie nichts bezahlen oder irgendetwas unterschreiben und auch kein Trinkgeld geben musste, aber wenn sie ging, wartete sie immer noch darauf, dass ein Mitarbeiter sie ansprach und beschuldigte, die Zeche prellen zu wollen.

Heute wollten sie in den Prado, und Ivan hatte ihr versprochen, dass sie nicht einfach so durchrauschen würden wie sonst – als hätte man gewonnen, wenn man als Erster wieder draußen war. Sie mochte Ivans Schwester, Rachel, aber Rachel ging am liebsten shoppen. Immerhin verband sie die Abneigung gegen die Hitze. Rachel hatte helle Haut und Sommersprossen und behauptete, allergisch gegen die Sonne zu sein, allerdings auch gegen Sonnencreme, außer der einen, die ihre Mutter extra in einer Apotheke in Paris bestellte und die Rachel vergessen hatte einzupacken. Sie mussten an jeder *farmacia* halten und fragen, ob sie die Marke hatten. Ruby hatte online recherchiert, dass es überhaupt gar keine spezielle Rezeptur war. »Hier«, hatte Ruby gesagt, ihr eine Tube in die Hand gedrückt und die Inhaltstoffe mit dem Computerausdruck verglichen, den sie im Portemonnaie hatte. »Ist genau dasselbe.«

Aber Rachel bestand darauf, es sei nicht die richtige. Sie trug keinen Hut, weil der ihre Stirn betonte. Und für lange Ärmel war es zu heiß. Rachel und ihre Mutter flitzten beim Shoppen an den Schaufenstern vorbei wie ein Paar Albino-Mäuse, und wenn sie genug Beute gemacht hatten, kehrten sie ins Hotel zurück und setzten sich an den Pool unter einen Sonnenschirm, die langen Beine unter Schichten von Strandtüchern begraben, und lasen Zeitschriften.

Ruby wusste, dass sie sich wie ein kleines Kind aufführte. Sie schämte sich selbst für ihre Launenhaftigkeit. Sie wusste es wirklich zu schätzen, wie großzügig Ivans Eltern waren. Wirklich. Der Erste-Klasse-Flug, die wunderschönen Hotels, die ausführlichen Mittagessen mit Rosé in Karaffen und Platten mit gebratenem Fisch, aber sie vermisste ihre Eltern. Sie vermisste Margot und David. Sie hatte noch nie so viel Zeit mit einer anderen Familie verbracht, und obwohl die Kozlovs sehr nett waren, konnte sie sich nicht an ihren Rhythmus gewöhnen. Außerdem zickten Ivans Eltern sich ständig an.

»So reden sie eben«, beruhigte Ivan sie. »Sie sind seit fünfundzwanzig Jahren verheiratet, das ist ihre Art, miteinander zu kommunizieren.«

Sie sparte sich den Kommentar, dass ihre Eltern auch seit Ewigkeiten verheiratet waren und nie so miteinander reden würden. Sie konnte sich nicht vorstellen, dass ihr Vater Flora anmotzte, weil sie die falsche Abzweigung genommen oder ein Verkehrsschild übersehen hatte. Und auch nicht, dass Flora Julian kritisierte, weil er Nachtisch oder noch ein Glas Wein oder sich nachmittags hinlegen wollte. Sie hatte den Eindruck, als könnten die Kozlovs sich nicht leiden. Aber auch das tat Ivan ab. »Menschen zeigen ihre Gefühle auf unterschiedliche Art.«

Stimmte das?

Ihre letzte Nacht in Madrid. Morgen Barcelona (*Barthhhhhelona*). Beim Abendessen fing Mr. Kozlov Streit mit dem Oberkellner an, weil er an einem anderen Tisch sitzen wollte, und als man ihm mitteilte, besagter Tisch sei reserviert, tobte er vor Wut und stürmte nach draußen, um eine Zigarette zu rauchen. Mrs. Kozlov nahm schlecht gelaunt

Platz und sah zu ihrem Mann rüber, der mit dem Rücken zu ihr stand und über dessen Kopf der Rauch aufstieg. Als sie gingen, beobachtete Ruby, wie sie dem Kellner ein paar Scheine zusteckte und sich entschuldigte. Schweigend gingen sie zurück zum Hotel. Ruby hatte sich noch nie so unwohl gefühlt und war froh, wieder allein mit Ivan auf dem Zimmer zu sein, der erst mal duschte – zum zweiten Mal an dem Tag –, bevor er zu Bett ging, weil er nicht wollte, dass die Bettwäsche schmutzig wurde.

Er war wirklich ein komischer Kauz.

Ruby konnte nicht schlafen, weil zu Hause – besser gesagt in Stoneham – irgendetwas im Busch war. Ihre Eltern waren jetzt schon früher hingefahren, nur sie beide. Allein das war verdächtig, weil ursprünglich anders geplant. Sie hatte schon am Abend der Abschlussfeier eine merkwürdige Spannung zwischen ihnen bemerkt. Erst hatte sie sich eingeredet, es läge daran, dass die Highschool vorbei war und sie bald aufs College kam und deswegen alle angespannt waren. Aber dann hörte sie ihre Eltern sich mehrmals scharf anfahren, und wenn sie in die Küche kam, hörten sie abrupt auf zu reden und lächelten sie derart gezwungen an, dass es einen schaudern konnte.

»Ich wünschte, ihr würdet mir verraten, was los ist«, hatte sie eines Nachmittags zu ihrer Mutter gesagt, als sie ihre Sachen durchgingen und überlegten, was sie mit nach Spanien nehmen sollte.

»Was meinst du?«, fragte Flora. Sie klang halbwegs glaubwürdig, drehte sich aber nicht zu ihr um – was schon mal alles sagte.

»Mom. Ich weiß, dass irgendwas los ist.«

»Nichts ist los. Wir schlagen uns wie immer mit Logistik

und Timing herum, und wahrscheinlich fahren wir schon früher nach Stoneham. Da wir dann länger weg sind, gibt es eine Menge zu tun.«

»Ich bin nicht blöd, Mom.«

Schließlich hatte Flora sich gereizt umgedreht. »Ruby, ob du es glaubst oder nicht, nicht alles in diesem Haus geht dich etwas an.«

»*Toll.*« Ruby ließ sich nicht anmerken, wie sehr die Bemerkung sie traf. Und wahrscheinlich war sie paranoid – sagte sie sich jedenfalls –, aber es kam ihr fast so vor, als könnten sie es kaum erwarten, dass sie nach Spanien abreiste. Sie war außerdem sicher, dass ihre Mutter ein paarmal, als sie mit ihr gefacetimed hatte, aussah, als hätte sie gerade geweint. »Geweint? Weswegen sollte ich weinen, außer, weil du nicht hier bist?«, hatte Flora gescherzt. »Du kennst mich doch, das ist meine Pollenallergie. Die Jakarandas bringen mich um.« Aber die Jakarandas blühten noch gar nicht.

Außerdem war auch Margot in letzter Zeit so zurückhaltend. Sie drehte wieder, und Ruby wusste, dass sie viel zu tun hatte, aber sonst fand sie immer Zeit, auf Rubys Nachrichten zu antworten, und seit sie weg war, klangen ihre Antworten irgendwie oberflächlich. Als Ruby das Flora gegenüber erwähnte, hatte sie gelacht, und es fühlte sich echt an. »Liebling, ich finde es ja schön, dass es dich so interessiert, was wir hier alle machen, aber es ist tatsächlich alles wie immer, jeder macht seinen Kram. Wenn du hier wärst, fändest du es ganz normal. Und ich wünschte wirklich, du wärest hier. Ich vermisse dich.«

Tat sie das? Am meisten beunruhigte Ruby, dass ihre Mutter die Wahrheit sagte: Alles war in Ordnung. Das war die neue Normalität. Aus den Augen, aus dem Sinn. Sie hatte unbedingt weggewollt aus Los Angeles, von der Highschool, der ewig selben Gruppe von Freunden, mit denen sie seit der achten Klasse zusammen war, von *Ivan*, rauskommen und neu anfangen an einem Ort, der ganz anders aussah und ganz anders roch. Verschneite Wochenenden, regnerische Morgen, schwüle Nachmittage. Aber allmählich wurde ihr klar, wie sehr sie an zu Hause hing und wie sehr es ihr fehlen würde, in das Treiben der Menschen, die ihre Familie bildeten, involviert zu sein.

Ruby wusste, dass sie überreagierte. Nur fand sie eigentlich nicht, dass sie überreagierte. Ivan bewegte sich neben ihr. Er drehte sich um, warf einen Arm um ihre Hüfte und murmelte etwas. Sie rührte sich nicht, überlegte aber, ob sie sich zu ihm drehen und ihn streicheln sollte oder lieber nicht. Was sie an Ivan vermissen würde, warum sie überhaupt so lange mit ihm zusammengeblieben war, war, dass er so aufmerksam und liebevoll im Bett war. Natürlich hatte sie keinen großen Vergleich, aber sie ging trotzdem davon aus. Der einzige andere Junge, mit dem sie geschlafen hatte, war ihr Freund Will, der in der Garage seiner Eltern eine Art Musikstudio eingerichtet hatte, und nachdem er ihr mehr als zwei Stunden lang seine Eigenkompositionen vorgespielt hatte, die größtenteils aus Geräuschen bestanden – »Weißt du, was das ist?«, hatte er alle vier Minuten gefragt, und immer wenn sie »Neeeiiin« sagte, grinste er, als hätte er sie reingelegt. »Das ist ein Löffel, der gegen einen Stein schlägt!«, »Das ist ein Eichhörnchen, das an einer Nuss kaut!« –, hatte er sich auf dem unbequemen Sofa an der Garagenwand auf sie gestürzt. Sie war ein bisschen stoned und dachte *Warum nicht?*, und erst hinterher kam ihr die nützliche Erkenntnis, dass, wenn jemand im normalen Leben sowohl langweilig als auch egozentrisch war, es sich wahrscheinlich nicht lohnte, sich für ihn auszuziehen.

Das zweite Mal – und auch alle danach – war mit Ivan.

»Wie spät ist es?«, murmelte er an ihrem Hals.

»Mitternacht.«

»Gut.« Er schlang beide Arme um sie und zog sie zu sich ran, und sie gab nach und entspannte sich.

Noch sieben Tage. Noch sieben Tage, bis sie sich von Ivan und seiner Familie verabschieden würde. Vielleicht machte sie auf dem Flughafen mit ihm Schluss. Vielleicht war es das Anständigste, bevor sie nach New York zu ihren Eltern flog.

»Ich kann dich denken hören, Ruby. Was brodelt da oben?«

Auch das würde sie an Ivan vermissen. Er spürte immer, was in ihr vorging, und das war schön. Bei ihm fühlte sie sich verstanden, manchmal auch etwas zu sehr. »Nichts«, erwiderte sie. Sie wollte jetzt nicht mit ihm darüber sprechen, bald würde sie sowieso bei ihren Eltern sein. Sie fuhr mit den Händen über seine Hüfte, schob die Finger unter seine Boxershorts und spürte seine Wärme, sein unmittelbares Verlangen. *Warum nicht.* »Nichts, worüber du dir Sorgen machen müsstest.«

FÜNFZEHN

Margot wurde direkt nach dem Telefonat mit Julian in Bess' Büro gerufen (Julian. Sie würde ihn *umbringen*, aber darüber konnte sie jetzt nicht nachdenken).

»Komm her, du«, sagte Bess, als Margot eintrat. Das Letzte, was Margot wollte, war Bess zu umarmen, aber ihr wurde bewusst, dass das hier nicht ihr Auftritt war, sondern Bess'. Sie ließ sich von ihr umschlingen, von ihr und ihrem unverwechselbaren Geruch, der Margot immer an eine Kirche erinnerte – muffige Holzbänke, brennende Kerzen, kurzsichtiger Narzissmus. Bess war ein massiges Geschöpf, groß und stark. Sie hatte sehnige, kräftige Arme, dank des Pilateslehrers, der viermal die Woche zu ihr ins Büro kam. Während sie sie kurz hin und her wiegte, atmete Margot langsam ein und aus, um sie nicht quer durch den Raum zu schieben und aus dem Fenster zu stoßen.

»Es ist ein dunkler Tag«, sagte Bess und ließ Margot los. »Ich bin unglaublich …« Sie brach ab, als läge das nächste Wort auf der Hand.

Unglaublich *traurig? Schuldbewusst? Erleichtert?* Margot war es egal. »Ich weiß«, sagte sie, ohne dass es irgendetwas bedeutet hätte.

»Tequila?«

»Klar.«

Im ersten Jahr von *Cedar* war Bess ein nervliches Wrack gewesen. *Cedar* war ihre erste Chance als Produzentin, und sie wusste, sie würde keine zweite bekommen, wenn sie nicht ganze Arbeit leistete und dem Sender, innerhalb des Zeitrahmens und ohne das Budget zu überziehen, die erwartete erfolgreiche Serie lieferte. Während dieser ersten Monate war zwischen Margot und Bess eine echte Freundschaft entstanden, auch abseits der Arbeit. So viele lange Abende in Bess' Büro mit einer Flasche Don Julio 1942 und den Resten aus dem Kühlschrank im Flur vor dem Konferenzraum. Sie pulten das Fleisch aus einem Spinat-Wrap oder einem Ciabatta-Brötchen (Gott behüte, niemals würden sie Mehl zu sich nehmen!) und spülten die trockene Putenbrust, den verwelkten Salat und die blassen Tomaten mit Tequila runter. Sie erinnerte sich, wie Bess noch bei jeder Folge durchgehend am Set war und vor jeder technisch komplizierten Szene – oder auch, vor allem ganz am Anfang, bei den etwas emotionaleren – Schauspieler und Crew versammelte, um ein paar aufmunternde Worte zu sagen. Sie dachte daran, wie Dr. Cat zum ersten Mal ihre kleine *Nicht-was-wir-uns-erhofft-hatten*-Rede wegen eines kranken Kindes halten musste und Bess sie beiseitenahm und sagte, sie sei zu distanziert.

»Es geht nicht darum, den Eltern zu erzählen, wie krank ihr Kind ist, es geht darum, zwei Menschen zu erzählen, dass sie ihr Kind überleben werden. Stell dir vor, wie du dich fühlen würdest.«

Margot hatte ihre Methode, manchmal dachte sie dabei an ein spezielles Erlebnis aus ihrem Leben und manchmal borgte sie sich eins von jemand anderem. An dem Tag dachte sie an Ruby. Ein schrecklicher Gedanke? Oder ein edler? Vermutlich beides. Von jenem Tag an, wann immer sie als Dr. Cat Eltern herzzerreißende Nachrichten überbringen musste, stellte sie sich vor, Flora und Julian vor sich zu haben. Es funktionierte perfekt.

»Ich hatte gehofft, so etwas würde uns erspart bleiben«, sagte Bess und goss ihnen beiden einen anständigen Tequila ein. »Du musst wissen, wir sind alle möglichen Szenarien durchgegangen, aber die Sache ist die: Die Quoten sind schlecht, Margot. Schlechter, als wir zugegeben haben. Ich brauche irgendwas, um die Leute bei der Stange zu halten. Ich muss jemanden sterben lassen, der den Zuschauern etwas bedeutet.«

»Charles, Dr. Walker, bedeutet den Leuten etwas«, sagte Margot, nur halb im Scherz. »Oder was ist mit den süßen Zwillingen? Du könntest einen der Zwillinge sterben lassen.«

Bess starrte sie an. »Wir lassen keine Kinder sterben.«

»Es sei denn, sie haben Krebs.«

»Genau.« Bess seufzte und sah aus dem Fenster. Margot sah ihr an, dass sie schon keine Lust mehr auf das Gespräch hatte. »Du bekommst einen richtig tollen Tod. Danach werden sich alle um dich reißen. Versprochen.«

»Kann ich dich um einen Gefallen bitten?«

»Sicher.«

»Kein Krebs. Bitte keine Glatzenkappe. Kein schlechtes Make-up. Kann ich bitte gut aussehen, wenn ich gehe?«

Bess klopfte mit ihrem Bleistift auf einen Stapel Manuskripte auf dem Schreibtisch, und Margot wurde klar, dass der Krebs für Dr. Cat bereits in Planung war. Sie wusste, wie

Bess tickte. Die Onkologin, die Krebs bekam, klar war das ihr erster Gedanke. Bess liebte »Kreise«. Ein Ende wurde bei *Cedar* immer im Vorfeld angekündigt. »Ich brauche drei oder vier Folgen«, sagte Bess. »Kein Aneurysma. Kein tödlicher Autounfall.«

Margot zuckte mit den Schultern. »Es gibt einen Haufen Todesarten, nach denen mein Gesicht nicht im Arsch ist. Innere Verletzungen?«

»Okay.« Bess stand auf und umarmte Margot noch mal. »Innere Verletzungen kriegen wir hin. Ich denk mir heute Nachmittag was aus. Keine Glatzenkappe für meinen Liebling. Außerdem«, sagte sie und tätschelte Margot den Kopf, »sind deine Haare zu schön.«

Margot ging zurück ans Set, in der Hinsicht war sie ganz Profi. Niemand hätte ihr angesehen, was in ihr vorging. Aber kaum hatte sie die letzte Szene abgedreht, war sie weg. Heute Abend bekam jeder das Skript für die kommende Woche, ab morgen würde die Welt am Set für sie eine andere und sie nur noch die wandelnde tote Ärztin sein. Sie stieg ins Auto und fuhr vom Studiogelände, aber anstatt sich auf den Heimweg zu machen, beschloss sie, David einen längst fälligen Besuch in seiner Praxis abzustatten. Sie würde ihm nicht nur von Dr. Cats Ende erzählen müssen, sondern auch von Flora und Julian und dem verdammten Ehering. Er musste es unbedingt von ihr erfahren.

Irgendwas, was Sie bereuen? Seit dem Tag mit Mia, der Journalistin, ging alles den Bach runter, und obwohl sie wusste, dass es irrational war, nahm sie es ihr übel, unwissentlich in längst begrabenen Geschichten herumgestochert zu haben, schlafende Dämonen entfesselt zu haben und alles, was die letzte Woche mit sich brachte. Was für ein Chaos.

Aber Margot hatte die letzten zehn Jahre oder länger überlebt, indem sie jede Reue von sich wies. Sie war aus Stahl. Sie blieb bescheiden, unternahm einen Schritt nach dem anderen und plante nicht zu weit in die Zukunft, Hauptsache, es ging voran. Und ein paar kleine Dämpfer würden daran nichts ändern. Aber *bereuen?* Tat sie schon ein paar Dinge.

◆ ◆ ◆

Als David in die Praxis seines jüngeren Bruders einstieg und sie die Schlaganfallklinik eröffneten, kam sie anfangs dauernd vorbei. Die Praxis war einfach so sauber und beruhigend, der Empfangstresen, die Behandlungszimmer, die hübsch aufgefächerten Zeitschriften auf dem Tisch im Wartebereich. Wann immer sie es bereute, aus New York weggegangen zu sein, fuhr sie zum Pearlman Family Neurological Practice and Stroke Center im Cedars-Sinai-Krankenhaus und wusste wieder, wie glücklich sie sich schätzen konnte. Gott sei Dank hatte Davids Familie dafür gesorgt, dass es einen Ort gab, an dem er sich nützlich und gebraucht fühlte und sein früheres Leben als Herzchirurg vergessen konnte – meistens jedenfalls.

Während Margot auf den Fahrstuhl wartete, fiel ihr wieder ein, dass ihr Anblick die Leute hier oft verwirrte. Sie kam ihnen bekannt vor, wahrscheinlich als Ärztin, aber woher? Sie setzte die Sonnenbrille auf und senkte den Kopf. Als sie die Praxis betrat, saß jemand Neues am Empfang.

»Wo ist Jacob?«, fragte sie.

»Der ist seit ungefähr einem Jahr nicht mehr hier«, erwiderte das Mädchen und sah hoch, als Margot die Brille abnahm. Hatte David ihr erzählt, dass Jacob nicht mehr da war?

Sie hatte ihn immer so gern gemocht, und jetzt war sie nicht mal auf seiner Abschiedsfeier gewesen.

»Ich bin Natalie«, sagte die neue Arzthelferin und glotzte sie unverhohlen an.

»Hi, Natalie. Ich bin Margot. Könnten Sie Dr. Pearlman Bescheid sagen, dass seine Frau da ist?«

Natalie war kurz sprachlos. »Tut mir leid«, sagte sie und blinzelte hektisch. »Ich glaube, ich dreh gleich durch. Ich bin totaler Fan von Ihrer Serie, ich hab jede Folge gesehen, *Cedar* ist mit der Grund, warum ich hier arbeite, also, na ja, im *Cedars*-Sinai.«

»Freut mich«, antwortete Margot fröhlich. Ihr war bewusst, dass hinter ihr ein paar Leute saßen und das Gespräch mit anhörten. »Gefällt es Ihnen? Ist der Job gut?«

»Mir gefällt's. Ist okay. Ich meine, mehr als okay. Es ist gut. Nicht unbedingt wie in der Serie. Eher ein bisschen …«

»Wie das echte Leben?«

»Ja, wahrscheinlich.« Natalie lachte verlegen. »Also« – sie beugte sich ein Stück vor – »wenn Sie mal eine Assistentin oder so brauchen … Ich kann Besorgungen machen, zur Reinigung gehen. Oder auf Ihre Katzen aufpassen!«

»Ich habe keine Katzen«, sagte Margot, womit der Bann gebrochen war. Dr. Cat liebte Katzen, Margot reagierte total allergisch auf sie. In einer Staffel wollte Bess unbedingt, dass Dr. Cats Katzen hatte, und weil sie Margot nicht geglaubt hatte, mussten sie wegen eines Hautausschlags zweimal den Dreh verschieben. »Ich muss gleich wieder los, wenn Sie so nett wären, Dr. Pearlman Bescheid zu sagen.«

Davids Büro war wie immer in tadellosem Zustand. Auf dem Schreibtisch standen mehrere Fotos von ihr. Eins von ihrem Hochzeitstag. Eins von Floras und Julians. Ein

Schnappschuss von Ruby von vor ein paar Jahren. Margot blickte aus dem großen Fenster über die 3rd Street – kein besonders interessanter Ausblick, aber ein weiter. Unten das Amarosa's, ein kleines italienisches Restaurant, wo sie sich ständig zum Abendessen getroffen hatten, als sie frisch nach Los Angeles gezogen waren und David langsam wieder auf die Beine kam. Dieselben rot-senfgelben Tischdecken. Dieselbe Markise. Die ersten Monate waren so hart gewesen, dass sie die Läden, in die sie damals gingen, mittlerweile mied. Ins Amarosa's war sie immer eine halbe Stunde früher gekommen, damit sie sich zur Entspannung noch einen oder zwei Drinks genehmigen konnte, bis David eintraf.

Sie setzte sich immer an einen der vorderen Tische, damit er mit seinem Stock nicht quer durch den Raum laufen musste. Wenn er durch die Tür kam, erkannte sie an seinem Gesichtsausdruck und seiner Haltung, ob er einen guten oder schlechten Tag hatte. Ob er körperliche Probleme hatte oder psychische, weil ihm die Vergangenheit zu schaffen machte. Am schlimmsten war es, als sein Gedächtnis zurückkehrte und sie ihm von Abbie Jensen erzählen musste. Er war natürlich am Boden zerstört. Obwohl der Gesundheitszustand des Babys extrem fragil war, nicht nur ein angeborener Herzfehler, sondern gleich mehrere, obwohl eine aufmerksame Krankenschwester sofort gemerkt hatte, dass mit David etwas nicht stimmte, und ein Assistenzarzt im OP-Raum die Lage stabilisiert hatte, bis ein anderer Arzt dazukommen und den Eingriff erfolgreich abschließen konnte, obwohl Abbie Jensen noch zehn Tage nach der OP weitergelebt hatte, konnte niemand den Jensens versichern (es hatte auch niemand versucht), dass Abbies Zustand nicht durch Davids Schlaganfall beeinträchtigt worden war.

Der Schlaganfall hatte ihn nicht nur aus dem OP geholt und an einen Bürojob versetzt, er hatte ihm seine großspurige Art, seine Leichtigkeit und Zuversicht genommen. Margot vermisste das.

Die Tür zu seinem Sprechstundenzimmer ging auf. »Was für eine schöne Überraschung«, sagte er und schloss die Tür hinter sich. »Du hast früh Schluss.«

»Allerdings«, sagte sie und lachte. »In mehrerlei Hinsicht.«

Er setzte sich und fing an, von einer Spendenveranstaltung für ein Schlaganfallzentrum in San Diego zu sprechen, bei der sie beide eine Rede halten sollten. »Sie haben wegen der Auktion angerufen. Ich hab ihnen von Anfang an gesagt, dass es keine Besuche am Set oder Mittagessen mit Margot Letta gibt, aber sie lassen einfach nicht locker.«

Sie hatte diese Anfragen gehasst. Die VIP-Tour am Set, das Meet and Greet, die unvermeidliche Tochter-Freundin-Cousine-Nachbarin, die »ins Business einsteigen will«.

»Selbst wenn ich wollte, ginge es nicht.« Sie saß auf dem Sofa. Er kam zu ihr rüber und setzte sich neben sie, und sie erzählte ihm von Donnas Anruf, ihrem Treffen mit Bess, alles sehr anschaulich und überzeugend.

»Das tut mir leid«, sagte er und nahm ihre Hand.

»Ich warte noch auf die große Empörung. Oder Wut. Oder Bedauern. Irgendwas. Aber da ist nichts. Komisch.«

»Dann hat es ja vielleicht sein Gutes.«

»Vielleicht.« Sie gab ihm ein Zeichen, näher zu rücken. Er hatte ein bisschen getrocknetes Eigelb vorne auf der Krawatte. Der alte David wäre gestorben vor Scham. Sie kratzte es mit dem Fingernagel ab.

»Hab ich gar nicht gesehen«, sagte er und lachte.

Margot stand auf und ging wieder ans Fenster. »Kann ich dich mal was fragen?«

»Immer.«

»Tut es dir leid, keine Kinder zu haben?« Sie drehte sich nicht zu ihm um, denn sie wollte seine erste Reaktion nicht sehen. Der David nach dem Schlaganfall kannte kein Pokerface, und ehrlich gesagt hatten nicht sie beide sich gegen Kinder entschieden, sondern nur sie. Margot hatte David schon früh erklärt, dass Kinder in ihrer Zukunft keinen Platz hatten, allein schon wegen der Arbeit. Sie sah ja, was mit Frauen beim Theater passierte, wenn sie Kinder bekamen: Die meisten hörten auf, so wie Flora. Oder sie arbeiteten alle paar Jahre mal oder nur im Sommer, wie ihre Mutter. »Ich werde meine Meinung nicht ändern«, hatte sie zu ihm gesagt. »Darüber musst du dir im Klaren sein.« Er verschwand für zwei Wochen, die längsten Wochen ihres Lebens. Sie ging zur Arbeit, kam abends nach Hause, hörte den Anrufbeantworter ab und hoffte, seine Stimme zu hören, oder stellte sich vor, ihn anzurufen und zu sagen: *Okay, vielleicht nur eins.* Aber es ging nicht, weil es nicht stimmte. Der Tag, als er an ihre Tür klopfte und dann vor ihr stand mit einem Strauß Narzissen und einem Kästchen mit einem vintage Smaragd-Verlobungsring, war – trotz oder auch gerade wegen seines Zögerns – einer der schönsten Tage in ihrem Leben.

»Nein«, sagte er endlich.

Sie drehte sich um und sah, wovor sie sich gefürchtet hatte. Nicht nur Reue, auch Trauer. Der Kummer stand ihm deutlich ins Gesicht geschrieben. Sie ging zu ihm und schlang die Arme um ihn. Bei allem, was sich im Laufe der Jahre zwischen ihnen verändert hatte, das nicht. Wie beruhigend seine Gegenwart war. Sie spürte, wie er ausatmete. Er roch, wie er immer roch, frisch und würzig. »Tut mir leid«, sagte sie.

Er wich ein bisschen zu abrupt zurück. »Das muss es nicht.« Er nahm den gelben Stressball in die Hand und drückte ein paarmal fest zu. »Und, wie haben sie sich das vorgestellt? Dr. Cats Ende?«

»Es wird nicht lange dauern, Doc«, sagte sie und beschloss, den Themenwechsel dankbar anzunehmen, auch wenn es vielleicht feige war. »Vier Folgen noch, dann bin ich im Jenseits. Ist natürlich ein großes Geheimnis. Ich darf niemandem etwas sagen, bis die Folgen im September ausgestrahlt werden, und dann muss ich noch ein bisschen Presse machen. Auch nicht schön.«

»Dann kannst du den restlichen Sommer genießen.«

»Sieht ganz so aus. Zum ersten Mal seit zehn Jahren. Immerhin.«

»Ich kann mir freinehmen. Lass uns irgendwo hinfahren. Spanien. Marokko. Griechenland. Such dir was aus.«

»Das würdest du tun?«

»Natürlich.«

Sie hatte noch keine Zeit gehabt, an den Sommer zu denken und wie gut es wäre, freizuhaben und mal rauszukommen. »Mir fällt da etwas ein. Wo ich gern mal *wieder* hinfahren würde.«

»Okay. Ich höre.«

»Gut. Erst muss ich dir nämlich noch eine Geschichte erzählen.«

SECHZEHN

Als Ben die Juilliard School abbrach, um bei einer Soap einzusteigen, dachten alle, er spinnt. Ein Casting-Agent hatte ihn als Jago in *Othello* gesehen und zum Vorsprechen für eine Rolle als Zwillinge gebeten – der eine gut, der andere böse. Er bekam den Job. »Nur für ein paar Jahre«, erzählte er seinen Freunden, es wurden dann siebzehn, bis die Serie abgesetzt wurde. »Damit kann ich mir ein kleines Polster aufbauen.«

Zu dem Zeitpunkt planten Julian und er schon, eine kleine Theatergruppe zu gründen. Ohne Bens Geld von der Soap und seine Bereitschaft, die Gruppe mitzufinanzieren, hätten sie das ganze Projekt gar nicht in Gang bringen können. Nach sechs Jahren, als Good Company allmählich lief (wenn auch etwas wacklig) und Bens Eltern im Ruhestand waren und nach Florida zogen, wollte er endlich seine Idee in die Tat umsetzen: eine Sommertheaterproduktion in Stoneham, für nur einen Abend, ein Stück aus dem Kanon. Er wollte das gesamte Grundstück miteinbeziehen und eine Inszenierung schaffen, in der eine Figur, die schwimmen gehen will, auch tatsächlich in den Teich springt.

Flora erinnerte sich noch an den Tag, an dem sie das Anwesen zum ersten Mal zu sehen bekam, und zwar in einer Klarheit, die damit verbunden war, ein Kind in einer Fünfundvierzig-Quadratmeter-Wohnung im West Village mit wackliger Feuertreppe nach hinten raus großzuziehen.

»Das gehört *dir?*«, fragte sie Ben, als sie neben dem alten Farmhaus standen, in dem früher Bens Urgroßeltern gelebt hatten. Ein Stück den Hügel hinab lag das Little House (das man höchstens im Vergleich zum weitläufigen Haupthaus als klein bezeichnen konnte), und der Rasen erstreckte sich bis zu einem Teich, auf dem in der Mitte ein Holzponton trieb. Daneben stand eine verfallene, ehemals rot gestrichene Scheune.

»Zusammen mit meinen Schwestern«, sagte Ben. »Aber die leben ganz woanders und kommen nur selten her. Von hier aus kann man es nicht sehen, aber hinter der Scheune ist ein kleiner Friedhof.« Er wippte zufrieden auf den Absätzen. »*Ein Friedhof.*«

»Wir spielen aber nicht *Unsere kleine Stadt*, Alter«, hatte Julian gesagt.

Ihre erste Sommerproduktion – *Die Katze auf dem heißen Blechdach* – war gelinde gesagt chaotisch gewesen, angefangen mit den endlosen Verhandlungen darüber, wer wo schlief (zur Verfügung standen das Farmhaus, das Little House und ein Haufen Zelte auf dem Rasen, die ihnen großzügige Nachbarn geliehen hatten) und wer sich um die Verpflegung kümmerte (Flora, wie sich herausstellte; Ruby war damals fünf Monate alt, und Flora war froh darüber, den Großteil des Tages mit ihr verbringen zu können, Sandwiches und Pizza zu kaufen, spazieren zu gehen, die Füße in den Teich zu tauchen).

Im Vorfeld hatte Ben allen ihre Rollen zugeteilt, und seine

einzige Ansage lautete, dass jeder seinen Text bis zu den Proben draufhaben musste. Alle von Good Company, die nicht arbeiteten, waren gekommen, dazu noch ein Dutzend andere, und irgendwie fügte sich in der einen Woche alles zusammen. Möbel wurden auf die Verandas und den Rasen geschleppt und bildeten das Bühnenbild. Ein paar Leute mit handwerklichem Geschick bauten neben dem Farmhaus ein Podest als zusätzliche Bühne. Die Musiker zogen sich in die Scheune zurück und komponierten eigene Zwischenmusik. Hinter dem Haus stellte Ben einen Pavillon auf, wo sie sich für Proben und Besprechungen und zum Essen und Trinken trafen.

Das Premierenpublikum bestand dann aus einem Haufen Freunde aus der Stadt und einer Handvoll neugieriger Nachbarn. Die Bürgermeisterin brachte ihre fünf Kinder mit. Die Akustik war schwierig. Die geliehenen Grills für das Pausenbarbecue gingen nicht richtig an. Nach Sonnenuntergang fielen die Moskitos über sie her. Es war zermürbend und relativ dilettantisch, aber auch berauschend, anders als alles, was Flora bis dahin gesehen und erlebt hatte. Es war echtes Gemeinschaftstheater, so wie Ben es sich vorgestellt hatte, der den ganzen Abend über regelrecht schwebte. Als es vorbei war, wollte niemand nach Hause gehen. Bis in die frühen Morgenstunden wurde gesungen, getanzt, gegessen und getrunken. »Ich glaube nicht, dass er *das* noch mal macht«, sagte Flora zu Julian, als sie todmüde, zerstochen und angeheitert ins Bett krochen.

Am nächsten Morgen, als Flora mit Ruby nach draußen ging, sah sie Ben an einem Tisch auf der Veranda vor dem Haupthaus sitzen, vor sich einen Schreibblock. »Ich mach mir Notizen«, erklärte er. »Nächstes Jahr wird sehr viel einfacher.«

Im fünften Sommer – dem Sommer, als das Foto entstand –, nahm Stoneham Ben das ganze Jahr über in Anspruch, was Julian gar nicht gefiel. Good Company war nicht mehr so sehr wie früher auf Bens Mittel angewiesen, da sie endlich ein gutes Team beisammen hatten, unter anderem jemanden, der Förderanträge schrieb und ein echtes Händchen dafür hatte. Julian hatte ein paar Schauspieler im Ruhestand an Land gezogen, die bei Bedarf Schecks ausstellten und dafür lediglich auf der Premiere mit Champagner versorgt, den Kollegen vorgestellt und mit Dank überhäuft werden wollten. Julian vermisste weniger Bens Geld, sondern ihn als Partner, sein Engagement.

Als Ben also vorschlug, Flora und Julian könnten den Sommer über im Little House bleiben – nicht nur zwei Wochen –, war das ein Versuch, das angespannte Verhältnis zwischen ihnen zu verbessern. Warum auch immer, Flora war begeistert. Julian und sie rechneten es durch. Julian würde ab und zu für Castings in die Stadt müssen und gelegentlich auch für Good Company, aber er hätte genügend freie Zeit. Flora hatte im Frühling ihren ersten Job als Werbesprecherin gehabt und hörte ihre Stimme fast wöchentlich im Fernsehen: *Sind Sie es nicht auch leid, ständig die Papierrolle auszuwechseln? Nehmen Sie Soft'n'Tuff! Reißfest, sanft und ergiebig.*

»Flora, das war super«, hatte der Werbetexter nach dem ersten Take aus der Regiekabine gerufen, »aber wie wär's noch mal nicht ganz so … *Heldenmama*-mäßig?«

Sie wollten eine *Auswahl*, die sollten sie haben. Nervenschwache Mama (»Sind Sie es nicht auch leid, *ständig* die Papierrolle auszuwechseln?«). Erschöpfte Mama (»Sind Sie es nicht auch *leid* …«). Dankbare Mama (Reißfest, *sanft* und … *ergiebig*«).

»Wechselt Daddy auch mal die Papierrolle?«, sagte sie irgendwann aus Spaß, ohne Reaktion. Sie hatte wahrscheinlich zwanzig Takes geliefert, und sie hätte schwören können, dass sie den ersten genommen hatten: die Heldenmama. Aber sie hätte auch noch hundertmal *reißfest, sanft und ergiebig* gesagt, wenn sie dadurch mehr Zeit mit Ruby verbringen konnte. Wenn sie sich das Geld gut einteilten (wer wusste, wie lange die Werbung laufen würde), konnte sie vielleicht zum ersten Mal im Leben den Sommer freimachen.

Sie war wegen der Sprecherjobs hin- und hergerissen gewesen. Einerseits brach es ihr ein wenig das Herz, einfach aufzuhören – mit dem Vorsprechen, dem Singen, vor Publikum Spielen. Andererseits, was sollte sie gegen einen Job sagen, der die Familie über Wasser hielt, ihnen Krankenversicherung garantierte, ihr Zeit mit Ruby ließ und ihnen jetzt auch noch den ganzen Sommer schenkte?

Ein Sommer in Stoneham war für Ruby das Paradies, ja, aber Julian und sie brauchten genauso einen Platz, um sich auszubreiten und mal durchzuatmen. Die letzten Jahre waren hart gewesen. Erst war Julians Mutter gestorben, dann Floras. Sie hatten kaum Gelegenheit, ihre Trauer zu verarbeiten – bei ihr war sie tief, bei ihm kompliziert –, neben all der Arbeit, die es bedeutete, zwei Wohnungen leerzuräumen und auf Vordermann zu bringen, eine davon ein echter Saustall. Beide waren sie Verwalter des jeweiligen »Nachlasses«, insgesamt ein ziemlich aufreibendes Prozedere. (Das einzig Positive: Julians Mutter hatte vollkommen unerwartet eine Versicherungspolice hinterlassen, die nach Abzug von Violets Hälfte ausreichte, um Ruby das College zu finanzieren. Ein Grund weniger, schlecht zu schlafen.) Neben den Beerdigungen und dem Papierkram (mein Gott, der Papierkram) mussten Leute engagiert werden, die beim Saubermachen und Ausräumen halfen. Beide waren sie total ausgelaugt. Flora spürte, wie sie vor lauter Trauer, Erschöpfung und Sorgen beide in ihre jeweiligen Ecken abdrifteten, sie zu Ruby, er zu Good Company.

Julian zog sie damit auf, wie sehr sie die Sitzungen mit Maude Langstrom genoss, und das tat sie auch! Es half. Maude half ihr, ihren Schmerz um Josephine zu verarbeiten und auch die traurige Tatsache, dass, egal wie schrecklich Julians Mutter auch war, Ruby ihre einzigen beiden Großeltern verloren hatte. Und als Maude Flora fragte, ob sie Julian zu einer Sitzung mitbringen wolle, sagte sie sofort Ja, auch wenn sie am Ende die ganze Zeit nur über Good Company redeten. Es war okay, er brauchte genauso Hilfe. Wie konnte jemand, fragte sie sich oft, der als Kind so vernachlässigt worden war, eine Welt erschaffen, in der er selbst sich um so viele andere kümmerte? Sie hatte zunehmend das Gefühl, an letzter Stelle zu kommen, nach allen bei Good Company und Ruby.

Als Margot von ihren Sommerplänen erfuhr, fragte sie, ob David und sie auch kommen könnten, im Little House gab es ja drei Schlafzimmer, das wäre doch toll? Sie machte nach ihrem letzten Stück gerade eine Pause, und David könnte an seinen freien Tagen hochkommen. Flora zögerte.

»Aber wir haben die beiden so lange nicht gesehen«, sagte Julian, was stimmte. Als Ruby fast eins war, waren David und Margot nach London gezogen, geplant war ein Jahr, daraus wurden dann drei. David lehrte dort ein neues Operationsverfahren für Herzklappenfehler bei Kindern, das sein Mentor entwickelt hatte. Und weil Margot Margot war, bekam sie eine Rolle in einer Produktion am West End, die zufällig mit Davids Aufenthalt zusammenfiel und dann auch noch den Olivier Award gewann.

»Ich hätte noch ewig bleiben können«, hatte sie jedem vorgeschwärmt, der es hören wollte. Sie liebte ihre Arbeit und die Wohnung in Mayfair, das Shoppen, die Nähe zum restlichen Europa, sogar das Essen sei viel besser als früher, obwohl Flora zu wissen glaubte, dass Margot seit ihrer Kindheit nicht mehr in London gewesen war. Das alles hatte sie kürzlich bei einem Abendessen erzählt, mit dem Messer in der rechten Hand, Gabel in der linken, Continental Style, die Zinken nach unten, wie ein kleiner Speer. Früher hatten Margot und sie darüber gelacht, wenn Freunde so aßen, um zu zeigen, dass sie ein Semester im Ausland waren. »Du brauchst gar nicht so zu gucken«, hatte sie gesagt, als sie merkte, dass Flora sie beobachtete. »Es geht wirklich einfacher so.«

»Ich hatte mich darauf gefreut, mal nur zu dritt zu sein«, sagte Flora zu Julian.

»Ich auch«, erwiderte Julian. »Aber wir haben ja auch noch Zeit alleine, und für die Aufführung wären sie sowieso gekommen. Margot spielt ja mit.« Er zuckte mit den Schultern. »Musst du entscheiden, aber ich fände es nett. Ich vermisse die beiden.«

Und so stiegen beide Familien an einem ungewöhnlich kalten Samstag im Juni in einen gemieteten Minivan, zusammen mit einem Goldfisch aus dem Klassenraum namens Gryffindor, den Ruby bis September in ihrer Obhut hatte. (»Nicht so *richtig*«, hatte Rubys Erzieherin geflüstert, als sie sie beiseitenahm. »Niemand würde es merken, wenn der Fisch nicht mehr derselbe wäre. Die sehen alle gleich aus. Du musst nur das Schloss wieder mitbringen.« Sie zeigte auf ein neonblaues Plastikschloss mit diversen Türmen am Boden des kleinen Aquariums, in dem der Fisch sich versteckte, wahrscheinlich vor dem aufdringlichen Geklopfe von achtzehn Fünfjährigen.) Als sie aus der Stadt rausfuhren, war die Stimmung im Wagen ausgelassen. David und Julian saßen vorn, Margot und Flora hinten, dazwischen auf ihrer Sitzerhöhung Ruby, die die Hände voller Goldfisch-Käsecracker hatte, deren furchtbarer Geruch den ganzen Wagen durchzog, und die Erwachsenen überredete, Spiele mit ihr zu spielen. *Ich sehe was, was du nicht siehst, und das ist grün!*

Als Flora mitbekam, wie sehr Margot und David von Ruby angetan waren, war sie froh, sie dabeizuhaben. Rubys Geburt hatte das Verhältnis zwischen den beiden Paaren verändert, wie das so ist mit Babys. Flora und Julian hatten so lange versucht, ein Kind zu bekommen, drei Fehlgeburten und eine Menge Kummer inklusive, dass sie sich im ersten Jahr total abschotteten. Wenn sie nicht gerade arbeiteten, verbarrikadierten sie sich zu Hause und schwelgten in ihrer Liebe zu Ruby Josephine Fletcher. Alles, was sie machte, war faszinierend, jeder Laut, den sie von sich gab, bezaubernd. Sie war ein tolles Baby. Sie konnten nicht genug von ihr kriegen, mit ihrem doppelten Wirbel hinten am Kopf, den elegant geschwungenen Augenbrauen, ihrem Lächeln, ihrem Lachen.

Insgeheim genoss Flora es, über Dinge zu jammern, über die sie jahrelang alle hatte jammern hören: den Schlafmangel, das Stillen, bis die Brustwarzen schmerzten, morgens um drei mit einem weinenden Kind im Arm in einer dunklen Wohnung zu sitzen und sich zu fragen, ob man gerade als einziger Mensch in New York wach war. Sie versuchte, jede einzelne Minute im Gedächtnis zu behalten, zumal Julian und sie sich geeinigt hatten, dass die Familienplanung abgeschlossen war. Sie würden nicht versuchen, noch ein Kind zu bekommen. Sie wollten das Ganze nicht noch mal durchmachen – das Temperaturmessen, den Eisprungkalender, die Fehlgeburten, den obligatorischen, leicht verzweifelten Sex.

Während sie den New York State Thruway hochsausten, sah Flora einer anderen, unangenehmen Wahrheit ins Gesicht: Sie hatten sich auseinandergelebt, weil Margots und Davids Leben sich auf eine Art weiterentwickelte, die Flora ihnen übelnahm, sie fühlte sich abgehängt. Ihre Beziehung zu Margot – die so mühelos durchs Leben zu gehen schien – beruhte immer schon auf einem Ungleichgewicht, aber die Kluft war größer geworden, und manchmal schmerzte es sie körperlich, mit Margot zusammen zu sein, zumal sie ständig Arbeit hatte – und zwar gute, beneidenswerte Arbeit. Als sie aus London zurückkam, landete sie sofort bei einer kleinen Off-Broadway-Produktion, die ihr Lobeshymnen in der *New York Times* einbrachte.

Aber als sie jetzt mit Margot neben Ruby hier im Van saß, war Flora einfach nur froh. Julian erzählte Margot von einem neuen Stück, das er gelesen hatte, von ihrem Ex-Freund Quinn, der inzwischen ein angesagter Theaterautor war (»Er war nicht mein *Freund*«, sagte sie und rümpfte dabei die Nase). Julian wollte Margot überreden, das Stück zu lesen. »Die Hauptrolle ist perfekt für dich. Wenn ich jetzt so drüber nachdenke, *bist* du das wahrscheinlich sogar.«

»Nein, danke. Ich spiele lieber andere Leute. Mich in dümmer spielen, interessiert mich nicht.«

»Die Rolle ist gut! Im Winter soll es in Seattle laufen. Sechs Wochen.«

»Wow, du weißt aber auch wirklich, wie man einem Mädchen etwas schmackhaft macht. Quinn. Seattle im Winter.« Sie lachte. »Ist Good Company da involviert?«

»Nein, aber nicht, weil es nicht gut wäre. War eine Frage des Timings.«

»Ich seh's mir mal an«, sagte Margot, »aber ich glaub kaum.«

◆ ◆ ◆

Eines Nachmittags, als Ruby im Wohnzimmer vor einer Folge *Arthur* eingeschlafen war, machten Margot und Flora Limonade und gingen raus auf die Veranda. Die Tage folgten einem herrlichen Muster: ruhiger Morgen, langes Mittagessen mit Wein, Mittagsschlaf, aufwendiges Abendessen mit noch mehr Wein, dann vielleicht einer von den Filmen, die im Wohnzimmer auf einem Stapel neben dem DVD-Player lagen. Es war die Woche, bevor die anderen aus der Stadt zu den Proben von *Hexenjagd* kommen würden. Allen vieren graute es davor, in ihrer Idylle gestört zu werden. Flora und Margot saßen sich an beiden Enden des durchgelegenen Korbsofas gegenüber, sodass ihre Zehen sich berührten, der Krug mit der Limonade stand zwischen ihnen auf dem Fußboden. Ein perfekter Sommernachmittag.

»Okay, erzähl mir, was los ist«, sagte Margot. Flora musste nicht nachfragen, was sie meinte. Auf der Hinfahrt hatte Margot gesagt: »Ich gehe nach London, und du hörst mit dem Theater auf?«

»Ich hatte keine Lust mehr«, sagte Flora. »Ich konnte Ruby nur sonntags und montags ins Bett bringen. Du kennst das ja, wenn man acht Aufführungen die Woche hat – dann ist das dein Leben. Das Problem ist, dass ich noch ein anderes Leben habe, und ich fand es furchtbar, nie bei ihr sein zu können.«

»Das schaffen andere auch«, sagte Margot. »Du weißt, wie schwer es ist, wieder einzusteigen, wenn man erst mal länger weg war.«

»Ich weiß. Aber vielleicht darf ich dich daran erinnern, dass ich die Messlöffel in *Die Schöne und das Biest* gespielt habe? Weder *Into the Woods* noch *Wicked.* Noch nicht mal *Mary Poppins,* und das soll nicht arrogant klingen.« Margot hob die Augenbrauen. »Wirklich! Ich hab das super gern gemacht – meistens. Ich war unglaublich dankbar für den Job. Aber wenn ich alles abwäge ...« Sie breitete die Arme zu einer Skala aus. »Messlöffel oder Ruby? Die Entscheidung fiel mir nicht schwer. Die Show läuft seit zwölf Jahren. Weiß der Himmel, wie viele Leute vor mir die Rolle hatten. Es war ein Job, nicht unbedingt ein Karriereschritt.«

Was Flora Margot nicht verriet, war, dass sie kurz davor gewesen war, in *Wicked* mitzuspielen. Sie fanden sie »toll, suchten aber eigentlich jemand Größeren«. Für *Into the Woods* wurde sie viermal vorgeladen, sie sagten, sie sei »großartig«, hätten sich aber »für jemand Jüngeren entschieden«. An dem Tag hatte sie den ganzen Rückweg über in der U-Bahn geweint, sie wusste, dass ihre Agentin nur nett sein wollte – es waren alles nur Ausreden. In Wirklichkeit ging es nicht um ihre Größe oder ihr Alter – jedenfalls nicht in diesen Fällen –, das Problem war sie selbst, sie war nicht gut genug. Wie lange würde sie das noch ertragen – das Vorsprechen, die Absagen? Wann würde sie akzeptieren, dass es mit ihrer Karriere nicht mehr allmählich voran, sondern dem Ende entgegen ging? Sie hatte sich wirklich gefreut, beim *Biest* mitzumachen, aber es war auch unglaublich anstrengend. Für die Rolle war sie mit ihren Tanzkünsten bis ans Äußerste gegangen. Das Löffelkostüm war eine Qual, schwer, heiß und sperrig. Sie musste jeden Montag wegen Nacken- und Rückenschmerzen zur Physiotherapie – an ihrem einzigen freien Tag. Zwei Matineen die Woche, bei denen sie sich noch vor dem Mittagessen von Ruby verabschieden musste.

»Du kennst doch Gerry Walters?«, fragte Flora Margot.

»Ja, der Mann ist grauenhaft.«

»Stell dir einen grauenhaften Gerry Walters an einem normalen Tag vor und dann stell dir vor, du castest ihn als verzauberten Kerzenleuchter in einem Kostüm mit kleinen Propantanks an den Armen, damit an seinen Händen echte Flammen aufsteigen, während er singt und tanzt.« Flora liebte Margots tiefes, schadenfrohes Kichern. »Oh, der Kerl muss ein Albtraum gewesen sein«, sagte Margot.

»Ein absoluter Albtraum. Bevor er die Hände in die Propantanks schob, tanzte er durch die Gegend, kniff den Frauen in den Po und rief: *Oh-là-là! Oh-là-là!* Irgendwann beschwerte sich jemand beim Dance Captain, und er wurde ermahnt, aber danach war er noch ekliger. Als wir eines Abends beim Auftritt zum tausendsten Mal ›Be Our Guest‹ sangen, kam Gerry mit der rechten Kerze zu nah an seinen linken Ärmel.« Margot richtete sich auf und machte große Augen. »Und plötzlich«, – Flora schnippte mit dem Finger – »stand sein linker Ärmel in Flammen.«

»Oh nein«, sagte Margot und hielt sich den Mund vor Lachen.

»Das Kostüm ist feuerfest – aber er stand *in Flammen*. Also tänzele ich auf ihn zu, um ihn darauf aufmerksam zu machen, ich singe und mache meine tapsigen Tanzschritte und versuche gleichzeitig mit meinen Löffelarmen auf seinen brennenden Ärmel zu zeigen. In den ersten Reihen hatten es schon ein paar Leute bemerkt. Nachdem er mich dann anstarrte, weil ich an der falschen Stelle stand, begriff er endlich. Er löschte das Feuer und machte daraus einen kleinen Auftritt, alle klatschten. So weit alles in Ordnung. Wir kamen also von der Bühne, und ich will nach ihm sehen, da stürzt er sich auf mich wie ein tollwütiger Hund. Ich hätte sein Timing versaut. Ich sei nicht an der richtigen Stelle gewesen. Ich hätte mit meiner Dummheit alle in Gefahr gebracht. Meinetwegen habe er einen Teil seines Liedes verpasst. Dann hat er auch noch das F-Wort zu mir gesagt.«

»Flora, das ist unentschuldbar.«

»Unentschuldbar ja, aber auch so vielsagend. Ich sah den Typen an – wie alt ist er, fünfundsechzig? Verkleidet als Kerzenleuchter, schreit mich an, rot im Gesicht, schweißgebadet, mit brennenden Fackeln statt Händen, und da dachte ich: *Das war's. Ich hab keine Lust mehr.* Am nächsten Morgen hab ich gekündigt.«

Sie saßen eine Weile schweigend auf der Veranda und nippten an ihrer Limonade. »Tut mir leid«, sagte Margot. »Schade, dass du nicht beides machen kannst, Broadway und Ruby.«

»Aber das Ding ist, ich *will* gar nicht beides machen.«

Und als sie das sagte, stellte Flora überrascht fest, dass es tatsächlich so war. Denn die Entscheidung war schwieriger gewesen, als sie zugab. Sie hatte zu den Glücklichen gehört, die regelmäßig arbeiteten und manchmal als Zweitbesetzung einsprangen, wenn Schauspieler sich krank meldeten oder im Urlaub waren. Flora ging nie davon aus, irgendwann mal der Star zu sein, aber dafür vielleicht der treue Sidekick. Sie sah sich als Miss Adelaide in *Guys and Dolls* oder Fantine in *Les Misérables* oder sogar Penelope Pennywise in *Pinkelstadt*.

Eine Nebenrolle mit einer starken Gesangsnummer. Sie dachte, sie könnte aus dem Ensemble hervorstechen, mehr sein als ein paar Messlöffel, aber nein. Ihre Knie schmerzten die ganze Zeit. Die Füße taten ihr weh. An ihren freien Tagen hatte sie keine Energie für Ruby, und es war auch nicht gerade so, dass sie besonders viel Geld verdiente. Nach dem Babysitter, dem Physiotherapeuten und Maude – Gott, Maude kostete ein Vermögen –, blieb unterm Strich wenig übrig. Nach zwei Jahren verdiente sie als Synchronsprecherin mehr als am Broadway. Immer noch nicht genug, aber mehr.

»Ich liebe Synchronsprechen«, erklärte sie Margot.

»Tatsächlich.«

»Doch, wirklich. Es ist so *pur*. Keine Kostüme, kein Make-up. Keine Stellproben. Ich stelle mich vors Mikrofon und spiele. Ich kann mich selbst hören und kleine Korrekturen vornehmen, bis es genau sitzt. Ich kann so viel Takes machen, wie ich brauche. Das ist befriedigend. Es ist ein gutes Leben.«

»Freut mich«, sagte Margot. »Man könnte direkt neidisch werden.« Sie goss ihnen beiden Limonade nach und stand auf. »Da kommt Julian.«

Flora drehte sich um und sah Julian über den Rasen kommen. Er war ein paar Tage für Castings in der Stadt gewesen und direkt in den Teich gesprungen, um sich abzukühlen. Das nasse Haar war glatt zurückgestrichen, sein Handtuch hing ihm um den Hals. Er war braungebrannt und durchtrainiert vom Laufen auf den Landstraßen in den letzten Wochen. Er sah so gut aus, und sie brannte vor Sehnsucht nach ihm, obwohl er ja jetzt da war. Sie winkte. Er winkte zurück. Drinnen hörte sie Ruby wach werden. »Mami? Mami!«

»In letzter Zeit hasse ich es, wenn sie Mittagsschlaf macht, danach ist sie immer so schlecht gelaunt«, sagte Flora.

»Ich geh sie holen.« Margot ging rein und ließ die Fliegengittertür hinter sich zuschlagen.

»Hey«, sagte Julian, als er die Stufen hochstieg.

»Wie war das Schwimmen?«

»Wunderbar. Aber sieh mal.« Er hielt die Hand hoch, zeigte auf seinen leeren Ringfinger und sah sie geknickt an.

»Oh, nein. Was ist passiert?«, fragte sie.

◆ ◆ ◆

Vor dem Abendessen liefen sie alle rüber zum Teich, um nach dem Ring zu suchen, stocherten halbherzig im Gras herum und wussten doch, dass es zwecklos war.

»Es tut mir so leid«, sagte Julian zu Flora. »Er ist mir im Wasser irgendwie vom Finger gerutscht.«

»Ist schon okay, wir besorgen irgendwann einen neuen.«

»Ich fühl mich schrecklich.«

»Hey«, sagte sie und legte ihm die Hand auf die Wange. »Ist doch nur ein *Gegenstand.* Das macht nichts.«

»Wer will Eis?«, fragte David. »Ich mach uns ein paar Eisbecher.«

»Ich!«, rief Ruby.

Margot nahm Ruby an der Hand, und sie liefen mit schwingenden Armen zurück zum Little House. Worüber sie nie wirklich sprachen, wenn sie über diesen Sommer sprachen, war die Tatsache, dass sie sich alle wieder verliebt hatten, ineinander und in sich als Konstellation, Julian, Flora, Margot und David. Die vier rückten wieder näher zusammen, mit Ruby in ihrer Mitte. Und war sie je mehr Ruby gewesen als in jenem Sommer? Der Heiligenschein aus Locken, Ende August von der Sonne blond gebleicht, der Haarknoten, auf den sie jeden Morgen bestand, die endlose Spur von entsorgten Zauberstäben, Kronen und Tüll, den sie um die Hüfte trug.

Ruby sah zu Margot hoch, und Flora hörte sie mit ihrem hohen Stimmchen zaghaft fragen: »Bist du meine Freundin?« Bildete Flora sich ein, dass Margot gerührt war, als sie sich zu Ruby runterbeugte und sagte: »Ich bin deine beste Freundin, Ruby. Die allerbeste«?

»Hurra!«, jubelte Ruby.

Flora schob ihre Finger zwischen Julians und tastete nach der Stelle, wo der Ring hätte stecken sollen. *Ach ja.*

Später waren sich alle einig: Dieser Sommer, der Sommer auf dem Foto, war der schönste überhaupt gewesen.

SIEBZEHN

Sydney hatte nicht vorgehabt, Julian seinen blöden Ring wegzunehmen. Sie hatte mit zu vielen verheirateten Männern geschlafen, um sich an so einem schmalen Ding aus Gold, Silber oder Platin, oder aus welchem Edelmetall auch immer ihre edlen Ehemedaillen waren, zu stören. Julians Fehler war, dass er so durchschaubar, so respektlos war. Sie machte sich keine Illusionen über sie beide. In ihren Augen waren sie wie verletzte Vögel, die aus getrennten, aber ähnlichen Nestern geworfen worden waren und sich irgendwie gefunden und an ihren Wunden erkannt hatten. Sie verspürten beide dieselbe Leere, und sie konnte sie mit Sex füllen, ja, aber auch mit der Genugtuung, Macht über ihn zu haben. Daran konnte sie sich tagelang berauschen, zu wissen, dass sie ihn zu sich rufen und ihn sich selbst erniedrigen lassen konnte. Der grundanständige Julian. Der liebende Ehemann. Er setzte sich ihr aus, legte seine Wunden bloß, und dann sah sie zu, wie er sich wand und stöhnte und sie begehrte. Er *begehrte* sie. Auch wenn er nie blieb, auch wenn er manchmal duschte, bevor er ging, damit er nicht nach ihr roch, wenn er ins heimische Ehebett schlüpfte, fühlte sie sich jedes Mal wie eine Wildkatze, die träge die Tatzen ausstreckte, wenn er verlegen und auch ein wenig amüsiert bei ihr klopfte.

Aber dann eines Abends, als sie fertig waren und er sich im Bad die Hände, das Gesicht, den Mund und den Schwanz wusch, hob sie seine Jeans vom Boden auf, und sein Ehering fiel aus der Tasche, rollte durchs Zimmer gegen ein Stuhlbein und landete vor der Schüssel mit dem Katzenfutter. Offenbar hatte er ihn abgenommen, bevor er die Wohnung betrat. Auf einmal wurde sie wütend. Als er aus dem Bad kam, frisch und reingewaschen, fragte sie: »Warum bleibst du heute nicht über Nacht?«

»Du weißt, dass das nicht geht«, sagte er. Sie lehnte sich auf dem Bett zurück und knöpfte ihr Hemd auf. Normalerweise reichte das aus. Aber an diesem Abend griff er nach seiner Hose und seinem Gürtel und zog sich schneller an als sonst, mied sogar ihren Blick. Sie fühlte sich alleingelassen. Sie wollte über Dinge reden, über die Paare redeten, was sie am Wochenende vorhatten, ob sie einen Film sehen wollten oder sich was zu essen bestellen oder zum Chinesen um die Ecke gehen. Alles, was sie ihm einmal in einem schwachen Moment entlockt hatte, war ein saftloses »Ich kann nicht leugnen, dass zwischen uns etwas ist«. Trotzdem hatte es sie gefreut, denn über Gefühle zu sprechen, war normalerweise verboten, es sei denn, es ging um Wut. Erlaubt war provozieren, streiten, beschuldigen, vögeln und sich vertragen. Und immer wieder von vorn. »Ich muss dauernd an dich denken«, hatte er eines Abends gesagt, während er mit den Händen über ihren Körper fuhr und sie auszog. »Jeden Tag nehme ich mir vor, es nicht zu tun, und dann höre ich deine Stimme, und du machst mich wahnsinnig …«

Diese Sätze ging sie jetzt im Kopf noch mal durch, denn es

war eines der wenigen Male gewesen, dass er sich in die Karten hatte schauen lassen. »Warum kannst du nicht bleiben?«, fragte sie. Sie wollte nicht zu bedürftig klingen, aber es fiel ihr schwer. Sie war bedürftig.

»Aus diversen Gründen«, sagte er. Er sah auf die Uhr, und sie wusste, dass er gleich sagen würde, er müsse jetzt los. Das war noch etwas, was sie hasste: Wie seine Anwesenheit immer an einem winzig dünnen Faden hing; die kleinste Kleinigkeit konnte ihn aus dem Konzept bringen, und schon spürte sie seine Aufmerksamkeit zurück in sein anderes Leben, sein echtes Leben, wandern.

Ihr Vorsatz bestärkte sich erst am nächsten Tag, als er anrief und fragte, ob sie einen Ring gefunden hätte. Er musste zurück nach Stoneham, wo sie nie mit hindurfte.

»Ring?«, fragte sie. »Was für ein Ring denn?«

»Komm schon, Sydney. Ich hab meinen Ring verloren. Hast du ihn gefunden?«

»Du hast gestern keinen Ring getragen.« (Das stimmte!)

Sie wusste, dass sie ein Verfallsdatum hatte. In letzter Zeit sah sie ihm an, wie gern er sie immer schnell wieder los sein wollte. Sie wusste noch nicht, was sie mit dem Ring anfangen sollte, aber vielleicht würde er sich noch als nützlich erweisen. Im schlimmsten Fall behielt sie ihn als Andenken. Warum auch nicht?

•••

War Davids Schlaganfall erst fünf Monate her? Margot kam es vor wie Jahre. Sie hätte es gewohnt sein müssen, dass ihr Leben eben noch eine bestimmte, klare Gestalt haben und sich dann, praktisch ohne Vorwarnung, in Luft auflösen konnte und sie auf einmal frei umhertrieb, dass ihr schwindelig wurde und sie sich fragte, ob das jetzt noch ein Zwischenstadium war oder schon ein permanenter Zustand. Sie hatte gelernt, diese Ungewissheit bei der Arbeit hinzunehmen – anders überlebte man das nicht –, aber als nach Davids Schlaganfall irgendwann auch ihr Privatleben ins Wanken geriet, war Schluss. Auch wenn sie nicht stolz darauf war, sie wollte nur noch weg.

Sie verpasste das Casting für das Stück, das sie eigentlich am Tag des Schlaganfalls hatte lesen wollen. Verzweifelt und verängstigt, wie sie war, sagte sie das Gastspiel in Seattle mit Quinns Stück zu, obwohl sie dadurch wieder mit seiner speziellen toxischen Art konfrontiert würde, denn als er sie gefragt hatte, war sie noch vollkommen gefestigt gewesen, vor allem an Davids Seite, der ihr immer Halt gab. Jedenfalls hatte er das. Und würde es auch wieder, da hatte sie keine Zweifel. Er war erst seit ein paar Wochen aus der Reha zurück. Es war alles noch nicht so leicht für ihn und für sie auch nicht. Sie bot ihm an, zu Hause zu bleiben, aber David bestand darauf, dass sie fuhr, und ehrlich gesagt musste er sie nicht lange überreden. Sie engagierte eine Hauspflegerin und einen Physiotherapeuten, die beide jeden Tag kommen würden. Flora versprach, jeden Nachmittag mit Ruby vorbeizuschauen und Margot am Telefon zu berichten, wie es ihm ging.

Die Produktion in Seattle war eine einzige lange, öde, durchregnete Katastrophe. Das Stück war gefloppt, und Margot bekam – genau wie alle anderen – die schlechtesten Kritiken, die sie je hatte. Die Kritiker ließen an niemandem ein gutes Haar: Das Stück sei enttäuschend und banal, die Schauspieler hätten den Ton nicht getroffen, der Abend hätte sich insgesamt endlos hingeschleppt, die Inszenierung sei langweilig, die Beleuchtung hätte Margot im entscheidenden Moment unvorteilhaft im Schatten stehen lassen und so weiter und so fort.

Im Nachhinein fragte sie sich immer, warum es niemand hatte kommen sehen. Keiner von ihnen hielt das Stück für ein Meisterwerk, man musste auf jeden Fall noch daran arbeiten – für so was war ein Gastspiel ja auch da, man holte es auf die Bühne, sah und *fühlte*, was funktionierte und was nicht –, aber es ahnte auch keiner, dass es ein komplettes Desaster war, bis sie es in der Zeitung lasen. Nach den Kritiken kam der Ticketverkauf zum Erliegen. Die Produzenten füllten den Saal mit Studenten und Senioren auf, die während der Aufführungen oft unbeteiligt dasaßen, manchmal aber auch richtig genervt waren.

Margot verließ tagsüber kaum noch das Zimmer. Sie hielt sich von den anderen fern, aß mit niemandem zu Mittag und ging nach den Aufführungen auch nichts mehr trinken. Sie zählte die Tage. Im tristen Seattle. Im Februar. An dem Morgen, als sie Julians Ring fand, saß sie schlecht gelaunt in einer unangenehm hellen Wohnung in einem heruntergekommenen Haus in einem gerade noch erträglichen Viertel von Seattle. Jemand hatte sich besondere Mühe mit ihrem Zimmer gegeben und die Wände in tropischen Kontrastfarben gestrichen, Sonnenuntergangsrosa, Mandarinenorange, Brausepulvergrün und Zitronengelb, sodass es aussah wie eine deplatzierte exotische Obstschale. Ein Gauguin in Cleveland. Ein Bonnard in Buffalo. Letztlich hoben die Farben nur das erbarmungslose Grau von draußen hervor. Sie wartete darauf, dass Sydney mit Duschen fertig war, da sie sich ein Bad teilten, wogegen sie lautstark, aber erfolglos protestiert hatte. Mit Gastspielen war es immer so eine Sache, und es interessierte auch keinen, dass sie die weibliche Hauptrolle hatte. Die Unterkünfte waren praktisch alle gleich. Außerdem hätte es durchaus schlimmer sein können. Im Sommer war sie mal in Cape Cod in einem verlotterten Gasthaus untergebracht, wo sich sechs Zimmer ein winziges Bad teilten, und zwar mit einem Haufen Mäuse. Aber heute Abend spielten sie zum letzten Mal. Das Elend hatte ein Ende.

Sie hörte, wie die Dusche ausging und Sydneys Fön zu brummen begann. Sydney brauchte morgens ewig, und Margot hatte mit Genugtuung zur Kenntnis genommen, dass Sydneys natürlicher Look sorgfältiger Pflege bedurfte und sie dafür Unmengen an teuren Produkten und mindestens eine Stunde brauchte, während Margot duschte, die Haare an der Luft trocknen ließ und vielleicht etwas Feuchtigkeitscreme auftrug.

Margot hatte in der Anfangszeit von Good Company schon ein paarmal mit Sydney zusammengearbeitet und nie verstanden, was die Leute an ihr fanden, weder als Mensch noch als Schauspielerin. Sie wirkte irgendwie manisch, schwer einzuschätzen. Ben und Julian arbeiteten schon seit Jahren nicht mehr mit ihr, im Gegensatz zu Quinn (Margot konnte sich vorstellen, warum). Obwohl sie in dieser Produktion nur eine kleine Rolle hatte, schaffte sie es jeden Abend, für Unruhe zu sorgen. Sie war entweder zu laut oder nicht laut genug. Sie trampelte über die Bühne und verhaspelte sich im Text. Jedenfalls schaffte sie keine drei sauberen Auftritte am Stück.

Endlich hörte Margot sie aus dem Bad kommen. Seitdem sie wach war, musste sie pinkeln. Sie schnappte sich ihr

Handtuch und ging ins Bad. Als sie sich die Zähne putzte, sah sie auf dem Fußboden unter dem Waschbecken einen Ring an einem dünnen Kettchen liegen. Immer wieder ging sie in Gedanken durch, ob Sydney – vielleicht sogar unbewusst – gewollt hatte, dass sie die Kette fand. Aber Sydney hätte nicht wirklich wissen können, dass einer der wenigen Menschen auf der Welt, dem der Ring bekannt vorkommen konnte, Margot war. Sie hob die Kette auf und sagte sich, dass es unmöglich das sein konnte, was sie zu sehen glaubte – den inzwischen leicht verschlissenen, schmalen goldenen Ring mit dem Milgrain-Muster. Sie zog ihn von der Kette und hielt ihn vor das flackernde Neonlicht: J UND F. Sie war in Stoneham gewesen, als Julian behauptete, ihn verloren zu haben. Sie war mit den anderen zum Teich gegangen und hatte im Schlamm danach gestochert. Sie steckte den Ring und die Kette in die Tasche ihres Morgenmantels, zog sich schnell an und ging.

Zurück in New York traf sie Julian auf einen Drink. »Suchst du den hier noch?«, hatte sie gefragt und den Ring auf den Tisch geknallt.

»Wo hast du den gefunden?«, fragte er und starrte auf den Tisch. Er war leicht grün angelaufen.

»In meinem Badezimmer in Seattle. Dem Badezimmer, das ich mir mit Sydney Bloom geteilt habe, und die hat ihn anscheinend an einer Kette um den Hals getragen, als wäret ihr beide in der Highschool und sie wäre mit dem Star der Theatergruppe zusammen.«

»Oh, Gott.«

»Was ist hier los, Julian?« Margot setzte sich und gab dem Barmann ein Zeichen.

»Nichts. Nichts, ich schwöre«, erwiderte er. Seine Haltung

sagte genau das Gegenteil, er sackte in sich zusammen, wie Margot ihn noch nie erlebt hatte.

»Warum hat sie deinen Ehering?«

»Sie hat ihn mir weggenommen.«

Margot seufzte und überlegte kurz. Wie viel wollte sie wissen? Denn wenn sie die schmutzigen Details erfuhr, wie sollte sie es dann Flora nicht erzählen? Wie sollte sie Julian nicht dafür hassen, egal, was genau er getan hatte?

»Margot …«, fing Julian an. Sie hob die Hand.

»Ist es vorbei?«, fragte sie. »Egal, was es war?«

»Ja.«

»Weiß Flora davon?« Ein kurzes Nein.

Sie wollte nicht darüber nachdenken, was dazu geführt hatte, dass der Ring jetzt vor ihnen auf dem Tisch lag. Wobei, wem wollte sie etwas vormachen? Er hatte Sydney gevögelt. Einerseits wunderte sie das, andererseits auch nicht. Eigentlich wunderte sie gar nichts mehr, aber Julian? Sie war so enttäuscht. »Hast du vor, Flora davon zu erzählen?«

»Nein. Nein!«

»Gut.« Sie saßen eine Weile so da und nippten schweigend an ihrem Whiskey pur. »Sie würde das nicht verkraften, Julian. Sie hat so viel für dich aufgegeben, und wenn du ihr erzählst …«

»Margot.« Sein Gesicht war starr, seine Augen glänzten. »Du musst mir keinen Vortrag halten.«

»Das hoffe ich.« Sie schob den Ring über das lasierte Holz. »Ich will nie wieder darüber reden. Aber ich verspreche dir, wenn ich auch nur den leisesten Verdacht habe, dass du Flora noch mal betrügst, dann erzähle ich ihr alles. Mein Gott, Julian. Sydney?«

Er seufzte und blickte nach oben, als stünde dort zwischen

den College-Sport-Wimpeln und den Schnapsflaschen irgendeine Erklärung an der Wand. »Ich …«

»Ich will es nicht wissen«, sagte sie. »Was machst du jetzt damit? Tragen kannst du ihn ja nicht.« Er hatte schon einen neuen, eine exakte Kopie des ersten. Flora hatte ihr erzählt, dass er allein losgezogen war und ihn besorgt hatte. Er wollte sie überraschen, aber Flora war enttäuscht, sie hätte es lieber zusammen gemacht.

»Ich weiß«, sagte er. Er nahm den Ring und steckte ihn in die Jackentasche. »Ich kümmere mich darum.«

ACHTZEHN

Flora wachte auf und roch den Kaffeeduft, der aus der Küche hochzog. Julian und sie waren seit fast drei Wochen in Stoneham. Gleich nachdem Ruby nach Spanien geflogen war, waren sie ebenfalls aufgebrochen, und obwohl Flora nicht in der Stimmung war, Julian auch nur irgendetwas zuzugestehen – nicht mal eine *Idee* –, musste sie doch schweren Herzens zugeben, dass dieser Ortswechsel eine gute Idee war. Sie hatte vergessen, wie gut sie in »ihrem« Schlafzimmer schlief, dem Zimmer unter dem Dachvorsprung, selbst jetzt, wo Julian nach unten verbannt war und ihre Gedanken gegen den Schlaf ankämpften, als wäre es der Tod.

Das Little House war ein Trost, es hatte sich nichts verändert. Der wacklige Schaukelstuhl, den sie irgendwann mal auf einem Garagenflohmarkt gekauft hatte, stand noch vor dem Fenster. Wenn Ruby als kleines Kind nach dem Mittagsschlaf aufwachte, wollte sie immer darauf schaukeln. Als Flora jetzt die Augen schloss, spürte sie die verschlafene Ruby auf ihrem Schoß, ihren verschwitzten Kopf, den berauschenden Kleinkindgeruch nach Apfelsaft, Shampoo und Erde. Alle Spiele, die sie über die Jahre mitgebracht hatten – Cluedo, Monopoly, Yahtzee –, lagen noch unten. Der

Kühlschrank brummte immer noch zu laut. Die Gasbrenner mussten noch mit einem Streichholz angezündet werden. Die Veranda mit den Korbsofas und den durchgesessenen Polstern war einer ihrer liebsten Orte auf der Welt, um rumzusitzen, zu lesen oder zu schlafen – früher jedenfalls. Jetzt erinnerte es sie zu sehr an Margot. Die gemeinsamen Morgen mit einer Kanne Kaffee, die Abende mit einer Karaffe Wein.

Als Margot vom Wiederauftauchen des Rings erfuhr, rief sie täglich an, manchmal stündlich. Flora ignorierte alle Anrufe, bis auf einen, es war ein kurzes Gespräch, schmerzhaft und sinnlos, Margot hatte sich immer wieder entschuldigt, und Flora hatte kaum zugehört. Sie legte mitten im Satz auf und schrieb Margot eine Nachricht mit der Bitte, sie nicht mehr anzurufen.

Julian hatte Flora von Margots Rauswurf bei *Cedar* erzählt, und obwohl Flora versuchte, etwas dabei zu empfinden, gelang es ihr nicht. Sie wusste nicht mehr, wie sie sich Margot gegenüber fühlen sollte. Verraten – ja. Wütend, auf jeden Fall. All das, was sie Julian gegenüber empfand. Wenn sie versuchte, sich in diesem Sumpf von Gefühlen zurechtzufinden und zu überlegen, was sie ihr sagen wollte, geriet sie völlig durcheinander, und alles verschwamm.

Sie stand auf und fragte sich, was Julian wohl zum Frühstück machte. Er hatte sich in eine Art überfürsorgliche Krankenschwester verwandelt. Brachte ihr Kaffee ans Bett, schüttelte die Kissen auf, sorgte sich um ihre Wünsche, Launen und Bedürfnisse. Es war abwechselnd beeindruckend und irritierend. Heute war der letzte Julisonntag, bald würden die anderen zu den Proben eintrudeln.

Während Flora ihre Leggings und einen Juilliard-Sweater

anzog, den sie vor mehr als zehn Jahren im Schrank vergessen haben musste, ging sie ihrem neuen Morgenritual nach: herauszufinden, wie es ihr ging. Wie fühlte sie sich heute? Das Schockierende an den letzten Wochen – oder *eines* der schockierenden Dinge – war, wie gut sie ihren Schmerz verdrängen konnte. Mit der Wut konnte sie besser leben. Wut war befriedigend und auslebbar. Eine ganze Reihe von Gesten poppte in ihrem Kopf auf wie Regieanweisungen in einem Drehbuch. Sie *schlug* und *knallte* und *stampfte*. Eines Abends, als sie Julian befragte und er sich auf eine Art entschuldigte, die es nur noch schlimmer machte (»Ich war nie mit ihr aus«, verteidigte er sich. »Ich habe sie nie irgendwohin mitgenommen.« »Und deshalb soll ich mich besser fühlen?«, hatte sie gefragt. »Allmählich bin ich auf *ihrer* Seite.«), betrachtete sie das Glas Rotwein in ihrer Hand und dachte: *Flora schüttet den Wein auf Julians Hemd.* Was sie dann auch tat.

Das Handy summte auf der Kommode. Sie ignorierte es, setzte sich in den Schaukelstuhl und sah aus dem Fenster. Nachdem sie den Ring gefunden hatte und nach allem, was darauf folgte, wollte Flora anfangs, dass Julian allein nach Stoneham fuhr. »Und was erzählen wir Ruby?«, fragte er.

»Dir fällt bestimmt was ein«, sagte sie. »Deine Fähigkeit, dir irgendeinen Scheiß aus den Fingern zu saugen, kommt dir dabei sicher zugute.« Aber so nonchalant sie im Gespräch auftrat, letztendlich wusste sie auch nicht, wie sie sich Ruby gegenüber verhalten sollte. Sie wusste ja nicht mal, wie sie sich überhaupt verhalten sollte. Sie schwankte ständig zwischen Kummer und Wut und fand irgendwie keinen Mittelweg.

»Wir müssen hier weg. Das wird uns guttun«, hatte

Julian sie gedrängt. Er konnte immer noch charmant sein, ihr Mann. Und überzeugend. »Lass uns zusammen wegfahren, Flora. Bitte.«

Sie willigte ein. Sie willigte ein, es zu versuchen. Sie willigte nicht ein, lieb und nett zu sein, die ganze Produktion über zu bleiben und vor den anderen so tun zu müssen, als sei alles in Ordnung. »Ich weiß noch nicht, wie lange ich bleibe«, erklärte sie.

»Damit kann ich leben. Das ist immerhin ein Anfang.«

Ihr Handy summte wieder, und dann noch mal. Jemand rief an. Sie nahm es in die Hand und sah die verpassten Anrufe, vier insgesamt, alle von Margot. Sie hatte eine Nachricht auf der Mailbox hinterlassen. Flora wollte sie nicht hören, aber sie konnte Margot nicht ewig ignorieren. Oder doch?

»Da musst du jetzt durch«, sagte sie gern, wenn jemand eine schwierige Phase durchmachte. Was für ein dummer Satz! Sie wollte da nicht durch, sie wollte die Zeit zurückdrehen, wieder in der Garage sitzen und die Szene beenden, ohne den Ring zu finden.

Sie hörte die Mailbox ab.

Flora, ich bin's. Hi. Ich, äh, ich weiß, du willst nicht mit mir reden, aber bitte leg nicht gleich auf. Ich vermisse dich, ich fühle mich schrecklich und … Hier machte Margot eine Pause. Flora schnürte sich der Hals zusammen, die Tränen traten ihr in die Augen, all die Traurigkeit, die sie die ganze Zeit versucht hatte zurückzuhalten, kam jetzt hoch, und sie fühlte sich, als stünde sie an Deck eines Schiffes, das Schlagseite hatte. Sie hörte Margot durchatmen. *Ich bin auf dem Weg zur Arbeit. Heute ist mein letzter Drehtag, Flora. Die große Sterbeszene. Ich wünschte, du wärst hier. Vielleicht würden sie dich den*

Stecker ziehen lassen. Ha ha. Mir fiel gerade auf, wie unfassbar es ist, dass ihr heute nicht im Studio dabei seid, Julian und du. Ich bin ein einziges Wrack und …«

Flora drückte auf Stopp und löschte die Nachricht. Hier ging es nicht um Flora, sondern um Margot, die wollte, dass alles beim Alten blieb, damit sie ihr großes Finale haben konnte.

Scheiß auf Margot.

Die Tannen, die sie damals gepflanzt hatten, waren über den ersten Stock hinausgewachsen. Die Lichterkette hing immer noch, Ben hatte an den unteren Zweigen noch mehr aufgehängt. Weiter hinten sah sie ihn auf der Veranda des Haupthauses stehen und den Blick über sein Anwesen wandern lassen. Jemand war bei ihm – seine neueste Errungenschaft. Ben war mit einer Reihe erschreckend patenter Frauen zusammen gewesen, alle top in Form und wunderschön, ohne jede künstlerische Ader in ihren straffen Körpern. Neben der Veranda sah sie seine Tochter Tess in den blühenden Hortensien herumstochern. Offenbar verbrachte sie den Sommer bei ihm. Ruby würde sich freuen, sie spielte gern die große Schwester.

Ruby. Was sollten sie Ruby sagen?

»Bist du eigentlich gern hier, Mom?«, hatte Ruby sie bei einem ihrer letzten Besuche in Stoneham gefragt. Da war sie wahrscheinlich zwölf oder dreizehn gewesen. Flora musste überlegen. »Warum?«, fragte sie schließlich.

»Mir macht es nicht mehr so viel Spaß.«

Erstaunlicherweise hing Flora noch am meisten von ihnen an Stoneham. Einerseits freute sie sich, aus der Stadt rauszukommen. Andererseits konnte die Arbeit als Sprecherin ganz schön einsam sein. In Stoneham gab es alles Mögliche zu tun. Manchmal arbeitete sie mit den Musikern. Manchmal kochte oder nähte sie oder half bei den Requisiten.

Aber in jenem letzten Sommer, dem Sommer, bevor sie an die Westküste zogen, beobachtete sie, wie Julian sich aus dem ganzen Betrieb zurückzog. Ben hatte ein Dokumentarfilmteam eingeladen, das alles überrollte. Die Anwesenheit der Kameras beeinträchtigte die Stimmung während der gesamten Probenwoche und auch der Vorstellung. »Ich fahre nicht zwei Stunden hier hoch, um das zu haben, was ich in Manhattan zu vermeiden versuche«, hatte er sich beschwert. Wie immer kapitulierte sie vor seinem, wie sie sich sagte, Urteilsvermögen. Aber war es Urteilsvermögen oder Abneigung? Julian konnte so großzügig sein, so hilfsbereit und ermutigend, solange er die Sache selbst guthieß, solange sie seinen Lackmustest bestand, tat etwas aber schnell ab, wenn nicht.

Sie musste daran denken, was sie alles verpasst hatte, weil es nicht Julians »Fall« war. Als sie sich kennenlernten, hörte sie auf, in der Kirche zu singen – und überhaupt hinzugehen –, weil Julian sich abschätzig darüber äußerte. »Zeit für die Zaubershow?«, fragte er, wenn sie sich sonntags für den Gottesdienst fertigmachte. Sie hatte die Musicals an den Nagel gehängt (okay, wegen Ruby, zugegebenermaßen). Jeder Urlaub, jedes freie Wochenende hatte sich den Bedürfnissen von Good Company unterzuordnen. Die Liste ging noch weiter. Sie wusste, dass diese Einstellung nicht unbedingt hilfreich und vielleicht auch nicht ganz fair war. Bevor Ruby ihren Alltag verkomplizierte, hatte sie Julian dafür bewundert, wie er durchs Leben ging – seine Gewissheit, seine Entscheidungen, seine Loyalität. In all das hatte sie sich verliebt. Sie war stolz darauf.

Und selbst wenn sie seine Prioritäten in Frage stellte, akzeptierte sie sie, weil sie glaubte, dass Julian und sie ein Team waren und beide nach denselben Regeln spielten. Wie sollte sie diese Information mit ihrer Lebensgeschichte verbinden? Wie sollte sie es akzeptieren, so unverfroren angelogen, so schmählich hintergangen worden zu sein? Wie sollte sie jetzt noch wissen, ob ihr Leben – wovon sie immer ausgegangen war – eine Reihe von reiflich überlegten Entscheidungen war oder, angesichts dieser neuen Entwicklung, von unfairen Kompromissen?

Sie ging runter in die Küche und goss sich einen Kaffee ein. Vom Fenster aus sah sie Julian auf dem Rasen mit Ben reden. Sie fragte sich, ob Ben in der Woche seit seiner Ankunft etwas mitbekommen hatte. Sie glaubte nicht. Sie ging raus auf die Veranda. Als sie die Fliegengittertür aufgehen hörten, sahen Ben und Julian zu ihr rüber. Ben schien sich zu freuen, Julian wirkte besorgt. Was jetzt?

»Hey«, rief sie. »Wie geht's?«

»Tolle Neuigkeiten«, sagte Ben und rieb sich die Hände. »Es sollte eigentlich eine Überraschung sein, aber ich dachte, euch könnte ich es erzählen. Ehrlich gesagt, dachte ich, ihr wüsstet es schon. Ich hoffe, ich verrate kein Geheimnis.«

»Wüssten was?«

»Die Rückkehr der einzigartigen Margot Letta! Sie kommt gegen Ende der Woche. Toll, oder? Dann ist die ganze Gang versammelt.«

»Super toll.« Flora verzog keine Miene. Sie drehte sich um und ging wieder hinein und direkt nach oben. Typisch Margot, einen Überraschungsangriff zu starten, nachdem sie und Julian in den letzten drei Wochen zu einem wackligen Waffenstillstand gekommen waren. Andererseits, musste sie fairerweise einräumen, vielleicht war das ja der Grund für Margots Anruf gewesen.

Von oben sah sie Ben und Julian zum Farmhaus hochgehen. Die Proben begannen in ein paar Tagen, und sie war sicher, dass Julian sich über die Ablenkung freute. Wahrscheinlich konnte er es kaum erwarten, dass die anderen ankamen und sie sich an die Arbeit machten, er wieder in seinem Element war und einen Grund hatte, Flora aus dem Weg zu gehen, ihrer Wut und ihrer Trauer.

Flora war keine Heilige. Sie handelte aus falschem Stolz. Sie hatte ernsthaft und aufrichtig geglaubt, ihre Ehe sei besser als alle anderen. »Man weiß nie, was hinter verschlossenen Türen vor sich geht«, sagte Julian immer. Aber sie wusste, was hinter ihrer Tür vor sich ging, und wie! Die Tatsache, dass Julian und sie ein perfektes Paar waren, hatte ihr Leben definiert.

Die Tanne vor dem Fenster, Rubys Baum, wirkte kränklich. Die Nadeln waren vergilbt, die Rinde war von einer Art weißem Schimmel befallen. Ein paar Tage zuvor hatte Ben einen Baumpfleger geholt. Als er den Hügel hinunterkam, erkannte er schon weitem, was los war. Ein Parasit hatte sämtliche Tannen in der Gegend befallen. »Es ist ein Jammer«, sagte er. »Diese Bäume waren früher mal sehr robust, und jetzt werden sie alle krank.«

Als sie mal wieder, wie neuerdings öfter, zwei und zwei zusammenzählte, wurde ihr bewusst, dass Julian den Baum zu der Zeit gepflanzt hatte, als er mitten in seiner Affäre mit Sydney steckte. Sie fragte ihn daraufhin, ob er bei einem seiner mittlerweile nachvollziehbaren Ausflüge nach Manhattan zu Sydney in jenem Sommer noch Dreck unter den Fingernägeln hatte, nachdem er Rubys Baum gepflanzt hatte.

»Flora, bitte.« Er hielt sich die Hände vors Gesicht. »Ich weiß es nicht. Ich kann mich nicht erinnern.«

»Armes Ding«, hatte der Baumpfleger gemeint und die Hand auf den Stamm gelegt. »Der wird von innen aufgefressen.«

Sie wusste, wie sich das anfühlte. Sie musste dort weg.

NEUNZEHN

Na gut, es sollte also ein Fahrrad sein.

Dr. Cathryn Newhall würde fröhlich eine fiktionale Straße in der fiktionalen Stadt Cedar entlangfahren, nach einer langen fiktionalen Schicht, durch leichten fiktionalen Regen. Sie hatte Kopfhörer in den Ohren und hörte Musik (Bess war genial darin, kleine Seitenhiebe in die Handlung einzubauen – die Kopfhörer auf dem Fahrrad, der ungetragene Helm), und aus der anderen Richtung kam ihr ein großer böser SUV entgegen, der zu schnell um die Kurve bog, auf der rutschigen Straße ins Schleudern geriet und – die Folge endete mit dem Geräusch des Zusammenstoßes und einem für *Cedar* typischen Close-up vom Vorderrad des Fahrrads, das sich unheilvoll im Dunkeln drehte, dazu lief dann eine unpassende fröhliche Indie-Pop-Nummer, die aus Dr. Cats EarPods kam.

Margot war erleichtert, als sie das Skript las, denn unabhängig von Bess' Versprechen hätte Dr. Cat auch bei einem Flugzeugunglück oder einem Autounfall umkommen können, und in ihrer letzten Folge wäre ein geschlossener Sarg mit einem riesigen Foto von Margot obendrauf zu sehen gewesen. Aber Bess hatte Wort gehalten und Margot einen »guten Tod« beschert. Er würde sich über vier Folgen hinziehen, und Margot versuchte, sich nicht daran zu stören, dass sie die meiste Zeit in einem Krankenbett liegen würde. Wenigstens musste sie sich keine Gedanken um ihre Haare machen.

Auf der Fahrt ins Studio an ihrem letzten Drehtag versuchte sie, sich auf die Arbeit zu konzentrieren und alles auszublenden, was mit Flora und Julian zu tun hatte. Das Ganze war ein totaler Mist, und sie war wütend, dass Flora sich weigerte, mit ihr zu reden. Sie überlegte, ihr eine Mail zu schreiben, aber irgendwie fühlte sich das feige an, außerdem wusste sie nicht, was sie schreiben sollte, wie sie ihr verständlich machen sollte, dass sie nur hatte helfen wollen. Wie sie es ausdrücken sollte, damit Flora ihr glaubte. Erstmal wollte Margot ihr erzählen, dass David und sie überlegten, nach Stoneham zu kommen, aber wenn sie nicht mit ihr redete, dann eben nicht. Sie rief Ben direkt an und sagte, sie sei bereit, beim *Kirschgarten* mitzumachen. Sie war kein großer Tschechow-Fan, aber das Stück mochte sie total gern, und natürlich war Ben wie erhofft begeistert, sie dabeizuhaben, wenn auch auf den letzten Drücker. »Dann werde ich wohl jemanden rauswerfen müssen«, sagte er. »Aber scheiß drauf. Das sind doch mal tolle Neuigkeiten.« Sie hatte eine Nachricht auf Floras Mailbox hinterlassen – trotz ihrer Bitte, sie nicht anzurufen – und konnte nur hoffen, dass Flora sie abhörte.

Nachdem Margot in Seattle Julians Ring entdeckt hatte, überlegte sie, Flora davon zu erzählen, verwarf den Gedanken jedoch gleich wieder. Sie wartete darauf, dass Flora selbst hinter Julians Affäre kam. Oder dass Julian es ihr vor lauter schlechtem Gewissen beichtete – was wahrscheinlicher war –, doch Monate vergingen und nichts passierte. Irgendwann gelang es ihr, das Wissen um seine Affäre und die Tatsache, dass sie ihn nicht verraten hatte, in die hintersten Winkel ihres Gehirns zu verdrängen, wo alles lagerte, womit sie nicht konfrontiert werden wollte: wer Julian war versus was sie geglaubt hatte; wie ihre Ehe aussah versus wie sie sie sich vorgestellt hatte; wie ihre Karriere aussah versus wovon sie geträumt und wofür sie studiert hatte.

Immer wenn Flora und Margot zusammensaßen und die Beziehungen in ihrem Bekanntenkreis analysierten – bei wem alles okay war, wer sich auf dünnem Eis bewegte, wer überhaupt nie hätte heiraten dürfen –, hob Julian den Finger und sagte, niemand wisse wirklich, was sich hinter verschlossenen Türen abspiele, und dass verheiratete Paare sich vor Publikum anders verhielten als wenn sie allein waren. Wie Meg und Marta, die sich vor den anderen dauernd anzickten, aber als Julian sie mal im Theater zurückgezogen zu zweit beobachtet habe, sei er erstaunt gewesen, wie liebevoll sie miteinander umgingen. Oder Gabe und Charlene, die in Gesellschaft zuckersüß zueinander waren, bis Charlene nach der Scheidung gestand, was für schlimme Dinge Gabe zu ihr gesagt hatte, wenn sie allein waren, wie er sie beschimpft und ihr vorgeworfen hatte, mit anderen Männern zu flirten, und dass sie dumm sei und keine Manieren habe.

»Man weiß es nicht«, sagte Julian.

»Wir urteilen ja nicht«, erwiderte Flora. »Wir lästern nur. Ist doch lustig, sich Gedanken über die Leute zu machen.«

Margot richtete den Blick dann immer auf einen fixen Punkt, aus Angst, Julian versehentlich einen bedeutungsvollen Blick zuzuwerfen, den Flora oder David bemerken könnten. Margot war sich sicher, die richtige Entscheidung getroffen zu haben. Sydney Bloom. Mein Gott. Es war ja nicht so, dass Julian sich in eine andere Frau verliebt hätte. Es war auch nicht so, dass er regelmäßig fremdging, obwohl – wie sollte sie das wissen? Aber sie nahm ihm ab, dass Sydney ein einmaliger, schrecklicher Fehler gewesen sei. Sie hatte seinen Gesichtsausdruck gesehen, als sie ihm den Ring gab, die Scham und die Erleichterung. Sie hatte gesehen, wie er *danach* zu Flora war. Etwas in ihm hatte sich zum Besseren gewendet.

Wenn sie ehrlich war, musste sie zugeben, dass sie die beiden brauchte, und zwar als Paar. Ohne ihre Freundschaft und Hilfe hätte sie das Jahr nach dem Schlaganfall nicht überstanden. Sie wusste, was passierte, wenn Freunde sich scheiden ließen – egal, was jemand sagte, egal, wie sehr sie sich bemühten –, solange die Scheidung nicht vollkommen einvernehmlich geschah, musste man sich für eine Seite entscheiden. Sie würde Flora wählen. Keine Frage. Nicht weil sie ihr wichtiger war, sondern weil Flora sie mehr brauchte und weil Ruby die meiste Zeit bei Flora sein würde, also würde sie sich für die beiden entscheiden. Und wo stand dann David? Margot und David verstanden sich am besten, wenn sie mit Flora und Julian zusammen waren. Zu viert Zeit zu verbringen war jedes Mal erfrischend, belebend. Sie wollte das nicht alles aufs Spiel setzen. Nicht wegen Sydney Bloom.

Margot bereute es nicht, dass sie den Ring an sich genommen hatte. Dazu stand sie. Sie glaubte an die Macht von Objekten, und sie glaubte, dass Sydney ein schwarzes Herz hatte und dass, solange sie Julians Ring hatte und sich daran festhalten und ihm damit drohen konnte, sie sich immer wieder in sein Leben drängen würde. Es hätte nie aufgehört, weil Sydney nichts *von* Julian wollte, sie wollte ihn.

Sie wollte seine Aufmerksamkeit – ob im Guten oder Bösen, wie ein aufsässiges Kleinkind. Was Margot bereute, war, dass sie Julian den Ring zurückgegeben hatte, es war egoistisch gewesen. Sie hätte ihn entsorgen können. So tun, als hätte sie ihn nie gesehen. Stattdessen hatte sie ihn ihm förmlich an den Kopf geworfen, triumphierend und vorwurfsvoll, was für ein Auftritt. »Suchst du den hier?«, hatte sie damals gefragt, praktisch gefaucht, und den Ring vor ihm auf den Tisch geknallt. Sie hatte sich total in die Sache reingehängt, hatte die Szene und seinen Gesichtsausdruck ausgekostet, seinen Schock. Sie ahnte nicht, dass Julian so dumm sein würde, ihn an einem Ort zu verstecken, an dem Flora ihn womöglich finden konnte. »Ich kümmere mich darum«, hatte er gesagt, es aber nicht geschafft. Dieser Idiot.

◆ ◆ ◆

Margot hatte schon viele »letzte Tage« am Set miterlebt. Jeder, der Teil der *famiglia* war, bekam sein Abschiedsritual. Egal wer, für die Schlussszene wurden alle negativen Gefühle beiseitegeschoben (außer jemand ging im Streit). Je länger jemand dabei war – und Margot war von Anfang an dabei gewesen –, desto aufwendiger. Zu Margots Abschied – was sie tatsächlich sehr rührte – versammelte sich eine große Menschenmenge, darunter auch einige Schauspieler, die an dem Tag eigentlich gar nicht am Set sein mussten, und zwei Regisseure, die nicht mehr für die Serie arbeiteten, aber zufällig auf dem Gelände waren.

Ihre letzte Szene war auch Dr. Cats letzte Szene. Das musste nicht immer so sein. Manchmal war die letzte aufgenommene Szene nur Füllmaterial und fühlte sich dementsprechend enttäuschend an. Aber heute lag Dr. Cat auf der Intensivstation. Sie und Charles wissen beide, dass sie es nicht schaffen wird. Sie sagt ihm, dass sie ihn liebt, und bittet ihn, gut auf die Kinder aufzupassen. Sie erinnert ihn an den Moment, als sie ihn zum ersten Mal sah, jener Tag im Krankenhausflur. Wie sie ihn ansah und dachte: *Wenn ich das haben kann, wird alles gut in meinem Leben. Dann bin ich in Sicherheit.* Und dass es sich als richtig erwiesen hatte und sie nichts bereute. Bla, bla, bla. Langes langsames Atmen, kurzes Zucken der Lider und *ciao*, Dr. Cat. Die Szene war typischer *Cedar*-Kitsch, aber Charles und sie hatten nicht umsonst so lange zusammengearbeitet.

Sie saß in der Maske und dachte an all die Jahre, all die lächerlichen Handlungsstränge, all die Male, an denen Charles und sie sich gestritten und wieder vertragen hatten. Sie dachte an einen Abend in der Anfangszeit, bevor Charles sich ihr gegenüber geoutet hatte, als sie etwas trinken waren, um sich besser kennenzulernen. Es war das Ende eines langen Drehtages, der Tag, an dem Cat und Charles sich das erste Mal küssten. Es regnete, natürlich – es regnete immer, denn Cedar war eine Mischung aus Seattle und Portland. Es ging um einen Streit, Charles hatte etwas gegen ihre Entscheidung bezüglich eines Patienten einzuwenden, und aus dem Streit – wie so oft im Fernsehen – entstand Erregung, und aus der Erregung wurde Leidenschaft, und die Leidenschaft führte zu einem Kuss. Wie immer bei Bess gab es keine Proben, und Charles und sie lernten sich gerade erst kennen. Sie mussten die Szene ziemlich oft drehen – vielleicht ein Dutzend Mal?

Margot hatte David gegenüber nie zugegeben, wie gern sie andere Schauspieler küsste, solange sie gut küssen konnten, und mit Charles hatte sie Glück. Er war ein Romantiker. Er war mit vielen Frauen – und Männern – zusammen gewesen, bevor er Nate kennenlernte und sich endgültig verliebt hatte. Charles zu küssen war ganz anders als mit David, der sanft und aufmerksam war, langsam und liebevoll, aber – Charles zu küssen, war *heiß*. Es war wie in einer frischen Beziehung, wenn man nicht genug bekam, wenn man den anderen mit Haut und Haaren verschlingen könnte. Und an diesem Abend, nach dem Dutzend oder mehr Filmküssen, jeder Take besser als der davor, glaubwürdiger, sinnlicher, kamen sie sich irgendwann näher. Aufgedreht gingen sie in eine Bar, und als Marvin Gaye in der Jukebox lief, nahm sie Charles an der Hand und führte ihn auf die kleine Tanzfläche. Sie hatte das Gefühl, eine Art Erlaubnis dafür zu haben, und wusste gleichzeitig, dass es nicht stimmte, nur weil sie sich den ganzen Tag über heißgemacht hatten. An jenem Abend küsste sie ihn in echt, und er küsste sie zurück, und als sie ihre Jacken nahmen und zu den Autos gingen, küssten sie sich weiter. Er zog ihr das Hemd hoch, und als er den Mund auf ihre Brustwarze legte, war sie bereit, sich an Ort und Stelle auszuziehen und mit ihm zu vögeln. Sie war so willig und so einsam. David und sie bewegten sich langsam zurück in Richtung eines Liebeslebens, und es war oft okay, aber immer zaghaft und nicht annähernd oft genug, und jetzt war Charles hier, und er sah toll aus, er drückte seine Lippen auf ihre, und sie spürte seinen Ständer, und alles, was sie wollte, war, dass ihr jemand die Bluse aufriss und auf der Motorhaube die Seele aus dem Leib vögelte, wie ein notgeiler Teenager.

Er war es, der einen Rückzieher machte. Der innehielt und ihr erzählte, wie schön sie sei und, meine Güte, so sexy, aber, aber, aber. Er hielt ihr die Tür auf, sie setzte sich hinters Steuer, und er legte ihr die Hand auf die Wange und sagte: »Wir sehen uns morgen.« Und: »Ich liebe dich.«

»Ich dich auch«, sagte sie, und beide meinten es ernst und beide wussten, von welcher Art Liebe sie redeten. Einer freundschaftlichen Liebe. Am nächsten Morgen kam er zu ihr in den Wohnwagen und erzählte ihr von Nathaniel. Dass er seine erste Frau verlassen habe, dass er schon lange wusste, dass er bisexuell war, und dass er immer große Angst hatte, jemand könne dahinterkommen.

»Und gestern Abend?«, fragte sie.

»Wenn ich nicht in einer Beziehung wäre? Wenn du nicht verheiratet wärst?« Er zuckte mit den Schultern. Ein *Werweiß?*-Schulterzucken. Sie war danach bloß dankbar, dass sie nicht den einfachsten und blödesten Fehler gemacht hatte, mit ihrem Filmpartner zu schlafen. Die kleine Nummer hatten sie gerade noch souverän umschifft. Gleichzeitig brachte es sie in verschiedener Hinsicht einander näher, und der kleine romantische Schauer, der noch nachklang, half ihnen bei der Arbeit als Paar.

Sie würde ihn vermissen.

Als sie sein Close-up in ihrer letzten Szene drehten, tat sie etwas, das niemand bei *Cedar* tun durfte, ohne Bess vorher zu fragen. Sie improvisierte. Sie sah ihn aus ihrem Krankenbett an und sagte: »Erinnerst du dich an unseren ersten Abend? Draußen vor der Bar? Als du mir zum ersten Mal gesagt hast, dass du mich liebst?«

Es funktionierte. Er war überrascht, auf eine sehr schöne Art, und Charles war Profi. »Ja«, sagte er. »Das werde ich nie vergessen. Der Tequila, Marvin Gaye, der uns aufforderte, *es zu tun*, wie ich auf dem Parkplatz deinen blauen Regenmantel aufgeknöpft habe.« Dann fing er an zu weinen und hielt ihre Hand an sein Gesicht. Und sie weinte auch. Es war wunderbar. Sie machten es noch dreimal, dann rief Bess »Cut!«, und das war's.

Als sie aus ihrem Krankenbett stieg, brach der ganze Raum in Applaus aus. Jemand von der Ausstattung kam und nahm ihr die aufgeklebten Kabel und Schläuche ab. Sie zog sich einen großen Frottee-Bademantel über das OP-Hemd. Bess umarmte sie, nahm sie an der Hand und führte sie vorbei an so vielen Menschen, die sie länger kannte, als sie je erwartet hätte, die Flure der unechten Intensivstation entlang, vorbei an der Treppe in der Eingangshalle, hinter das Set, zwischen den Kameras und den Cateringtischen durch. »Ladies und Gentlemen«, sprach Bess in ihr Megafon (als würde sie das brauchen), »dies war der letzte Drehtag mit Cathryn Newhall. Margot Letta, Leute!« Bess hob Margots Arm, als hätte sie gerade einen Boxkampf gewonnen. »Margot Letta!«

Margot hatte so oft bei der Verabschiedung von Kollegen auf der anderen Seite gestanden. Im eiskalten Studio hatte sie höflich auf das große Lebewohl gewartet und sich gefragt, was sie dort sollte. Aber jetzt, wo es um sie ging, fand sie es erstaunlich bewegend und schön. Sie ließ den Blick über die Applaudierenden wandern, Gwyneth weinte, Charles pfiff, die Notfallschwestern jubelten, Kelsey strahlte (für sie ging es jetzt bergauf), die Crew trat vor und verbeugte sich feierlich (sie war immer nett zu ihnen gewesen), und eine Produktionsassistentin rollte einen Tisch mit einer riesigen Torte heran, darauf ein Bild von ihr im gefürchteten lavendelfarbenen Kittel.

Am Rand standen ihre Agentin Donna und David, der Platz neben ihnen war vorwurfsvoll leer. Vor einem Monat hätten Julian und Flora jetzt dort gestanden, für nichts auf der Welt hätten sie sich das entgehen lassen. Während sie sich den Weg durch die Menge in Richtung Torte bahnte, auf der unlogischerweise Kerzen brannten, öffnete jemand eines der riesigen Studiotore. Komisch, es war eine Ewigkeit her, dass sie die Tore offen gesehen hatte. Sie lief immer gleich zu ihrem Wohnwagen, wenn sie fertig war. Wie immer schien draußen hinter den Mauern des Studios die Sonne Kaliforniens, und während die Techniker die schweren Holztore aufschoben, drang ein Lichtstrahl in die schale dunkle Welt von *Cedar*, ihre alte Welt, und leuchtete ihr einen Weg, den sie vorher nie bemerkt hatte. Einen neuen Weg nach draußen.

ZWANZIG

Flora war seit ihrem Umzug nach Los Angeles nicht mehr an der Upper West Side gewesen. Auf der Columbus Avenue kannte sie kein einziges Geschäft oder Restaurant mehr. Der Inder war weg, bei dem ihre Verabredung sich den ganzen Abend lang im Spiegel hinter ihr begutachtet hatte. Da war sie gerade von Julian getrennt gewesen. Das Tap-a-Keg East und West, ihre Lieblingsabsturzkneipen, beide weg. Der billige Italiener mit den Riesenschüsseln halbwegs okayer Pasta, bei dem sie sich regelmäßig am Zahltag belohnt hatte, war genauso verschwunden wie der kleine Chinese im Souterrain um die Ecke ihrer alten Wohnung, wo sie sich einmal die Woche mit Margot traf, nachdem sie bei David eingezogen war, und sie sich Garnelen mit Walnuss und grüne Bohnen mit Knoblauch teilten. All ihre Lieblingsläden verschwunden, aber war das nicht das Schicksal der ganzen Stadt? Und gab es etwas Langweiligeres, als wenn die Leute einem erzählten, wie ihr altes New York ausgesehen hatte? Es sei denn, es betraf einen selbst, dann war das Gejammer berechtigt und die Erinnerung ein wichtiger Trost, eine Möglichkeit, das eigene Gedächtnis zu überprüfen und die Orte mit einer bestimmten Zeit zu verbinden – für Flora war es die Zeit, als alle auf Frozen Yogurt standen, auf Bars mit Billardtisch und billige Italiener mit Wachspapier und Kreide.

Flora war aus Stoneham geflüchtet, wohnte in der Wohnung eines Freundes und wusste nicht, was sie tat. *Sie wusste nicht, was sie tat.* Der Satz ging ihr durch den Kopf wie ein verstörendes Mantra, und immer in der dritten Person. Sie merkte, dass sie sich der Straße näherte, in der ihre ehemalige Therapeutin Maude lebte und arbeitete. Flora war begeistert von Maude gewesen. Unter anderem fand sie es toll, dass sie kein Geheimnis um sich und ihr Privatleben machte. Sie erzählte regelmäßig von ihrem Mann, dem gemeinsamen Sohn Jason und ihren Schwierigkeiten und Kompromissen als berufstätige Ehefrau und Mutter. Sie war beeindruckt von Maudes Büro im Erdgeschoss ihres Hauses – ein ganzes Brownstone-Haus! – und davon dass, wenn Maudes Mann, der auch Therapeut war, aus seinem Büro ein paar Straßen weiter nach Hause kam, nachdem er ihren Sohn von der Schule abgeholt hatte, Flora sie oben rumtrampeln hörte, wahrscheinlich in der Küche, und Maude mit den Augen rollte und sagte: »Die Barbaren sind gelandet.«

Aber was hatte sie in Maudes Straße zu suchen? Was hatte sie vor? Sie zur Rede stellen? Bei ihr klingeln und sie beschuldigen, eine Heuchlerin zu sein, unmoralisch, ein schlechter Mensch? *Amtsmissbrauch* brüllen wie Mr. Potter in *Ist das Leben nicht schön?*

Maude würde sich wahrscheinlich nicht mal an sie erinnern. Flora hatte vor Julian mit der Therapie aufgehört, der noch weiter zu den Sitzungen ging, bis sie nach Kalifornien zogen. Wahrscheinlich würde sie vor ihrer Tür stehen und – wie so oft – erst mal erklären müssen, wer sie war. »Ich bin

Julians Frau?« Sie konnte nicht mehr zählen, wie oft sie das schon gesagt hatte. Oder schlimmer, Maude würde sich an sie als die Idiotin erinnern, die eine Paartherapie gemacht und nicht mal gemerkt hatte, dass ihr Mann fremdging. Sie wusste nicht, ob Maude noch in ihrem Townhouse praktizierte, ob sie aus der Stadt rausgezogen war oder ob sie überhaupt noch lebte. Sie konnte nicht viel älter als Flora gewesen sein, wirkte aber Jahrzehnte älter, mit ihrem Sohn in der Mittelstufe, der florierenden Praxis und dem beneidenswerten Brownstone.

Ehe sie sich's versah, stand sie auf dem Gehweg gegenüber. Was wollte sie hier? Plötzlich erschien, wie gerufen, auf der anderen Straßenseite mit ihrem Einkaufsroller: Maude Langstrom. Flora erkannte sie sofort. Sie hatte etwas zugenommen, war leicht ergraut, aber die Haltung war exakt dieselbe und die Frisur auch, kurz, praktisch und nicht sehr vorteilhaft. Flora klopfte das Herz bis zum Hals, und bevor sie es sich recht überlegen konnte, winkte sie und rief ihren Namen.

»Maude!« Sie ließ ein paar Autos vorbei und überquerte dann die Straße. Maude blieb stehen und sah Flora verwirrt an. »Maude!« Flora war etwas außer Atem, als sie bei ihr ankam. »Hi, sorry. Ich hab nicht damit gerechnet, dir zu begegnen. Ich war nicht mal sicher, ob du noch hier wohnst und – na ja, da bist du!«

»Flora?« Maude trat einen Schritt zurück und blinzelte, als sei sie nicht sicher, wen sie da vor sich hatte. Dann lächelte sie, breitete die Arme aus und umarmte sie. »Flora, wie schön, dich zu sehen. Seid ihr zurück? Seid ihr wieder in New York?«

»Nein, nein. Wir sind nur kurz da. Zu Besuch.«

»Ihr seid also noch an der Westküste?«

»Fürs Erste, ja.« Flora hatte sich so oft ausgemalt, wie sie Maude zur Rede stellen würde, und jetzt stand sie vor ihr, und sie brachte keinen Ton heraus. Sie hatte keine Lust, irgendwelche Höflichkeiten auszutauschen, aber was sollte sie sonst tun?

»Und, geht's dir gut? Geht's Julian gut? Und Ruby?«

»Uns geht's allen ganz gut«, sagte sie und stellte fest, dass Maude inzwischen fast komplett grau war. Es stand ihr gut. Sie sah aus wie gecastet, eine nicht mehr ganz junge Frau von der Upper West Side. Die schwarzen Slipper, ein schlichter Rock, der schon bessere Zeiten gesehen hatte, und ein langer Pulli mit vollgestopften Taschen. Um den Hals ein buntes Tuch, wahrscheinlich vom Flohmarkt an der 77nd Street, falls der noch existierte. Maude sah Flora freundlich an.

»Daran erinnere ich mich«, sagte Flora und zeigte auf eine klobige türkise Kette, die aussah wie von einem Kindergartenkind gebastelt.

»Das glaube ich gern«, sagte Maude. »Die habe ich schon ewig, genau wie alles andere. Ich hoffe immer, mit ein bisschen Farbe um den Hals fällt den Leuten nicht so auf, dass meine Frisur heute nicht – sagen wir – ganz *frisch* ist.«

Sie lachten beide. Maude wirkte, als wollte sie weitergehen. Flora sah sich um und überlegte, wie sie anfangen sollte. »Macht's dir was aus, wenn ich dich ein Stück begleite?«, sagte sie endlich.

»Gern. Wie geht es Ruby? Ich denke öfter an sie und die Geschichten, die Julian über sie erzählt hat, was sie gesagt hat. Ist sie noch so lustig?«

»Das denkt sie jedenfalls. Sie hält sich immer noch für die Lustigste von uns.«

»Das klingt doch gut. Wie alt ist sie jetzt? Siebzehn?«

»Achtzehn. Sie kommt nächsten Monat aufs College.«

Maude schüttelte amüsiert den Kopf. »Ich sag jetzt nicht, wie schnell die Zeit vergeht.« Sie wedelte mit der rechten Hand. »Und du und Julian? Alles okay bei euch?«

Flora blieb stehen, sie war überrascht und dann auch wieder nicht, als sie merkte, dass ihr die Tränen kamen. »Ehrlich gesagt, im Moment ist es ziemlich kompliziert.«

»Hmmm.« Maude ging weiter, eine Weile liefen sie schweigend nebeneinanderher. Dann drehte sie sich zu ihr um und lächelte. »Und – wie lange hast du da gestanden und gewartet, dass ich aus dem Haus komme?« Sie lachte, es war ein freundliches, aber auch ein wissendes Lachen.

»Ich bin keine Stalkerin. Ich schwöre. Ich bin nur so durch die Gegend gelaufen – aus Sentimentalität. Aber wenn du nicht zufällig rausgekommen wärst, hätte ich vielleicht noch länger dort gestanden, vielleicht hätte ich auch geklingelt oder angerufen. Keine Ahnung.« Flora zuckte mit den Schultern. »Ich weiß, das ist höchst unorthodox und wahrscheinlich beunruhigend!« Sie zwang sich zu einem Lachen, es klang aber eher wie ein Schluchzen. »Sorry. Ich bin nicht so verrückt, wie es vielleicht gerade aussieht, ich bin nur ein bisschen … durch den Wind.«

Maude schaltete in einen professionellen Modus, ihre Stimme klang jetzt gleichmäßiger. »Würdest du gern einen Termin machen? Nächste Woche hätte ich wahrscheinlich noch Zeit. Heute ist mein freier Tag«, sagte sie und zeigte auf den Einkaufsroller.

»Ich weiß nicht, wie lange ich hier bin. Ich …«

»Wir können auch einen Telefontermin machen, wenn das besser passt.«

»Okay.« Flora nickte, unsicher, was sie als Nächstes tun sollte. Sie sah Maude einen Blick auf ihre Uhr werfen und beschloss, einfach weiterzureden. »Also, vor ein paar Wochen habe ich herausgefunden, dass, als Julian und ich bei dir waren – während der Paartherapie und danach –, er eine Affäre hatte, und keiner von euch beiden es für nötig hielt, mich in dieses nicht ganz unwichtige Detail einzuweihen, und ich habe mich gefragt …« Flora spürte, wie sie in Fahrt geriet, die Wut war jetzt größer als die Enttäuschung. »Ich habe mich gefragt, ob es normal ist, so mit einem Paar in der Therapie umzugehen. Ob das ethisch korrekt ist.« Flora holte Luft. Sie hoffte, ihr Gesicht war nicht so rot, wie es sich anfühlte. Maude blieb gelassen. Sie sah in den Himmel, ein wunderschöner wolkenloser Augustmorgen, und seufzte. »Okay.« Mit zwei knappen Bewegungen drehte sie den Einkaufsroller entschlossen in die andere Richtung. »Ich hasse Einkaufen sowieso. Ich habe ein paar Minuten. Lass uns reingehen.«

In Maudes Sprechzimmer hatte sich bis auf die Farbe des Sofas nichts verändert, immer noch dasselbe Wildleder-Modell, nur jetzt blau statt beige. Flora erinnerte sich, wie sie zum ersten Mal darauf gesessen und gedacht hatte, wie groß und robust es war und dass bestimmt noch zwei weitere Personen dort Platz gefunden hätten. Sie hatte sich gefragt, ob Julian und sie sich jemals so etwas Bequemes und Schönes leisten und das klobige, geblümte Teil loswerden könnten, das sie von Margot geerbt hatte, die es von einer Tante in Connecticut geerbt hatte, wo bunt bedruckte Stoffe beliebt zu sein schienen.

Alles andere war wie früher. Maudes Rollschreibtisch – Flora erkannte jetzt, dass es ein billiger Nachbau war –, in der Ecke der Kindertisch mit Lego und einem kleinen Tablett mit Sand. Der Tisch hatte sie immer so traurig gemacht, wenn sie sich vorstellte, wie die Kinder Dinge darstellen sollten, für die sie keine Worte hatten. Der cremefarbene Makramee-Wandteppich aus den Siebzigern. Sie zeigte darauf. »Die sind in Los Angeles jetzt total angesagt. Könntest du wahrscheinlich gut auf Ebay verkaufen.«

»Echt?« Maude sah an die Wand. »Den sehe ich gar nicht mehr. Hat meine Mutter mir für mein erstes Büro geknüpft.« Sie wandte sich wieder an Flora. »So, Flora. Was kann ich für dich tun?«

Flora hatte kurz das Gefühl, sich von draußen durchs Fenster in Maudes Praxis sitzen zu sehen. Was machte sie hier? »Tut mir leid«, sagte sie. »Du musst denken, ich hätte den Verstand verloren.«

»Nein«, sagte Maude.

»Ich bin tatsächlich wütend.«

»Das entnehme ich deiner Frage zu meinem Berufsethos.« Maude lächelte sanft.

Flora breitete die Hände aus. »Ich fühle mich ein bisschen verloren, Maude.«

»Ich muss zugeben, Flora, ich bin mir nicht sicher, ob ich mich daran erinnern kann. Die Geschichte mit Julian. Das ist lange her.«

Flora fasste es nicht. Sie biss sich auf die Lippe, um nicht loszuschreien. Nicht erinnern? Maude, die sich nie Notizen machte, die nie etwas aufschrieb und sich immer genau an alles erinnerte, Woche für Woche. Als Flora sie mal darauf ansprach, hatte sie nur mit den Schultern gezuckt. »Ich brauche keine Notizen. Irgendwie bleibt das alles hängen.« Das hatte Flora noch in dem Glauben bestärkt, die beste Therapeutin von ganz New York gefunden zu haben, die eine so persönliche Verbindung zu ihren Patienten hatte, deren Gedächtnis so unfehlbar war, dass sie nicht mal Aufzeichnungen brauchte.

»Du erinnerst dich aber, dass Julian und ich zusammen hier waren.« Flora kontrollierte ihre Stimme, als wäre sie bei der Arbeit.

»Ja, natürlich. Ich erinnere mich an den Kreislauf. Erst du, dann du mit Julian, dann nur noch Julian.« Maude lächelte nachsichtig. »Du warst austherapiert.«

»Aber das stimmte nicht. Das ist es ja. Du hast gesagt, ich sei fertig, ich bräuchte keine Therapie mehr.« Flora zuckte innerlich zusammen. Sie klang wie Ruby, wenn sie beleidigt war. Fehlte nur noch ein *Mom!* am Ende. Sie atmete tief durch. »Tut mir leid«, sagte sie. »Ich bin nicht hier, um dich anzubrüllen.«

»Das ist völlig in Ordnung«, sagte Maude. »Du wärst nicht die Erste. Berufsrisiko. Was kann ich für dich *tun*, Flora? Was brauchst du?«

Gute Frage, dachte Flora. Was konnte Maude für sie tun? Sich entschuldigen? Sich erklären? Ihr neue Informationen liefern, die ihre Entscheidung nachvollziehbarer machten? »Ich wünschte, darauf hätte ich eine Antwort«, sagte Flora. »Wahrscheinlich frage ich mich, ob du je in Betracht gezogen hast, mir zu erzählen, was ich nicht wusste – zumal ich ja zu dir gekommen war, weil ich mich haltlos fühlte, nicht richtig mit Julian verbunden. Ich hatte Probleme. Wir hatten Probleme.«

Maude richtete sich in ihrem Stuhl auf und verschränkte die Hände. »Wenn Julian mir innerhalb einer Sitzung etwas

Vertrauliches erzählt hat, dann nein, dann hätte ich es nicht in Betracht gezogen. So arbeite ich mit allen Paaren, und es würde mich wundern, wenn ich das nicht von Anfang an klargestellt hätte.«

»Okay, aber dann – soweit ich das zusammenbringe –, nachdem Julian dir erzählt hat, dass er eine andere Beziehung hatte, dass er mit jemand anderem schlief, hast du unsere Einzeltherapie beendet.«

»Daran kann ich mich nicht genau erinnern, und was die zeitliche Abfolge angeht, will ich dir auch nicht widersprechen, Flora, aber ich hätte nicht vorgeschlagen, die Therapie mit dir zu beenden, wenn ich es nicht für eine gute Idee gehalten hätte, unabhängig davon, was mit Julian war.«

»Tja, so sehe ich es aber. Ich glaube, du konntest mir nicht mehr in die Augen sehen, wissend, dass Julian mich betrog und …«

»Okay«, sagte Maude. »Lass uns das hier abkürzen. Wie du selbst schon richtig vermutest, kann ich nicht mit dir darüber reden, was Julian und ich in seinen Sitzungen besprochen haben, selbst wenn ich mich an Einzelheiten erinnern könnte, und ich muss leider sagen, dass mir da sämtliche Ginkgo-Mittelchen von der 72nd Street – und das sind ziemlich viele – nicht weiterhelfen würden. Wie also *kann* ich dir helfen, wenn wir in Betracht ziehen, worüber ich nicht reden darf?«

»War es ein Konflikt für dich, mich zu behandeln, während du wusstest, dass Julian mich betrügt?« Flora lehnte sich in ihrem Stuhl zurück, erleichtert, etwas Vernünftiges gesagt zu haben. Geradeheraus und klar.

»Nein«, sagte Maude.

»Nein?«

»Nein, nicht für mich. Wenn ich trotzdem glaubte, euch beiden helfen zu können? Dann nein.«

»Aber du wusstest etwas, das ich nicht wusste!«

»Das ist hoffentlich der Grund, warum meine Praxis gut läuft.« Maude lachte. »Der Sinn einer Paartherapie ist, dass ich nicht nur *eine* Seite der Geschichte erfahre. Wenn ich Paare getrennt behandle, dann damit die Leute mit mir Dinge herausfinden können, die sie vor ihrem Partner Angst haben zu besprechen. Manchmal kommen solche Themen in gemeinsamen Sitzungen zur Sprache, manchmal nicht. So läuft das! Ich verstehe deinen Ärger, Flora, wirklich. Du bist verletzt. Aber meine Aufgabe ist es, Dinge aus dem Verborgenen zu holen und bei beiden Patienten ans Licht zu bringen, bei jedem auf seine Art und oft zu unterschiedlichen Zeitpunkten einen Durchbruch zu erzielen, wie wir es manchmal nennen.« Maude stand auf und goss ihnen ein Glas Wasser ein. »Julian hat dich betrogen, und ich kann verstehen, dass deine Gefühle mir gegenüber darin verwickelt sind. Das tut mir leid.«

»Ich habe das Gefühl, dass du mich rausgeworfen hast, bevor ich dazu bereit war.«

Maude stand von ihrem Stuhl auf und setzte sich neben Flora aufs Sofa. »Flora.« Sie legte ihr die Hand auf den Arm. »Das hätte ich niemals getan. Ich verspreche dir: Ich habe mich nicht *für* Julian und *gegen dich* entschieden.«

Flora sackte in sich zusammen wie ein Luftballon, der Luft verliert. Sie war so wütend auf Maude gewesen, *so wütend.* Wochenlang hatte sie ihre Wut genährt wie ein Feuer. Bei allem, was Flora von Maude hatte hören wollen – dass Julian unrecht hatte, dass Julian ihr unrecht getan hatte, dass Maude unrecht hatte, dass Maude ihr unrecht getan hatte, dass es Maude leidtat, sie lange ein schlechtes Gewissen deswegen hatte und jetzt erleichtert war, sich endlich entschuldigen zu können –, bei allem, was sie sich vorgestellt hatte, wie dieses Gespräch verlaufen könnte – traurig, kränkend, vorwurfsvoll –, hatte sie nicht ein einziges Mal daran gedacht, dass Maude so freundlich bleiben würde. Dass sie ihr die Hand auf den Arm legen und ganz einfach erklären würde: »Ich habe mich nicht für Julian und gegen dich entschieden.« Sie konnte sich nicht beherrschen. Die Schleusen öffneten sich, und die Tränen hörten nicht mehr auf zu fließen. Maude saß neben ihr, reichte ihr eine Schachtel Kleenex und ließ sie schluchzen. »Nur zu«, sagte sie und tätschelte ihr den Rücken. »Nur zu.« So saßen sie da, bis Flora sich aufrichtete, sich die Nase putzte und Maude anlächelte, schwach, aber dankbar.

◆ ◆ ◆

Maude stand am Fenster und sah Flora die Straße entlanggehen. Die Nachbarskinder sausten auf ihren glänzenden Rollern den unebenen Bürgersteig auf und ab. Sie hasste die Dinger. Waren die nicht schon vor Jahren verschwunden? Warum gab es sie jetzt wieder? Sie ging nach oben, um sich einen Tee zu kochen, und dachte an Flora. Sie hatte schon Patienten gehabt, die völlig ausgeflippt waren, in denen sie offenbar starke Aggressionen ausgelöst hatte, aber noch nie war jemand von früher wiedergekommen, um sie eines Fehlverhaltens zu beschuldigen.

Flora und Julian. Ach, war das eine verzwickte Situation gewesen. Nicht die Affäre – so was gab es in der Paartherapie ständig –, aber zwischen den beiden und ihren jeweiligen

Bedürfnissen zu vermitteln. Sie mochte beide – sie waren klug, intuitiv, selbstkritisch, die Art Patienten, die sie gern durch die Tür kommen sah. Sie zerbrach sich den Kopf darüber, woran sie sich noch bei Flora erinnern konnte. Es war so lange her, die Akten lagen wahrscheinlich irgendwo im Lager, aber sie war sich sicher, dass Floras Situation nichts Besonderes war, um es mal so zu sagen. Es ging viel darum, Beruf, Elternschaft, Identität und Lust miteinander vereinbaren zu müssen. Nicht leicht, aber nicht ungewöhnlich.

Aber Julian? An Julian erinnerte sie sich ganz deutlich. Und wahrscheinlich hatte Flora ein bisschen recht – Maude *hatte* sich für Julian entschieden, nicht weil sie ihn lieber mochte, sondern weil sie das Gefühl hatte, ihm eher helfen zu können, auch weil er eher Hilfe brauchte. Sie würde nie vergessen, wie er ihr von seiner turbulenten, von Gewalt geprägten Kindheit erzählte. Manche ihrer Patienten mit einem solchen Background waren permanente Opfer, andere wurden aufsässig – beide Typen hatten einen Hang zur Selbstsabotage.

Es tat ihr aufrichtig leid, dass Flora und Julian Probleme hatten. Damals dachte sie, sie wären ein gutes Paar, das gerade eine schlechte Phase durchmachte. Sie erinnerte sich daran, dass sie mit Julian an seiner Geheimniskrämerei gearbeitet hatte, was durchaus verbreitet war unter Erwachsenen, die als Kind ständig die Lage einschätzen mussten – als Selbstschutz vor unberechenbaren Launen wurden sie gut im Lügen. Sie hatte Julian gewarnt, Geheimnisse seien kleine Risse, die zu einer Zerreißprobe für die Beziehung werden könnten. Aber das kam bei Patienten häufig vor, die sich als Kinder geschämt hatten, weil sie ihr Familienleben vor anderen geheim halten mussten – Geheimnisse fühlten sich sicher an. Die Wahrheit war viel bedrohlicher. Wie konnte man einem Kind so etwas Schreckliches antun: die Wahrheit als Waffe zu benutzen.

Sie setzte sich und machte sich ein paar Notizen zu ihrem Gespräch mit Flora. Sie hatten abgemacht, in Kontakt zu bleiben. Vielleicht würde sie eines Tages ein Buch schreiben, dafür bräuchte sie dann das Einverständnis ihrer Patienten und müsste ihre Daten natürlich verfremden, aber *das* hier war definitiv eine interessante Story, ein guter Fall. Sie war gespannt, wie er enden würde.

EINUNDZWANZIG

Julian hätte es kommen sehen sollen, hatte er aber nicht. Als Flora ihm vorschlug, zu einer Sitzung mitzukommen, hatte er sich schon fast eingeredet, dass ihre Probleme nichts mit seinen nächtlichen Aktivitäten zu tun hatten. Ihm war irgendwie klar, wie lächerlich seine Rechtfertigungen waren, angefangen damit, dass während seiner Treffen mit Sydney Flora und Ruby ja schliefen, also gar nichts mitbekamen, und wenn sie morgens aufwachten, er immer da war und sie mit seiner Reue überschüttete, was das Ganze insgesamt weniger verwerflich machte.

Jedenfalls war er überrascht, als Flora ihn bat, sie zu begleiten. »Maude meint, es könnte hilfreich sein, wenn wir zusammen zu ihr kämen.«

Das war der Moment, in dem Julian ihr reinen Wein hätte einschenken können. Er hätte Floras Hand nehmen und die fünf bösen Worte aussprechen können: *Ich muss dir etwas sagen.* Er hätte dem allen ein Ende bereiten können: der Affäre, den Lügen. Bevor sie heirateten, hatte sie sich allerdings klar dazu geäußert: »Solltest du mich je betrügen, ist das das Ende. Das würde ich dir nie verzeihen. Ich werde nicht durchmachen, was meine Mutter durchgemacht hat. Auf keinen Fall.« Und bisher wies nichts darauf hin, dass sie ihre Meinung dazu geändert hätte.

Wenn sie erfuhr, dass jemand in ihrem Freundeskreis fremdgegangen war, ging in ihrem Herzen eine Zugbrücke hoch. Dabei passierte das dauernd – großer Gott, sie waren von Schauspielern umgeben, da wurden ständig Grenzen überschritten. Manchmal sickerte, was während der Proben passierte oder auf der Bühne oder vor der Kamera, ins echte Leben durch, das war unvermeidlich. Die Grenzen zwischen Arbeit und Leben verschwammen. Bei Schauspielern lagen die Emotionen zwangsläufig näher an der Oberfläche als bei den meisten Menschen, und obwohl er das Flora gegenüber nie so sagen würde, machte es auch Spaß, sich einen Monat, eine Woche, einen Nachmittag lang in jemanden zu verlieben. Die Grenzen dann wieder neu zu ziehen, klappte nicht von heute auf morgen, manchmal auch gar nicht, zur Freude der Klatschpresse. Doch Flora duldete keinen Ehebruch, auch nicht, wenn es wie bei Jimmy Carter nur »in Gedanken« passiert war. Das hatte sie von Anfang an klargestellt: Er konnte tun, was immer er tun musste, um eine Rolle zu spielen, es durfte ihm auch Spaß machen, aber er durfte es nicht mit nach Hause bringen und auch nicht mit ihr darüber reden. Das waren ihre Bedingungen.

Und was er getan hatte, war viel schlimmer als ein kurzes Techtelmechtel am Set. Er war sicher, dass sein Geständnis das Ende bedeutet hätte. Also ging er mit Flora zur Therapie und log. Und dann sagte Maude eines Tages: »Wir haben noch nicht über euer Sexleben gesprochen. Wie ist es?«

»Gut«, antwortete Flora ein bisschen zu schnell.

»Julian?«

»Gut.« Maude ließ das *gut* so stehen, ein wenig Gewicht annehmen. »Gut ist … *gut*, nehme ich an«, sagte sie. »Könnte es besser sein?«

»Ja«, sagte Julian, vielleicht um ein bisschen Druck zu machen. »Ich denke, es könnte besser sein.«

»Na ja, klar«, sagte Flora und hob die Brauen. Ihrer Meinung nach hatten sie es nie geschafft, wieder so Sex zu haben wie zu der Zeit, als es noch nicht darum ging, schwanger zu werden. Es war nicht leicht. »Es könnte immer besser sein. Julian könnte nach Hause kommen, bevor ich schlafe. Er könnte früher aufstehen. Er könnte zu Hause mehr helfen. Wir könnten eine Wohnung haben, in der Ruby nicht auf der anderen Seite einer Spanplatte schläft. Unsere Wohnung ist *winzig*. Die Liste geht noch weiter.« Und da war es: Flora und ihre Abwehrhaltung. Er glaubte, dass Maude ihm einen mitfühlenden Blick zugeworfen hatte. »Wenn kleine Wohnungen Sex verhinderten, dann hätte in New York wohl niemand welchen«, sagte Maude. »Julian? Du bist so still.«

Gott stehe ihm bei. Gott vergebe ihm. Alles, woran er in diesem Augenblick denken konnte, war Sydney Bloom, die ihn aufs Bett drückte, seinen Reißverschluss aufzog und sich langsam auf ihn setzte.

»Julian? Wo warst du jetzt gerade?«

»Sorry«, sagte er, peinlich berührt. »Nirgends. Tut mir leid.«

»Wir sprachen über Sex, wie es mit dir und Flora ist.«

Er sah, wie sich Flora auf die Lippen biss, ihr besorgter Blick, seine Frau. »Meistens gut«, sagte er. »Doch, ja, gut.«

Er wusste nicht mehr, ab wann er allein zu Maude gegangen war und wie es überhaupt dazu kam. Wahrscheinlich spielte Geld eine Rolle und dass Flora glaubte, fertig zu sein. »Ich bin austherapiert«, hatte sie gesagt. Und dass es in Ordnung wäre, wenn er weiter zu Maude gehen wolle, also tat er es, weil es ihm tatsächlich half, die Trümmer seiner Kindheit zu durchforsten. Es war schön, jemanden zu haben, der ihm einfach nur zuhörte, während er eine ganze Stunde lang von Good Company erzählte, den vielen gegensätzlichen Charakteren und all seinen Sorgen und seinem Frust. Aber im Grunde schob er das alles nur vor, und er hatte den Verdacht, dass Maude das wusste.

Eines Nachmittags fragte sie beiläufig, warum er seinen Ehering nicht trug. »Ich meine mich zu erinnern, dass du vor dem Sommer einen Ring getragen hast. Auf so etwas achte ich in der Paartherapie«, erklärte sie gelassen. »Nicht dass es etwas zu bedeuten haben muss. Viele Menschen tragen keine Ringe. Es sei denn, es *hat* etwas zu bedeuten.«

»Ich hab ihn verloren«, sagte er. »Wir sprechen oft davon, einen neuen zu kaufen, aber dann kommen doch wieder andere Ausgaben dazwischen – unter anderem diese, offen gesagt.«

Maude nickte. Er sah aus dem Fenster. Menschen hasteten durch den starken Frühlingsregen und stemmten ihre Regenschirme gegen den Wind. Er dachte an seinen Ring und dass Sydney ihn bestimmt eingesteckt hatte, obwohl sie das Gegenteil beteuerte. Er sagte sich, er ginge deswegen immer wieder zu ihr, weil er hoffte, den Ring zurückzubekommen. Aber das erklärte kaum, was er tat, wenn er dort war. Er legte den Kopf in die Hände. »Ich muss dir etwas sagen.«

Nachdem er ihr endlich alles gestanden hatte, drehten ihre Gespräche sich wochenlang im Kreis. Dass der Sex mit Sydney aufregend und intensiv war. Gefährlich, aber ein willkommenes Ventil für all den Druck sonst, dafür, dass er glaubte, alle zu enttäuschen – die Firma, Flora, sich selbst.

»Klar«, sagte Maude. »Verbotener Sex ist ja erklärtermaßen interessanter als ehelicher Sex. Was ich mich aber frage, Julian, worauf läuft das letztendlich hinaus?«

◆ ◆ ◆

Monate später, an einem herrlichen Herbsttag, ging Julian früher von der Arbeit nach Hause, um rechtzeitig zum Abendessen zu Hause zu sein. Das tat er jetzt ein- oder zweimal die Woche, und nicht nur Flora freute sich darüber, es hob auch seine Stimmung enorm – vom Arbeitsplatz wegkommen, ein paar Stunden lang mal alles vergessen, sich mit der Familie zusammensetzen. Er lief den Broadway hoch, und bevor er sich's versah, war er am Washington Square Park, nur ein paar Straßen von zu Hause, zur besten Tageszeit, die Sonne ging gerade unter, das Herbstlaub leuchtete in den schönsten Farben. Die goldene Stunde. Der Park war so romantisch, das Licht so schön, dass es ihm vorkam, als wäre er in der Zeit zurückgereist, und wenn er kurz die Augen zukniff, würde in einem der Hauseingänge eine Figur aus einem Henry-James-Roman erscheinen und in eine Pferdekutsche springen, um ein paar spätnachmittägliche Besuche abzustatten.

Er setzte sich auf eine Bank beim Spielplatz, der sich, da es bereits dämmerte, allmählich leerte, genoss die frische Herbstluft, das Treiben der Menschen auf dem Nachhauseweg. Dann hörte er Rubys Stimme: »Mama! Mama! Guck mal!«

Ihm wurde bewusst, dass die letzten beiden Menschen auf

dem Spielplatz Flora und Ruby waren. Seine Familie. Natürlich ging Flora als Letzte. Sie blieb gern so lange wie möglich mit Ruby draußen, nächste Woche würde es eine Stunde früher dunkel werden, und dann hatten alle weniger Zeit. Er stand auf und beobachtete sie, ohne dass sie ihn bemerkten. Ruby lief über die schwankende Seilbrücke, und Flora hielt sie an der Hand, damit sie nicht das Gleichgewicht verlor. Als sie die andere Seite erreichte, hüpfte Ruby kurz hoch und rief »Ta-da!«. Beide lachten. Flora breitete die Arme aus, und obwohl Ruby zu groß war, um zu springen, beugte sie sich vor und ließ sich von Flora runterheben, legte ihr die Beine um die Hüfte und die Arme um den Hals. Flora hielt Ruby fest umarmt, schwankte ein bisschen hin und her und flüsterte ihr ins Ohr, und Julian wusste genau, dass sie ihr etwas vorsang.

Etwas in ihm löste sich. Monatelang hatte Maude mit ihm über die Mauer gesprochen, die er zwischen sich und Flora und Ruby errichtet hatte. Er hatte protestiert. Was für eine Mauer? Er liebte die beiden mehr als alles andere, mehr als er glaubte, irgendeinen anderen Menschen lieben zu können.

»Ich spreche nicht von Liebe«, sagte Maude. »Ich glaube dir, dass du sie liebst. Ich spreche von Verletzlichkeit. Darüber, dich Flora ganz zu öffnen, denn das hast du bisher nicht getan. Einen kleinen Teil von dir hältst du verschlossen. Du bist wahnsinnig gut darin, einzelne Bereiche abzuspalten. Du hast dir sogar extra ein Geheimnis geschaffen, das dich von ihnen trennt. Ein Geheimnis, muss ich sagen, das dir keine große Freude zu bereiten scheint.«

Er musste zugeben, manchmal das Gefühl zu haben, dass Ruby und Flora ihr eigenes Zweieruniversum hatten. Wenn er an manchen Abenden nach Hause kam, war die Verbindung zwischen ihnen so stark, dass er keinen Platz für sich fand. Sie steckten mitten in einem Satz, einem Lied, einem Projekt, manchmal auch nichts davon, mitten in einem Gedanken, aber zusammen. Manchmal kam es ihm vor, als hätten sie ihr eigenes Wettersystem. Manchmal ärgerte er sich, weil Ruby nicht wollte, dass er ihr Orangensaft eingoss oder Cornflakes in die Schüssel füllte. Dann stürmte er ins Schlafzimmer und weckte Flora. »Sie will nicht, dass ich ihr Frühstück mache.«

»Oh, Herrgott nochmal«, rief Flora, als er sie letztes Mal an ihrem einzigen Ausschlaftag weckte.

»Was soll ich denn machen?«, beschwerte er sich. »Sie lässt mich nicht.«

»Sie ist *fünf*«, sagte Flora. »Was ist das Problem?«

Wütend füllte sie die Cornflakes ein und schüttete Milch drüber, während Ruby kleinlaut zusah. »Tut mir leid, Mama«, sagte sie.

»Nächstes Mal«, rief Flora auf dem Weg zurück ins Bett, »klärt ihr das unter euch.«

Julian sah zu, wie Flora ihre Sachen einsammelte und Ruby an der Hand nahm. Jetzt kam es ihm vor, als wäre er in die Zukunft gereist und nicht mehr Teil seiner Familie. Er konnte sich vorstellen, wie es sich anfühlte, der geschiedene Ehemann zu sein, der Teilzeitvater, nicht mehr dazuzugehören, alles wegen seines idiotischen Verhaltens. Auf einmal ergriff ihn Panik. Er war sich plötzlich sicher, dass Flora Bescheid wusste und auch wusste, dass er mit Maude darüber sprach, wie er seine Geliebte aus seinem Leben verbannen sollte, und dass sie nur darauf wartete, ihn rauszuschmeißen.

»Menschen brechen ständig aus unglücklichen Ehen aus«,

hatte Sydney vor ein paar Wochen zu ihm gesagt, während sie sich vor dem Spiegel aufbrezelte. »Wovor hast du Angst?«

Er hatte nicht geantwortet. Er hatte nie die Absicht gehabt, Flora für Sydney zu verlassen, für niemanden – es wäre ihm niemals auch nur annähernd in den Sinn gekommen, was also tat er hier?

Flora und Ruby brachen auf. Flora trug Rubys kleinen rosa Rucksack über der Schulter und hielt Ruby an der Hand. Er wollte sie erst einholen, beschloss dann aber, ihnen heimlich zu folgen. Worüber redeten sie? Wie konnte es sein, dass ihnen nie der Gesprächsstoff ausging? Als er näherkam, hörte er Ruby von einem Spiel in der Schule erzählen, etwas mit Puppen, Pokémon-Karten und Lakritze.

»Ihr habt Lakritze im Klassenzimmer?«, fragte Flora.

»Nein, keine richtige Lakritze. Spielzeuglakritze. Wenn zwei Kinder also *drei* Karten kriegen und beide Puppen sich bewegen, entscheidet die Lakritze.«

Flora lachte. »Hast du dir das Spiel ausgedacht?«

»Nicht alles«, antwortete Ruby, wie immer offen und ehrlich. »Aber die meisten Regeln.«

»Kluges Mädchen«, sagte Flora. Sie blieb stehen und küsste Ruby auf den Kopf. Sie küsste sie dreimal. »Das klügste Mädchen überhaupt.«

Und das war's. Mit welchem Bann auch immer Sydney ihn belegt hatte, welcher Schwäche oder Entbehrung auch immer er sich an jenem Abend gebeugt hatte, als sie in der Bar aufgekreuzt war, als Flora sich runterbeugte und Ruby küsste, war der Bann gebrochen.

»Wir haben Affären, weil wir glauben, uns dann mehr wie wir selbst zu fühlen«, hatte Maude ihm in der Woche davor erklärt. »Wie fühlst du dich mit dieser Beziehung?«

Die Antwort lautete: allein. Er fühlte sich allein und armselig, schlimmer ging es kaum. Wie der größte Idiot.

Er hörte sie wieder fragen: *Wovor hast du Angst?*

Davor, dachte er, als er seine Frau und seine Tochter sah, Hand in Hand, die Arme schwingend, wie sie ohne ihn nach Hause gingen. Er hatte Angst, sie zu verlieren.

ZWEIUNDZWANZIG

Wo ist Mom?

Julian wusste, dass dies die ersten Worte aus Rubys Mund sein würden, wenn sie ihn allein am riesigen Terminal im JFK stehen sah. *Wo ist Mom?* Verdammt gute Frage, würde er gern sagen. Er war früh zum Flughafen gefahren, in der Hoffnung, dass ihm auf der Fahrt eine anständige, glaubwürdige Erklärung einfiel, warum ihre Mutter nicht nur nicht am Flughafen war, sondern auch aus Stoneham abgereist war. Julian hatte das Gefühl, den Ursprung der Welt oder den Sinn des Lebens erklären oder ein Stück Papier rausholen und den Großen Fermatschen Satz beweisen zu müssen, so unbegreiflich erschien ihm die Situation für Ruby.

Er musste mehr als eine Stunde totschlagen, bevor Rubys Flug landete, also wanderte er ziellos durch die Ankunftshalle. Er setzte sich mit einem zu starken Iced Latte auf eine unbequeme Metallbank und beobachtete die Menschen. Neben ihm saß eine Frau und hielt ein mit Blumen verziertes Schild auf Spanisch, gegenüber hieß eine japanische Familie ihren Sohn willkommen. Er dachte an den blöden Film, den er immer zu Weihnachten mit Flora und Ruby sehen musste und der auf einem Flughafen begann. Jetzt, wo er hier saß, fiel ihm auf, dass der Anfang ziemlich genial war. Alle Gesichter um ihn herum waren im Spiel, die Emotionen lagen offen: Langeweile, Nervosität, Ungeduld, Furcht. Wenn ein Mensch durch die Türen trat und einen anderen wiedersah, sprach dieser erste Blick tausend Worte und aus ihm die ungeschminkte Wahrheit. Was würde Ruby sehen, wenn sie ihm ins Gesicht blickte? Was würde er sie sehen lassen?

Erleichterung, unter anderem. Er hatte sich einsam gefühlt. Er vermisste sie. Groll? Er würde versuchen, es sich nicht ansehen zu lassen, aber er war stocksauer auf Flora, dass sie ihn allein mit Rubys Rückkehr klarkommen ließ. Was immer er getan hatte, um ihr Kind mussten sie sich gemeinsam kümmern, nicht seinetwegen – er nahm gern alle Schuld auf sich, wenn nötig –, sondern um den Schock für Ruby abzumildern. Aber was war der Schock? Er fühlte sich, als hätte Flora ihm eine Falle gestellt, die er geschickt umschiffen musste. Was immer er Ruby jetzt erzählte, erschiene in neuem Licht, sobald Flora mit ihrer Version kam. Flora hatte gesagt, sie würde zum *Kirschgarten* zurück sein, aber er wusste nicht mehr, was er noch glauben sollte. Er würde versuchen, seinen Frust vor Ruby zu verbergen, aber er war auch verletzt. Er wusste, dass er kein Recht dazu hatte, aber wie hätte er ahnen sollen, dass Flora ihn so kaltblütig hängenließ?

Wochenlang hatte er sich über seine Dummheit geärgert, angefangen damit, dass er den Ring unbedingt behalten musste, nachdem Margot ihn ihm zurückgegeben hatte. Er wollte ihn erst wegwerfen, brachte es dann aber nicht übers Herz, also steckte er ihn in einen Umschlag und den in einen Ordner und versteckte den Ordner ganz unten im Aktenschrank, wo er glaubte, dass ihn niemand finden würde.

Und dann die Geschichte, dass er den Ring im Teich verloren hätte. Als er an jenem Tag aus Manhattan nach Stoneham fuhr, ohne Ring, wusste er, dass er eine plausible Erklärung brauchte, am besten eine, die jede weitere Suche zwecklos machte. Vor lauter Panik wurde er zum Dramaturgen seines eigenen Lebens, indem er vom Allgemeinen (der Ring ist weg) auf das Besondere schloss (der Ring ist im Teich). Während er jetzt hier am Flughafen auf Ruby wartete, erkannte er, was diese Überlegungen in Wirklichkeit natürlich nur waren – eine Ablenkung von seinem Sündenfall, dem ersten schrecklichen Fehler, der Affäre.

Er sah Ruby aus zirka vierzig Metern Entfernung auf den Ausgang zukommen. Er erkannte sie am Gang, an ihrer Schulterhaltung. Sie zog ihre Reisetasche hinter sich her. Er hatte gegen ihren Willen darauf bestanden, eine mit Rollen zu kaufen, und empfand jetzt eine lächerliche Genugtuung bei ihrem Anblick. Sie war braungebrannt, und ihr langes lockiges Haar einen Tick heller als vorher. Ruby sah Flora schon immer ähnlicher als ihm. Sie hatte seine mal braunen, mal grünen Augen, ansonsten war sie Floras lebendes Abbild: das Gesicht rund und engelsgleich, große Augen, mit denen sie unschuldiger wirkte, als sie war, kecke Nase, spitzes Kinn. Sie jetzt in seine Richtung kommen zu sehen, Flora in ihr zu sehen, schmerzte ihn körperlich, ein scharfes Ziehen irgendwo unter den Rippen. Während sie alle drei jeder für sich allein waren, hatte er die Möglichkeit einer dauerhaften Trennung verdrängt. Jetzt, wo sie aufgeregt die Menge absuchte, spürte er die wohlverdiente Strafe nahen. Er holte tief Luft und fing an zu winken, bis sie ihn endlich entdeckte und auf ihn zulief.

Sie wirkte angespannt, beunruhigt. (*Wo ist Mom?*) Je näher sie kam, desto finsterer wurde ihr Blick, bis er spürte, dass auch seine Miene sich verfinsterte. »Rubes?«, sagte er und breitete die Arme aus.

»Dad.« Sie warf sich ihm praktisch entgegen, ließ die Tasche fallen und hielt ihn fest umklammert. Er seufzte, umarmte sie und atmete sie ein. Sie roch nach Sonne und ihrer Drogerie-Feuchtigkeitscreme, nach Wintergreen Life Savers und nach zu Hause. Ruby roch nach zu Hause. Er kniff die Augen zusammen, um nicht zu weinen. »Schatz«, sagte er an ihrem Ohr vorbei. Weder sie noch er wollten den anderen loslassen. »Alles okay?«

»Dad«, sagte sie und fing laut an zu schluchzen.

Er packte sie an den Armen. »Ruby, was ist los?«

»Dad, Ivan hat mit mir Schluss gemacht.«

»Oh, Kleines.« Er verkniff sich ein Lächeln, freute sich aber insgeheim und war kurz erleichtert. Zum Glück waren sie Ivan los. Ruby verdiente jemanden mit mehr Persönlichkeit und Freude am Leben. Außerdem, dachte er beschämt, verschaffte ihm das eine Verschnaufpause. Eine Achtzehnjährige mit Liebeskummer dürfte zu Hause nicht unbedingt auf Ärger aus sein. Und ihre Stimmungssensoren waren womöglich auch ein wenig betäubt. »Oh, Schatz«, sagte er. »Das tut mir leid.«

Sie wischte sich die Tränen weg. Er holte ein Päckchen Taschentücher aus seinem Rucksack und reichte es ihr. Dann griff er nach ihrer Tasche, und sie gingen los, während sie sich die Nase putzte. »So ein Scheißkerl, Dad. Warte ab, bis du hörst, was er zu mir gesagt hat. Warte ab.«

»Hat er während der Reise mit dir Schluss gemacht? Warum hast du nicht angerufen?«

»Nein!«, erwiderte sie empört. »Auf dem Flughafen in

Madrid. *Auf dem Flughafen*, Dad! Den ganzen Rückflug über musste ich daran denken, was er alles gesagt hat.«

»Du Arme. Du musst völlig erschöpft sein.«

»Bin ich auch.« Ruby nickte vehement. »Na ja, ich hab Wein getrunken.« Julian hob die Augenbrauen. »Dad, ich hab in Spanien jeden Abend Alkohol getrunken. Das ist schon *okay*. Ich hatte zwei oder drei Gläser. Ich habe einen Film gesehen und dann die meiste Zeit über geschlafen, aber trotzdem …« Plötzlich blieb sie stehen und blickte nach vorn, quer durch die große Halle. Sie sah verwirrt aus.

Jetzt kommt's, dachte Julian.

»Mami!« Ruby setzte sich wieder in Bewegung und lief auf irgendwen zu. Julian eilte hinterher, es musste eine Verwechslung sein, aber dann sah er sie. Flora. Sie streckte die Arme aus und lachte, als wäre alles in bester Ordnung. Mit der Rolltasche im Schlepptau kam er auf die beiden zu. Flora hielt Ruby in den Armen, ohne ihn anzusehen.

»Mom, du glaubst nicht, was Ivan getan hat. Er hat mich *verlassen.*«

»Das ist nicht wahr. In Spanien?«

»Auf dem *Flughafen.*«

»Oh, Schatz. Wie schrecklich.« Flora hakte sich bei Ruby ein, und sie gingen in Richtung Ausgang, und Julian hinterher, der Kofferträger der Familie. »Erzähl mir alles ganz genau. Von Anfang an.«

DREIUNDZWANZIG

Als Flora aus Stoneham abreiste, fuhr sie direkt in die kleine Wohnung ihres Freundes Michael in der Barrow Street. Er war gerade bei seinem neuen Freund eingezogen, behielt die alte Wohnung aber als Büro – *oder vielleicht als Sicherheit*, hatte Michael geantwortet, nachdem sie ihm gemailt hatte, ob er jemanden wisse, bei dem sie wohnen könne. Michael war einer der ersten Mitarbeiter von Good Company und einer ihrer liebsten. Lustig, talentiert, freundlich und diskret.

»Ich muss ein bisschen allein sein«, sagte sie und versuchte, sich möglichst nichts anmerken zu lassen. »Ruby ist in Spanien, und du weißt ja, wie das ist in Stoneham, wenn dann alle kommen, außerdem vermisse ich New York.«

»Kann ich gut verstehen«, sagte Michael und gab ihr die Schlüssel. »Bett ist frisch bezogen, ich hab dir saubere Handtücher hingelegt und den Kühlschrank aufgefüllt.«

»Du solltest dir doch keine Umstände machen.«

»Flora, weißt du noch, wie lange du mich damals durchgefüttert hast? Ich hätte ihn dir mit Dom Pérignon aufgefüllt, wenn ich könnte.«

Sie hatte ihn und viele andere junge Mitglieder von Good Company aus ihrer kleinen Küche ein paar Straßen weiter bekocht. Es war eine Freude gewesen, ihnen Spaghetti mit Fleischklößchen, Lasagne und *Baked Ziti* zu servieren, und ihre Spezialität, die berühmten selbstgemachten *Sausage Rolls*. Sie dachte dabei an die Frauen, die ihr das Kochen beigebracht hatten und die sie so sehr vermisste.

Anfangs war Flora sich nicht sicher, ob sie wieder in ihrer alten Gegend wohnen wollte. Es brachte sie tatsächlich ein bisschen durcheinander. Einerseits fühlte sie sich zu Hause, andererseits aber auch irgendwie verloren, manchmal sogar im wahrsten Sinne des Wortes. Sie nahm ständig die falsche Bahn, wusste nicht mehr, wo sie umsteigen musste, lief in die falsche Richtung, wenn sie aus der U-Bahn kam. Sie dachte, sie könnte sich an alles erinnern, und dann waren es doch nur einzelne Fetzen, die sie nicht mehr zusammenbrachte. Sie erinnerte sich an sämtliche Geschäfte in der Bleecker Street, obwohl dort jetzt neue Läden waren, aber nicht, ob die Greenwich Street vor der Washington Street kam und wo die 7th Avenue in die Varick Street überging.

Wenn sie durch die Straßen lief, glaubte sie immer wieder, Passantinnen zu erkennen, bis sie dann näherkamen und sie feststellte, dass sie sich geirrt hatte. Das passierte so oft, bis sie irgendwann merkte, dass sie sich *selbst* erkannte. All die Frauen mit dunklen Klamotten, Sonnenbrillen und dunklen Locken, die mit ihren Einkaufstaschen, praktischen Sandalen und ernsten Gesichtern herumhetzten. Es war wie in den Spiegel zu schauen. Es tat gut.

Einmal standen am Bordstein ein paar durchsichtige Mülltüten mit leeren teuren Champagner- und Weinflaschen. Einige Etiketten kannte sie von Margot, und sie erinnerte sich, wie sie damals an Müllabfuhrtagen Rubys Buggy durchs West Village schob und den Abfall der Nachbarn begutachtete, oft voller Neid. In New York war selbst der Müll Statussymbol. In Los Angeles steckte wenigstens alles in einer großen Plastiktonne. Diese banalen Gedanken gingen ihr durch den Kopf, als sie hochsah und erschrocken feststellte, dass sie in die Straße eingebogen war, in der Good Company lag. Sie machte kurz Halt in einem hippen Coffeeshop an der Ecke Hester Street, den es zu ihrer Zeit noch nicht gegeben hatte, holte sich einen guten, starken Espresso und lief weiter die Straße hinunter.

Sie glaubte nicht an einen Zufall, als sie vor der vertrauten dunkelgrünen Tür mit der goldenen Inschrift GOOD COMPANY stand. Sie wusste nur nicht, warum sie hier war oder was sie zu finden hoffte. Ein Portal in die Vergangenheit, durch das sie Julian und Sydney beobachten konnte? Und den weiteren Verlauf ihrer Beziehung stoppen? Sie legte beide Hände auf die alte Holztür, die sie kurz nach ihrer Hochzeit restauriert hatte. Tagelang hatte sie sie abgeschliffen, ausgebessert und angemalt, bis sie fast wie neu aussah. Erleichtert stellte sie fest, dass sie gut instandgehalten wurde. Obwohl die Stimmen dahinter kaum zu hören waren, erkannte sie, dass jemand einen Text vorlas. Das Holz war warm von der Morgensonne und fühlte sich fest und angenehm an. Sie blieb einen Augenblick so stehen und kommunizierte mit der Vergangenheit, dann drehte sie sich um und ging.

In den zehn Tagen, die sie in der Stadt war, ging Flora fast jeden Abend ins Theater. Sie rief alte Freunde an, die ihr Gästeplätze organisierten. Sie schaute bei den kleinen Theatern vorbei, in denen sie (und Julian) früher immer war, und informierte sich, was gespielt wurde. Manchmal war sie nachmittags bei einer Matinee und abends in einer anderen

Vorstellung. Sie sah das große Jukebox-Musical über einen Popsänger, ertrug den zu jungen Filmstar als Hedda Gabler. Sie sah eine aufgedrehte Show über eine irische Mädchenband in den Siebzigern, die so intelligent, so gut gemacht und musikalisch so überzeugend war, dass sie noch Tage danach mit Wehmut daran zurückdachte. Sie versuchte, ein einfühlsames schlichtes Zweipersonenstück über einen bekannten Schriftsteller, der um seine Frau trauerte, durchzustehen, ging aber in der Pause, weil sie zu sehr weinen musste.

Sie dachte, es würde eine schmerzliche Erfahrung werden – so viel Zeit im Publikum zu sitzen –, war es aber nicht. Kein bisschen. Sie fand es einfach toll, in New York ins Theater zu gehen, mit allem Drum und Dran. Das knappe Zunicken der Sitznachbarn und das darauffolgende höfliche (oder auch nicht) Verhandeln um die schmale Armlehne. Wenn eine Sitznachbarin allein da war (es waren fast immer Frauen) und sich ein ungezwungenes Hin und Her darüber, *was sie sonst so gesehen hatten,* ergab. Wenn das Licht gedimmt wurde und alle noch mal herumrutschten, die Programmhefte zuklappten und sich räusperten, um später nicht mehr husten zu müssen (ohne Erfolg). Wie eines Abends ein Teenager in dem Moment, als das Licht ausging, vor ihr eine Tüte Süßigkeiten aufmachte, und noch bevor sich der Vorhang hob eine ältere Frau hinter ihr sich mit einem grimmigen *Shhhh!* vorbeugte. Ach, New York. Die Stadt ließ einem nichts durchgehen. Meistens fand sie es toll, wie sie alle in diesem einen Raum für einen Moment zusammengehörten und sich stillschweigend einig waren, dass sie ein kleines bisschen besser waren und es besser hatten als all die anderen Leute draußen auf der Straße, die weniger interessanten Attraktionen nachjagten.

Ihr Freund Michael spielte in einer Neuinszenierung von *Der Löwe im Winter* Geoffrey, den hinterhältigen mittleren Sohn von Henry II. Er war hervorragend, und die ganze Produktion, die gut und gern langweilig oder banal hätte sein können, war stattdessen frisch und bissig. Sie ging zweimal rein. Als sie am zweiten Abend danach backstage war, rechnete sie damit, vielleicht doch so etwas wie Schmerz zu spüren, was dann auch der Fall war – ein Beben in den Knochen, aber eher ein sanftes Brummen, kein Schrei. Damit konnte sie leben.

An dem Abend ging sie mit Michael und noch ein paar anderen Schauspielern aus. Er hatte außerdem noch ein paar Freunde von Good Company eingeladen – alle, die noch nicht nach Stoneham aufgebrochen waren. Anders als in Los Angeles, wo sie sich immer nur als Anhängsel von Margot oder Julian vorkam, waren alle hier am Tisch an *ihr* interessiert. »Erzähl uns von deiner Arbeit, Flora«, sagte Michael.

Ihre Arbeit. Wann hatte sie aufgehört, es als ihre Arbeit zu betrachten, und angefangen, es als einen *Job* zu sehen. Sie erzählte von ihrer Rolle in *Griffith* und dass ausgerechnet ein Werbefilmer, den sie bei einer Toilettenpapierwerbung kennengelernt hatte, sich die Serie ausgedacht und sich an sie erinnert und sie gefragt hatte, ob sie nicht die Löwin sein wollte – die über alle anderen Tiere im Park herrschte.

»Die Serie kenne ich!«, rief die Schauspielerin, die Eleonore von Aquitanien spielte. »Die sehe ich immer mit den Kindern. Wir lieben Leona. Flora, du bist total lustig.«

»Es macht mir wirklich großen Spaß. Ich freue mich, wieder singen zu können – war schon eine Weile her.«

»Synchronsprechen ist die reinste Form der Schauspielerei«, erklärte der Darsteller von Henry II., vielleicht ein wenig zu salbungsvoll. Michael und sie wechselten einen amüsierten Blick. Sie nahm es trotzdem dankend an. Dasselbe hatte sie mal zu Margot gesagt. »Ja, stimmt«, sagte sie.

»Aber vermisst du es nicht, Flora?«, fragte Michael schließlich. »Vor Publikum zu stehen? New York? Good Company? Das alles?«

Am Tisch wurde es still, sie warf einen Blick in die Runde und merkte, wie sehr sie wollten, dass sie Ja sagte. Ja, sie hatte einen schrecklichen Fehler begangen. Ja, Los Angeles war geistlos und leer. Ja, das Theater war jedes Opfer wert. Ja, wenn sie noch mal von vorn anfangen könnte, würde sie sich anders entscheiden.

Jahre zuvor, als sie beschlossen, aus New York wegzuziehen, hatte Flora Julian gefragt, warum er bereit sei, Good Company in fremde Hände zu geben. »Weißt du, es ist irgendwie komisch«, hatte er geantwortet. »Damals wollten wir so etwas wie eine Familie haben, unsere eigene Theaterfamilie. Ich glaube, ich bin nie auf den Gedanken gekommen, dass wir tatsächlich einmal *eine Familie* werden würden, mit all dem Frust und den Schwierigkeiten, die dazugehören.« Er rieb sich mit der Hand über den Bart und runzelte die Stirn. Nach der letzten mittelmäßigen Produktion war er es leid. Er hatte keine Lust mehr, wieder neue Stücke zu lesen. »Ich will nicht mein Leben lang dasselbe machen«, sagte er. »Ich will nicht der Typ sein, der so lange bleibt, bis er eines Tages merkt, dass er nicht mehr aufhören kann.«

An ihrem Tisch sah Flora jetzt in verschiedenen Ausführungen, was Julian gemeint hatte – die wenigen Glücklichen, die regelmäßig Arbeit hatten, die, die genug Jobs bekamen, um über die Runden zu kommen, aber nie genug, damit sich ihr Leben merklich veränderte, und die, die an der Gruppe festhielten, weil sie sonst nichts und niemanden hatten. Wie sollte sie ihnen sagen, wie wenig sie das alles vermisste?

»Ich vermisse die Leute«, sagte sie und hob ihr Glas. »Ich vermisse euch.«

Ihr letzter Abend in Manhattan: das Delacorte. Michael hatte ihr sein Abo-Ticket angeboten. Extra angestellt hätte sie sich wohl nicht, da war sie immer noch ganz die Tochter ihrer Mutter. Es war ein schwüler Sommerabend, als sie durch den Park lief, auf dem Programm stand *Was ihr wollt*.

Komisch, woran man sich erinnerte und woran nicht. Während sie auf der Tribüne saß und dem Stück nur halb folgte, erinnerte sie sich, wie sie in ihren schweren Feenflügeln auf ihren Auftritt gewartet hatte und die Flügel unter ihrem Kleid mit Gurten befestigt waren, von denen sie Ausschlag bekam. Sie erinnerte sich, nach Insektenspray und Make-up zu riechen und an besonders heißen Abenden zu hoffen, dass der Glitzer im Gesicht ihr nicht in die Augen lief. Sie erinnerte sich daran, hinter der Bühne zu stehen und zuzusehen, wie Margot ihren Monolog hielt. Sie hätte ihr stundenlang zusehen können. Zu beobachten, wie ihre Stimme kräftiger wurde, der Rücken gerader, der Hals länger, wie sie mit Wörtern und Rhythmus experimentierte, auf eine Art, dass man es nur mitbekam, wenn man ganz nah dran war. Flora genoss es, wenn Margot von der Bühne kam und sie ansah, leicht die Stirn runzelte und fragte: »Wie war es?« Als wäre nicht klar, wie großartig sie war.

Nach nur zwanzig Minuten erklang ein Donnerschlag, und ein greller Blitz leuchtete über den Baseballplätzen auf. Die Schauspieler machten weiter, die Abonnenten seufzten – sie wussten, was jetzt kam. Bei Regen ging die Show meistens weiter, aber nicht bei Gewitter. Minuten später wurde die Aufführung unterbrochen, der Himmel öffnete seine Schleusen und alles strömte in Richtung Ausgang. Vor ihr war eine Mutter mit einem Mädchen an der Seite, beide hielten sich Pullover über den Kopf. »Wie kriegen wir jetzt raus, wie es endet?«, jammerte das Mädchen. Die Mutter lachte. »Wir haben doch das Buch, Dummchen. Wir können es zu Hause lesen.«

Als sie nass vom Regen in der U-Bahn stand und in der Klimaanlagenluft fror, dachte sie an vorzeitige Enden, das Thema ihres Sommers. Ihrem eigenen war sie ausgewichen. Sie zögerte es hinaus.

Manchmal dachte Flora, dass sie überreagierte oder sich bewusst stur oder pathetisch verhielt, aber im Grunde wusste sie, dass es nicht so war. Man hatte ihr das Herz gebrochen, wie sollte sie eine Beziehung mit jemandem führen, der schuld an ihrem Leid war?

Sie hatte ihren Ehemann und ihre beste Freundin verloren und war nicht sicher, wen sie als Erstes zurückwollte – ob sie sie überhaupt zurückwollte. Das Problem war Folgendes: Sie war auserwählt worden – erst von Margot, dann von Julian –, Teil eines fremden Lebens zu werden, für sie das größte Glück überhaupt. Es hatte sie in eine Welt mit mehr Struktur, mehr Intellekt, Kunst, Neugier und Kameradschaft geführt, als sie je für möglich gehalten hätte, damals als junges Mädchen in Bay Bridge, das sich über den Fluss hinüber in eine andere Welt träumte.

Mehr als alles andere wäre sie jetzt gern mit Margot zusammen. Sie würden eine Flasche Wein aufmachen, und sie würde Margot erzählen, was Julian getan hatte, und Margot würde genau richtig reagieren. Sie wäre aufgebracht. Sie würde ihr einen wohlüberlegten Ratschlag geben. Sie würde

Flora fragen, wie sie ihr helfen könnte. Sie würde sie umarmen und sagen: *Es tut mir so leid. Dieses Schwein.*

Mehr als alles andere wäre sie jetzt gern mit Julian zusammen. Sie würden eine Flasche Wein aufmachen, und sie würde Julian von dem schrecklichen Geheimnis erzählen, das Margot ihr verschwiegen hatte. Dass sie ihr Vertrauen und ihre Freundschaft missbraucht hatte. Julian würde genau richtig reagieren. Er wäre aufgebracht und würde sagen, wie enttäuscht er von Margot sei. Was hatte sie sich bloß dabei gedacht? Er würde sie in den Arm nehmen und sagen: *Das hast du nicht verdient.*

Die Sache war die (so sagte sie es sich immer wieder, *die Sache ist die*, mit einer Inbrunst, als wollte sie sich vor Gericht verteidigen): Wie sollte sie ohne ihre beste Freundin über den Verrat ihres Mannes hinwegkommen? Wie sollte sie ohne ihren Mann über den Verrat ihrer besten Freundin hinwegkommen? Ah, sie kam sich vor wie eine Idiotin! Immer wenn sie bei dem Gedanken an Julian kurz weich wurde, dachte sie an Margot, und ihr Herz schnappte zu wie eine Auster.

Flora hatte nicht vorgehabt, Ruby vom Flughafen abzuholen. Sie wollte ihr eine Nachricht schreiben, anrufen, ihr erklären, warum sie nicht in Stoneham war, aber in der Nacht vor ihrer Ankunft war sie panisch aufgewacht, fast als hätte das Flugzeug, als es abhob, eine Anziehungskraft auf Flora in der kleinen Wohnung in der Barrow Street ausgeübt. Als sie die Augen schloss, sah sie in Gedanken das Flugzeug auf seiner Route, als könnte sie es auf dem Bildschirm verfolgen, als säße sie neben Ruby mit an Bord.

»Was erzähle ich Ruby?«, hatte Flora an dem Tag gefragt, als sie in Maudes Leben stolperte, eine gehetzte Stimme aus der Vergangenheit. Wahrscheinlich sah sie dabei auch noch aus wie eine Comicfigur, die den Finger in die Steckdose gesteckt hatte.

»Kommt drauf an«, hatte Maude geantwortet. »Wenn Julian und du euch wieder zusammenrauft und zusammenbleibt, würde ich nichts sagen. Wenn nicht, musst du dich natürlich entscheiden, wie viel du ihr erzählen willst. Ich würde es möglichst allgemein halten und mich darauf konzentrieren, wie sehr ihr sie beide liebt. Ruby ist kein Kind mehr.«

Stimmte das? Sie war vielleicht kein kleines Mädchen mehr, aber immer noch ein Kind, das wollte, dass seine Eltern zusammen waren, dass seine kleine Familie stark und unzertrennbar blieb. Flora hatte das Gespräch so oft im Kopf durchgespielt (*Es hat nichts mit dir zu tun. Wir haben uns auseinandergelebt. Das Beste für alle.*), aber Ruby konnten sie keine Märchen erzählen, egal wie hübsch sie verpackt waren.

»Sie wird mir die Schuld geben«, meinte Flora.

»Warum denn das?«, fragte Maude.

»Weil ich ihre Mutter bin.« Sie lachte müde. »Und weil Julian in ihren Augen nie etwas Unrechtes tun könnte.«

»Konnte er aber«, sagte Maude. »So wie wir alle.«

Flora seufzte. »Und Margot. Mit Margot bin ich auch noch nicht weiter.«

»Margot ist eine heikle Angelegenheit, aber erst mal sollte es um Julian und Ruby gehen. Danach kannst du dir überlegen, wie Margot da hineinpasst.«

»In dieses Chaos.«

»Dieses Leben.«

»Ruby wird es mir übelnehmen, wenn ich Julian nicht verzeihe.«

»Selbst wenn du dich zu einer Trennung entschließt, musst du Ruby nicht erzählen, was genau vorgefallen ist, vorausgesetzt, Julian und du einigt euch darauf, was ihr ihr erzählen wollt.«

»Aber wenn ich es ihr nicht sage, wird sie Fragen stellen. Sie ist in einer glücklichen Familie aufgewachsen. Hat eine *gute* Ehe erlebt.« Maude schwieg, und wenn Maude schwieg, hatte Flora immer das Gefühl, etwas Falsches gesagt zu haben – oder etwas Bedeutsames. »Ich weiß, was du jetzt sagen wirst.«

»Ich bin gespannt«, sagte Maude.

»Du wirst sagen, dass es vielleicht eine gute Ehe ist – *war.*«

»War sie das?«

»Ja! Aber es war eine Lüge. Von einem wichtigen Teil der Geschichte wusste ich nichts.«

»Jetzt weißt du es. Und jetzt musst du diese Information in die Geschichte eurer Ehe einbauen. Das macht sie nicht zunichte, es verändert sie.«

»Du denkst also, ich sollte Julian vergeben?«

»Das habe ich nicht gesagt. Nur du weißt, ob du das kannst, und ob du es *willst.* Aber vielleicht solltest du es als Möglichkeit im Kopf behalten. Vergebung steigt nicht auf Feenflügeln aus dem Himmel zu dir herab, damit du Ja oder Nein sagen kannst. Vergebung ist Arbeit.«

Flora schüttelte verärgert den Kopf und richtete sich ein wenig auf Maudes Sofa auf. Warum lag es jetzt an ihr zu vergeben? »Ich war so froh«, sagte sie schließlich.

»Inwiefern?«

»Auserwählt worden zu sein. Ich weiß nicht, wie mein Leben aussehen würde, wenn ich Margot nicht kennengelernt hätte, und wenn ich nicht vor all den Jahren zu Julians

Party gegangen wäre. Es ist schon peinlich, wie dankbar ich war, dass sie mich auserwählt haben. *Mich.*«

Maudes Miene hellte sich auf. Sie hatte unglaublich freundliche, wissende Augen, samt kleiner Fältchen. »Sie haben dich aus einem Grund ausgewählt, Flora. Nicht weil du zufällig durch die Tür spaziert bist. Sondern weil du genauso ihr Leben bereichert hast. Und jetzt sieht es so aus, dass es deine Entscheidung ist, ob du sie zurückwillst. Du bist es, die wählt.«

VIERUNDZWANZIG

Margot saß auf der Veranda des Haupthauses in Stoneham, wo Ben David und ihr netterweise eines der hübscheren Zimmer gegeben hatte, und überblickte das Gelände. Lange Zeit war Stoneham wie ein Stachel in ihrer manikürten Pfote gewesen. So viele Sommer hatte sie von ihrer triumphalen Rückkehr geträumt, doch trotz Bens anfänglicher Begeisterung und seiner Versprechen, ihr eine Rolle zu geben, war es nicht dazu gekommen. Stattdessen rief er zurück, um ihr auf Umwegen zu erklären, warum er niemand anderem hatte absagen können. »So gern ich es täte, es wäre einfach nicht fair.« Er beharrte darauf, sie anderweitig zu brauchen, als Beraterin, eine Art Regieassistentin und Schauspielcoach. »Oder scheiß auf das alles! Komm einfach her und amüsier dich.«

Nach fünf Tagen hatte sie begriffen, dass das Stoneham, wie sie es hier erlebte, nichts mehr mit dem aus ihren Erinnerungen zu tun hatte. Sie wusste natürlich, dass es sich verändert hatte – sie hatte Fotos gesehen, und Flora und Julian sprachen oft genug davon (die Doku hatte sie nie gesehen, das ertrug sie nicht) –, aber ihr war nicht wirklich klar gewesen, welche Ausmaße die Produktion angenommen hatte. Von ihrem Platz aus sah das Anwesen am Tag vor der Show aus wie ein kleines römisches Dorf, das sich auf das jährliche Bacchusfest vorbereitete.

Auf der einen Seite des Rasens probten Schauspieler eine Szene aus dem *Kirschgarten*. Die ursprünglich schlichte Bühne war irgendwann einer größeren, stabileren Konstruktion gewichen, auf der jetzt eine Gruppe von mindestens zwölf Leuten einen Tanz übte, der wirkte wie eine Anspielung auf traditionelle russische Kosakentänze, gemischt mit Hiphop. Die Musiker waren schon vor Jahren aus der Scheune geflogen, hatten jetzt aber ihren eigenen Pavillon unten am Teich, wo sie komponierten, probten und durchgehend irgendwelchen Lärm machten. Die Scheune hatten sich Ausstattung und Garderobe unter den Nagel gerissen. Den ganzen Tag über gingen Leute mit Farbeimern, Rollplanen, Brettern und stapelweise Klamotten ein und aus.

Eine Gruppe junger Frauen und Männer holte das Mobiliar aus Bens Wohnzimmer auf den Rasen und baute dort den Salon auf. Die Veranda des Little House wurde zum Kinderzimmer umfunktioniert. Am Aufführungstag würde das Publikum samt Decken und Gartenstühlen von Szene zu Szene wandern.

Hinter dem Farmhaus war der kleine Pavillon von früher durch ein großes Festzelt ersetzt worden, wo sich alle trafen, probten, aßen und tranken. Das Zelt war innen aufwendig (irrwitzig?) dekoriert. Alte Kronleuchter und leere Vogelkäfige hingen an Drähten zwischen den Zeltstangen, die kunstvoll mit roter und schwarzer Seide behängt waren. Kerzenleuchter und Samoware standen auf den langen angemieteten Tischen. Darüber hingen Lichterketten. An der Bar am einen Ende des Zeltes standen Unmengen von Schnaps- und Weinflaschen sowie Kühlboxen mit Bier und

Softdrinks. »Wer bezahlt das alles?«, hatte Margot Ben gefragt. Er konnte das unmöglich alles selbst finanzieren, das wäre absurd.

»Einen Großteil übernehme ich, ansonsten gibt jeder, der kann, ein bisschen Geld dazu, manche spenden was, und so sammelt sich Jahr für Jahr mehr Zeug an. Wir werfen nichts weg, alles wird recycelt. Am Ende geht es irgendwie auf.«

Jeden Abend waren andere Leute fürs Essen zuständig, das ganze Drumherum war zu einer Art Wettkampf ausgeartet. Gestern hatten sie die Kerzenhalter und Kronleuchter mit künstlichen Spinnweben behängt. Auf den langen Tischen standen Körbe und Schüsseln mit reifen Früchten und Gemüse. Das Zelt wurde von Gebetskerzen beleuchtet. Als wäre das nicht genug, brachte ein Dutzend Leute mit kunstvollen Tiermasken aus einer früheren Produktion die Servierteller aus der Küche ins Zelt. Das Ganze sah aus wie eine Szene aus einem Kubrick-Film.

Nicht dass Margot keine Veränderungen erwartet hätte. Ben machte das seit achtzehn Jahren, und es war nicht übertrieben zu sagen, dass die Veranstaltung inzwischen Legendenstatus hatte. Oder, wie sie schon wenige Stunden nach ihrer Ankunft dachte, einen Hauch von Wichtigtuerei. Stoneham war immer ein bisschen ambitioniert gewesen, aber so selbstverliebt?

Ein Teil ihres Unbehagens, stellte sie fest, kam daher, dass sie es nicht mehr gewohnt war, unter Theaterleuten zu sein. Und sie hatte das *Drama* vergessen. Als zum Beispiel gestern Abend jemand das Stück *American Buffalo* erwähnte und innerhalb von Sekunden jeder, der schon mal darin mitgespielt hatte – zirka 90 Prozent der anwesenden Männer –, aufsprang und den anderen Zeilen an den Kopf warf, immer lauter und schriller, bis alle lachten und klatschten, als wäre es das Lustigste, was sie je gesehen hatten.

Sie hatte so viele Jahre abgeschieden in der Welt von *Cedar* gelebt, fernab von Castings und der New Yorker Theaterwelt, dass sie vergessen hatte, wie alle Gespräche immer wieder auf denselben Punkt hinausliefen: jüngste Erfolge, die neue Spielzeit, wer für welche Rolle vorsprach, welche Stücke geprobt wurden – alles mit dem einzigen Zweck, sich innerhalb des Stoneham-Universums zu behaupten. Wo war dein Stern? Wie hell hat er gestrahlt? Sie hatte auch vergessen, wie snobistisch alle waren, wenn es ums Fernsehen ging. Sie erwartete nicht, dass sie *Cedar* sahen, aber die Hälfte der Leute, mit denen sie sprach, tat so, als hätten sie keine Ahnung, wo sie gewesen war und was sie in den letzten zehn Jahren gemacht hatte. »Sorry, ich sehe nicht fern.« Diese Lüge hörte sie mindestens zweimal am Tag.

Bis am Abend zuvor Hadley Yates, die Schauspielerin, die Madame Ranjewskaja spielte, die weibliche Hauptrolle im *Kirschgarten*, Margot beiseitegenommen hatte. Margot kannte sie nicht gut, hatte sie aber früher mal in ein paar Aufführungen gesehen und bewunderte sie. »Ich will ganz ehrlich sein«, fing Hadley an und nahm einen langen Zug von ihrer Zigarette (daher also diese erstaunlich raue Stimme). »Ich würde wahnsinnig gern fürs Fernsehen arbeiten. Wir haben letztes Jahr einen Zweitwohnsitz hier in der Nähe gekauft. Ich bin im Moment frei und könnte ein bisschen Geld gebrauchen. Wie schwer ist es, eine gute Rolle zu bekommen? Wenn ich nach Los Angeles käme?«

»Ich bin sicher, dass viele dich mit Kusshand nähmen«, erwiderte Margot, ohne eine Ahnung zu haben, ob das stimmte. Es war gar nicht einfach, jemanden wie Hadley im

Fernsehen einzusetzen. Theaterschauspieler wussten oft nicht, wie sie ihr Spiel für den Bildschirm anpassen sollten. Genauso taugten viele Fernsehschauspieler nicht für die Bühne. Nur wenige konnten beides. Margot durfte noch niemandem erzählen, dass sie bei *Cedar* aufhörte, was okay für sie war, da sonst alle nur fragen würden, was sie als Nächstes plante. Eine Frage, auf die sie keine Antwort hatte.

»Das ist nicht schwer, oder? Im Vergleich zum Theater?«, fragte Hadley. »Ich hätte jedenfalls nichts gegen ein paar schöne Wochen im sonnigen Kalifornien.«

»Es ist schwerer, als du denkst«, sagte Margot und versuchte, nicht genervt zu klingen. »Ich bin ganz froh über die Pause jetzt. Ehrlich gesagt, hätte ich auch mal wieder Lust auf Veränderung.«

»Was für eine Veränderung?« Hadley kniff die Augen zusammen und musterte Margot.

»Etwas künstlerisch Befriedigenderes. Ich vermisse New York. Ich würde total gern wieder auf der Bühne stehen. Geld ist nicht alles, oder?«

Hadleys Lachen klang eher wie ein Gackern. »Wenn du meinst.« Sie kippte den Rest von ihrem Whisky runter und tätschelte Margots Arm. »Lass uns in Kontakt bleiben.«

Margot wusste, dass sie gereizt war. Und neidisch. Und leicht verbittert. Gleich nach dem Aufwachen hatte sie eine E-Mail von Donna gelesen, mit der vielversprechenden Betreffzeile *JOBANGEBOT*. Sie lag noch im Bett. Sie hatte geseufzt und sich ein Kissen übers Gesicht gelegt. Die älteste Gerichtsserie im Fernsehen bot ihre eine Rolle als Richterin an. Welch eine Ironie des Schicksals. Wie oft hatten Charles und sie Witze darüber gemacht, als Richter in den Ruhestand versetzt zu werden? »Einspruch abgelehnt!«, hatten sie abwechselnd mit immer dramatischerer Stimme erklärt und so getan, als schlügen sie mit dem Hammer auf den Tisch. Als hätte sie das Angebot vor Jahren heraufbeschworen, indem sie sich darüber lustig machte, und das Universum hatte es die ganze Zeit in der Hinterhand gehabt und nur darauf gewartet, dass sie ganz unten war. Sie hatte noch nicht geantwortet.

Sie glaubte, jemanden im Little House zu sehen. Waren Flora und Ruby da? Sie wäre gern rübergegangen, aber sie hatte Flora versprochen, sie nicht zu kontaktieren, geschweige denn an die Fliegengittertür zu klopfen. Aber David hatte nichts versprochen. Vielleicht konnte er ihr Abgesandter sein, die Stimmung abchecken, sehen, wie die Lage war.

Kaum hatte sie den Gedanken zu Ende gedacht, kam David vom Schwimmen im Teich zurück. Für Mitte fünfzig war er in Topform, immer noch schlank und muskulös, aber er tat auch etwas dafür. Als sie ihn jetzt aus der Ferne sah, musste sie allerdings feststellen, dass sein Körper allmählich schlaffer wurde. Er hinkte stärker als sonst. Bergauf, gegen die Schwerkraft, ging es sowieso immer schwieriger. Außerdem war er müde. Er schlief nicht besonders gut in ihrem alten Bett, es war zu kurz für ihn. Vielleicht hätten sie sich in einem der Gästehäuser im Ort einmieten sollen, die damals noch nicht existierten, als sie das erste Mal nach Stoneham kamen. Sie hätte David fast gebeten, in Los Angeles zu bleiben, irgendwie hätte sie die Reise gern allein gemacht. Jetzt war sie froh, dass er dabei war. Während er näherkam, überlegte sie kurz, ihn aus Spaß zu fragen, ob er Julians Ring im Teich gefunden habe. Als sie ihm an dem Tag im Büro die ganze Geschichte erzählt hatte – dass sie den Ring gefunden, ihn Julian gebracht und Flora nichts gesagt hatte –, war er vor allem irritiert, dass sie sich ihm nicht anvertraut hatte. »Ich wollte dich da nicht mit reinziehen«, erwiderte sie. »Ich wollte dir nicht irgendwelche Dinge erzählen, die du nicht wissen willst, und die *ich* auch nicht wissen wollte.« Es hatte ihn gekränkt. Sie war sich ziemlich sicher, dass er darüber noch nicht lachen konnte.

»Was treibst du?«, rief er kurz vor den Stufen zur Veranda.

»Grübeln. Ich frage mich, ob es hier schon immer so nervig war.«

Er lachte. »Keine Ahnung. Mir gefällt's. Sieh dich doch mal um.« Er zeigte auf das Panorama. »Ganz schön beeindruckend.«

»Wahrscheinlich«, sagte sie. Der Schlaganfall hatte ihm auch den Sarkasmus genommen. Daran hatte sie sich bis jetzt nicht gewöhnt. »Ich zick nur rum.«

Er setzte sich in die Hollywoodschaukel und klopfte auf den Platz neben sich. »Setz dich zu mir.«

»Wie war das Schwimmen?«, fragte sie und machte es sich neben ihm bequem.

»Fantastisch. Ich habe Ruby getroffen«, sagte er.

»Wirklich? Wo?«

»Am Teich. Sie wollte kurz ins Wasser springen.«

Margot verkniff sich die Frage, ob sie sich nach ihr erkundigt hatte. »Worüber habt ihr gesprochen?«

»Ihre Reise.«

»War's gut?«

»Ivan hat mit ihr Schluss gemacht.«

»Oh nein. In Spanien?«

»Anscheinend. Ehrlich gesagt, machte sie insgesamt einen ziemlich fröhlichen Eindruck. Sie hat mir erzählt, wo sie überall war. Sie *liebt* ihre Kamera, sie meinte, sie hätte ständig damit fotografiert. Sie kann es kaum erwarten, uns die Bilder zu zeigen.« Margot lehnte sich erleichtert an David an. Ruby wollte ihr Bilder zeigen! »Wir haben über den Prado gesprochen«, sagte er.

»Wie fand sie *Las Meninas?*«

»Toll.«

»Klar, wer nicht? Und die Goyas?«

»Ein paar fand sie gut, ein paar nicht so.«

»Na gut. Ist ja auch ziemlich viel Goya.« Margot schob die Hollywoodschaukel sanft mit dem Fuß an. »Ich nehme nicht an, dass ihr über …«

»Nope.«

Sie lauschten eine Weile dem Knarren der Schaukel.

»Sie hat sich Sorgen wegen der Kette gemacht, die ich ihr geschenkt habe«, sagte er.

»Sorgen? Wieso?«

»Weil ihr in Spanien klar geworden ist, dass sie keine Ärztin werden will.« Er sah Margot an und lächelte, und dann lachten sie beide. »Ach, die Arme«, sagte Margot. »Sie wird noch fünf andere Dinge werden wollen, bevor das College vorbei ist. Was hat du gesagt?«

»Ich hab sie an den Sommer erinnert, als sie noch klein war und wir zum letzten Mal hier waren. Erinnerst du dich? Als sie deinen Text auswendig gelernt hat?«

»Wie könnte ich das vergessen? Als sie mit den Puppen da vorne auf den Stufen saß. ›Ich war nur kalt!‹ Flora und ich wären fast aus den Socken gekippt.«

»Sie wusste das auch noch. Du hast ihr auch noch andere Sätze beigebracht.«

»Sie war so gut im Auswendiglernen, eine perfekte Imitatorin. Wie sie die Sachen abends immer beim Essen vorgetragen hat.«

»Sie hat es gehasst.«

Margot hielt die Schaukel an und drehte sich zu David um. »Hat sie nicht.«

»Doch, hat sie.«

»Daran erinnere ich mich nicht. Ich weiß noch, wie sie auf einem Stuhl stand, unterm Zelt, und mit ihrem leichten Lispeln sagte«, – Margot verschränkte die Hände vor der Brust und verstellte die Stimme – »›O Romeo! Warum denn Romeo? Verleugne deinen Vater, deinen Namen!‹ Sie war perfekt. So süß und lustig.«

»Stimmt. Und am nächsten Abend wollte sie nicht mehr.«

Margot dachte kurz nach, dann erinnerte sie sich. Wie sie Ruby überreden wollte und sie in Tränen ausbrach. »Stimmt. Na ja, ich schätze, sie war müde. Und wir haben sie ja nicht gezwungen.«

»Nein, nur mit Aufmerksamkeit, Applaus und Cupcakes überschüttet.«

Margot seufzte. »Verstehe. Ich bin ein Monster.«

»Das hab ich nicht gemeint. Es *war* lustig und süß, aber sie hatte keine Lust mehr. An dem Abend hab ich sie ins Little House gebracht – als sie geweint hat – und ihr gesagt, nur weil sie gut in etwas ist, muss sie es nicht anderen Leuten zuliebe auch tun.«

»Das hast du gesagt?«

»Ja.«

Margot nahm Davids Hand. »Und was hast du dazu gesagt, dass sie keine Ärztin werden will?«

»Dasselbe. Dass die Kette ein Geschenk zum Schulabschluss sei, für das, was sie schon erreicht hat. Und, na ja, dass zukünftige Medizinstudenten nicht die einzigen Menschen sind, die ein Herz haben.«

Margot schüttelte den Kopf. »Manchmal nervst du echt. Du bist zu gut, David Pearlman. Zu gut für Leute wie mich jedenfalls.« Margot schob die Schaukel wieder an.

»Ruby meinte, sie kommt gleich hoch. Sie freut sich wahnsinnig, dich zu sehen.«

Margot stand auf und ging an den Rand der Veranda. Sie sah hinunter zum Little House und wartete darauf, dass Ruby auftauchte. »Was glaubst du, wie viel sie weiß?«, fragte sie.

»Ganz ehrlich? Nichts. Aber ich schätze, das finden wir gleich heraus.«

FÜNFUNDZWANZIG

Flora und Julian hatten Ruby zuliebe Frieden geschlossen, wenn auch nur äußerlich. Während des Essens am Abend davor hatten sie sich solche Mühe gegeben, keine negativen Signale auszustrahlen, dass sie auf jeden Außenstehenden wie Geistesgestörte wirken mussten: Sie lächelten ständig, lachten übertrieben, sahen überall hin, nur nicht den anderen an. Kaum war Ruby ins Bett gestolpert, standen sie beide im Flur und hörten ihr beim Schnarchen zu.

Julian hatte den Arm um Flora gelegt, und obwohl ihr Kopf ihr riet, auf Abstand zu gehen, ließ sie es geschehen, beseelt vom Wein und der Dankbarkeit, mit Ruby unter einem Dach zu sein. In den Tagen in New York war ihre Einsamkeit kein Thema gewesen. Aber jetzt, hier in Stoneham, auf den Stufen vor dem Little House, genoss sie Julians Wärme, die Stimmen und das Lachen, die oben vom Hügel kamen. In der kranken Tanne brannte die Lichterkette. Ben hatte Ruby gebeten, sie anzuschalten, und stimmte eine mitreißende Version von »That's Life« an. Obwohl Ruby kurz mit den Augen gerollt hatte, als Julian sagte, Ben sei auf dem Weg zu ihnen, um die feierliche Baumbeleuchtung wieder einzuführen, strahlte sie übers ganze Gesicht, als das Licht anging.

»Sollen wir das Licht ausmachen?«, fragte Flora, und Julian nutzte die Gelegenheit und küsste sie. Ein langer, leidenschaftlicher Kuss, und sie ließ es zu. Sie wurde weich, nicht nur, weil es sich so gut anfühlte, sondern um sich zu testen. Konnte sie? War es *das*, was sie retten würde? Sie wich zurück.

»Julian«, sagte sie. »Ich kann das nicht.«

»Okay«, sagte er mit belegter Stimme. »Aber, Flora, bitte fahr nicht wieder weg. Bitte bleib für die Aufführung.«

Die Aufführung, die Aufführung, die Aufführung. Es ging immer nur um die beschissene Aufführung.

»Wir sehen uns morgen«, sagte sie.

Aus ihrem Schlafzimmer hörte sie Julian in der Küche herumwerkeln. Den Geschirrspüler ausräumen. Er kam die Treppe hoch, holte wahrscheinlich Bettzeug und Handtücher aus dem Wäscheschrank. Sie war so müde. Sie hätte Julian am liebsten weiter geküsst. Sie hätte ihn gern ausgezogen, ihn an der Hand genommen und auf ihr Bett gezogen und sich hingegeben. Aber nicht solange sie nicht wusste, was sie wollte. Sie kroch ins Bett und lauschte den Geräuschen draußen, dem Lachen und dem Gesang in der Ferne. Wie anders wäre der Abend verlaufen, wenn sie den Ring nicht gefunden hätte.

»Ich würde mich immer für die Wahrheit entscheiden«, hatte Maude zu ihr gesagt. »Egal, wie schmerzhaft sie ist.«

Sie merkte, wie sie einschlummerte. Die Fliegengittertür schlug zu. Die Lichter in der Tanne gingen aus. Wenn der Baum tot und gefällt war, würde man von der Nordseite bis hoch zu Bens Haus sehen können. Ein kahler Ausblick.

◆◆◆

Am nächsten Morgen kam Ruby in Shorts und einem alten T-Shirt nach vierzehn Stunden Schlaf nach unten. Die Locken klebten an der einen Kopfhälfte, die Wange war noch zerknittert vom Kissen. Am Abend davor hatten sie über Ivan und sein *ungerechtes, unschönes* Verhalten gesprochen. Schließlich hatte Ruby geseufzt, den Kopf auf den Tisch gelegt, zu ihren Eltern hochgesehen und gesagt: »Ich glaube, er wusste, dass ich mit ihm Schluss machen wollte.« Sie stand auf, gähnte und goss sich ein Glas Wasser ein. »Wir hatten nie eine richtige Verbindung, wisst ihr? Nicht so.« Sie schlang die Finger ineinander. »Nicht so wie ihr. Wahrscheinlich ist es besser so.«

Ruby trank einen Schluck Kaffee und ging dann zum Teich schwimmen. Als sie wiederkam, wollte sie, dass Flora sie zum Haupthaus begleitete, um Margot und David zu besuchen. »Ich freu mich so, dass sie hier sind«, sagte Ruby. »Kommst du mit?«

»Vielleicht später«, sagte Flora. »Ich muss mich noch um meine häuslichen Pflichten kümmern.«

»*Häusliche Pflichten?* Ich wusste nicht, dass wir hier bei *Unsere kleine Farm* sind, Ma.«

Flora lachte. Sie hatte ihre Tochter vermisst. »Geh schon mal ohne mich. Ich komme nach.«

Als sie Ruby den Rasen hochlaufen sah, erkannte Flora deutlich die Frau, die sie allmählich wurde. Ihre Bewegungen bekamen eine gewisse Eleganz. War das in Spanien passiert? Wahrscheinlich. Sie sah ein neues Selbstvertrauen in Ruby, eine Art von Arroganz, die man erlernte, wenn man allein unterwegs war. Sie war zwar mit Ivans Familie zusammen, aber nicht mit *ihrer*. Flora sah ihr an, dass sie allmählich selbst entschied, was sie vom Leben wollte. Sie war neugierig und, wie Flora zufrieden wahrnahm, sie hatte Ansprüche. Nicht auf Dinge, die sie nicht verdiente, aber auf ihre eigenen Wünsche.

Vielleicht hatten sie ihr zu wenig zugetraut. Vielleicht hatte Maude recht. Flora musste daran denken, wie Ruby noch klein war und ein Gespräch über – ausgerechnet – den legendären Babe Ruth dazu führte, dass Ruby fragte, was nach dem Tod passierte. »Du kommst auf das große Baseballfeld im Himmel und versuchst, einen Sieg für die Yankees zu holen«, hatte Julian gescherzt und versucht, das Thema zu wechseln, denn wenn Ruby sich erst mal in etwas verbiss, hörte sie so schnell nicht auf. Es nützte nichts. Ruby wollte nichts davon hören, dass »alle Menschen sterben« oder dass Flora und Julian sehr lange leben würden, weil sie gesund waren oder dass ein kleines Mädchen sich über solche Dinge nicht den Kopf zerbrechen sollte. Sie wurde so hysterisch, mitten im Washington Square Park, mit einem schmelzenden Kirscheis, das ihr über den Arm lief, das Gesicht von Rotz und Tränen verschmiert, dass Flora sich in ihrer Verzweiflung vor sie hinkniete und sagte: »Okay, okay. Ich verspreche dir, ich sterbe nicht.« Im selben Moment bereute sie es, bis sie Rubys Gesichtsausdruck sah. Große Erleichterung. »Siehst du?«, schimpfte Ruby, immer noch wütend. »War das so schwer?«

Julian und sie lachten später darüber, aber so richtig ließ Flora das Gespräch nie los. Sie hatte Ruby versprochen, sie würde *nie* sterben. Sie musste daran denken, wenn sie die Straße überquerte, wenn sie in der U-Bahn saß, wenn sie allein hoch nach Stoneham fuhr oder in der Dusche unterm Arm nach einem Knoten tastete. Es gab so viele Arten zu sterben, Ruby alleinzulassen und ihr Versprechen zu brechen.

Sie entspannte sich erst, als Ruby alt genug war, um sie an die Geschichte zu erinnern, und sie darüber lachten. Seit sie den Ring gefunden hatte, verspürte sie instinktiv den Drang, Ruby zu beschützen, aber warum? Sie würde ihr nicht die unverblümte Wahrheit erzählen. Noch nicht. Aber sie konnte sie wie die Erwachsene behandeln, die sie gerade wurde.

Und Flora konnte Margot nicht länger aus dem Weg gehen. Sie würden sich sowieso bald begegnen. Sie schrieb ihr: *Lust auf einen Spaziergang?*

Die Antwort kam sofort: *Oh, Gott sei Dank. Ja. Ja!*

◆◆◆

»Ich will nur wissen, warum, was hast du dir dabei gedacht?«, sagte Flora, nachdem sie ein paar Minuten schweigend die lange Kiesauffahrt entlanggelaufen waren, weg von den anderen. Sie entdeckten zwei verwitterte Gartensessel unter einem großen Ahornbaum und setzten sich. Margot schlug die Beine übereinander und zupfte nervös an ihrem Schnürsenkel.

»Weil ich Julian geglaubt habe, als er sagte, es sei ein schrecklicher Fehler gewesen. Ein beschissener Ausrutscher.«

»Ein Fehler? Du weißt aber schon, dass es kein Einzelfall war – Julian und Sydney? Das ging über Monate.«

Margot schüttelte den Kopf. »Ich hab mir gedacht, dass es nicht nur das eine Mal war, aber mir war nicht klar, dass es so lange ging. Ich dachte, er sei zur Vernunft gekommen. Und ehrlich gesagt, dachte ich auch, dass du es mir übelnimmst. Wenn ich es dir erzähle. Von wegen den Boten umbringen und so.«

»Ich könnte dich immer noch umbringen.«

»Ich weiß.« Margot senkte den Blick. »Ich wusste nicht, dass es Monate waren. Das ist furchtbar.«

»Alles wäre so viel einfacher gewesen, wenn du es mir damals erzählt hättest.«

»Wäre es nicht«, sagte Margot. Flora sah in den Himmel und schüttelte den Kopf. »Flora, denk doch mal nach. Wenn ich es dir damals erzählt hätte …«

»Was dann?«

»Dann hättest du Julian verlassen. Ich glaube nicht, dass wir noch befreundet wären.«

Von dort, wo sie saßen, konnte Flora das Little House sehen. Eine Gruppe probte auf der Veranda. Sie verstand nicht, was sie sagten, sah aber Julian als Lopachin auf und ab schreiten und gestikulieren wie ein Russe. »Aber du hast mir nicht mal die Chance gegeben«, sagte Flora zu Margot. »Ich hatte gar nicht die Möglichkeit, es zu verstehen oder zu verarbeiten oder zu verzeihen. Ihr habt alles ohne mich entschieden, du und Julian.«

»Das tut mir leid. So habe ich es noch nie gesehen.«

»Es hat mich wie aus heiterem Himmel getroffen. Innerhalb eines Gesprächs hat sich mein ganzes Leben in Luft aufgelöst.«

Margot sah Flora an. »Damit kenne ich mich ein bisschen aus, wie du weißt.« Margot kaute auf ihrer Lippe und versuchte, nicht zu weinen. »Flora, ich konnte nicht. Ich *konnte* es dir nicht sagen. Du weißt, warum.«

»Aber das ist es ja.« Flora stand auf und wurde lauter. »Ich weiß es nicht! Ich weiß, warum du es mir nicht sagen *wolltest*. Aber nicht, warum du es nicht *konntest*.«

»Weil wir in dem Jahr so viel verloren haben.« Margot

beugte sich auf ihrem Stuhl vor und sah Flora flehentlich an. »Du weißt doch, wie David nach der Reha war, als ich in Seattle war, er war wie … wie ein Kind. Ich hatte solche Angst und fühlte mich so elend. Ich hatte keine Ahnung, wie es weitergehen sollte. Ich hatte zu viel verloren …« Sie hielt inne und wischte sich die Tränen aus dem Gesicht. »Ich hatte so viel verloren, Flora. Ich konnte dich nicht auch noch verlieren.«

Flora sah ihre Freundin ungläubig an. »Aber es ging nicht um dich, Margot«, sagte sie. Sie ging ein paar Schritte weg von Margot, die ihren Kopf in die Hände gelegt hatte. »Ich weiß«, sagte sie. »Es tut mir zutiefst und aufrichtig leid. Ich weiß nicht, was ich sonst sagen soll. Ich kann höchstens versuchen, es dir zu zeigen.«

Flora griff in die Hosentasche und reichte Margot ein Taschentuch. Eine Weile hörte man nur Margot schniefen und sich die Nase putzen und dazu, in der Ferne, das unpassende Stakkato-Blöken der Posaunen, die ein Klezmer-Stück übten.

»Sieh dir die Trottel da unten an.« Flora zeigte auf den Rasen vor dem Little House, wo der Großteil der Truppe den Hiphop-Kosakentanz probte. »Es gibt in der gesamten Truppe vielleicht zwei Paar Knie, die diesen Quatsch hinkriegen.«

»War das schon immer so … ambitioniert?«, fragte Margot.

»Ich schätze schon«, sagte Flora.

»Kann ich dir etwas sagen?«, fragte Margot.

»Warum jetzt damit anfangen?«

»Touché.« Margot pflückte eine Pusteblume aus dem Gras, steckte sie sich hinters Ohr und knotete sich die Haare zu einem losen Dutt. Sie schloss die Augen und hielt das Gesicht in die Sonne. Es war fleckig, und die Augen waren geschwollen vom Weinen. Waren die Falten um den Mund neu, oder hatte Flora sie nur noch nie bemerkt? »Was wolltest du sagen?«

Margot sah sie an. »Ich hasse es hier.« Flora lachte. Margot lachte. Die Kosaken unten lachten und stöhnten. Die Fliegengittertür des Little House schlug zu. Ruby kam auf die Veranda, hob die Hand über die Augen und winkte Margot und Flora zu. Sie winkten zurück. Der Wind frischte auf, und das Schilf am Teich schwang friedlich tanzend hin und her. Eine Ente flog quakend übers Wasser.

»Ich sollte gehen.« Flora hielt Margot die Hand hin.

»Das ist jetzt aber kein Charlie-Brown-Trick?«

»Nein, aber nur weil ich nicht selbst drauf gekommen bin.« Flora nahm Margots Hand und zog sie aus dem Sessel, kräftiger als nötig. Es fühlte sich gut an, aber auch traurig. Margot zuckte zusammen, sagte aber nichts.

»Sehe ich dich später? Bleibst du morgen noch zur Aufführung?«

»Ja«, sagte Flora. »Aber danach bin ich weg. Ich will noch ein paar Tage in die Stadt.« Sie gingen zusammen zurück zum Haupthaus.

»Erinnerst du dich an den Abend beim Chinesen?«, fragte Margot. »Nach dem *Sommernachtstraum?*«

»Natürlich.«

»Und, wie endet es?«, fragte Margot, so wie damals David. Ihre Stimme klang sanft und flehend. »Gut oder schlecht?«

»Ich weiß es nicht«, sagte Flora. »Ich wünschte, ich wüsste es.«

SECHSUNDZWANZIG

Am Morgen der Aufführung wachte Flora vom Lärm der Kettensägen unter ihrem Fenster auf. Zum Glück hatte Ruby nicht gemerkt, dass Julian und sie in getrennten Zimmern schliefen. In den letzten beiden Nächten hatte Ruby sich ihrem Jetlag ergeben und war im Bett, bevor sie sich in ihr jeweiliges Quartier zurückzogen. Julian stand bei Tagesanbruch auf, verstaute das Gästebett und war schon in der Küche zugange, bevor Ruby aufstand. Ruby und sie waren jeden Morgen von Kaffee- und Baconduft aufgewacht. Wenn sie herunterkamen, gab es selbstgemachte Muffins, Pancakes und Omelett.

»Bacon«, hatte Flora am Morgen nach Rubys Rückkehr gesagt, als sie die Küche betrat. »Schmutziger Trick.«

»Diese Woche fahre ich schweres Geschütz auf«, hatte Julian erwidert und auf die Vase mit den Rosen gezeigt, die er von den Büschen entlang der Einfahrt geschnitten hatte. Er merkte ihr an, dass sie weich wurde, und das gefiel ihr nicht. Oder doch? Sie hatte eingewilligt, bis zum Abendessen zu bleiben. *Der Kirschgarten* war ein Stück in vier Akten, und nach dem dritten Akt gab es eine Pause und etwas zu essen. Akt vier begann dann mit Einbruch der Dämmerung. Während des Essens würde sie sich wegschleichen und zurück in die Stadt fahren. Julian und sie wollten Ruby noch am Vormittag eine abgemilderte Version der Wahrheit erzählen. Sie wusste, dass es feige war, Ruby ausgerechnet jetzt in ihre Pläne einzuweihen – sie wäre zu beschäftigt, um genauer nachzufragen und groß zu protestieren –, aber solange Ruby mit dem Kopf woanders war, würde sie es zumindest erst mal schlucken. Das unvermeidliche Verhör könnten sie später angehen.

Das Röhren einer Kettensäge erschütterte den kühlen Morgen, die Truthähne liefen über den Rasen und schrien, als wäre es der Tag vor Thanksgiving. Flora zog sich an und ging runter. Der kranke kleine Tannenhain an der Ecke war in den letzten Tagen abgeholzt worden. Eine Landschaftsgärtnerei hatte fast alle Bäume gefällt, nur nicht den direkt vor dem Haus, Rubys Baum. Sie wusste nicht, was sie davon halten sollte, dass dieses schwierige Relikt aus ihrer Vergangenheit noch dort stand, hilflos und allein.

Draußen beobachtete Flora mit einer Tasse Kaffee in der Hand, wie ein paar Leute, die sie von früher kannte, Bühnenbildner und Requisite, zwei Planen auf dem Gras ausrollten. Eine junge Frau in Latzhose und Tanktop mit langen schwarzen Zöpfen nähte sie mit einer großen Nadel lose in der Mitte zusammen. Zusammengenommen war es eine Fläche von etwa dreieinhalb mal viereinhalb Metern. Darauf war eine Baumgruppe gemalt – der titelgebende Kirschgarten. Flora ging rüber, um es sich näher anzusehen, es war wirklich ein wunderschönes Bild. Das Blau, Grün und Rosa erinnerten sie an Seurat. Die Bäume standen in voller Blüte, und es hatte eine erstaunliche Tiefe, der Garten schien nach hinten raus kein Ende zu nehmen.

»Toll, oder?«, sagte Charlie. Der gute alte Charlie kam immer noch jedes Jahr und fotografierte die Produktion. Er hatte Ruby gefragt, ob sie heute seine Assistentin sein wollte. Sie war begeistert, und Flora war dankbar für die wertvolle Ablenkung.

»Ja, fantastisch«, sagte Flora. »Helga?«

»Na klar.« Helga war die preisgekrönte Bühnenbildnerin der Stoneham-Produktionen. Für Flora waren ihre Arbeiten immer das Schönste am Ganzen. Ihre Bühnenbilder waren ausdrucksstärker, kreativer und atemberaubender als alle anderen. Als Ruby klein war, verbrachten sie oft Stunden in der Scheune und sahen Helga zu, und Ruby musste ihr »helfen«, Masken anzumalen, Puppen zu nähen und Federn an Kostüme oder Pappflügel zu kleben. Einmal bastelten sie enthauptete Köpfe aus Pappmaché für *Ein Mann zu jeder Jahreszeit* – eine grausige Inszenierung, aber Ruby war hin und weg gewesen.

Das Bild war natürlich in Verbindung mit der Tanne konzipiert, und als sie die Plane hinter dem Baum zwischen zwei Metallstangen hochzogen, ergaben die künstlichen Bäume um den echten herum eine perfekte Symmetrie. Plötzlich wurde die einsame Tanne zu einem Teil des schicksalhaften Kirschgartens. Was für ein Jammer, dachte Flora nicht zum ersten Mal, dass Helgas Werk zusammengerollt, irgendwo verstaut und nach dem heutigen Tag wahrscheinlich nie wieder das Tageslicht erblicken würde. Aber auch nicht zum ersten Mal dachte Flora daran, wie unbeschreiblich schön es war, dass nur die Menschen, die heute durch Stoneham liefen, sich an diesen Kirschgarten erinnern würden.

In der Küche stand Julian am Herd und machte Rubys geliebte Blaubeer-Pancakes. Er hörte Flora nicht reinkommen.

Sie beobachtete eine Weile, wie er perfekte Kreise auf der alten Pfanne verteilte, die wahrscheinlich mal Bens Mutter gehört hatte. Dann nahm er eine Handvoll Blaubeeren und ließ ein paar davon vorsichtig auf jeden Teigkleks fallen. Elegant und sorgfältig – so war ihr Mann. Er drehte sich um und sah sie, und sein Gesichtsausdruck – zufrieden, erwartungsvoll, vorsichtig – versetzte ihr einen Stich. Sie wandte den Blick ab.

»Hi«, sagte er. Er trat einen Schritt auf sie zu und blieb stehen. Er wollte etwas sagen, aber dann – stampfte Ruby die Treppe hinunter. Sie kam in die Küche, grummelte, sie finde nicht das richtige Objektiv, das Superweitwinkel, und wie bitte sollte sie ohne das Objektiv ihre Fotos machen? Es musste doch irgendwo hier sein, in Spanien hatte sie es noch gehabt, es sei denn, sie hatte es verloren, womöglich aus Versehen im Hotel oder im Mietwagen liegen lassen, was bedeutete, dass sie Ivan oder seine Eltern anrufen musste, *vergiss es!* Sie würde Ivan ganz bestimmt *nicht* anrufen.

Sie drehte sich um, mit einem Glas Orangensaft in der Hand, und sah, wie ihre Eltern erst einander ansahen und dann sie.

»Was?«

»Guten Morgen«, sagte Flora.

»Guten Morgen, Mutter.« Ruby verbeugte sich leicht und wandte sich dann Julian zu. »Guten Morgen, Vater.«

»Bestimmt hat Charlie das Objektiv, das du brauchst«, sagte Julian.

»Der Witz ist aber, dass ich die Bilder machen will, die Charlie *nicht* macht.«

»Aber wenn er das Superweitwinkel nicht benutzt, kannst du es doch nehmen, oder?«

Ruby ließ Schultern und Kinnlade hängen und stieß einen ihrer charakteristischen Seufzer aus. »Genau, Dad.« Sie setzte sich an den Tisch, und Julian stellte ihr einen Teller mit Pancakes hin. »Hmmmm.« Sie senkte den Kopf und atmete den Duft ein, wie damals mit fünf. Sie griff nach dem Sirup. »Hey, wann fliegen wir eigentlich zurück?«

Julian sah zu Flora. Flora sah zu Julian. Jetzt war sie an der Reihe. »Ich glaube, ihr fliegt am Montagmorgen«, sagte sie.

»Wie meinst du das? Kommst du nach?«

»Ja. Ich fahre in die Stadt und werde dort noch ein bisschen arbeiten.«

»Verstehe ich nicht«, sagte Ruby und schnitt stirnrunzelnd ihren Pancake in kleine Stücke. »Warum musst du jetzt in New York arbeiten? Kannst du nicht von zu Hause aufnehmen?«

»Ich wollte gern ein paar Tage in New York verbringen«, sagte Flora, erstaunt, wie locker sie klang, während ihr Herz galoppierte wie ein Vollblüter kurz vor dem Ziel. »Die Wohnung von meinem Freund Michael ist frei, und ich dachte, ich nutze die Gelegenheit und bleibe noch ein bisschen, stell mich neuen Castingagenten vor, mach die übliche Runde.«

Ruby hielt den Kopf gesenkt, aß ihre Pancakes und tauchte jeden Bissen in eine Pfütze Sirup am Tellerrand. Julian sah zu Flora und zuckte mit den Schultern, aber Flora wusste, dass Ruby die Information in ihrem Gehirn verarbeitete, sie konnte praktisch mit ansehen, wie sich das Gehörte in Wissen verwandelte.

»*Ziehst* du nach New York?« Ruby klang gelassen, aber Flora sah das Blitzen in ihren Augen, als sie die Gabel ablegte.

»Natürlich nicht. Ich überlege nur, mehr Zeit dort zu verbringen. Ich vermisse unsere Freunde.« Sie war stolz auf ihr allumfassendes »unsere«, als wäre es auch Julians Idee gewesen. »Es gibt viele Jobs in New York, für die ich nicht angerufen werde, weil ich in Los Angeles lebe. Ich glaube, es könnte interessant sein, mich da ein bisschen umzusehen und vielleicht, na ja, zweigleisig zu fahren.« Das war die geniale Phrase, bei der sie nach den letzten Tagen gelandet war. Julian und sie trennten sich nicht, sie würde *zweigleisig fahren*.

Als Ruby mit ihren Pancakes fertig war, herrschte eine beklemmende Stille im Raum. Sie stand auf und stellte ihren Teller mit einem Knall neben die Spüle. Dann drehte sie sich um und verschränkte die Arme vor der Brust. »Ihr seid echt unglaublich. Haltet ihr mich für eine Idiotin?«

»Niemand hält dich für eine Idiotin, Ruby.« Julian blickte sie ernst an, sah aber ziemlich lächerlich aus in seinem halben Kostüm – der Wollhose mit den hängenden Hosenträgern. Er hatte die Haare zurückgegelt und trug eine dünne Drahtgestellbrille.

»Hier geht es nicht darum, dass Mom mehr arbeiten kann«, sagte Ruby. »Es geht um *mich*.«

Julian und Flora warfen sich einen verwirrten Blick zu.

»Entschuldigung, wie bitte?«, fragte Flora.

»Du denkst, ich weiß nicht, was hier los ist? Ich gehe auf ein College *vierzig Minuten* von New York entfernt, und plötzlich willst du *zweigleisig* fahren? Meine Güte, Mom. Ich bin noch nicht mal weg, und du machst schon Pläne, in dieselbe Stadt zu ziehen? Du willst mir noch nicht mal eine Chance geben? Das ist …« Ruby war den Tränen nahe, ihr Kinn zitterte. »Das ist wirklich nicht fair von euch.«

Flora wusste, dass Lachen in diesem Moment das Schlimmste war, aber sie konnte nicht anders. Es war so typisch Ruby. Dass sie ihr einziges Kind war, hatte Flora eigentlich nur deswegen Sorgen gemacht, weil Ruby womöglich glauben würde, die Welt drehe sich einzig und allein um sie, und das auch der Fall war. Natürlich würde Ruby glauben, die ganze Geschichte hier hätte mit ihrem neuen Leben an der Ostküste zu tun. Flora hätte es ahnen müssen, hatte sie aber nicht. Sie musste lachen, dann lachte auch Julian. Ruby war stinksauer. »Mein Gott, das ist nicht lustig!«

»Setz dich«, sagte Julian. Er schob Ruby einen Stuhl hin und einen für Flora. Flora und er versuchten, ernst zu bleiben. Ruby war rot angelaufen und kaute auf ihrer Unterlippe. »Es ist so«, setzte Julian schließlich an. »Deine Mom und ich denken über unsere nächste Lebensphase nach, wie wir unser Leben gestalten wollen.« Flora sah, wie Julian mühelos und dabei glaubwürdig in den Regisseur-Modus umschaltete und genau die richtigen Emotionen aus Ruby herauskitzelte. Darin war er wirklich gut. »Deine Mutter würde gern mehr Zeit in New York verbringen, und *weil* du weggehst, kann sie das auch. Das ist wunderbar und hat nichts damit zu tun, ob du in New York studierst oder in Timbuktu. Unsere Arbeit findet nun mal vor allem in Los Angeles und New York statt – darüber haben wir keine Kontrolle.«

Ruby sah von einem zum anderen. »Aber wollt ihr denn nicht zusammen in New York sein?«

»Dads Serie fängt in ein paar Wochen wieder an.«

»Aber wenn Dad nicht arbeitet?«

»Keine Ahnung«, sagte Flora. »Es ist erst mal nur ein Experiment.«

»Warum müsst ihr experimentieren?«, fragte Ruby, und jetzt verwandelte sich die Wut in Angst, und ihr traten Tränen in die Augen.

»Weil wir es können«, antwortete Flora.

»Das verstehe ich nicht.«

»Du musst nur eins verstehen«, sagte Julian. »Und zwar, dass wir dich sehr, sehr lieb haben. Wir können es kaum erwarten, dich zum College zu bringen und dir beim Einzug zu helfen.«

»Und danach lassen wir dich komplett in Ruhe.« Flora lächelte und versuchte, möglichst locker zu wirken.

»Ihr bringt mich beide hin?«

»Wir beide«, erwiderte Julian. »Auf jeden Fall. Und dann überlegen deine Mutter und ich, wie wir die nächsten Jahre aufteilen. New York? Los Angeles? Das finden wir schon raus.«

»Ist etwas passiert?«

Flora nahm Rubys Hand. Was sollte sie ihrer geliebten Tochter sagen, jetzt, wo sie gefragt hatte? Was sollte sie sagen, ohne ihr das Herz zu brechen, ohne dass ihre Welt zerbrach. *Ich werde niemals sterben.* Sie sah Ruby in die Augen. »Schatz, du musst uns einfach vertrauen. Wir lieben dich. Wir müssen an ein paar Sachen arbeiten, aber eines wissen wir ganz sicher, nämlich, wie sehr wir dich lieben.«

»Mami«, sagte Ruby. *Mami*, das untröstliche.

Julian nahm Rubys andere Hand und streckte seine andere nach Flora aus, die sie ohne zu zögern ergriff. Ruby zuliebe. »Hey«, sagte er. »Wir drei gehören zusammen, egal, was passiert. *Egal, was.* Okay?« Er drückte Floras Finger.

»Okay«, sagte Flora und spürte, wie die Energie durch sie alle drei hindurchfloss und der kleine harte Knoten in ihr sich ein wenig löste. Sie ließ Julian und Ruby los und zog sich in sich zurück. Stand auf und klatschte in die Hände wie eine Kindergärtnerin. »Lasst uns später weiterreden.

Habt ihr nicht beide zu tun? Na los, heute ist ein wichtiger Tag.«

So abgedroschen der Spruch auch sein mochte, *the show must go on* war etwas, das auch Ruby verstand, Einzelkind hin oder her.

◆ ◆ ◆

Ruby lief den Hügel hoch und suchte nach Margot. Sie saß auf den Stufen vor der Veranda, genau dort, wo das Foto entstanden war, das ihre Mutter ihr bei der Abschlussfeier geschenkt hatte, damals, als Ivan noch ihr Freund war und ihre Eltern noch normal waren. Sie erinnerte sich, wie sie bei der Feier ihre Mutter draußen auf dem Bürgersteig gesehen hatte und sie so wütend aussah. Sie hatte recht gehabt. Es lief schon eine ganze Weile schlecht.

Als Margot sie entdeckte, stand sie auf und winkte. Sie kam ihr entgegen, in ihrem langen wallenden Trägerkleid. Sie hatte die Haare zusammengebunden und trug weder Make-up noch Schmuck. Sie war so hübsch.

»Da ist sie ja.« Margot umarmte sie lange, dann liefen sie in Richtung der Wiese bei den Gleisen, weg von den Menschenhorden. »Wie geht es dir? Bereit für den Ansturm?«

»Heute Morgen ist etwas Komisches passiert«, sagte Ruby. »Mom meinte, dass sie zurück nach New York geht und eine Weile dort bleiben will.«

»Ach, echt?« Margot klang nicht allzu überrascht.

»Ja, sie meinte, sie überlegt, *zweigleisig* zu fahren.«

Margot lachte. »Aus deinem Mund klingt das wie ein Schimpfwort.«

»Ich will nur wissen, was *wirklich* bei den beiden los ist.

Irgendwas stimmt nicht. Das ist offensichtlich, aber sie wollen nicht mit mir darüber reden.«

Sie gingen schweigend weiter. Margot sah zu Boden. Sie hörten das Klingeln der Bahnschranke und liefen weiter den Hügel hinunter durch das hohe Gras. Beide sahen sie in die Richtung, aus der der Zug kam. Als er vorbeirauschte und Margot das Kleid nach hinten und die Haare um den Kopf blies, drehte Ruby sich weg und hielt sich die Ohren zu. Sie hasste den Lärm und die Wucht des Zuges. Margot tippte ihr auf die Schulter, und als sie sich umdrehte, tat Margot so, als würde sie ihr etwas wahnsinnig Wichtiges erzählen. Sie gestikulierte wild, packte Ruby am Arm und schüttelte sie sanft. Ruby lachte, und als der Zug in der Ferne verschwand und sie sich wieder hören konnten, sagte Margot: »So, jetzt kennst du die ganze Wahrheit.«

»Sehr lustig.«

Sie gingen weiter. Margot musterte Ruby, sie war so jung und so aufgebracht. Sie nahm ihre Hand und führte sie zu einer alten splittrigen Bank, die Jahre zuvor für eine andere Stoneham-Produktion gebaut worden und stehen geblieben war. »Du weißt, dass deine Mutter Opfer für Julian gebracht hat. Ich glaube nicht, dass sie es bereut hat. Sie hatte dich und sie hatte immer ihre Arbeit, aber sie hat auch viel vermisst. Ich kann mir gut vorstellen, dass sie das Gefühl hat, jetzt selbst dran zu sein.«

Ruby fummelte an einem Objektiv herum. »Wahrscheinlich. So hab ich das noch nicht gesehen. Ich glaube trotzdem, dass irgendwas faul ist.«

Margot stand auf und blickte hinunter auf die Gleise. Irgendwann würde Flora sie bei Ruby verpetzen, aber jetzt wollte sie lieber nicht darüber reden. »Kann sein«, sagte sie.

»Die beiden sind schon lange verheiratet. Da gibt es schon mal Streit. Das ist nicht das Ende der Welt. David und ich streiten uns dauernd, das bekommst du nur nicht mit.«

»Aber würdest *du* nach New York ziehen? Ohne David?«

Ruby hatte die Kamera vorm Gesicht und stellte scharf. »Nicht bewegen«, sagte sie und knipste los.

Würde Margot nach New York ziehen? Sie war immer davon ausgegangen, aber sie gehörte hier nicht mehr her. Sie wusste nicht, wohin sie gehörte, aber sie vermutete, es hatte etwas mit einer Robe und einem Hammer zu tun. (»*Einspruch stattgegeben!*«) »Nein, würde ich nicht«, erklärte Margot fröhlich. »Mach dir keine Sorgen über Dinge, die nicht dein Problem sind, Süße.«

Zurück im Little House sah Ruby sich die Fotos von Margot an. Die Sonne schien ihr von der Seite ins Gesicht, der Himmel war strahlend blau. Als sie die Bilder gemacht hatte, war ihr nicht aufgefallen, wie traurig Margot aussah, wie wehmütig.

◆ ◆ ◆

Kurz vor Showtime streunte Flora über das Gelände und suchte die Sitzplätze, die für die Familienmitglieder reserviert waren. (Manches änderte sich nie, selbst in der angeblichen Utopie von Stoneham gab es einen VIP-Bereich.) Sie wusste, dass, egal was aus ihrer Ehe wurde, sie nie wieder nach Stoneham kommen würde, also wollte sie es in vollen Zügen genießen. Im Vorfeld hatte sie sich gefragt, was sie nach all den Jahren empfinden würde: Verachtung oder Bewunderung? Die Antwort lautete: beides. Was Ben hier auf die Beine gestellt hatte, war ohne Frage beeindruckend.

Wie er Horden von Freunden dazu brachte, zusammenzukommen und mit so viel Hingabe etwas so Besonderes und gleichzeitig Kurzlebiges zu erschaffen – das war einfach bewegend, allein der Aufwand, die Grandeur, die Gemeinschaft. Aber andererseits fühlte es sich auch ein bisschen verstaubt an. Ein bisschen wie etwas, das schon vor Jahren hätte zu Ende gehen sollen. Etwas, an das man sich gern erinnerte, statt es endlos zu wiederholen.

Sie war nicht in der Stimmung, sich den ganzen *Kirschgarten* anzusehen, ein Stück über eine adlige russische Familie, die nicht wahrhaben wollte, dass die Welt um sie herum sich veränderte, und den ehemaligen Leibeigenen Lopachin, der ihren Platz einnahm. Sie hatte keine Lust, sich Menschen anzusehen, die an ihrer Vergangenheit festhielten und nicht in der Lage waren, in die Zukunft zu schauen. Sie setzte sich ans Ende einer Reihe von Klappstühlen. Um sie herum nahmen die Leute Platz. Viele hatten Decken mitgebracht und setzten sich ins Gras. Flora konnte es nicht nachvollziehen – die Inszenierung dauerte Stunden. Sie brauchte einen Stuhl. Sie spürte eine Hand auf ihrem Arm. Margot. Neben ihr schob sich David auf den freien Platz. »Okay?«, fragte Margot. Flora nickte.

Die Aufführung begann mit den Darstellern auf der Veranda des Little House, alle in altmodischer Unterwäsche, wie sie langsam ihre Kostüme anlegten, untermalt von der umherstreifenden Klezmerband. Für Julian und Ben ein typischer Anfang, Theater aus dem Theater zu machen. Vielleicht weil sie diesmal nicht involviert gewesen war und nichts von den endlosen Proben und Diskussionen beim Abendessen mitbekommen hatte, wie sie den Text auseinandernahmen, Entscheidungen beklagten, erst in die eine

Richtung gingen, dann in andere, war Flora gleich völlig hingerissen von der Szene. Begeistert sah sie zu, wie die Schauspieler (okay, Julian) sich selbst und einander anzogen. Sich mit den langen Knopfreihen, Schnürsenkeln und Korsetts halfen. Es war faszinierend und zog das Publikum sofort in den Bann.

Nicht dass Flora vergessen hätte, wie gut Julian war – das ging gar nicht –, aber es war lange her, dass sie im Publikum gesessen hatte und ihn spielen sah. Sie erinnerte sich, dass sie Lopachin nicht mochte, aber Julian erklärte ihr jedes Mal, dass Tschechow das Stück lustig gemeint hatte, und Julians Lopachin *war* lustig und liebenswert. Und das war auch gut so, denn wenn Lopachin am Ende des dritten Aktes reinkam und zum Entsetzen aller verkündete, er habe den Kirschgarten der Familie ersteigert, *er* sei jetzt der Besitzer und werde ihn abholzen und Häuser auf dem Grundstück errichten, auf dem sein Vater und Großvater Leibeigene waren, und ein reicher Mann werden, spürte Flora, wie das Publikum sich gegen ihn wendete, wie sie den Schock verdauten, den Verrat. Julian war tatsächlich faszinierend.

»Ich habe ihn gekauft!«, erklärte Lopachin schadenfroh den am Boden zerstörten russischen Gutsbesitzern und trat von der Veranda. »Meins!«, krähte er und lief durch das Gras. »Meins!« Und dann winkte er das Publikum rüber: »Kommt, Leute, seht, wie Jermolaj Lopachin seine Axt im Kirschgarten schwingt.«

In jeder anderen Produktion wäre der Kirschgarten im Off gewesen oder vielleicht auf die Bühne projiziert worden. Lopachins feierliches Axtschwingen wäre wahrscheinlich eine Video-Aufnahme gewesen. Aber das hier war Stoneham, und wenn Lopachin versprach, die Axt zu schwingen, dann würde die Axt auch schwingen. Alle folgten Julian, der in Richtung der stolzen Tanne vor dem Prospekt des Kirschgartens schritt. Jemand hatte ein rotes Band gespannt, damit die Leute in sicherer Entfernung blieben, denn – wie Flora augenblicklich klar wurde – Julian würde die Tanne fällen.

Auf der Veranda stand Hadley als Gutsbesitzerin Ranjewskaja kurz vor dem Zusammenbruch und schluchzte immer lauter. »Die Szene wusste sie schon immer effektvoll zu nutzen«, meinte Margot, »aber ich bin gespannt, wie sie *dagegen* ankommen will.«

Sie sahen zu, wie Julian langsam seine Wollweste aufknöpfte, die Axt nahm und den ersten Hieb landete. Er zog die Axt wieder raus, holte aus und traf dieselbe Stelle noch mal. Ein paar Späne fielen auf seine Stiefel. Nach mehreren Schlägen fand er den Rhythmus. Auf einmal hielt er inne und wandte sich an die Band, die mit dem Publikum mitgezogen war. »Was ist los?«, brüllte er der Menge, dem Universum, Flora entgegen. »Musik! Los, spielt!«

Zwei Akkordeons erwachten zum Leben, und Flora erkannte die Melodie gleich nach den ersten Takten. Rubys Baumanzündlied. Die Streicher setzten ein, und die Schauspieler und alle anderen sangen mit, während Julian weiter auf die Tanne einhieb. »*That's life, that's what all the people say, you're riding high in April, shot down in May.*« Das Schlagen der Axt untermalte das beschwingte Spiel der Instrumente mit einem atonalen Beat. Ruby tauchte neben Flora auf. »Ich kann es nicht fassen«, sagte sie und starrte verblüfft auf die Szene. »Er will tatsächlich den Baum fällen.«

»Hörst du das?«, fragte Flora und zeigte auf die Musiker.

»Natürlich«, sagte Ruby, legte Flora den Arm um die Taille

und sang leise mit: »*I've been a puppet, a parrot, a poem, a popcorn, a pong and a KINGGGG.*«

Zehn Minuten ging das so, vielleicht fünfzehn. Julian schlug allmählich langsamer, und Flora fing an, sich Sorgen zu machen. Er war gut in Form, aber er stand direkt in der untergehenden Sonne, und die kranke Tanne bot wenig Schatten. Es war heiß, er hatte die ganze Woche über hart gearbeitet. Sie wusste, dass er nicht gut schlief. Er knöpfte sein Hemd auf. Nahm die Brille ab. Flora merkte, dass er mit seinen Kräften am Ende war. »Wie lange braucht man, um einen Baum zu fällen?«, fragte sie David.

»Keine Ahnung. Sieht so aus, als hätten sie den Stamm gestern Abend hinten angesägt.«

Ein paar Leute gingen schon den Hügel hoch, von wo der Geruch von gegrilltem Fleisch herüberwehte. Die meisten blieben. Julian gegen den Baum, darum ging es jetzt. Er hatte das Hemd inzwischen ausgezogen, die Hosenträger baumelten von der Hüfte und schaukelten mit jedem Schlag hin und her. Und jedes Mal sah Flora den Rückstoß durch seine Schultern fahren. Der Schweiß rann ihm über das Gesicht und den Hals. Ruby nahm die Kamera runter. »Will ihm denn niemand helfen?«

»Komm schon, Lopachin!« brüllte jemand. »Tu es für das Proletariat!« Vereinzeltes Gelächter im größtenteils wohlhabenden Publikum. Sämtliche Darsteller hatten sich versammelt und sahen ihm zu. Ben und Charlie gingen zu Julian, um ihn abzulösen.

»Na, endlich«, sagte Ruby.

Julian reichte Ben die Axt, zog einen weißen Lappen aus der Hosentasche und wischte sich das Gesicht und die Schultern ab. Er setzte sich und sah zu, wie Ben und Charlie abwechselnd die Axt schwangen. Flora schlich nach vorn, und Julian sah zu ihr rüber und hielt ihrem Blick stand. Sie wusste nicht, was zwischen ihnen vorging, aber besonders liebevoll war es nicht. Es hatte etwas Dringliches, Entschlossenes, und da wusste sie, dass es nicht Lopachin war, der den Baum fällte, sondern Julian.

Er trank eine Flasche Wasser in einem Zug leer und ging rüber zu Ben, dessen Energie auch schon nachließ. »Gib her«, sagte er und schlug mit frischer Kraft auf den Baum ein. Statt es langsamer angehen zu lassen, erhöhte er das Tempo. Die Musiker gingen mit, die Musik wurde immer wilder. Alle, die geblieben waren, lauschten und beobachteten gebannt, wie Julian scheinbar aus dem Nichts Kraft holte und die Szene sich vor ihren Augen weg vom Kirschgarten zu etwas anderem entwickelte, etwas, das sie nicht ganz verstanden, von dem sie sich aber nicht abwenden konnten.

»Ich weiß ja nicht, wen er in dem Baum sieht«, hörte Flora einen Mann hinter sich sagen. »Aber ich hoffe, er begegnet ihm nicht so bald.«

Flora sah zu, wie Julian einen Schritt zurücktrat und einen langen, abschätzenden Blick auf den Baum warf. Rubys Baum. Den Baum, den er vor so langer Zeit gepflanzt hatte, in diesem, wie sie inzwischen wusste, so desaströsen Sommer ihres Lebens, dem Sommer, in dem er sie betrogen hatte. Er ging leicht in die Knie, hielt die Axt tief, holte aus und landete ein! zwei! drei! Schläge. Als der Baum schwankte, fing die Menge an zu jubeln.

»Na los«, rief Flora, als Julian beide Hände an den Stamm legte und ihn mit voller Kraft nach hinten stieß. Die Tanne fiel in einem atemberaubenden Bogen, traf auf die kunstvoll bemalte Plane, blieb kurz so stehen – Flora sah, wie Helga sich die Hände vor den Mund hielt und darauf wartete, dass die Naht nachgab – und krachte schließlich durch den Stoff. Erst langsam – man hörte ihn reißen –, dann mit einem Schlag. Als der Baum zu Boden donnerte, ging ein Beben durch Floras Körper.

Die Leute jubelten. Julian ließ die Axt fallen, beugte sich mit den Händen auf den Knien vor und rang nach Luft. Dann richtete er sich auf und wischte sich mit dem Handrücken übers Gesicht. Er drehte sich um und suchte nach Flora. Sie sah eine Leichtigkeit an seinem Körper, die Euphorie in seinem Gesicht. Hoffnung.

Wenn Vergebung Arbeit war, dann war es Sühne vielleicht auch.

»Flora«, sagte er und streckte die Hand nach ihr aus. Es war keine Frage. Aber auch kein Befehl. Es war eine Geste, eine Einladung. »Flora Mancini.«

»Ich bin hier«, sagte sie und ging auf ihn zu. »Ich bin hier.«

SIEBENUNDZWANZIG

Am nächsten Morgen herrschte Stille im Haus. Ruby war früh wach und betrachtete die Überreste der abgeschlagenen Tanne. Die Hitze und Sonne vom Vortag waren über Nacht heftigen Regengüssen gewichen. Der Morgen war kühl und nass. Der Rasen platt vom umherziehenden Publikum, den Klappstühlen und Decken. Sie fand es immer toll, am Tag danach über das Grundstück zu laufen. Es fühlte sich leer an, aber nicht hohl, die Gebäude, die Bäume und der Ausblick gehörten wieder ihnen. Sie hatte ihre Kamera und das Stativ dabei und überlegte, aus welchem Winkel sie die Tanne fotografieren sollte. Vielleicht in Nahaufnahme. Die Maserung des Holzes, die Windungen der Rinde, der tiefe Spalt, wo ihr Vater, der Henker, dem Baum den finalen Schlag versetzt hatte.

»Dad, das war *verrückt*«, hatte Ruby am Abend zu ihm gesagt. Sie hatte mit angesehen, wie sein Körper die Schläge aufnahm, wie die Schultern nach hinten fielen, wenn er die Axt rauszog. Sie war sich nicht sicher, was genau sie da gestern Abend erlebt hatte, aber seit sie aus Spanien zurück war, fühlte die Spannung zwischen ihren Eltern sich zum ersten Mal nicht ganz so fatal an.

Oben packte Flora die kleine Tasche, mit der sie aus der Stadt angereist war. Julian stand unter der Dusche. Sie hatten am Abend nicht mehr viel geredet. Nachdem das Essen und auch das Stück vorbei waren, hatte sie sich zurückgezogen und zugesehen, wie er sich in der Bewunderung der Kollegen sonnte, dem Staunen des Publikums. Bewundert zu werden, war nie sein Antrieb gewesen, aber sie sah ihm doch an, wie er sich freute. Später am Lagerfeuer suchte sein Blick immer wieder nach ihr, und ob sie wollte oder nicht, hielt seine Aufmerksamkeit sie gefangen.

War es das, was sie gebraucht hatte? Zu sehen, wie er seinen Schmerz nach außen trug? Vielleicht. Vielleicht musste sie auch noch einmal mit Julian und Ruby zusammen in Stoneham sein. Sie war einer Abrechnung aus dem Weg gegangen, aber jetzt schien es ihr nichts auszumachen. Die Lage mit Margot hatte sich entspannt, sie würden sich schon irgendwie zusammenraufen. Sie hatte es Margot gegenüber nicht ausgesprochen, aber ihre Freundschaft würde nie mehr so sein wie früher. Irgendwas würden sie sein, aber es musste etwas Neues sein und, wie sie leider feststellte, etwas anderes. Dasselbe galt wahrscheinlich für ihre Ehe.

Etwas hatte sich aufgetan in ihr seit dem Tag, an dem sie den Ring gefunden hatte. Eine dunkle, erschreckende Leere. Nachdem sie Julian gestern gesehen hatte und heute Morgen neben ihm im Bett aufwachte und aus dem Fenster in den klaren Himmel blickte, ohne dass ihr eine Tanne die Sicht versperrte, wurde ihr klar, dass es genau das war: eine Leere. Sie konnte sie füllen, womit sie wollte, mit Kummer, Vergebung, Bitterkeit. Bevor sie Julian kennenlernte, hatte sie immer geglaubt, der einzige Mensch, dem sie vertrauen konnte, sei sie selbst. Es tat weh zu erkennen, wie recht sie gehabt hatte, aber sie würde es überleben. Sie hatte sich und Julian immer als Einheit gesehen und einen Teil ihrer Seele – wenn sie auch keinen festen Glauben mehr hatte, an die Seele glaubte sie noch – gegen Julians unverrückbare Liebe zu ihr eingetauscht, gegen das Bild von Flora und Julian und ihre durch nichts zu erschütternde Ehe. An deren Stelle trat jetzt nicht nichts, sondern die gebrochene Flora, Flora mit einem Riss. Sie wusste nicht genau, was das für sie bedeutete, außer, dass sie sich stärker und weniger ängstlich fühlte und dass das Gefühl erträglich war. Es war nicht so, dass Julian einen Baum gefällt hatte und deswegen die Welt wieder in Ordnung war, aber es lag wieder ein bisschen mehr Möglichkeit in ihr – jedenfalls an diesem Morgen, in diesem Licht.

Als Julian und sie runterkamen, suchte Ruby gerade ihre Kameraausrüstung zusammen. Sie hatte die absurde Idee gehabt, das alte Foto nachzustellen, bevor alle abfuhren. Flora hatte erst protestiert, aber Ruby ließ sich nicht davon abbringen. »Bitte. Ich bitte euch. Nur das eine Bild. Es dauert eine Minute. Mom, bitte. Das ist mir wichtig.« Flora sah zu Julian, der nur mit den Schultern zuckte und es David gleichtat, der wie immer einverstanden war.

Ruby gruppierte sie alle vor der Veranda des Haupthauses. Ein paar Schauspieler und Crewmitglieder – die, die um die Uhrzeit schon wach waren – räumten auf, packten oder hingen einfach rum und beglückwünschten sich gegenseitig.

»Hey!« Ruby steckte zwei Finger in den Mund und stieß einen ohrenbetäubenden Pfiff aus. »Hey, Leute. Wenn ihr mal kurz da weggehen könntet, ich will ein Foto machen. Dauert nicht lange.«

Margot und David lachten, Flora sah zu ihnen rüber, und

sie schüttelten alle ungläubig den Kopf. Wo hatte sie das gelernt? Margot und David setzten sich auf die untere Stufe, so wie auf dem ursprünglichen Foto, Flora und Julian darüber. »Ich bin mir nicht sicher, ob du diesmal auf meinen Schoß passt«, sagte Margot zu Ruby.

»Nein. Ich setze mich auf die mittlere Stufe, zwischen euch.«

Ruby stand hinter dem Stativ, beugte sich hinunter und blickte durch das Objektiv. »Alle ein bisschen zusammenrücken, bitte.«

Flora ließ sich von Julian heranziehen. Sie lehnte sich an ihn, und er schob seinen Arm durch ihren, so wie beim ersten Mal. Als Ruby durch die Kamera blickte, glaubte sie die Zukunft so klar zu sehen wie den strahlend blauen Himmel im Hudson Valley. Ihre Eltern vereint, zwei Teile eines Ganzen. Die Lücke zwischen Margot und David gefiel ihr nicht. David blickte in die falsche Richtung, weg von Margot. Margot sah in die Kamera und versuchte zu lächeln, die Hände hielt sie im Schoß verschränkt. Ruby drückte ein paarmal auf den Auslöser. Die Bilder würden Margot und David nie zu Gesicht bekommen, aber sie zeigte sie bei ihrer ersten Studentenausstellung mit dem Titel *The Space Between*, Fotos von Paaren, die, wenn sie nicht voneinander entfremdet waren, in ihren Posen doch entfremdet wirkten, zwischen denen eine Leere lauerte.

»Wie lange dauert das noch?«, fragte Julian.

»Nicht lange. Ich bin gleich fertig.«

Margot lehnte sich zurück. Als sie Floras Knie streifte, setzte sie sich schnell wieder gerade hin. »Tut mir leid.«

»Nein«, sagte Flora. »Lehn dich wieder an.« Margot ließ sich nach hinten sinken, und Flora spürte, wie Margots Körper einen langen Seufzer ausstieß, als ihre Schultern ihre Beine berührten.

»Okay«, rief Ruby, drückte auf den Timer und rannte zur Veranda. Sie setzte sich in die Mitte und schob die Finger nach hinten. »Wo bist du, Mami?« Flora lächelte Julian an und nahm Rubys ausgestreckte Hand. Die andere Hand streckte Ruby Margot entgegen.

Margot mit Ruby, Ruby mit Flora, wie auf dem ersten Foto – nur anders.

»Wann löst das Ding aus?«, fragte David und krümmte sich leicht.

»Sofort«, sagte Ruby.

»Bist du sicher, dass du draufgedrückt hast?«, fragte Julian.

»Hab Geduld, Dad. Gleich blinkt er schneller.«

So saßen die fünf da, still und erwartungsvoll.

»Los geht's!« Ruby spürte, wie alle noch kurz herumrutschten. Das kleine rote Licht vorne an der Kamera blinkte wild. »Okay, Leute«, sagte Ruby und drückte erst Floras Hand und dann Margots. »Alle mal hochschauen.«

Und das taten sie wundersamerweise auch alle.

DANKSAGUNG

Dieses Buch schreiben zu können, verdanke ich den Menschen, die bereit waren, mir mit Einsicht, Offenheit, Enthusiasmus und Humor von ihren Erfahrungen im Theater und beim Fernsehen zu erzählen. Dafür danke ich: Mia Barron, Paget Brewster, Jessica Chaffin, Jackson Gay, Jason Butler Harner, Melissa Kievman, Adam O'Byrne, Liza Powel O'Brien (die gleichzeitig meine bewährte erste Leserin ist), Maria Thayer und Janie Haddad Tompkins. Rolin Jones hat mir in mehr Punkten geholfen, als ihm bewusst ist, aber ich erinnere mich an jeden einzelnen und bin unendlich dankbar dafür. Ohne dich hätte ich es nicht zu Ende geschafft, Jones.

Ich hatte das Glück, dieses Buch mit Megan Lynch zu beginnen und mit Helen Atsma zu beenden, mehr kann man als Schriftstellerin nicht verlangen. Danke, Helen, dass du mittendrin eingestiegen bist und sofort verstanden hast, wie ich mir dieses Buch vorgestellt habe, und es dann bis zum Ende begleitet hast; es war eine wahre Freude. Ich bin allen meinen Freunden bei Ecco/HarperCollins dankbar, insbesondere Sonya Cheuse, Daniel Halpern und Miriam Parker.

Danke an Henry Dunow für seine Freundschaft, seinen Humor und seine besonnenen Reaktionen auf meine dürftigen ersten Entwürfe und außerdem für die Erkenntnis, dass man ein Gespräch am besten mit einem Manhattan führt, ohne Eis. Ich würde das mit niemand anderem machen wollen, Henry.

Teile dieses Romans wurden an einem utopischen Ort namens Ucross Foundation geschrieben. Ich bin ewig dankbar für diese Zeit, die Umgebung und die Freunde, die ich dort gefunden habe. Ich danke den Superstars Rufi Thorpe und Jade Chang für ihre relativ frühe, anhaltende Unterstützung und dafür, dass sie großartige, wunderbare Menschen sind.

Meinem Mann Mike und meinen Söhnen Matthew und Luke: Ihr seid einfach die Besten und mein größtes Glück.

QUELLEN

Arthur Miller: *Hexenjagd. Ein Drama in 2 Akten.* Deutsch von Hannelene Limpach und Dietrich Hilsdorf unter Mitarbeit von Alexander F. Hoffmann. Frankfurt am Main: S. Fischer, 2000.

William Shakespeare: *Das Wintermärchen.* In: Sämtliche Werke in vier Bänden. Deutsch von Dorothea Tieck. Band 2. Berlin: Aufbau, 1975.

William Shakespeare: *Romeo und Julia.* In: Sämtliche Werke in vier Bänden. Deutsch von August Wilhelm Schlegel. Band 4. Berlin: Aufbau, 1975.